唐宋诗词名家精品类编

陈祖美　主编

河南文艺出版社

苏轼集

一蓑烟雨任平生

陶文鹏　编著

图书在版编目（CIP）数据

一蓑烟雨任平生：苏轼集/陶文鹏编著. —郑州：河南文艺出版社，2015.7（2017.1 重印）

（唐宋诗词名家精品类编）

ISBN 978-7-5559-0196-9

Ⅰ.①—⋯　　Ⅱ.①陶⋯　　Ⅲ.①宋词–选集　　Ⅳ.①I222.844

中国版本图书馆 CIP 数据核字（2014）第 295668 号

出版发行	河南文艺出版社
本社地址	郑州市鑫苑路 18 号 11 栋
邮政编码	450011
售书热线	0371–65379196
承印单位	河北鹏润印刷有限公司
经销单位	新华书店
纸张规格	700 毫米×1000 毫米　1/16
印　　张	24
字　　数	388 000
版　　次	2015 年 7 月第 1 版
印　　次	2017 年 1 月第 3 次印刷
定　　价	46.00 元

苏轼（1036—1101），字子瞻，一字和仲，号东坡居士。北宋眉州眉山（今属四川）人。嘉祐二年（1057）进士，历任福昌县主簿、大理评事、凤翔府签判，召直史馆，出杭州通判。元丰二年（1079）知湖州时，被指控讥刺新法而下狱，后贬黄州团练副使。元祐中，迁中书舍人、翰林学士、除龙图阁学士知杭州，后又改知颍州、扬州。还，迁端明殿学士、礼部尚书，再知定州。绍圣初，又被劾奏讥斥先朝，远贬惠州、儋州。元符三年（1100），赦还。建中靖国元年（1101）卒于常州，后追谥文忠。

苏轼才华横溢，学识渊博，是宋代杰出的文学家，也是中国文学史上罕有的通才。与父洵、弟辙合称『三苏』。其文纵横恣肆，为『唐宋古文八大家』之一。其诗题材广阔，清雄旷放，善用夸张比喻，富于理趣，与黄庭坚并称『苏黄』。词开豪放一派，与辛弃疾并称『苏辛』。又工书画，为宋代四大书家之一。著述颇富，有《东坡七集》《东坡易传》《东坡书传》《东坡乐府》等。

总 序

⊙陈祖美

"一树春风千万枝,嫩于金色软于丝。"白居易描绘春日柳条迎风摇曳之态的名句,无形中似乎也道出了唐宋诗词千姿百态的风姿。从公元第一个千年的中后期到第二个千年的末期,在这一千三四百年的历史长河中,唐宋诗词作为人类精神文明的乳汁,她哺育和熏陶过多少人,她的魅力又使多少人为之倾倒,恐怕谁也无法数计。

然而,有一个事实却为人熟知,这就是在唐宋诗词作家中,特别是其中的名家如李白、杜甫、李商隐、杜牧、温庭筠、李煜、柳永、苏轼、周邦彦、李清照、陆游、辛弃疾等,且不说在他们生前身后所担荷的痛苦或所受到的物议和攻讦"罄竹难书",更令人难以思议的是,在21世纪的钟声即将敲响之际,竟发生过这样一件事:

这得追溯到1998年的国庆佳节前夕。那是一个不似春光胜似春光的金秋时节,四五十位专家学者从四面八方来到河南——唐代诗人李商隐的家乡,出席李商隐学术研究会第四届年会。由于东道主把此事作为一种文化建设对待,更由于成果斐然的诸位李商隐研究专家的莅临,此次年会的成功和人们的热诚是不言而喻的。但作为本套丛书最初的编撰契机,却是出人意料的:由于对李商隐的全盘否定和极力攻伐所引发的一种怅触——那仿佛是一位挺面善的老人,他历数李商隐种种"罪愆"的具体词句一时想不起了,大意则说李商隐是"教唆犯"。他不但自己坚决不读李商隐,也严令其子女远离这个"教唆犯",因此他的孩子都很有出息。听了这番话,有位大学女教师娓娓道出了她心目中的李商隐,而她的话代表了在座多数人的心声。不必再对那位老人反唇相讥,听了这位女教师的一席话,是非曲直更加泾渭分明。尽管这样,上述那种离奇的话,还是值

1

得深思和认真对待的。

刚迈出这个会场的门槛，时任河南文艺出版社编辑的王国钦先生叫住了我，以商量的口气询问：能否尽快搞一本深入浅出而又雅俗共赏的李商隐诗歌类编，以消除由于其作品内容幽深和文字障碍等所造成的对其不应有的误解，甚至曲解……联想到上述那位老人莫名其妙的激愤情绪，王国钦先生的这一建议，显然既是出自编辑出版人员的职业敏感，更是一种难能可贵的社会责任心。人非木石，对这种公益之举岂有无动于衷之理！后来听说，王国钦还想约请那位堪称李商隐知音的女教师撰写一本《走近李商隐》。这更说明作为编辑出版者的良苦用心，并进而激发了笔者的积极性和应有的责任感。

当我回京后复函明确告知愿意参与此事时，随之得到了王国钦大致这样的回音：一两本书难成气候，出版社领导采纳了王国钦以及发行科同人的倡议，计划力争搞成一套丛书，并将之命名为"唐宋诗词名家精品类编"。而且，还随信寄来了较为详细的丛书策划方案。方案显示：丛书除包括唐代的大李杜、小李杜和宋代的柳、苏、李、辛八卷作品集以外，唐、宋各选一本其他著名诗家词人的精品合集。整套丛书一共十本，每本约三十万字。我当即表示很赞赏这一策划，除建议将李清照换成陆游外，无其他异议。而换掉李清照，并不是因为她的作品达不到精品的档次（相反她的各类作品中精品比例比谁都大），只是因为她在中、晚年遭逢乱世，流寓中大部分著作佚失得无影无踪。后人陆续辑得的十多首诗和比较可靠的约五十首词，即使都算作精品，也很难编撰成一本约三十万字的书稿。当然，要是将评析部分写成两三千言的长文，字数达标是不成问题的。但是这样做，一则太长的文字不尽符合丛书"点评"的体例，二则主要是担心不合乎当今和未来读者的口味与需求。而号称"六十年间万首诗"的陆游，人呼"小太白"，其作品总和万数有余，古今无双，选择的余地非常大，容易保质保量。

双方很快达成了共识。在这里，我愿意负责地告诉读者："唐宋诗词名家精品类编"丛书，以创意新颖、方便读者为宗旨。所谓创意新颖，是指本丛书既不排除"别裁"式的分类方法，更知难而进地在全面吃透作品内容的基础上，从"题材"方面分门别类。类似的分类，以往只在有关唐人绝句等方面的多人选集中见到过，像这样既兼顾体裁又着眼于题材的分类，尚属前所未有。本丛书还在每类相同题材的若干作品中，均以画龙点睛的诗句作为小标题，每本书则以该作家作品中的最为警策之句加以命名，于是就有了《黄河之水天上来·李白集》《每依北斗望京华·杜甫集》等一连串或气势不凡或动人情愫的书名。从每集作者作品中选取一句最恰如其分的诗句,用作该集的书名——这一创意本身,无形中体现了出版社对"唐宋诗词名家精品类编"丛书的一种极为独到而又相当可取的策划思路。对整套丛书来说,则力求做到"以其昭昭使人昭昭",也就是说,同类精品都有哪些可以一目了然。由此所派生的本丛书其他方面的特点和适用之处,则在每一本书中都不难发现。

原先没有想到的是,出版社嘱我担任整套丛书的主编并撰写总序。对此,我曾经再三谢辞。直到最后同意忝于此事,其间经历了一个不算短的过程,延缓了编撰时间,使出版社在策划之际尚得风气之先的这套丛书,耽搁了一段时间优势。为了顾及一定的时间效益,我于酷暑炎夏中攻苦食淡,最终亦可谓尽力而为了!

最重要的是选择和约请每一集作品的撰稿人。

丛书的第一本是大李(白),其编撰者林东海先生,早在20世纪七八十年代就沿着李白的足迹进行过考察。这对深入研究李白、了解其诗歌的写作背景及题旨等,洵为得天独厚之优势。20世纪80年代问世的《诗人李白》(日文版)及近期关于李白的新著,无不体现出林东海对这位"谪仙人"研究的深湛造诣。因而编撰"唐宋诗词名家精品类编"丛书中的李白集,对林东海来说是轻车熟路、手到擒来之事;而对读者来说,则将有幸读到一本质量上乘的好书!

至于小李(商隐)诗歌编撰者黄世中先生,我在20世纪90年代初于天涯海角与其谋面之前,已有多年的文笔之交,而且主要是谈及李商隐。仅我拜读过的黄世中有关玉溪生的论著已臻两位数。他对人们所感兴趣的李商隐无题诗尤其研究有素,对李商隐著作的每种版本乃至每一首诗几乎无不耳熟能详,其家传和经眼的有关李义山的典籍,几乎难有与之相埒者。因此由黄世中承担本丛书的李商隐集,可谓厚积薄发,定能如大家所预期的那样,以深入浅出之作,引导人们沿着正确的途径走近李商隐,从思想性和艺术性两方面,说明其独特的价值之所在,从而向广大读者奉献一餐美味而富含营养的精神食粮。

人们所称"小李杜"中的小杜,指的是《樊川文集》的作者杜牧。关于杜牧诗歌的精品类编,之所以约请胡可先先生编撰,是因为早在他到南京师范大学做博士后之前的1993年,就已有专著《杜牧研究丛稿》出版,可谓对杜牧研究有素。同时,笔者自然也联想到曾经拜读过的胡可先的一系列功力颇深的论文。如他提供给中国唐代文学学会第九届年会的关于"甘露之变"与晚唐文学的论文,其中既有惊心动魄之笔,亦有细致入微之文。特别是其中把"甘露之变"对文人心态的影响,以及晚唐诗歌之被目为"衰世之音"的原因所在,剖析得很有说服力。"甘露之变"时,杜牧刚过而立之年。稔悉这一政治和文学背景的胡可先,对杜牧诗歌进行注释和评点自然易近膝理,能于深邃之中探得其诗歌之内涵,弘扬其精华,同时也就消除了人们对杜牧的某种片面理解。

丛书的宋代名家中,柳永的年辈最高,但对其生平事迹和作品系年,后人都曾有重大误解。而浙江大学文学院的吴熊和先生,对此曾做过令人深信不疑的考证和厘定。柳永集的编撰者陶然先生,自然会承祧其业师的这些重大的学术成果,贯穿于自己的编著之中,从而撰成一本甄误出新之作。再者,陶然虽说是这套丛书十位编著者中最年轻的一位,但他有着相当机智精练的语言功底。无论其何种著作,行文中总是既以流丽多姿的现代语汇为主,又不时可见精粹的文言成分,其用语既富表现力,又令人颇感雅洁可读。同时,他作为年轻的文学博士,在其撰著中很善于运用新颖的科学论析方法,兼具宏观把握和微观剖析两方面的优长。表现在此著中,既有对词学源流的总体把握,又能对柳永诗词做出中肯可信的注释和评析。

苏轼是古往今来文学家中最具魅力的人物。选评苏轼诗词精品的陶文鹏先生,则是名声在外的多才多艺之辈。在他相继撰写、出版的多种论著中,有不少是关于苏轼诗词方面的,堪称是东坡难得的知音之一。以其不久前结项的"国家社会科学基金项目"——《中国古代山水诗史》一书为例,关于苏轼的章节就写得特别全面深透。其中不仅有定性分析,还有相当精确的定量分析。在其他各种论著中,陶文鹏不仅对两千六百余首苏轼诗中的精品有所论列,对三百余首东坡词的代表作亦时有画龙点睛之评。在这样的基础上所撰成的本丛书苏轼集,更不时可见出新之笔。比如,书中引述"苏轼诗词创作同步说",以及对《念奴娇·赤壁怀古》中的"故国神游"等句的新解,都体现了苏轼研究的最新学术成果。

从编著者的组成来看,这套丛书最突出的特点是较多女性编著者的参与。人数虽然只有宋红、高利华、邓红梅、陈祖美四位,男女编著者的比例只是三比二,与"半边天"的比例还有些距离。但是请君试想:迄今为止,在有关古典文学作品的类似规模的丛书中,有哪一套书的女编著者或作者能占到这样大的比重?

在这里需要说明的是,编撰本丛书的初衷和着眼点,绝不是单纯地追求女作者的人头优势,主要还是在不抱任何性别偏见的前提下,使每位撰著者的才华和实力得以平等展现!

不妨先从宋红先生说起。她从北大中文系毕业来到人民文学出版社古典文学编辑室不多久,就主持编辑了一本《〈诗经〉鉴赏集》。我在撰写其中《〈邶风·谷风〉绅绎》一文的过程中,宋红在关于泾渭孰清孰浊的问题上提出了很好的建议。后来这篇标题为《借荍菲之采,诉弃妇之怨》的拙文,竟得到一些读者的由衷鼓励,这与宋红的建议有着密不可分的联系。她的才华在相当大的学术范围内几乎是有口皆碑的,这自然也与她所处的学术环境有关。以20世纪80年代初在出版界出现的"鉴赏热"为例,她所在的古典文学编辑室及时推出了规模可观、社会效益甚好的《中国古典文学鉴赏丛刊》。特别是较早出版的关于唐宋词、汉魏六朝诗歌和《诗经》等鉴赏集,对这一持续了约二十年之久的"鉴赏热",起了很好的导向作用。这期间,宋红在编、撰结合中得到了很实际的锻炼。所以,此次她在编撰本丛书杜甫集这一难度颇大的书稿时,一直是胸有成竹,甚至发现和纠正了研治杜诗的权威仇兆鳌等人的不少疏误。这种学术勇气和责任心是极为难能可贵的。

生在绍兴、长在绍兴的高利华先生,她喝的不仅是当年陆游喝过的镜湖水,而且与这位"亘古男儿一放翁"还有一种特殊的缘分——在她从杭大毕业回到绍兴任教不久,即参与筹办纪念陆游八百六十周年诞辰大型学术活动。这是她逐步走近陆游的一个难得的良好开端。此后每五年举办一次的同类学术活动,自然都少不了她这位陆游研究者的热心参与。直到今天,在她担负着绍兴文理学院中文系极为繁重的教学任务和该校学报执行主编的同时,她的身影还不时出现在陆游的三山故里及沈氏名园之中,进行实地考察、拍照,仿佛仍在时时谛听着陆游的创作心声……这一切,对于高利华正确地解读陆游均有着难以替代的重要作用。体现在她所选评的本丛书陆游集中,尤其值得一提的是,在"灯暗无人说断肠"一类中,她是把《钗头凤》作为陆游与其前妻唐琬彼此唱和的爱情悲剧之章收入的。这一点是有争议的。假如她一味按照自己的观点解读此词,无疑是片面的。好在高利华把这首词的有关"本事"及关于女主人翁是唐琬还是蜀妓的历代不同见解,在简短的文字中胪述得清清爽爽,洵可作为有关《钗头凤》词的一篇作品接受史和学术研究史来读。仅就这一点,没有对陆游研究的相应功力和对这位爱国诗人的一颗赤诚之心，是难以做到的。

人们如果很欣赏哪位演员的表演才华，往往夸赞说某某浑身都是戏。我初次与邓红梅先生在一次学术会议上谋面时，就明显地感觉到她浑身都透着活力。等到听了她的发言、看了她关于辛弃疾的文章之后，便感到这种活力远不止表现在触目所见的外形上，更洋溢于其智能、业绩之中。所以在考虑辛弃疾集的编著者时，我便自然而然地想到了这位从江南来到辛弃疾故乡的、极富活力的女博士。当笔者与邓红梅在电话里初谈此事时，她二话没说，仿佛是不假思索地说："我将写出一个与众不同的辛弃疾！"果然不负所望，她很快将辛弃疾六百余首词中的佳作按题材分为主战爱国词和政治感慨词等十一类，从而把人称"词中之龙"的辛弃疾，由人及词全面深刻地做了一番透视与解剖。这样，即使原先是"稼轩词"的陌路人，读了邓红梅的这一编著，沿着她所开辟的这十多条路径往前走，肯定会离辛弃疾其人其词越来越近，并从中获得自己所渴望的高品位的精神享受。

然而令人痛心的是应了那句"文章憎命达"的谶语，红梅竟在其春秋尚富的2012年离开了我们，我和不少熟悉她的文友都为之痛楚不堪！在她逝世两周年之际，"唐宋诗词名家精品类编"丛书（共十卷）得以重新修订出版。此系每位编撰者有所期待的良机，然而九泉之下的红梅对于她所编撰的辛弃疾集则无缘加以厘定。忝为这套丛书的主编，我有义务联手责编王国钦先生代替红梅料理她的这一学术后事。所以我在肠癌手术尚未痊愈的情况下，通校了辛弃疾集，从而深感红梅堪称辛稼轩的异代知音！她对每一首辛词的"点评"之深湛精到，令我不胜服膺。对于红梅出色"点评"的内容要旨，我未加任何改动。对于我在此次通校中所发现的问题，大致分以下两种情况：一是个别漏校或笔误，诸如"蛾眉"误作"娥眉"，"吟赏"误作"饮赏"，"疏"误为"书"，"金国"误为"全国"，"谕"误为"喻"，"询"误作"讯"等，径作改正。二是对于"惟"与"唯"，想必红梅曾和我一样理解为此二字必须严格区分，就连"唯一"也必须写作"惟一"；"唯"只用于"唯心""唯物"等少数哲学词汇，其他均写作"惟"。然而在红梅去世后问世的《通用规范汉字字典》（商务印书馆，2013版）"惟"的第二义项与"唯"是相同的。所以我此次通校过的唐代合集和辛弃疾集中所用合乎《通用规范汉字字典》规定的"惟"字义项，都没有改动。

上述未经本人审阅的作者"小传"，鉴于笔者了解情况不尽全面，表述又不见得很准确，所以不一定完全得到"传主们"的首肯。但是有一点，即使他们不予认可笔者也要坚持：这就是他们均为治学严谨的饱学或好学之士，对于唐宋诗词的研究尤为擅长。不具备这方面的优势，所撰书稿很容易误人子弟。因为不论是唐诗宋词或唐词宋诗，其老版本都曾存有各种谬误。即使一些很有影响、极受欢迎的选本，当初由于各种条件的限制，也都存在着种种不足之处。没有相应的学识，没有严谨的态度，不加深究，就很难发现问题，很容易以讹传讹。

本丛书的所有编撰者，在这方面都是可以信赖的。而他们的另一共同点是，大都具有与古代诗词名家发生共鸣的文学创作才能。仅就笔者经眼之作来说，比如林东海的《登戏马台》诗云：

当年戏马上高台，犹忆乌骓舞步开。

九里狂沙怜赤剑，八千热血恨黄埃。

时来竖子功名立，运去英雄霸业摧。

回首楚宫空胜迹，云龙山外鹤鸣哀。

此系诗人于彭城（今江苏徐州）凭吊项羽之作，其用事、用典何等妙合自然，感慨又何等遥深，早被旧体诗词的行家里手赞为"诗风沉郁，颇似杜少陵之抑扬顿挫"。笔者所拜读过的林东海的其他诗作还有七绝《过邯郸学步桥》、七律《吊白少傅坟》《马嵬坡怀古》等，也都是思覃律精，足见功力之深。

在黄世中只有十五六岁时，他就曾有感于一出南戏对陆游、唐琬爱情悲剧表现之不足，遂写了一个自己心目中的陆唐情深的南音剧本，且作词、谱曲一气呵成，后来又把陆唐之恋编成了电影文学剧本。当他将这一剧本寄到上海海燕电影制片厂后，不久就收到该厂回复的长信，希望他对剧本做一些加工修改以期拍摄。同时，黄世中还把剧本寄奉郭老（沫若）和朱东润先生求教，并很快收到了郭老和朱先生加以鼓励的亲笔回信。笔者不仅细读过黄世中所写的历史小说和颇具规模的散文集，还亲耳聆听过其具有南昆韵味的自弹、自唱、自度之曲，其文艺才能可见一斑。

陶文鹏是新诗、旧诗俱爱，而且几乎是张口就来，出口成章。例如他的一首七律《晚云》：

岁月催人近六旬，经霜瘦竹尚精神。

胸中故土青山秀，梦里童年琐事真。

伏枥犹思腾万里，挥毫最喜绘三春。

何须采菊东篱下，乐在凭栏对晚云。

　　此外，陶文鹏还有一副高亢嘹亮的歌喉，每次在学术会议上总是属于最为活跃的一族。多年来，他一肩双挑，编撰兼及，硕果累累。当然，这一次他将再度奉送给读者一个惊喜。

　　宋红谙悉音律，对旧体诗词的写作堪称得心应手。其长篇五古《咪咪歌》，把她的宠物猫咪写得活灵活现，想必谁读了都得为之捧腹不迭。此诗被识者誉为："神机流动，天真自露。猫犹人也，可恼亦复可爱，以其野性存焉。"

　　在20世纪60年代出生的那辈人中，旧体诗词的爱好者已不多见，擅长者更是凤毛麟角，而毕业于河南大学中文系的王国钦却对此情有独钟。20世纪90年代初，他曾写过一首题为《桂林赴上海机上偶得》的七律，诗云：

关山万里路何迢？鹏鸟腾飞上九霄。

云海涛涛惊心海广，航空技越悟空高。

却思尘世多喧扰，莫道洪荒不寂寥。

笑瞰人间藏碧水，乾坤一点画中瞧。

　　此诗为老一代著名诗人所看重并为之精心评点："……首联设问，引出壮志凌云；颔联设比，胸怀何其广大；颈联表现一种复杂的矛盾心理；尾联化大为小，小中见大，表现了作者对人间的无限依恋与热爱。作者融天上人间、喜乐忧烦、神话科技于一诗，别具情趣，也别有一种超乎时空的磅礴之气。"王国钦在诗词兼擅的基础上，还从1987年至今摸索、创造出一种新的诗歌形式——度词、新词，并得到当代诗词界人士的广泛称赏。当初他来京商谈丛书编选的诸项事宜时，我因为手上稿事过多等缘故，希望与他一同主编丛书。他诚恳地说：自己可以多承担一些具体的编辑工作，主编还是由社外专家担任，所以只承担了宋代合集的任务。之所以再三邀他负责宋代合集的编选，也正是由于他对宋词的偏爱和对词体发展的不懈努力。

20 世纪 90 年代初,中州古籍出版社曾出版、再版过一本享誉海内外的《当代诗词点评》。在这本厚达六百七十多页的选集中,所有编著者均按长幼顺序排列。排头是何香凝,而高利华是其中最年轻的女编著者——在当时也是旧体诗词界最为年轻的新生代。此书选收了高利华的《浣溪沙·夜出遇雨》《菩萨蛮·雨过索溪向晚戏水》等篇,行家认为其词善于将"陈句融化,别出新意,既富造诣,又见慧心"。其《八声甘州·八月十八观钱江潮》有句云:"叹放翁、秋风铁马,误几回、报国占鳌头。休瞧我,凭栏杆处,欲看吴钩。"此作更被知音者推为:"上片写景,是何等气势!下片怀古,是何等襟期!山阴多奇女子,信哉!"

笔者之所以对丛书编著者们如此着意介绍,既不同于孟子所云"知人论世",也与胡仔所谓"知人料事"不尽相同。这里似乎略同于学术领域的"资格论证"和文化消费中的"品牌意识",或者说借重上述诸位的专长和才华,以增加读者对这套丛书的信任感,在假货无孔不入的情势下使精神消费者能够放心。虽说人们对某种"品牌"的喜爱和信任程度,最终要靠"品牌"本身的质量说话;虽然即使声势浩大的"广告",最终也不见能抵得过下自成蹊的"桃李"的魅力,但是还有一种"话不说不明,木不钻不透"的更为通俗和适用的道理——被埋在地下的夜明珠人们尚且看不到它的光芒,而一个新问世的"品牌",多少也需要自我"表白"一番的。

本套丛书初版于 2002 年 8 月,之后已陆续重印多次。随着时间的推移,虽然丛书在封面设计、版式设计及印刷质量等方面略显不尽人意之外,但在内容的编选和点评方面却依然值得肯定。因此,丛书的本次重印,除由编选者对内容进行了个别的修订、勘误之外,还由出版社对封面、版式进行了重新设计,将印刷质量进一步提高。同时,本着"把辛苦留给自己,把方便提供给读者"的编辑初衷,丛书又在一些体例方面做了进一步规范。比如对于词牌、词题在目录或引述时的表述方式,无论是在学术界或是在出版界,并无明确而统一的规范形式,所以不同的编选者就不可避免地出现了不同的表述。而这对于一套丛书来说,就出现了体例上不统一的问题。经过多方的交流、咨询和讨论,出版社在修订时提出了统一规范的建议,笔者认为十分必要。

具体来说,规范之前的一般表述形式大约分为三种情况:(一)原作既有词牌又有词题:"词牌·词题",如周邦彦《少年游·感旧》;(二)原作只有词牌却无词题:"词牌",如秦观《鹊桥仙》;(三)原作只有词牌却无词题:"词牌(本词首句)",如秦观《鹊桥仙》(纤云弄巧)。

本次规范之后,实际上是把第二、第三种无词题的情况合并为了一种形式,也就是说把原作无词题的情况统一都表述为"词牌(本词首句)",如姜夔《暗香》(旧时月色)。进行这样的规范,起码有这样两点好处:(一)对现在并不太了解古典诗词(尤其是词)表现格式的读者来说,能够将有无词题的作品进行一目了然的区分;(二)对于一般读者和研究者来说,方便对同一作者同一词牌的多首作品进行准确表述及辩识。而出版社的这些建议和规范,恰恰是丛书初衷的自觉践行。作为本套丛书的主编,笔者当然表示尊重和欢迎。

一言以蔽之,这套丛书的最大特点和长处是策划独到、思路新颖,它仿佛为每位编选者提供了一双崭新的"鞋子"。穿上这双"新鞋",是去"走世界"还是到唐宋诗词名人家里"串门子",抑或是像"脚著谢公屐"似的爬山登高,那就该是因编选者各自不同的"心气"而有所不同的事情了。但我可以夸口的是:他们全都没有"穿新鞋走老路"!

初稿于 1999 年 10 月,北京

改定于 1999 年 12 月,郑州—北京

厘定于 2015 年元月,北京

目　录

孤鸿缥缈·天容海色本澄清

笔底江山·身行万里半天下

鸿爪雪泥·也无风雨也无晴

悼寄题赠·迎客西来送客行

咏物生花·竹外一枝斜更好

友情常在·常羡人间琢玉郎

书画寄情·苏子作诗如见画

前　言

　　北宋杰出的文学大家、一代文坛盟主苏轼，字子瞻，号东坡居士，宋仁宗景祐三年十二月十九日（公元 1037 年 1 月 8 日）出生于四川眉山县一个比较清寒的文士家庭。父亲苏洵是个大器晚成的散文家，由发愤读书而入仕。母亲程氏是大理寺丞程文应之女，很有文化教养，深明大义，曾对苏轼"亲授以书"，并以历史上的正直名臣激励他进取。弟弟苏辙，字子由，是苏轼一生政治上和文学上的同道。苏轼成长于富有文化气氛的环境中，从小就受到深厚的中国传统文化的熏陶，也接受了正统儒家经世济时的政治理想的教育。他勤奋好学，刚进成年，即"学通经史，属文日数千言"（苏辙《东坡先生墓志铭》）。

　　宋仁宗嘉祐元年（1056），苏轼与父亲一起到京城，次年与弟弟苏辙一同进士及第。嘉祐六年，又应制科考试，列为三等。宋神宗熙宁四年（1071），官至太常博士。此时，正值王安石变法。苏轼也是主张政治改革的。他曾经撰写过一系列策论，针对北宋王朝财乏、兵弱、官冗、赋制不均、边防空虚等问题，提出了改革主张。他认为应当抑制豪强地主的兼并，这与王安石的观点是一致的。但他强调"择吏任人"，反对"以立法更制为事"（《策略》第三）；主张"节用以廉取"，不赞同"广求利之门"（《策别》十八）；还提出"欲速则不达"，"轻发则多败"，在兴革步骤上力主稳健。而这些观点却同王安石的新法针锋相对。他反对新法，在朝廷很难立足，便请求外任，通判杭州，后来又知徐州、密州、湖州。宋神宗元丰二年（1079），一伙混入变法派的奸人罗织罪名，诬陷他以诗文讪谤朝廷，使他被捕入狱，酿成了著名的"乌台诗案"。由于宋神宗爱惜苏轼的才华，元老重臣上书营救，王安石也反对圣世杀才士，苏轼幸得释放并被贬为黄州团练副使。元丰八年（1085），神宗死，哲宗即位，高太后临政，任用旧党领袖司马光为宰相，尽废王安石新法。苏轼因属于旧党而被召回朝廷，连续升官，做到翰林学士和中书舍人。他在多年的地方官任上，了解到王安石新法对国家和人民有许多好处，不同意司马光等人尽废新法的做法，结果遭到了新旧两党的夹攻，于是又被放外任，历知定州、杭州、扬州。高太后死后，哲宗亲政，新党再度执政，苏轼再次遭到迫害，先被贬惠州，继而被贬到天涯海角的琼州（今海南岛）。直到宋哲宗元符三年（1100）正月，哲宗去世，徽宗即位，苏轼才遇赦。次年，苏轼病逝于北归途中。苏轼一生，时时处处都以国计民生为己任，屡遭诬陷迫害却始终不渝，为当地百姓做了许多好事。他的崇高人格，将永远赢得中国人民的敬仰和热爱。

苏轼的思想以儒家为本，但受道家和佛家的影响也很深。他少年时就"奋厉有当世志"（《东坡先生墓志铭》），十分赞赏杜甫"流落饥寒，终身不用，而一饭未尝忘君"（《王定国诗集叙》）的精神，钦慕屈原、诸葛亮、陆贽等经世济时的人物，认为"丈夫重出处，不退要当前"（《和子由苦寒见寄》），想做一个风节凛然、敢作敢为的儒者，实现辅君治国、大济苍生的理想抱负。但他又博览佛道两家典籍，同许多和尚道人交往。他酷爱陶潜，追求老庄的隐逸生活，并热衷于道教养生之术。儒家思想和佛老思想在主要方面是矛盾的，苏轼却将它们融会贯通。他善于从日常的人情事理着眼来把握儒、释、道三家思想的相通相近之点，又善于依照致用的原则融合三家思想，借以圆通地观照事理和明达地处世应物。例如，他一生遵循儒家积极进取的精神，却扬弃了孔子等人知其不可为而为之的迂执作风，也不赞成儒生高谈性命之学的空疏行径；他吸取了庄子追求自由超脱的精神和独立不倚的人格，而批评其否定社会厌弃人生的悲观论调；他学习佛家"静而达"的观物方法和达观的处世态度，却不沉溺于其玄奥难测的佛学教义之中。他习惯于把政治思想和人生思想区别对待。当他入仕从政时，特别是在地方官任上，主要信奉和推行儒家的政治思想；而当他被贬谪在野时，佛老的人生哲学又成为他的主要思想倾向。随着生活遭遇的不同，苏轼交替使用这三种思想武器。总的来说，苏轼能博采儒、道、佛三家之长，奉儒而不迂执，好道而不厌世，参禅而不佞佛，通三教之变，成一家之言，其实质是以儒为体，以佛老为用。这使得他的思想博大精深而又简易圆通。古代许多怀抱理想却在现实中碰壁的士大夫文人，诸如陶渊明、李白、白居易，包括与苏轼同时的王安石，只能做到儒家所主张的"达则兼济，穷则独善"，苏轼却能做到穷达如一。他居朝市时则为民请命，处山林仍心怀魏阙。无论穷还是达，都能既行兼济，又行独善。这是因为苏轼能以旷达超脱的人生态度看待穷和达，不计较个人的利害得失，不论"兼济"还是"独善",都不从主观上要求向外在的社会准则认同,而使之成为丰富自我、发展自我的两种手段。

苏轼个性正直坦率。正如他自己所说:"予欲有言,言发心而冲于口,吐之则逆人,茹之则逆予,以谓宁逆人也,故率吐之。"(《录陶渊明诗》)在事关国计民生的大是大非问题上,他不虑祸福,言人所不敢言,行人所不敢行,坚持真理,忠实自我,决不随风偃仰,更不苟合趋利。不论是新党执政还是旧党当权,他都提出不合时宜的政治主张,结果受到排挤打击。这种忠言谠论、正直不阿的品格,却使他受到历代忠直之士的尊敬。

苏轼以民为本,勤政爱民,能以自己的心体察民情,又能以民心处理政务。他的足迹所到之处,都能泽及万民;即使身处困境犹如涸辙之鲋,仍能濡人以沫。他在诗中一再自豪地歌唱:"我虽穷苦不如人,要亦自是民之一"(《次韵孔毅父久旱已而甚雨三首》),"吏民莫作长官看,我是识字耕田夫"(《庆源宣义王丈》),"我本海南民,寄生西蜀州"(《别海南黎民表》),"天其以我为箕子,海南万里真吾乡"(《吾谪海南,子由雷州,被命而行》),"日啖荔枝三百颗,不辞长作岭南人"(《食荔枝二首》)。他把自己当作人民中的一员,以识字耕田夫自命,将贬谪之地作为自己的故乡,因而所到之处,百姓们也都将他看作乡亲。在中国古代的诗人中,很少有人做到像苏轼这样与普通百姓如此亲睦。苏轼一生始终怀抱着爱民济世之心,鄙视富贵荣华,淡泊名利爵禄。他爱惜声名,但不汲汲于求名,宁可"实浮于名",不要名过于实。在物欲的需求上,他不赞成节欲,更反对强求,主张"游于物外"而不为物所役。他还提出要"善于处穷",在艰难困厄中悠然自得,处之坦然。苏轼是一位幽默大师,是中国思想文化史上罕有的"快乐天才"(林语堂《苏东坡传》语)。他生性诙谐,智慧超卓,对生活怀抱着健康开朗的幽默感。他的风度飘逸洒脱,言谈妙趣横生,充满了平凡而温馨的人情味,不仅令文人士大夫倾倒,也使下层民众感到亲近。苏轼乐天知命。他浮沉宦海,多灾多难,颠沛流离,艰苦备尝,却能以旷达自适的人生态度,置穷达、生死于度外,从容地排遣忧愁痛苦,化解内心的矛盾,随遇而安,以苦为乐,苦中求乐,坚持对人生和美好事物的追求,从而使坎坷的悲剧的人生化作充满艺术审美情趣的人生。苏轼以其过人的才华将自己的人格精神与诗意人生表现在丰富多彩的文学艺术创作中,使他的作品具有鲜明独特的个性风格,有经久弥新的人格魅力和艺术魅力。

苏轼才华横溢,创作精力旺盛,建树了多方面的文学艺术业绩:散文与欧阳修并称"欧苏"，是唐宋古文八大家之一；诗歌与黄庭坚并称"苏黄"，开有宋一代诗歌的崭新风貌；词与辛弃疾并称"苏辛"，是豪放词风的开创者。在书画艺术方面他也是名家：书法与黄庭坚、米芾、蔡襄并称"四大家"，绘画与文同、米芾一起建立了宋代文人写意画派。苏轼对诗文书画的创作、鉴赏、批评都作了广泛而精深的探讨研究，发表了许多真知灼见，不愧为宋代一位杰出的文艺理论家和批评家。苏轼又通晓音律，深谙园林艺术，精于鉴赏金石。他涉猎的领域如此广阔，又能同时取得高度的成就，这在我国文学艺术史上是极为罕见的。

苏轼的诗保存下来的有二千七百余首。他一生于诗用力最勤。他的诗歌和词与散文相比，题材更广阔，内容更丰富，风格更加多样化。它们广泛地描写了十一世纪后期中国的社会生活，在读者面前展开了琳琅满目的艺术画卷，其思想与艺术成就都显示出对前辈诗人欧、苏、梅和同时代诗人王安石、黄庭坚、陈师道等人的超越，堪称一代宋诗之冠。

他的政治讽喻诗揭露社会矛盾和政治弊病，表达他对于祖国前途和人民命运的深切关怀。从早年写的《岁晚三首》《和子由蚕市》，在凤翔作的《和子由闻子瞻将如终南太平官溪堂读书》，到贬谪黄州时作的《五禽言》《鱼蛮子》等诗，都是"悲歌为黎元"的感人之作。直到晚年贬谪惠州，诗人还写了七古长篇《荔枝叹》，从历史上向朝廷进贡荔枝写到当朝风行的贡茶和贡花，对皇帝穷奢极欲、官吏媚上取宠、百姓横遭盘剥摧残的黑暗现实予以尖锐的抨击。诗人敢于指名道姓地指斥当朝大臣，充分表现出他屡贬不屈、至老不衰的政治斗争精神。他还在不少诗中表达要为人民扶危救困的满腔热忱。他的一些反映民生疾苦的诗，是同不满新法的情绪交织在一起的，如《山村五绝》《吴中田妇叹》《赠孙莘老七绝》《寄刘孝叔》《戏子由》等。它们表现了诗人的思想矛盾：他真心真意希望人民生活能够有所改善，但又竭力排斥能给他们带来一定好处的新政。由于苏轼对社会现实的深切关注，这些诗中对于人民疾苦的描写都是真实生动的。如"风霜来时雨如泻，杷头出菌镰生衣。眼枯泪尽雨不尽，忍见黄穗卧青泥"（《吴中田妇叹》）的深沉感慨；"联翩三十七将军，走马西来各开府。南山伐木作车轴，东海取鼍漫战鼓。汗流奔走谁敢后，恐乏军兴污质斧"（《寄刘孝叔》），对官府扰民惨状的描绘，不仅渗透了诗人同情人民的泪水，而且客观地反映了王安石新法在推行过程中的流弊。

苏轼还在诗中表现出他对社会生产的重视和对民生问题的关切。《次韵章传道喜雨》《答吕梁仲屯田》等篇描绘了生产救灾、兴利除弊的情景,《石炭》写徐州人民采煤的热烈场面,《秧马歌》赞颂农民创造的新式农具,《游博罗香积寺》表达对利用水力改善劳动条件的憧憬。这些诗篇取材新颖,生活气息浓郁,给人别开生面之感。

在苏轼的生活时期,赵宋王朝对辽和西夏的进逼一味妥协退让,加深了边陲危机。苏诗中也表达出忧心边患、坚决抗御外敌的爱国热忱。《阳关曲》《郭纶》《将官雷胜得过京代作》等诗,热情地歌颂了勇于赴敌的爱国将士;《和子由苦寒见寄》《和王晋卿》抒写了自己请缨报国的雄心;《次韵子由使契丹至涿州见寄》期望出使契丹的苏辙像苏武那样不辱使命,为通好北辽、安定边境做出贡献;《获果庄二十韵》祝贺宋军收复洮州的大捷,又建议宋廷用宽厚政策招抚边疆部族,使他们同汉族和睦相处,表达了汉族和边疆民族广大人民的共同心愿。

然而苏轼的政治诗在数量和质量上都不足以代表他的诗歌的基本面貌和成就。苏诗的思想和艺术特色,主要表现在大量抒发个人情怀和歌咏自然景物、题书品画等作品里。

苏轼的一生是政治失意者的一生。他把"一肚皮不合时宜"在对乡土的怀念、亲友的交往和自然美的抚慰中排遣与解脱。他在这些平常的生活中发现并且艺术地表现了亲切动人的意蕴,表达了诗人对于人生的执着和深挚的感情。例如,"江山如此不归山,江神见怪惊我顽。我谢江神岂得已,有田不归如江水"(《游金山寺》),抒发对故乡的深切怀恋和归乡的强烈心愿;"寒灯相对记畴昔,夜雨何时听萧瑟"(《辛丑十一月十九日既与子由别于郑州西门之外,马上赋诗一篇寄之》),倾吐兄弟手足的深厚情谊;"莫嫌荦确坡头路,自觉铿然曳杖声"(《东坡》),袒露诗人不畏险阻、傲视磨难的豪迈乐观情怀;"人似秋鸿来有信,事如春梦了无痕"(《正月二十日与潘、郭二生出郊寻春》)将人生的飘忽虚无与友情的诚笃温馨对照交织,既惆怅悒郁,又旷达超脱。他晚年渡海北归时写的"九死南荒吾不恨,兹游奇绝冠平生"(《六月二十日夜渡海》),抒发出饱经危难侥幸生还的畅快,显示出倔强幽默的性格和阔大豁达的胸襟。总之,这些抒写个人情怀的作品多方面地表现出苏轼的精神品格和风神气度。诗中真情坦露,个性突出,感受深刻,内涵丰厚,写得灵动洒脱,最能拨动读者的心弦。

苏轼的一生,"身行万里半天下"(《龟山》),每到一地,都以极大的兴趣,登山涉水,探访古迹名胜,饱览自然景色之美,使自己的身心与大自然相通相融。

他用一支生花妙笔,把雄奇的三峡、壮阔的长江、妩媚的西湖、怒涛如雪山的钱塘潮、变幻莫测的登州海市、黄州的海棠、惠州的荔枝、儋耳的椰林黎寨,一一生动地收摄进诗卷之中。这些山水诗、咏物诗、记游诗最为脍炙人口。苏轼善于迅速、敏锐地捕捉自然景物千姿百态的不同特征,表现瞬息变幻的动态意象,触摸自然的脉搏,摄取自然的灵气,传写自然的奇美。如脍炙人口的《六月二十七日望湖楼醉书五绝》(其一)和《饮湖上初晴后雨》(其二),都表现杭州西湖的晴雨变幻。前者写由云成雨,忽又转晴,用"翻墨"与"跳珠"的意象分别描状黑云与白雨,传写出它们的光色、动态、气势,全篇景色倏忽转换,笔墨跳脱飞动,最能体现苏轼擅长从动态中捕捉景物特征的高超手腕。后者写由晴转雨,绘出明媚秀丽和迷茫朦胧两幅山水图画。特别是把西湖比成西子,新鲜奇妙,赋予西湖活跃的生命与美丽的灵魂,成为咏西湖的千古绝唱。细加品味,两首诗都妙寓哲理:前者寄托诗人笑看社会人生风雨倏忽消散的坦荡乐观襟怀,后者揭示了天然本色的美自具无限生动丰富的形态,可谓诗情、画意和哲理水乳交融。

苏轼创作了不少在日常生活和自然景物中融入理趣的作品,表现出他对自然、社会、人生的哲理探求,显现出他作为诗人兼哲人的独特气质与风采。这些诗绝大多数饶有诗的情趣韵味,又以诗人对事物新颖独到的见解而启人灵智。例如,《赠刘景文》以菊拟人,赞颂傲霜的风骨,又借秋去冬来的时空变化,暗示人生的宝贵,启迪人们珍惜美好年华;《题西林壁》描写游庐山观景的感受,揭示只有"入乎其内"而又"出乎其外",才能认识事物的全貌和真相;《琴诗》连用两个设问,表明有好的琴又有高妙的弹技才能奏出动人的乐曲,暗寓任何事业的成功都有赖于客观条件和主观能动性的统一。此外,《和子由渑池怀旧》《法惠寺横翠阁》《唐道人言天目山上俯视雷雨》《东坡》《慈湖夹阻风》《泗州僧伽塔》等,也都是哲理诗。这些诗,意象有的鲜明有的淡薄,表现手法亦有侧重描写或议论之别,有的还吸收了禅偈的机锋和形式,但都能即景寄意,因物寓理,使情、景、理三者融为一体,见解精警,意蕴深长,使人读起来兴味无穷,又深受哲理的启迪。苏轼这些优秀的哲理诗,奠定了宋诗重理趣的一大特色。

咏物诗也是苏诗中很有特色的一种。苏轼喜爱咏花,集中咏花的名篇佳构甚多,如《寓居定惠院之东,杂花满山,有海棠一株,土人不知贵也》《红梅》《月夜与客饮杏花下》等。他和黄庭坚都爱题咏与文化活动有关的事物,例如笔、墨、纸、砚、扇、手杖等文化用品,古代的文化遗址以及茶、酒、奇石等。他初入仕途到凤翔作的《凤翔八观》，所咏内容都属文物范围，这使他的诗的意象涂上了一层浓厚的人文色彩，也显出宋诗新的特色。他的咏物诗大都倾注了自我的生活情趣，如《欧阳少师令赋所蓄石屏》《东栏梨花》《壶中九华诗》《双石》《雪浪石》《和钱安道寄惠建茶》等，或咏花卉，或吟山石，或记茶芥细事，都能使事物的准确描绘和诗人的性格融合无迹。他还继承和发展了唐代诗人李颀写人物素描诗的传统，在大量的抒情诗和少数叙事诗中刻画出多种多样的人物形象。其中写得最成功的，是那些落拓不羁而又耿介拔俗的下层人物，如《和董传留别》《戏子由》《赠狄崇班季子》《赠潘谷》《赠眼医王彦若》等，显示出他以诗笔捕捉和凸现人物性格神采的艺术才能。

苏轼的题画诗、评书诗、论诗诗也有很高的成就。这些作品在对诗书画的鉴赏中寄寓着他的艺术见解、审美情趣和人生体验，表现出他深厚的艺术素养。其中题画诗数量最多，写得尤其出色。诗人善于发挥诗歌的想象与联想，生动地再现画面，补充画意并融入诗情，对画中意境进行再创造。如《书王定国所藏烟江叠嶂图》开篇十二句并不点明咏画之意，把画境当作真山水来描写；接下去，却把自身经历的真山水写得宛然如画。全篇亦真亦幻，相互映衬，迷离恍惚，流露出诗人被贬谪后的归隐之意。又如《惠崇春江晓景》（其一），诗人不仅描写出视觉所能见到的画面春景，而且妙用联想表现鸭子最先对春江水暖的触觉，以及河豚沿江逆流上行的动向。真是春意浓郁，生机勃勃，趣味横生。

苏轼认为，诗和画都应做到"天工与清新"，不应当拘泥于具体形状的肖似，而要达到"神似"（《书鄢陵王主簿所画折枝》）。他强调诗歌创作中的灵感，要求诗人"神与万物交"（《书李伯时山庄图后》），指出"作诗火急追亡逋，清景一失后难摹"（《腊日游孤山访惠勤惠思二僧》）。他认为诗人要有"写物之功"，须"求物之妙"（《答谢民师书》），即捕捉事物微妙的特性；又指出诗画都应当"出新意于法度之中，寄妙理于豪放之外"（《书吴道子画后》），等等。

苏东坡的诗歌，既是他洒脱的个性和横溢的才情的自然流露，也是他上述诗歌美学理想的自觉实践。因此，苏诗立意新颖，诗思敏锐，笔锋爽利，感受独到，无论述怀、写景、抒情、状物，均能意到笔随，巨细必达。例如他的千古名篇《游金山寺》突破历来咏金山诗专以刻画摹写寺景为能事的窠臼，对寺景不着一笔，而写登临望远所见高旷绵邈与奇幻壮美之景，借以抒发深挚的思乡之情。开头六句："我家江水初发源，宦游直送江入海。闻道潮头一丈高，天寒尚有沙痕在。中泠南畔石盘陀,古来出没随涛波。"信笔挥洒,思绪飘忽,境界开阔。细细品味,句中有情景、声色、古今、虚实、时地,言简意赅,精彩动人。施补华《岘佣说诗》评起首二句:"确是东坡游金山寺发端,他人抄袭不得。盖东坡家眉州,近岷江,故曰'江初发源';金山在镇江,下此即海,故曰'送江入海'。"汪师韩《苏诗选评笺释》亦云:"起二句将万里程、半生事一笔道尽。"全篇诗情曲折,波澜横生,诗笔犹如天马行空,挥洒自如,却又笔笔扣题,字字精妙,章法结构极谨严、浑整。又如七律《出颍口初见淮山是日到寿州》诗,全篇如冲口而出,一气呵成,纯用白描,无一典故。中两联对仗既工整,又自然流转,写舟行情景如画,富于动态美。特别是"青山久与船低昂"一句,写船随波起伏,人在船中,只觉得两岸青山亦忽上忽下,将极难状写之景表现得那么新颖生动。诗人被迫离京的沉痛、怅惘与身在大自然中的宽闲、畅快之情,不露痕迹地融入景中。诗人又将古诗的声调运用于律体,以表达其郁勃不平之气。全篇情景浑融,自然高妙,所以汪师韩《苏诗选评笺释》卷一称此诗"有古趣兼有逸趣",方东树《昭昧詹言》卷二〇赞曰"奇气一片"。苏轼灵动洒脱的才情,使他的诗具有恣逸俊爽的独特风格。正如纪昀评点《苏文忠公诗集》所评:"意境恣逸,则东坡本色。""神锋骏利,东坡本色。"赵翼《瓯北诗话》卷五对苏诗这一特点说得最精当生动:"(苏轼)才思横溢,触处生春。胸中书卷繁富,又足以供其左旋右抽,无不如志。其尤不可者,天生健笔一支,爽如哀梨,快如并剪,有必达之隐,无难显之情,此所以继李、杜为一大家也。"

东坡挥洒自如的才情,常常体现在奇幻的想象、惊人的夸张和新颖的比喻上,这使他的诗富于浪漫色彩,在偏于写实的宋诗中显得格外鲜明突出。东坡的艺术想象和联想敏捷、丰富、跳宕、飘逸、奇特。"长江绕郭知鱼美,好竹连山觉笋香"(《初到黄州》),从眼中所见长江绕郭和好竹连山,立即联想到鱼味鲜美嫩笋清香;"春畦雨过罗纨腻,夏垄风来饼饵香"(《南园》),看到春雨洒过田畦,便好像触摸到像丝绸般细腻润泽的质感;见了南风吹拂麦苗,似乎闻到了饼饵的香味;"玉花飞半夜,翠浪看明年"(《和田国博喜雪》),半夜里看见雪花飘舞,便想到明春翠浪千叠;"每逢蜀叟谈终日,便觉峨眉翠扫空"(《秀州报本禅院乡僧文长老方丈》),每次一听到文长老那熟悉的四川乡音,眼前便闪过翠岚扫空的雄秀峨眉山;"空肠得酒芒角出,肝肺槎枒生竹石"(《郭祥正家醉画竹石》),酒入空肠,立即感觉到自己画兴勃勃,肝肺间生长出锋芒尖利、峥嵘杂乱的竹石。《游博罗香积寺》写他看到一条平常的小溪,想象的彩翼就腾空而起,仿佛听到水力碓磨的隆隆春声,看到洁白如雪的面粉、晶莹如云母的大米从磨上纷纷飘落,甚至闻到裂着十字纹形的蒸饼散发出的香气。这些想象和联想,既敏捷又富于生活气息。想象和联想在修辞上的表现就是夸张和比喻。苏诗中的"天外黑风吹海立,浙东飞雨过江来"(《有美堂暴雨》),"一杯未尽银阙涌,乱云脱坏如崩涛"(《中秋见月和子由》),"朝来白浪打苍崖,倒射轩窗作飞雨"(《大风留金山两日》),"神游八极万缘虚,下视蚊雷隐污渠。大千一息八十返,笑厉东海骑鲸鱼"(《送杨杰》),都是妙用艺术夸张的诗句。这种夸张有强烈的感情和动人的描写作基础,显出特殊的真实感。苏轼更是比喻的大师。他的比喻新奇丰富又妥帖自然。他用"雪泥鸿爪"比喻往事所留的痕迹,暗示人生的偶然无定(《和子由渑池怀旧》);把一年将尽的最后时光,比成一条游向幽壑只剩下尾巴在外的小蛇(《守岁》);用几个历史人物的性格来比拟不同的茶味(《和钱安道寄惠建茶》);用专吃同类甚至吃自己母亲的"鬼车"即鸱鸮比喻酷吏(《异鹊》)。这些比喻无不新颖巧妙,奇趣横生,神乎其想,又天机洋溢。苏轼尤擅运用博喻。《求焦千之惠山泉诗》《无锡道中赋水车》等篇都是妙用博喻的作品。《百步洪》中"有如兔走鹰隼落,骏马下注千丈坡,断弦离柱箭脱手,飞电过隙珠翻荷"四句诗,连用七个比喻来表现洪水的汹涌湍急,真是错综利落、新颖奇警、气势飞动,令人目眩心惊。正如清人施补华《岘佣说诗》所评:"人所不能比喻者,东坡能比喻;人所不能形容者,东坡能形容。比喻之后,再用比喻;形容之后,再加形容。"苏轼新奇、丰富的想象往往又与缜密的观察和传神的描绘结合在一起,这是他的艺术创造力超乎常人之处。

苏轼诗的另一个重要特点,是"以文为诗"。欧阳修、苏舜钦、梅尧臣发展了韩愈的诗歌散文化倾向,但他们相当多的以文为诗之作流于浅率无味或生硬晦涩。苏轼吸取了他们的经验教训,基本上纠正了这种弊病。苏诗议论英发、精警动人,同诗中充沛的感情、生动饱满的意象、骞腾夭矫的笔势以及流畅宛转的节奏相互融合。其早年写的《石鼓歌》《王维吴道子画》即堪称宋代以议论为诗的典范作品。《石鼓歌》以古文笔法叙述自己见到石鼓的经过和石鼓的状貌,而议论也就在这些具体的叙写中逐层展开,最后点出全诗主旨:"暴君纵欲穷人力,神物义不污秦垢。是时石鼓何处避,无乃天公令鬼守。兴亡百变物自闲,富贵一朝名不朽。细思物理坐叹息,人生安得如汝寿!"见解新颖精警,议论挟带情韵和气势。汪师韩评曰:"澜翻无竭,笔力驰骤,而章法乃极谨严。"(《苏诗选评笺释》卷一）由于借鉴吸收了古文的章法、笔法、句法、词语入诗，苏轼的许多古诗和一些律诗都能做到以意运笔，意脉贯通，笔力纵恣，转折顿挫，诗意层次之间的承接转换如行云流水，自然畅达，把情意表达得淋漓尽致。

苏诗的语言清新、博洽、鲜活、灵动。举凡经史诗赋、佛老道藏、生活口语、民间俚语，无不汇聚笔端，任其驱遣。苏诗中的佳句，或以用字准确新奇见长，如"风来震泽帆初饱，雨入松江水渐肥"（《次韵沈长官三首》之三），"归路春风洒面凉"（《同柳子玉游鹤林招隐》），"尺书真是髯手迹，起坐熨眼知有无"（《喜刘景文至》）；或以句意凝练精警制胜，如"清寒入山骨，草木尽坚瘦"（《栖贤三峡桥》），"饥来据空案，一字不堪煮"（《虞州吕倚承事》），"潜鳞有饥蛟，掉尾取渴虎"（《白水山佛迹岩》），"大瓢贮月归春瓮，小杓分江入夜瓶"（《汲江煎茶》）等。苏轼胸藏万卷，善于使典用事，常常随手拈来，灵活妥帖，如水中着盐，浑然无迹却内含深味，如《赠王子直秀才》的"水底笙歌蛙两部，山中奴婢橘千头"，《过永乐，文长老已卒》的"三过门间老病死，一弹指顷去来今"，《六月二十日夜渡海》的"云散月明谁点缀，天容海色本澄清"，《端午遍游诸寺得禅字》的"盆山不见日，草木自苍然"，都是用典精切巧妙、自然无迹的例子。苏诗中的对仗，工整新奇，自然灵活，常以语脉的流动和上下句意的疏离或反差避免了呆滞，如"诗书跌宕悲年老，灯火青荧语夜深"（《次韵柳子玉过秦绝粮》），"闻道骑鲸游汗漫，忆尝扪虱话悲辛"（《和王斿》），"龙骧万斛不敢过，渔舟一叶从掀舞"（《大风留金山两日》），"岂意青州六从事，化为乌有一先生"（《章质夫送酒六壶》），"先生卜筑临清济，乔木如今似画图"（《傅尧俞济源草堂》），都是对仗工整新奇、气机流走、天然凑泊的联句。

苏轼驾驭自如地运用古、近各体诗来抒怀写志。苏诗以七言见长，七言古诗最为出色。这种没有严格格律约束也不受篇幅长短限制的七言歌行，更适于他自由驰骋才情和想象。他的七古波澜浩大，变化不测。五古稍逊于七古，也写得才气喷涌、气韵流动、精神饱满。律体不如古体，但七律七绝也很精彩。七律具有刘禹锡、白居易的流丽圆转，却更自由洒脱。七绝清美精妙，常具尺幅千里之势，有更多的佳作古今传诵。他对五律、五绝用力很少，偶有佳作，大多平庸。

作为宋代最杰出的诗人，苏轼能够转益多师，在广泛学习借鉴前人的基础上创新，从而形成多姿多彩的艺术风格。正如刘克庄所说，苏诗"有汗漫者，有典丽者,有丽缛者,有简淡者,翕然开合,千变万态"(《后村诗话》)。总而言之,苏诗境界大、笔力豪、变化多,大致以清雄旷放、自由驰骋为主调而兼具多种特色。前期诗歌以豪放为主,主要受李白、杜甫、韩愈、刘禹锡、欧阳修、苏舜钦的影响;后期诗风渐趋平淡,更多地吸收了陶渊明、韦应物、柳宗元、白居易以及梅尧臣诗的长处。

苏轼是宋诗大家,他的诗又有超越宋诗的一面。他的随心所欲而不逾矩的自由创造精神,他的诗天成、清新、简洁、自然,充满即兴、行云流水、挥洒自如,是一般宋诗所缺乏的。正如钱钟书先生在《苏东坡的文学背景及其赋》一文中所说,苏诗是宋诗中"最真朴出自然"的(《学文月刊》1934年6月,一卷二期)。

苏诗在思想和艺术方面,也存在局限和不足。有些作品带着政治偏见或流露出人生如梦、及时行乐的情绪。有些作品议论过多,粗率冗长,或矜才炫学,用典太滥,造成枯燥艰涩。他写了八百多首次韵唱和诗,其中有往返酬和至四五次的,虽穷极技巧,倾动一时,其中佳作却很少,损害了他的诗的整体成就,引起有识见的评论家对于诗人浪费才华的深深惋惜。

苏轼词今存三百四十余首,是北宋词人存词最多者。在评述苏词的成就之前,我们有必要对苏词创作时期的一个成见做出澄清。朱祖谋《东坡乐府》和龙榆生《东坡乐府笺》,对苏词编年自神宗熙宁五年(1072)始。多年来中外论者对此习而不察,几成定论,遂有苏词之作晚于其诗之说,更于其间殚精竭虑,探寻其原委。1998年,薛瑞生撰成《东坡词编年笺证》(三秦出版社),书中对原未编年的《浣溪沙·山色横侵蘸晕霞》词,经细加寻绎考索,系于仁宗嘉祐五年(1060)正月,仅晚于编年诗三个月;又对龙著误编为神宗元丰二年(1079)之《南歌子》("雨暗初疑夜""日出西山雨""带酒冲山雨")三首,以其中有"乱山深处过清明"句为端绪,将东坡成年至卒之每年清明行实一一排比,复按之以词中地理景观,始断为作于仁宗嘉祐八年(1063)清明前后送甥令赵蒇归蜀至宝鸡深山复回凤翔时。《东坡词编年笺证》又对朱、龙原未编年之《点绛唇·闲倚胡床》以史证之,知作于徽宗建中靖国元年(1101)自海南北归经九江时,数月后东坡即长逝。在有了充分证据的基础上,薛先生在《东坡词编年笺证》序文《论苏东坡及其词》中,提出了"东坡词与诗文创作同步说"。这是符合实际的崭新创见,纠正了旧说之误,对进一步研究苏词很有参考价值。

苏东坡对传统词风作了重大变革,在我国词史上有着特殊的地位。词的诗化是东坡的大胆尝试。词的诗化即陈师道说的"以诗为词"。他批评苏词云："退之以文为诗，子瞻以诗为词，如教坊雷大使之舞，虽极天下之工，要非本色。"（《后山诗话》）然而正是"以诗为词"，显示出苏词的本色，也体现了苏轼解放词体、开拓词境、提高词的品格的巨大功绩。苏轼"以诗为词"的思想、艺术特征，主要表现在以下几个方面：

其一，内容和题材的扩大。词最初在民间产生，内容原是很广阔的，它与诗的不同主要在于必须配合音乐、能够歌唱。但后来文人词的大量发展，却把描写女性和男女恋情作为词的专业，词被称为"小道""艳科"，在人们的心目中比诗"体卑"。宋初承晚唐五代余绪，词的题材很狭窄，内容贫弱，词体仅仅是歌楼酒宴娱宾遣兴的工具。其间仅有范仲淹《渔家傲》一词写塞外风光，王安石《桂枝香》一词借怀古抒兴亡之感。就连倡导诗文革新的欧阳修，其词内容也主要是男女恋情。柳永对词作了变革，大量创作慢词，运用赋的手法和俚语，较多地反映了市民阶层的生活和情趣，使词从贵族官僚的华筵走向旅舍歌馆，但其词作的主要内容依然是艳情旅愁。词要继续发展，就必须扩大内容，开拓题材，苏轼正是适应了这一要求进行革新。苏词大大突破了词为艳科的藩篱，除了男女之情、离别之恨、羁旅之愁等词的传统题材外，举凡山川景色、纪游咏物、悼亡赠友、怀古感旧、伤时论世、谪居谈禅、咏史游仙、农事村景等诗人惯写的题材内容，都被他大量写进词里。词从"花间""樽前"走向广阔的社会人生，同诗一样，达到了"无意不可入，无事不可言"（刘熙载《艺概》）的境地。

苏轼用词抒发慷慨激昂的爱国豪情。《阳关曲·赠张继愿》中，发出了"恨君不取契丹首，金甲牙旗归故乡"的激昂心声；《南乡子·旌旆满江湖》中，写了一位"帕首腰刀是丈夫"的从军壮士；《江城子·密州出猎》更是在词史上首次以健笔劲毫塑造英气勃勃的人物形象，词中的太守在出猎中洋溢着"酒酣胸胆尚开张"的豪情，他渴望手挽雕弓，像射虎一样回击侵略者，为国立功。苏轼在徐州太守任上所作的《浣溪沙》五首，是北宋词史上第一组饶有风味的农村风景画和风俗画。苏轼的山水词或某些词中的景物描写，如"一千顷，都镜净，倒碧峰"（《水调歌头》），"夜阑风静欲归时，惟有一江明月碧琉璃"（《虞美人》），"有情风万里卷潮来，无情送潮归"（《八声甘州》），"我梦扁舟浮震泽，雪浪摇空千顷白。觉来满眼是庐山，倚天无数开青壁"（《归朝欢》）等，境界澄澈、壮美、开阔，饶有气势。这对传统词只写那种愁山恨水或亭楼园林，也是一种发展。

其二，主体意识的强化。词同诗一样长于抒情，但苏轼以前的传统词所抒之情不是创作主体独特的自我感受，而是带共性的情感，诸如男欢女爱、相思离别、叹老嗟悲等；作品中的抒情主人公往往不是作者自我，而是没有确切指定性的他人或"共我"，即使是抒发自我之情，也多是假托佳人思妇之口出之。而苏轼的大部分词作则是表现主体意识，词的抒情主人公就是作者自我；写自我之情，也以我之口吻声气出之，从而生动具体地表达出自我独特的人生体验，抒发自我政治的和人生的理想。在苏轼词中，词人为了摆脱自我对于理想和现实、进取与退隐的内心矛盾冲突而采取的超越自适的人生态度，都得到了多角度多侧面的突出表现。如《沁园春·赴密州早行，马上寄子由》就宣泄出他青年时代"致君尧舜"的远大抱负无法实现的牢骚愤懑。《卜算子·黄州定惠院寓居作》以月夜中的"缥缈孤鸿影"自况，借以寄托他被贬后孤高自赏、不肯随人俯仰的心绪。《定风波·莫听穿林打叶声》写途中遇雨这一日常生活小事，抒发自己不畏风雨、泰然自若的旷达情怀。在许多词篇中，作者把强烈的主观意识和感情色彩渗透到写景叙事里，使他独特的感受、广阔的胸襟、倔强的性格以及对人生的达观见识，一一鲜明地凸显出来。词成了作者言志抒怀的工具。金代元好问说"自东坡一出，情性之外，不知有文字"(《新轩乐府引》)，近人龙榆生说苏轼"悍然不顾一切，假斯体以表现自我之人格和性情抱负，乃与当时流行歌曲或应乐工官妓之要求以为笑乐之资者，大异其趣"(《两宋词风转变论》，《词学季刊》二卷第二号)，都注意到苏轼词主体意识的强化，展示了苏轼自我的人格、性情和抱负。

其三，意境、风格的创新。传统文人词由于专写男欢女爱、闲愁别恨，以清丽婉约为本色当行，又长于比兴手法，虽有词意含蓄、包孕深曲的长处，但境界狭小，风格纤弱。苏轼另辟蹊径，创造出高远清雄的意境和豪放旷达的风格，又多以直抒胸臆见长。明代徐师曾《文体明辨馀说·诗馀》说：论词"则有婉约者，有豪放者。婉约者欲其辞情蕴藉，豪放者欲其气象恢弘"。大致说出了两类词意境、风格的区别。有名的《水调歌头·明月几时有》《念奴娇·赤壁怀古》最能代表苏轼这方面的革新成果。前一首以问天、问月来探索人生哲理，抒发兄弟的手足情谊。上片写他不满现实而企图追求天上的自由、光明，然而终究离不开人间，表现出他对人生的眷恋；下片虽写了人生分离永远无法弥补的缺陷，但仍以乐观旷达的祝愿作结。词的想象浪漫瑰丽，境界清旷澄澈，风格奇逸高远，被誉为咏中秋的绝唱。后一首写于黄州谪居期间,唱出了对祖国河山热情的礼赞,对建树功业的英雄豪杰的衷心倾慕,全篇的基调是积极乐观的。作者以动荡奇伟的赤壁江山景色和英姿勃发的周瑜形象,创构出雄奇壮阔的境界。这样气势磅礴、高唱入云的豪放词,在苏词中数量不多,却代表了苏词的独特面貌,显示出苏轼"以诗为词"提高词的意境和格调的巨大成就,产生了深远的影响。

苏轼对词的意境和风格的创新,还突出地体现在他将诗的理趣注入词中,创造出许多情、景、理相融的作品。这类富有理趣的词作,除了《水调歌头·明月几时有》之外,还有《水调歌头·黄州快哉亭赠张偓佺》《定风波·莫听穿林打叶声》《浣溪沙·山下兰芽短浸溪》等,都是苏轼在词中创构形而上的哲理境界的巨大收获。

其四,形式、音律的突破和表现手法的发展。词原是配合音乐歌唱的,它的格律在有些方面比律诗严,如不仅分平仄,还要分"五音""五声""六律""清浊轻重"。如果死守音律,就不能适应词的内容的革新。因此,苏轼有意在一部分词中突破音律束缚,不为应歌而作,以便更充分地表情达意,使词成为一种独立于音乐而不完全离弃音乐的抒情诗体。晁补之说:"居士词,人谓多不协律,然横放杰出,自是曲子中缚不住者。"(《能改斋漫录》卷一六引)陆游也说,苏轼"非不能歌,但豪放,不喜剪裁以就声律耳"(《老学庵笔记》卷五);还说,取东坡词"歌之,曲终,觉天风海雨逼人"(《跋东坡七夕词后》)。这说明苏轼懂音律,苏词具有很好的音乐效果,只是有时他不愿思想内容和艺术表现因迁就音律而受到损害。事实上,苏轼很善于利用长短句的错落形式,造成有韵律的节奏,用字造句也力求铿锵。据《铁围山丛谈》卷四说,《水调歌头·明月几时有》就曾由当时的歌手袁绹演唱过,今天读来仍能感受到它的音乐美。在语言上,苏轼也打破了以前的一些清规戒律,因为那些规律只能使词保持纤弱的格调。只要恰当地表达他的思想感情,任何词语都可入词,形成一种清新雅练、劲健晓畅的诗歌语言。

苏轼还丰富了词的表现技巧,发展了柳永词的铺叙手法,开创了直抒胸臆甚至纯以议论写怀的抒情手法;他将写景、叙事、抒情、议论交织穿插,熔于一炉;他用宏大场面烘托非凡人物,借日常小景寄情寓理,化用神话故事并以虚幻情节表达现实的政治感慨;他首先将香草美人的骚赋手法运化入词,并且自由灵活地运用比兴寄托、象征暗示等婉曲手法;他创造性地运用词题和小序使之与词篇互补,开了在词中用典、和韵的风气,以及创作了词的隐括体、集句体、对话体,等等。总之，苏轼融会了前人多种艺术技巧，提高了词这一新诗体的表现功能。

其五，对传统婉约词的"雅化"。苏轼作为词坛大手笔，他的词有多姿多彩的风调，既有放笔挥洒、豪气干云的豪放词，又有幽怨缠绵、情辞妩媚的婉约词，还有抒发逸怀浩气的清旷之作、体现"灵气仙才"的瑰奇之篇、洋溢乡土气息的韶秀之章。他吸取了传统婉约词抒情的真挚和细腻，运以或沉着或疏放的笔墨，不仅显示出淳厚深沉的自家面目，还使它向士大夫所欢迎的"雅词"方向发展。如《江城子·乙卯正月二十日记梦》这首悼亡名作，深挚悲怆，回肠荡气。又如《蝶恋花·花褪残红青杏小》，清代王士禛《花草蒙拾》中说："恐屯田（柳永）缘情绮靡，未必能过。"爱情的主题，在苏词中有时通过咏物来表现。如《水龙吟·次韵章质夫杨花词》咏杨花，《贺新郎·乳燕飞华屋》咏石榴，《西江月·玉骨那愁瘴雾》咏梅，都能以性灵语咏物，重在寄托，贵在传神，以沉着之笔写出。词中物的意象与其所比拟的女性形象关系表现得若即若离而又十分谐调，使词的风格轻清婉丽，缠绵悱恻，空灵蕴藉，韵味深长。清人刘熙载特别赞赏这些词具有"霜雪姿"和"风流标格"（《艺概》卷四）。由此可见，苏轼同时革新了婉约词风，使其"雅化"，基本上结束了婉约词中雅俗词风共存的状况，奠定了雅词为主的格局。

总之，苏轼对词的革新，不是局部的，而是全面的。从题材内容到意境风格，直到形式格律技巧，都有除旧布新之功，从而赋予词以新的生命和灵魂，为其发展开辟了高远广阔的天地。南宋刘辰翁说："词至东坡，倾荡磊落，如诗如文，如天地奇观。"（《辛稼轩词序》）在中国词史上，苏词与南宋的辛词是两座雄伟峻拔的艺术高峰。

本书选入了苏轼诗、词精品共二百五十二首，按其题材内容编为十类，按照五绝、七绝、五律、七律、词、古风的体裁先后排列。对每首诗词都作了简注和点评，点评侧重于艺术评析。在前言、简注和点评中贯注了选评者学习的心得体会，也尽可能吸收学术界的最新研究成果，凡重要的见解都注明出处。限于选评者的水平，本书可能有错误不当之处，恳请方家、读者不吝指正。

陶文鹏

1999 年 12 月于中国社会科学院文学研究所

老夫聊发少年狂

祭常山回小猎①

青盖前头点皂旗，黄茅冈下出长围②。

弄风骄马跑空立， 趁兔苍鹰掠地飞。

回望白云生翠巘③，归来红叶满征衣。

圣明若用西凉簿④，白羽犹能效一挥⑤。

[注释]

①常山:在密州。时作者往常山举行冬祭。

②黄茅冈:在常山东南。

③翠巘(yǎn 掩):苍翠的山峰。

④西凉簿:指晋谢艾。《晋书·张重华传》载,重华据西凉,用主簿谢艾为将军,进军临河,谢艾书生冠服,大败敌军。作者自比谢艾。

⑤白羽:指白羽扇。诸葛亮常以白羽扇指挥三军。

[点评]

熙宁八年(1075)十月在密州作,描写祭常山归途中和同官在铁沟附近习射会猎的情景。因受七律形式的限制,不能像他的同题材词篇《江城子·密州出猎》那样,以节奏多变的长短句淋漓酣畅地写景、叙事、抒情,但诗人同样把出猎情景写得生动逼真、紧张热烈、引人入胜,活画出诗人驰马射猎、顾盼自雄的豪情"胜概",表达了他要为国立功疆场的壮志。全篇笔力雄健,句意流走,对仗工整,一气呵成。"点""出""弄""跑""立""趁""掠""飞""生""满"等动词,"青"

"皂""黄""苍""白""翠""红"等形容词,都用得准确、贴切,将人物和景物形象绘状得气势飞动、形神俱活、色彩鲜明,使诗情画意跃然纸上,堪称苏轼七律的上乘之作,可与唐代王维的五律名篇《观猎》媲美。

"白"字重复,是诗中的小疵。

送子由使契丹①

云海相望寄此身, 那因远适更沾巾②!

不辞驿骑凌风雪③,要使天骄识凤麟④。

沙漠回看清禁月⑤,湖山应梦武林春⑥。

单于若问君家世⑦,莫道中朝第一人⑧。

[注释]

①送子由使契丹:元祐四年(1089)九月,在杭州任知州的苏轼听说弟弟苏辙奉旨出使契丹,向辽主祝贺生日,于是作此诗送行。契丹,古代东胡的一支游牧部族,唐末建立辽国,北宋时经常侵扰边疆。

②"云海"二句:化用杜甫《南征》诗:"偷生长避地,适远更沾襟。"

③驿骑(jì 济):驿马。

④天骄:匈奴自称"天之骄子",此指契丹。凤麟:比喻杰出而罕见的人或事物,这里指宋朝的人才和文明。

⑤清禁:即禁省,皇宫,此指汴京紫禁城。苏辙当时为翰林学士,能出入紫禁城。

⑥武林:山名,即今杭州市西灵隐山。后多用以指杭州。

⑦单(chán 蝉)于:匈奴最高首领的称号,此指辽国国主。

⑧中朝:朝中。第一人:《新唐书·李揆传》载,唐代李揆门第、人物、文学皆当世第一,德宗时曾被派为入蕃会盟使。吐蕃君主问他:"唐有第一人李揆公是否?"李揆怕被羁留而不敢承认真实身份。这里借用此典,告诉子由不要向辽国国主承认苏门是朝中第一流的人物,以表明中原人才众多,维护宋朝声威。

[点评]

　　这首送别诗在叙写兄弟手足之情的同时,表达了诗人的民族自豪感和爱国情怀。中两联以想象之笔描写两地情景,对仗工整,意脉流畅,诗味浓郁,颇得杜甫七律对仗之神理。全篇感情充沛,笔力雄健,章法严整,意境开阔。清人赵克宜评:"后四句倜傥不群。"(《角山楼苏诗评注汇钞》卷一四)

沁园春

赴密州早行,马上寄子由①

　　孤馆灯青,野店鸡号②,旅枕梦残。渐月华收练,晨霜耿耿③;云山摛锦,朝露团团④。世路无穷,劳生有限⑤,似此区区长鲜欢⑥。微吟罢,凭征鞍无语,往事千端。　　当时共客长安⑦,似二陆初来俱少年⑧。有笔头千字,胸中万卷,致君尧舜,此事何难⑨!用舍由时,行藏在我⑩,袖手何妨闲处看。身长健,但优游卒岁,且斗樽前⑪。

[注释]

①密州:州治在今山东诸城市。子由:苏轼的胞弟苏辙,字子由,时在齐州(今山东济南市)。

②野店鸡号(háo豪)：用晚唐温庭筠《商山早行》："鸡声茅店月，人迹板桥霜。"

③练：白绢，喻指皎洁月光。耿耿：发光的样子。

④摛(chī痴)：铺开。团团：露多的样子。

⑤劳生：辛苦的人生。

⑥区区：渺小，此处意谓自己处境卑微。鲜：少。

⑦共客长安：指他和弟弟苏辙当年一起赴汴京(今河南开封)应试中举。长安：原是唐代都城，此处代指汴京。

⑧二陆：指西晋诗人陆机、陆云兄弟。当时二人以诗才著名，时人称为"二陆"。

⑨"有笔头"四句：杜甫《奉赠韦左丞丈二十二韵》诗，有"读书破万卷，下笔如有神"，"致君尧舜上，再使风俗淳"之句。

⑩用舍：任用与舍弃。行藏：出仕与隐居。《论语·述而》："用之则行，舍之则藏，惟我与尔有是乎。"

⑪优游卒岁：悠闲地度过时光。《左传·襄公二十一年》："优哉游哉，聊以卒岁。"且斗樽前：暂且比比谁的酒量大。唐代牛僧孺《席上赠刘梦得》："休论世上升沉事，且斗樽前见在身。"

[点评]

　　熙宁七年(1074)十月苏轼离开海州赴密州道中作。词中抒发出作者辅君济世的远大抱负及其不得实现的牢骚愤懑，是词坛上最早写政治情怀的言志词之一。词的上片写景，连用七个四言句，前三个是排比句，后四个组成扇面对，由"渐"字领起，贯穿到底，绘声绘色、真切细致地描绘了静寂、凄清的旅途景色，画出了一幅秋日早行图。进而即景生情，由自然界引向现实人生，抒身世之感。下片主要是议论，回首往事，直抒胸臆，表达不被重用的感慨。此词是东坡早期词作中的长调，已能将写景、叙事、抒情、议论合为一体，使诗、文、经、史融会贯通，铺张排比、勾勒提掇、转折停蓄都挥洒自如、很有气势。词风清爽飘逸，超旷不平，已显出东坡豪放词的风格，是东坡改变词风的可贵尝试。不足之处是议论过多，下片形象薄弱，结尾不够含蓄。

江城子

密 州 出 猎①

　　老夫聊发少年狂②。左牵黄,右擎苍③。锦帽貂裘④,千骑卷平冈。为报倾城随太守⑤,亲射虎,看孙郎⑥。　　酒酣胸胆尚开张⑦。鬓微霜,又何妨! 持节云中,何日遣冯唐⑧? 会挽雕弓如满月⑨,西北望,射天狼⑩。

[注释]

①密州出猎:熙宁八年(1075)春夏,密州旱蝗相继。苏轼往常山祈雨,后果得雨。当年十月间,再往常山祭谢,归途中与同官会猎于铁沟,写了这首词。

②老夫:此年苏轼四十岁,自称"老夫",有宦海浮沉疲惫之意。

③左牵黄,右擎苍:左手牵黄犬,右臂擎苍鹰。这里暗用《梁书·张充传》记张充年少喜好游猎,出猎时"左手臂鹰,右手牵狗"的典故。

④貂裘:貂鼠皮袄,这里指苏轼和猎队武士的装束。

⑤报:酬谢。倾城:全城。太守:苏轼自指。这句是说为了酬谢全城百姓都出城来观看的盛意。据今人钟振振新释:"为报",请告诉。"倾城",美女。此句意谓:请通知美人们跟着我到郊外去。钟文刊《名作欣赏》2003 年第 4 期。

⑥亲射虎,看孙郎:据《三国志·吴书·吴主传》载,孙权曾于建安二十三年亲自射虎。所骑马被虎扑伤,他用双戟投刺,虎才退却。这里作者以孙权自喻。"郎",对年轻男子的美称,又为女子对情人的昵称。此处用"孙郎",正与前文具"倾城"之貌的美女相对应。

⑦胸胆尚开张:胸襟开阔,胆气豪壮。

⑧"持节云中"二句:《汉书·冯唐传》载:汉文帝时,云中郡太守魏尚守边有方,战绩卓著,后因上报战果数字略有差误便被削职。冯唐指出文帝赏罚不当,文帝听后就派他持节去赦魏尚,复任魏尚为云中太守。作者在这里以冯唐自许,希望能在筹边御敌上为朝廷效力。节,符节,以竹竿为之,古代使臣所持以为凭证。

⑨会:将要。挽:拉开。雕弓:雕有花纹的弓。

⑩天狼:星宿名,古代用以代表贪残侵掠。这里喻指当时侵扰宋朝西北边境的辽和西夏国的统治者,暗用了《楚辞·九歌·东君》"举长矢兮射天狼"句意。

[点评]

　　这首词借写打猎习武,抒发渴望为国杀敌立功的壮志豪情,在词的题材、内容、风格上都具有开创性。首句就显示出豪放的格调。作者纵情放笔,由叙事而抒怀,使一个"狂"字贯串始终。词中写射猎武夫千骑如飞、倾城出动围观如堵的场面,加上孙权射虎的传奇故事,结尾处走马弯弓劲射的特写镜头,多角度多侧面地勾勒、烘托,凸现出一个鬓染微霜、英气勃勃、希望驰骋疆场杀敌报国的英雄志士形象。通篇显得胸襟磊落、壮怀激越、辞锋凌厉、音韵铿锵、节奏急促、气势逼人,具有一种粗犷豪迈的格调,与当时婉约柔丽的词风形成了鲜明对照,为南宋慷慨激昂的爱国词开了先河。作者对此词也颇为得意,在《与鲜于子骏书》中说:"近却颇作小词,虽无柳七郎(柳永)风味,亦自是一家。呵呵!数日前猎于郊外,所获颇多。作得一阕,令东州壮士抵掌顿足而歌之,吹笛击鼓以为节,颇壮观也。"表明他是有意创作"自成一家"的豪放词,与柳永那些依红偎翠风靡天下的词风相对抗的。

　　如按钟先生的新释,于"千骑卷平冈"的急管繁弦中插入红妆美人观看太守出猎的旖旎风光,更能活现欲以武功炫于众美人之前的太守的"少年狂"态,全篇更富生活情趣与浪漫色彩,章法也显得顿挫起伏、摇曳多姿。

浣溪沙

彭门送梁左藏①

怪见眉间一点黄②,诏书催发羽书忙③。从教娇泪洗红妆。

上殿云霄生羽翼,论兵齿颊带冰霜。归来衫袖有天香④。

[注释]

①彭门:彭城,即今江苏省徐州市。梁左藏(zàng 脏):名交,字仲通。左藏,官名,即左藏使,管理国库的官员。

②眉间一点黄:旧时以眉间黄色为有喜事的征兆。韩愈《郾城晚饮,奉赠副使马侍郎及冯李二员外》诗,有"眉间黄色动归期"之句。

③诏书:帝王布告臣民之书。羽书:古代征调军队的文书,上插鸟羽,表示紧急,必须迅速传递。

④天香:指帝王宫殿上炉烟的香气。唐李郢《赠羽林将军》:"雕没夜云知御苑,马随仙仗识天香。"

[点评]

元丰元年(1078),苏轼在徐州为送友人奉诏赴京而作。上片抒写同友人惜别的意绪。下片鼓励友人为国献军政方策,克敌立功。"上殿"二句,想象友人赴阙犹如展翅鲲鹏,直冲霄汉;论兵辞气慷慨激烈,恰似风霜凋杀草木。这两个比喻,使人如见梁左藏雄姿英发,深通韬略,谈锋犀利。全篇语言生动形象,笔势骏发凌厉,节奏明快,音韵铿锵。"从教娇泪洗红妆"一句,展现梁左藏赴阙时妻妾因离别而哭泣的情景,缠绵悱恻,婉约柔丽,更反衬出豪放阳刚的风格。

阳关曲

赠张继愿^①

受降城下紫髯郎^②,戏马台南旧战场^③。恨君不取契丹首^④,金甲牙旗归故乡^⑤。

[注释]

①张继愿:作者的友人,事迹不详。元丰元年(1078)在徐州作。

②受降城:唐中宗时张仁愿筑中、东、西三受降城(在今内蒙古境内),以防突厥。紫髯郎:指孙权,典出《三国志·吴主传》裴松之注引《献帝春秋》。后常用来称状貌威武的将军。此指张继愿。

③戏马台:在徐州城南,相传为项羽所筑。旧战场:楚汉相争时多次在徐州激战,故称此地为"旧战场"。

④契丹首:指辽国统治者的头颅。

⑤金甲:指将军身穿的铁甲。牙旗:将军营前的大旗,竿上以象牙为饰,故名。

[点评]

这首赠人之作,前两句连用孙权、项羽两个典故作比喻,刻画出友人张继愿的勇武形象。后两句转折,惋惜友人不能上疆场杀敌立功,其实正表现了作者关注国防、渴望得到任用杀敌报国的心愿。语意斩截,音节响亮,风格雄放,赋予阳关曲豪迈高亢的音调。

唐代诗人王维的《送元二使安西》诗云:"渭城朝雨浥轻尘,客舍青青柳色新。劝君更尽一杯酒,西出阳关无故人。"在唐代曾被谱曲广泛演唱,又称《渭城曲》《阳关曲》《阳关三叠》（因后三句要反复叠唱）。苏轼这首词同王维诗都是七言四句。首句平起，次句仄起，三句又平起，四句又仄起，二诗的平仄声调毫发不爽。显然，苏轼是按照王维诗的平仄声调来写的。所以，这首《阳关曲》也被看作七言绝句，收入苏轼的诗集。

念奴娇

赤壁怀古①

　　大江东去，浪淘尽、千古风流人物②。故垒西边③，人道是、三国周郎赤壁④。乱石崩云⑤，惊涛裂岸⑥，卷起千堆雪。江山如画，一时多少豪杰！　　遥想公瑾当年⑦，小乔初嫁了⑧，雄姿英发⑨。羽扇纶巾⑩，谈笑间，樯橹灰飞烟灭⑪。故国神游，多情应笑我，早生华发⑫。人间如梦⑬，一樽还酹江月⑭。

[注释]

①赤壁：在黄州（今湖北黄冈）城西靠长江北岸，名曰赤壁矶，又名赤鼻矶。但史称"赤壁之战"的赤壁不在此，而在今湖北蒲圻县西北的赤壁山。三国时，吴国周瑜曾统帅孙、刘联军在赤壁大败曹操。

②风流人物：杰出的英雄人物。

③故垒：旧时的营垒。

④人道是：意谓据人们说是，亦即俗传是。因为作者所游的赤壁不是周瑜破曹之地，所以说"人道是"。

⑤崩云：一作"穿空"。

⑥裂岸:亦作"拍岸""掠岸"。

⑦公瑾:周瑜,字公瑾。

⑧小乔:《三国志·吴志·周瑜传》载,孙策攻取荆州时,"得桥(乔)公两女,皆国色也。策自纳大桥(乔),瑜纳小桥(乔)。"

⑨英发:指谈吐不凡,识见卓越。《三国志·吕蒙传》载,孙权评论吕蒙的学问谋略可与周瑜相比,"但言议英发,不及之耳"。

⑩纶(guān 官)巾:古代配有青丝带的头巾。《三国志》说诸葛亮同司马懿交战时,"葛巾毛扇,指麾三军,皆从其进止"。这里移用来写周瑜装束儒雅,仪态从容。

⑪樯橹:指战船。樯,船桅。橹,一种划船工具。"樯橹",一作"强虏"。

⑫故国神游:指周瑜神游故国。多情应笑我:"应笑我多情"的倒装句。

⑬人间:一作"人生"。

⑭酹(lèi 泪):以酒浇地祭奠。

[点评]

元丰五年(1082)秋作。这首怀古词上阕描绘赤壁的雄奇景色。开端从滚滚东流的长江着笔,布设了极广阔悠远的时空背景,把读者带入千古兴亡的历史气氛之中。在点明赤壁之后,作者大笔渲染乱石、惊涛、雪浪,写得有声有色,气势飞动,形象鲜明,境界奇险,令人惊心动魄。由此激发出"江山如画"的感慨,为英雄人物的出场作了有力的铺垫。下阕借咏古代英杰抒情遣怀,集中笔墨塑造周瑜的形象:作者用美人烘托他的青年有为,风姿潇洒;用"羽扇纶巾"刻画他的仪表装束,显示他作为主帅临战气度从容,指挥若定;用"樯橹灰飞烟灭"高度概括地展现这次战争的壮丽场景,突出他妙用火攻谈笑破敌的豪气。最后又设想周瑜的神灵重游故地赤壁,对当年的战场深情眷怀。于是周瑜这位儒将的英雄形象形神栩栩、血肉丰满、跃然纸上。在词中塑造历史英雄人物形象,是苏轼的卓越开创。

此词上阕"浪淘尽、千古风流人物"与下阕的"早生华发""人间如梦",抒写了作者仕途坎坷、屡遭磨难、壮志难酬的愤激不平,也表达了作者对宇宙、历史、人生的深沉思索,更显示出作者善于以超然旷达的态度消解历史的悲剧意识与人生失意的忧伤。在"人间如梦"的感叹之后,以"一樽还酹江月"收束,可见作者放眼大江,举酒酹月,把人生挫折的悲愤引向高远之处。全篇情绪激昂又起伏跌宕,笔力劲拔,气象雄奇阔大,可谓高唱入云,又发人深省,故历来被公认为东坡词中清雄旷放风格的代表作,具有永恒的思想艺术魅力。南宋胡仔《苕溪渔隐丛话·前集》卷五九评云:"东坡'大江东去'赤壁词,语意高妙,真古今绝唱。"

沉醉农家

谁家煮茧一村香

郿 坞^①

衣中甲厚行何惧^②，坞里金多退足凭^③。

毕竟英雄谁得似？脐脂自照不须灯^④。

[注释]

①郿(méi 眉)坞：汉末权奸董卓建筑的城堡，在今陕西眉县北。

②"衣中"句：《后汉书·董卓传》说，董卓作恶多端，生怕遇刺，常在衣服里面披裹厚甲。但后来外出时还是被李肃用戟刺伤，最后被吕布杀死。

③"坞里"句：《后汉书·董卓传》说，董卓大肆搜刮百姓，在坞中珍藏黄金二三万斤、银八九万斤。董卓自称，他篡夺汉朝的阴谋成功，可以雄踞天下；万一不成，就用这些金银享受到老。

④"脐脂"句：《后汉书·董卓传》载，董卓很肥胖，被杀后陈尸示众，肚子里的油流了一地。守尸士兵在他肚脐眼上插灯芯点火，燃烧了好多天。

[点评]

　　嘉祐七年(1062)，苏轼往眉县处理狱囚，行经郿坞，作此诗。诗人选取董卓生前死后几个可鄙可笑的典型事例，以浓缩手法在四句诗中生动表现出来，再以"行何惧""退足凭""谁得似""不须灯"挖苦、揶揄，对这个汉末权奸贪婪残暴恶贯满盈的可耻下场作了辛辣的讽刺。清人纪昀却批评此诗："太涉轻薄，便入晚唐五代恶趣中。"(纪昀评点《苏文忠公诗集》卷三，以下称《纪评苏诗》)恰好反映了他不懂得寓庄于谐的讽刺艺术。

山村五绝①

竹篱茅屋趁溪斜，　春入山村处处花。

无象太平还有象②，孤烟起处是人家？

烟雨濛濛鸡犬声，　有生何处不安生！

但令黄犊无人佩，布谷何劳也劝耕③？

老翁七十自腰镰，惭愧春山笋蕨甜④。

岂是闻韶解忘味？　迩来三月食无盐。⑤

杖藜裹饭去匆匆⑥，过眼青钱转手空⑦。

赢得儿童语音好，一年强半在城中⑧。

窃禄忘归我自羞，丰年底事汝忧愁⑨？

不须更待飞鸢堕，方念平生马少游⑩。

[注释]

①这里所称"五绝"并非指"五言绝句"，而是苏轼创作中的一种特殊说法，特指

组诗中的"五首绝句"。本书中相类者同此。

②"无象"句:唐代牛僧孺说过"太平无象"的话,这句是说现在是有太平的具体征象的。

③"但令"二句:《汉书·龚遂传》载,龚初为渤海太守,见那里的人民好带刀剑,遂劝他们卖剑买牛,说:"为什么要带牛佩犊呢?"这两句意谓只要政府放宽盐禁,使人民生活好些,不致佩带刀剑去贩卖私盐。人民有牛,自会辛勤耕种,用不着官吏劝农了。

④"老翁"二句:意谓人民生活困苦,七十岁老人还要腰插镰刀,到山里去割笋蕨充饥。

⑤"岂是"二句:《论语·述而》记孔子在齐闻韶乐,三月不知肉味。这里讥刺盐法太峻,老百姓三月食不到盐,却并非是听了韶乐,忘了盐味。

⑥杖藜:拄着藜木做的手杖。

⑦青钱:当时行青苗法,放"助役钱""预买钱"等。

⑧"赢得"二句:意谓农民们老老小小争着跑到城里去借青苗钱,却在城里胡乱花掉,结果只是使孩子们学会了一些城里的语音,生产反而荒废了。强(qiǎng)半:大半。

⑨底事:何事。

⑩"不须"二句:《后汉书·马援传》载,马援从弟马少游曾劝马援不要追求高官厚赏,自讨辛苦。马援后来说,当他在边疆战地看到飞鸢堕水、环境险恶,就想起马少游的话来。这里用此典故,表明自己早想抽身引退。

[点评]

　　熙宁六年(1073)春天,苏轼视察杭州属县新城等地,见到王安石新法推行中产生的一些流弊,写了这一组讽刺诗。第一首以山村幽美的春光反衬山村农民的贫穷。诗人讽刺说整个村庄只有孤烟一缕,就是所谓"太平"的征象?第二首讽刺新法中的盐法峻急,穷苦老百姓被迫放弃耕稼佩带刀剑去贩卖私盐。第三首反映农民生活困苦,七十岁的老人还要腰插镰刀到深山里割笋蕨充饥。百姓长期淡食,以致几个月不知盐味。第四首讽刺青苗法不利于促进农业生产,反而使农民流入城市胡混而不想耕种。第五首说自己不忍心见到农民在丰年也忧愁的景象,想抽身引退。诗人当时只看到新法推行中的弊端,没有看到新法特别是其中的青苗法对于抵制豪强高利贷盘剥和发展农业生产的积极作用,这反映了他的政治偏见,但诗中确实表现了诗人对人民疾苦的深切同情和焦虑。新党中的舒亶等人后来在奏折中攻击苏轼写这组诗"包藏祸心,怨望其上,讪讟(dú)谩骂,而无复人臣之节"(朋九万《东坡乌台诗案》),是无限上纲,恶意陷害,欲置苏轼于死地。清代《纪评苏诗》卷九曰:"五首语多露骨,不为佳作。"亦非确评。这组诗的前四首将讽刺寓于生动具体的情景、人物的境遇以及典故的巧妙运用之中,语带情韵,有生活气息,有诗味,并非"露骨"的指斥、谩骂。纪昀不喜欢讽刺朝政的作品,有意贬抑这组诗的艺术,实属偏见。

陈季常所蓄朱陈村嫁娶图①

(二首选一)

我是朱陈旧使君②, 劝农曾入杏花村③。

而今风物那堪画, 县吏催钱夜打门。

[注释]

①陈季常:名慥,号方山子,四川眉山人,隐居不仕,与苏轼交谊颇厚,苏轼曾为他作《方山子传》。朱陈村:作者自注:"在徐州萧县。"村在深山中,民风淳朴,一村朱、陈二姓,世为婚姻。唐白居易曾作《朱陈村》诗咏其事。

②使君:唐宋时对太守的别称。

③杏花村:据旧注引《名胜志》,杏花村与朱陈村相连。

[点评]

　　元丰三年(1080)苏轼赴黄州途中,经岐亭山,曾到陈季常寓所做客,诗约作于此时。诗人为友人珍藏的古画题咏,借题发挥,揭示当时农民遭受封建官府苛捐杂税盘剥的痛苦。诗人因被政敌罗织"以诗文讪谤朝廷"的罪名而被捕入狱,幸得神宗皇帝赦免,贬官黄州,却仍关心民瘼,敢于继续以诗抨击时弊,令人肃然起敬。诗写得直截了当,一针见血,戛然而止。

同题的第一首云:"何年顾陆丹青手,画作朱陈嫁娶图。闻道一村惟两姓,不将门户买崔卢。"诗人赞美朱陈村甘于清贫、不慕富贵的淳朴习俗,赞美村民们不愿意花钱买门第,同崔卢诸姓的高门大族结亲。将两首诗对照起来读,更能感受到诗人对被官府横征暴敛的农民苦难境况的无限同情,以及对"今不如昔"的深长慨叹。

洗儿戏作

人皆养子望聪明,我被聪明误一生。

惟愿孩儿愚且鲁,无灾无难到公卿。

[点评]

元丰六年(1083)九月二十七日,苏轼第四子遁出生(朝云所生),小名幹儿。诗作于满月时。洗儿,谓满月。《东京梦华录·育子》:"至满月大展洗儿会,亲宾盛集。浴儿毕,落胎发,遍谢座客,致宴享焉。"此诗写满月浴小儿,以游戏笔墨,借自嘲刺世。诗人说自己被聪明所误,一生坎坷。但愿孩子愚鲁,才能得到高官厚禄。反讽手法的妙用,使此诗对世态和官场讽刺辛辣、尖刻;而自我揶揄、诙谐幽默的语调中透出内心的沉痛、愤懑。这是饱蘸泪水的"游戏"之作。清人查慎行说:"诗中有玩世嫉俗之意。"(《苏诗补注》卷二二)是中肯的。纪昀却说:"此种岂可入集?"(《纪评苏诗》卷二二)恰好表现了他的审美偏见。

被酒独行，遍至子云、威、徽、先觉四黎之舍^①

（三首选二）

半醒半醉问诸黎，竹刺藤梢步步迷。

但寻牛矢觅归路^②，家在牛栏西复西。

总角黎家三四童^③，口吹葱叶送迎翁。

莫作天涯万里意，溪边自有舞雩风^④。

[注释]

①子云、威、徽、先觉：四人皆姓黎，是苏轼在儋耳的好友。

②牛矢：牛粪。

③总角：古代儿童发式，左右两边各扎一小髻。

④舞雩(yú 鱼)：《论语·先进》记孔子弟子曾点说：在暮春时节，同几位朋友和儿童一起"浴乎沂，风乎舞雩，咏而归"，是他最理想的生活。舞雩，古代祭天求雨的处所(祭雨时因有乐舞，故名)。"风乎舞雩"，即到舞雩迎风乘凉。

[点评]

元符二年(1099)春作于海南岛儋耳。这两首七绝抒写了作者和黎族人民的亲密关系，也表现了作者在海南乐观自得的思想感情。诗中描绘儋耳农村的风物人事，真实新鲜、朴素生动，富有情趣。第一首敢于把士大夫认为粗俗的"牛矢"取作诗材，写入诗中，令人耳目一新，感受到诗人对农家生活的亲切感情。家在牛栏之西,就凭"牛矢"辨路,情景真切,饶有生活气息。第二首写黎家总角儿童口吹葱叶迎送做客的老诗人,两笔就勾勒出黎族孩子的纯朴、天真、活泼可爱的形象。而老诗人竟在穷乡僻壤的清溪边发觉了古代贤士所向往的那种清爽的自然环境,那种自由自在的精神生活,这使他忘却了被贬逐天涯的失意之感。这种感受,真率自然,又超旷闲逸。两首诗都写得浅俗,却在浅俗中显出了高雅的情操、清丽的意境。

新城道中①

（二首选一）

东风知我欲山行,吹断檐间积雨声。

岭上晴云披絮帽,树头初日挂铜钲②。

野桃含笑竹篱短,溪柳自摇沙水清。

西崦人家应最乐③,煮芹烧笋饷春耕。

[注释]

①新城:在杭州西南,为杭州属县,今为富阳市新登镇。
②铜钲:铜锣。
③西崦:西山。

[点评]

熙宁六年(1073)二月,苏轼巡视杭州属县,在赴新城道上作此诗。山行途中,积雨初晴,东风朝阳,野桃溪柳,景色清新明媚,诗人心情愉悦,更为春耕农民的欢乐情景深深感染,在诗中抒发出厌恶俗务、热爱自然、与民同乐的情趣。首联写东风知心,吹断雨声,以拟人手法状物,奠定了全篇轻松欢快的调子。元人方回说:"起句十四字妙。"(《瀛奎律髓汇评》卷一四)。颔联用"披絮帽"和"挂铜钲"分别比喻岭上晴云与树头初日,方回与清代纪昀都批评比喻"颇拙""究非雅字"(同上),汪师韩《苏诗选评》(卷二)也认为"未免着相"。其实诗人取譬于农家日常生活习见的事物,以俗为雅,新奇鲜活。这两个喻象小大相形,银白与金红的光色相辉映,饶有象趣与情趣,不失为佳联。当代诗人兼诗评家流沙河评论说,唐代李贺"羲和敲日玻璃声"句明说太阳有声如玻璃,"苏轼借去,⋯⋯久雨乍晴,太阳金灿灿的如一面铜锣挂在树梢。比喻新鲜,暗示太阳有声如鸣锣,更妙。太阳巡天,鸣锣开道,比敲玻璃又好多了。"(《十二象·无理的幻听》,生活·读书·新知三联书店1987年版,第78页)评得美妙。颈联白描出江南山乡春天秀丽迷人风光,景物意象快活自在又相亲相爱,浅易中尤见诗人运笔流丽工稳、浑然天成。清代汪师韩赞此联:"铸语神来,常人得之便足以名世。"(同上)是精当的。

蝶恋花

密州上元^①

　　灯火钱塘三五夜^②。明月如霜,照见人如画。帐底吹笙香吐麝^③,更无一点尘随马^④。　　寂寞山城人老也^⑤。击鼓吹箫,却入农桑社^⑥。火冷灯稀霜露下,昏昏雪意云垂野。

[注释]

①上元:农历正月十五日为上元节,又称元宵节。因有观灯之风俗,亦称"灯

节”。

②钱塘:此处代指杭州城。三五夜:即正月十五日夜。

③麝(shè 社):即麝香,名贵的香料。

④“更无”句:没有做公事的车马卷起灰尘。反用唐代苏味道《正月十五夜》“暗尘随马去”句意。

⑤山城:指密州治所今山东诸城市。

⑥农桑社:农家节日赛神祭祀的场所。

[点评]

　　熙宁七年(1074)十一月,苏轼抵达密州任所,此词为次年正月十五日在密州作。作者用白描手法勾画出杭州和密州两地上元节情景:前者灯月交辉、花团锦簇、香飘乐奏、热闹繁华;后者巷空人稀、灯火零落、云垂雪野,只有农家祭神的箫鼓声点缀着山城的冷落寂寞。这两幅节令风景画和风俗画互相映衬,前后对比,既表现了作者对杭州的怀念,更流露出他对密州连年蝗旱、百姓困苦的忧虑。全篇不用典,语言生动活泼,流畅自然,情意蕴含于景色画面之中。

望江南

　　春已老,春服几时成①? 曲水浪低蕉叶稳②,舞雩风软苎罗轻③,酣咏乐升平。　　微雨过,何处不催耕? 百舌无言桃李尽④,柘林深处鹁鸪鸣⑤,春色属芜菁⑥。

[注释]

①春服几时成:《论语·先进》载,子路、曾点、冉有、公西华等人一起陪伴孔子闲

坐。孔子向各人询问他们的志向,曾点回答说:"莫(暮)春者,春服既成,冠者五六人,童子六七人,浴乎沂,风乎舞雩,咏而归。"描绘了一幅春游的和乐图画,深受孔子赞赏。舞雩见前《被酒独行,遍至子云、威、徽、先觉四黎之舍》注④。

②曲水:指古代曲水流觞的风俗。蕉叶:此处指做成蕉叶形的酒杯。

③苎罗:用苎麻和丝织的布做成的衣服。

④百舌:鸟名,叫声婉转多变,故称。

⑤柘:一种桑科灌木。鹁鸪:又名鹁鸠,天将雨时鸣声尤急,所以俗称水鹁鸪。

⑥芜菁:蔓青,一种蔬菜,桃李花谢时方可栽培。韩愈《感春》诗:"黄黄芜菁花,桃李事已退。"

[点评]

熙宁九年(1076)春末作。这首咏春词,是《望江南》的双调。前调描写作者与僚友们身着春服,在密州流杯亭曲水流觞,纵情饮酒赋诗的情景。看来,作者带领密州军民祈雨筑堤,抗旱抗洪有了成效,因此心情爽畅,酬咏升平。在欢乐之中,作者身为太守,念念不忘农耕。所以在后调中勾画出一幅声色俱美的田园春景。前调创构的"春服""曲水""蕉叶""舞雩""苎罗"等意象,都有浓厚的文人风雅情味;而后调呈示的"百舌""桃李""柘林""鹁鸪""芜菁",却带着田园气息,前后映照,互相融合,正是文人笔下的田园乐章,既有书卷气,又有泥土味。作者竟能使二者和谐融合。前调的两个七言句对仗精工,后调的两个七言句不求工对,有自然之美。全篇语调轻快活泼,音节优美悦耳,风格清新流畅。"老""低""稳""软""轻""属"等字眼都用得很准确、生动。

浣溪沙

徐门石潭谢雨，道上作五首。潭在城东二十里，常与泗水增减、清浊相应①。

照日深红暖见鱼，连村绿暗晚藏乌②。黄童白叟聚睢盱③。

麋鹿逢人虽未惯，猿猱闻鼓不须呼④。归来说与采桑姑。

[注释]

①徐门：徐州。谢雨：祈得雨后谢祭神灵。元丰元年（1078）春，徐州大旱。苏轼亲自到徐州城东的石潭为民祈雨，后来果然下了大雨。苏轼按照民间风俗又去石潭谢雨，在道路上写下了这一组农村词。泗水：源出山东，流经徐州入淮河，后改道流入运河。

②藏乌：有乌鸦栖息。古乐府有"暂出白门前，杨柳可藏乌"之句。

③黄童白叟：黄发儿童和白发老人。韩愈《元和圣德诗》："黄童白叟，踊跃欢呼。"睢盱（huī xū）：喜悦的样子。

④猱（náo 挠）：猿类动物。

[点评]

此词写石潭周围的村野风光和谢雨时的欢乐热闹情景。全篇紧扣"谢雨"来写。上片写红日照彻深潭，水中游鱼活泼，连村树林深绿，乌鸦欢乐啼鸣，聚观谢雨的黄童白叟喜笑颜开，是久旱得雨后的特定景象，洋溢着作者与村民们的喜雨之情。下片写麋鹿和猿猱以不同的性格神态与人群安然相处，表现山乡的淳朴风俗，更衬托出谢雨场景的欢乐气氛。前五句写实，一句一景，写人状物，绘声绘色,宛然一幅有动静、明暗、远近、高低的山乡谢雨图,色彩丰富,情调欢快,意境清丽。结尾再虚写采桑养蚕村姑一笔,以虚衬实,深化喜雨之情,含而不露,耐人寻味。

浣溪沙

旋抹红妆看使君①,三三五五棘篱门②。相排踏破茜罗裙③。

老幼扶携收麦社④,乌鸢翔舞赛神村⑤。道逢醉叟卧黄昏。

[注释]

①旋:立即,急忙。抹:涂,指涂脂抹粉。使君:太守,作者自指。
②棘篱门:用荆棘编成的篱笆门。
③相排:互相拥挤。茜(qiàn欠)罗裙:红色的丝绸裙子。茜,草名,其汁红,可做染料。
④收麦社:麦收时节的祭神活动。社,土地神。
⑤乌鸢(yuān渊):乌鸦和老鹰。赛神村:正在迎神赛会的村子。

[点评]

写作时间与前首同。这一首上片写农村姑娘拥拥挤挤看州官的情景,惟妙惟肖地表现了她们高兴、迫切、好奇、害羞的神态、动作、心理。下片写农村的迎神赛会,只勾勒了满村农民扶老携幼踊跃赴会和乌鸢盘旋低飞不去这两个细节,就显示出庆祝丰收的欢腾景象和迎神祭品的丰盛。结尾推出醉翁卧黄昏一个特写镜头,更生动简洁地表明祭神活动持续了一天,人们直到傍晚才尽欢而散。晚唐诗人王驾的七绝《社日》云:"鹅湖山下稻粱肥,豚栅鸡栖半掩扉。桑柘影斜春

社散,家家扶得醉人归。"与此词一样,都以高潮过后渐归宁静的景象收尾,宕出
远神。

浣溪沙

麻叶层层苘叶光①,谁家煮茧一村香?隔篱娇语络丝娘②。
垂白杖藜抬醉眼③,捋青捣麨软饥肠④。问言豆叶几时黄?

[注释]

①苘(qǐng 请):青麻,茎皮的纤维可用来搓绳、织布。
②络丝娘:虫名,即莎鸡,俗呼纺织娘。这里双关指缫丝的姑娘。
③垂白:须发将白,指村中老翁。
④捋青:捋下新麦粒。捣麨(chǎo 炒):把麦粒捣碎,炒成干粮。麨,炒熟的米粉
或面粉。软:饱。苏轼《发广州》诗:"三杯软饱后,一枕黑甜余。"自注:"浙人谓
饮酒为软饱。"

[点评]

　　写作时间同前首。这一首写麦收时节农民的劳动和生活情景:茂盛的青麻
叶在艳阳下润泽闪光,小伙子在村路旁捋新麦炒干粮,满村飘荡着煮茧的清香,
缫丝姑娘们笑声朗朗,太守与醉眼迷离的扶杖老人亲切话家常。在这幅农家乐
图画中,洋溢着作者对农民的诚挚关心和美好祝愿。作者调动了视觉、听觉、嗅
觉、味觉等多种感觉来写,状景逼真生动,生活情味浓郁。前后片各用一问句,更
显得语调亲切、欣喜。

浣溪沙

簌簌衣巾落枣花^①,村南村北响缫车^②。牛衣古柳卖黄瓜^③。

酒困路长惟欲睡,日高人渴漫思茶^④。敲门试问野人家。

[注释]

①簌簌:纷纷落下的样子。元稹《连昌宫词》:"风动落花红簌簌。"
②缫(sāo 骚)车:缫丝车。
③牛衣:用粗麻之类编织而成,盖在牛身上使暖。《汉书·王章传》:"章疾病,无被,卧牛衣中。"这里指卖瓜者衣着粗劣。宋人曾季狸《艇斋诗话》、龚颐正《芥隐笔记》均记载所见东坡墨迹作"半依"。
④漫:随意,随便。皮日休《闲夜酒醒》:"酒渴漫思茶。"

[点评]

写作时间同前首。这一首写作者在路上行走时的所见所闻。上片写枣花飞、缫车响、村民在柳树下卖瓜,画出一幅散发着浓厚田家生活气息的初夏村居图。下片以"酒困""欲睡""人渴""思茶""敲门试问"几个细节,刻画太守朴实谦恭的形象,表现他与农民之间融洽亲密的关系,也抒写出他对农村生活情景的沉醉。全篇语言浅显、风趣。"簌簌"描摹枣花纷纷飘落的状态和细微声息,尤为真切。

胡仔《苕溪渔隐丛话》前集卷五六引《高斋诗话》,评赞"村南村北响缫车"与宋诗僧参寥的"隔林仿佛闻机杼,知有人家住翠微",以及秦观的"菰蒲深处疑无地,忽有人家笑语声",都是"奇句"。清代王士禛《花草蒙拾·春晓亭子》评云:"'牛衣古柳卖黄瓜',非坡仙无此胸次。"

浣溪沙

软草平莎过雨新①,轻沙走马路无尘。何时收拾耦耕身②?

日暖桑麻光似泼,风来蒿艾气如薰③。使君元是此中人④。

[注释]

①莎(suō梭):莎草,又名香附子,多年生草本植物,长于原野沙地,其根块可药用。

②耦(ǒu偶)耕:两人各持一耜(sì,古代挖土农具),并肩而耕。《论语·微子》:"长沮、桀溺(两位隐士)耦而耕。"这里是说要像长沮、桀溺那样归耕田园。

③蒿:一种野草。艾:多年生草本植物,可供药用。薰:香草。

④元:原。

[点评]

嫩草茸茸,村路无尘,桑麻闪亮,蒿艾飘香。这幅雨后乡村田野的景色,清新洁净,生机蓬勃,使置身其中的作者喜悦之情溢于言表。他直率地表白,愿归耕田园,做一个老百姓。结句同作者在一首诗中所说"我是识字耕田夫"一样,表现出他要当农民的自豪感。这种思想感情在古代确实难能可贵!全篇写景与抒情错综层递,上下贯通,浑然一体。"泼"字形容桑麻叶子在日光照射下的鲜亮润泽,就像泼上去的水一样闪光;"薰"字比喻蒿艾的香味如同薰香一样浓烈好闻。用字生动、新警、美妙。

浣溪沙

惭愧今年二麦丰^①,千畦细浪舞晴空^②。化工余力染夭红^③。

归去山公应倒载,阑街拍手笑儿童^④。甚时名作锦薰笼^⑤。

[注释]

①惭愧:即侥幸,当时口语。二麦:指大麦、小麦。

②千畦:一作"千歧",指很多麦穗生长得好,一茎多穗。

③化工:天地创造或生长万物的能力。夭红:形容植物茂盛红艳可爱。夭(yāo),草木茂盛貌。这里夭红是形容末句的"锦薰笼"花。

④山公:山简,晋代名士山涛之子,性随和,爱饮酒,曾镇守襄阳。《晋书》卷四三《山涛传》中有儿童嬉戏山简的儿歌:"日夕倒载归,酩酊无所知。"李白《襄阳歌》:"落日欲没岘山西,倒着接䍦花下迷。襄阳小儿齐拍手,拦街争唱《白铜鞮》。旁人借问笑何事,笑杀山公醉似泥。"阑街:当街遮拦。

⑤锦薰笼:即瑞香花。又名锦被堆。

[点评]

作于元丰元年(1078)。此词抒写了作者面对庄稼丰收景象的喜悦之情。上片"千畦"句写麦浪汹涌,境界壮阔,气势飞动;"化工"句将天公造化拟人化,亦有声色气势,饱含激情。下片妙用山简故事表现自己与民同乐的意态与情景,更是明快活泼,天真烂漫。词仅六句,作者竟能毫不拘束地写景、抒情、叙事、用典,淋漓尽致地挥洒才情,张扬个性,正显示出他那"出新意于法度之中,寄妙理于豪放之外"(《书吴道子画后》)的艺术才能。

黄牛庙①

江边石壁高无路，上有黄牛不服箱②。

庙前行客拜且舞，击鼓吹箫屠白羊。

山下耕牛苦硗确③，两角磨崖四蹄湿。

青刍半束长苦饥④，仰看黄牛安可及！

[注释]

①黄牛庙：在今湖北宜昌市西北八十里的黄牛峡上。峡因山石状若人牵牛而得名，庙中奉祠神牛。

②服箱：驾车，语出《诗·小雅·大东》。

③硗确（qiāo què 敲雀）：瘠硬多石的土地。

④刍（chú 除）：喂牲畜的草。

[点评]

嘉祐四年（1059）冬，苏轼与弟苏辙随父洵由眉山赴汴京途中作此诗。诗中写黄牛庙里的神牛高高在上，既不拉车负重，反受人祭祀膜拜；山下的耕牛却终年累月，劳苦饥寒。两相对比，表达出诗人对尸位素餐、不劳而获的统治者的愤慨，对饱受苦难的劳动者的同情。诗人妙用比兴寄托，寓意深刻，耐人寻味。"两角磨崖四蹄湿"的细节描写，生动展现了耕牛"苦硗确"的情状；而在"长苦饥"后又添上"仰看黄牛"、无奈叹息的镜头，使耕牛这一象征性形象形神栩栩，跃然纸上。

雨中游天竺灵感观音院①

蚕欲老，麦半黄，前山后山雨浪浪②。

农夫辍耒女废筐③，白衣仙人在高堂④。

[注释]

①天竺灵感观音院：在杭州城西二十里上天竺寺内。

②浪浪(láng 狼)：形容雨声之响，雨势之大。

③辍耒：停止耕种。耒(lěi 蕾)，古代称犁上的木把。废筐：停止采桑。

④白衣仙人：指观音像。这里暗讽当政者。

[点评]

熙宁五年(1072)夏作。词中写正当蚕老、麦黄之际，偏遭淫雨，这对农夫桑女是很沉重的打击。白衣仙人观音菩萨却高坐堂上，无动于衷，漠不关心。表面是责备神像土偶无知，实际是讽刺当政者只知养尊处优，不管百姓的死活。全诗语言通俗，状景生动，音节流畅，声调和谐，讽刺之意含蓄不露，耐人寻味。纪昀评"似谚似谣，盎然古趣""妙于不尽其词"(《纪评苏诗》卷七)是精当的。

吴中田妇叹①

今年粳稻熟苦迟,庶见霜风来几时。霜风来时雨如泻,杷头出菌镰生衣②。眼枯泪尽雨不尽③,忍见黄穗卧青泥!茅苫一月陇上宿④,天晴获稻随车归。汗流肩赪载入市⑤,价贱乞与如糠粞⑥。卖牛纳税拆屋炊,虑浅不及明年饥。官今要钱不要米,西北万里招羌儿⑦。龚黄满朝人更苦⑧,不如却作河伯妇⑨!

[注释]

①吴中:指江浙一带。

②杷(pá 爬):同"耙",农具,有齿,平田器,亦可用于翻晒谷物。

③"眼枯"句:化用杜甫《新安吏》"莫自使眼枯,收汝泪纵横;眼枯即见骨,天地终无情"句意。

④茅苫(shān 扇):茅棚。苫,用草编成的遮盖物。

⑤赪(chēng 撑):红色。

⑥粞(xī 希):碎米。

⑦"官今"二句:当时朝廷赋税收钱,农民不得不把米贱卖换钱纳税;免役法又要出钱募役,更造成钱荒米贱;同时宋神宗要灭西夏,采用王韶的"平戎三策",花不少钱去招抚西北的羌人部落。

⑧龚黄:指西汉渤海太守龚遂和颍川太守黄霸,二人都是好官,以恤民宽政见称,事迹见《汉书·循吏传》。这里是反语,讽刺推行新法的官员。

⑨河伯:河神。《史记·西门豹传》载,战国魏文侯时,邺地常闹水灾,当地官绅

勾结巫祝,每年借口为河伯娶妇才能免除水灾,大肆敲诈勒索百姓,并将民家女子强行投进河里,算是嫁给河伯。西门豹为邺县令,把巫祝投入河中,揭穿了这个骗局。

[点评]

熙宁五年(1072)十二月作于浙江湖州。这首诗是在江南秋雨成灾的背景下写成的。诗人借田妇的感叹,集中描绘了江浙一带农民的悲惨生活情景。诗紧扣"叹"字层层展开,步步深入:先叹稻熟苦迟,次叹秋雨成灾,复叹谷贱伤农,结尾揭露官吏逼民投河。其中夹杂了诗人对王安石新法的偏见,却也触及新法在推行中的流弊,字里行间渗透了诗人对民生疾苦的深切忧虑与同情。这是苏轼继承与发扬杜甫、白居易新乐府诗揭露黑暗同情人民的可贵创作精神写出的杰作。全篇以田妇这个典型人物的口吻叙事抒情,并精心选择、提炼农民的劳动生活情节和细节。"杷头"句将常景写成奇句,"眼枯""粪黄"二联写得沉痛,全篇感情鲜活饱满,显示出诗人敏锐的观察力与丰富的想象力。

无锡道中赋水车^①

翻翻联联衔尾鸦^②,荦荦确确蜕骨蛇^③。

分畴翠浪走云阵,　刺水绿针抽稻芽。

洞庭五月欲飞沙^④,鼍鸣窟中如打衙^⑤。

天工不见老翁泣,唤取阿香推雷车^⑥。

[注释]

①无锡:今江苏无锡市。熙宁七年(1074),苏轼在杭州通判任上,赴常州、润州

赈灾,五月返杭途中作。水车:即龙骨水车,又叫翻车,三国时马钧创制。宋代农民种水稻多用水车引水灌溉。

②翻翻联联:水车转动貌。

③荦荦(luò 落)确确:形容骨节坚硬突出。

④洞庭:指太湖中的洞庭山。欲飞沙:形容久旱不雨,尘土飞扬。

⑤鼍(tuó 驼):一种脊椎类大爬虫,形似鳄鱼,俗称猪婆龙,穴居江岸边,传说大旱则鸣,声如击鼓。打衙:击鼓。古代衙门击鼓报时,称为打衙。

⑥阿香:据《搜神后记》载,阿香是推雷车的女神。

[点评]

    这是宋诗中继梅尧臣的《水车》后又一咏水车的诗作。作者因咏水车而写到旱灾给农民带来的痛苦,表现了他对农民的生活和农业生产的关心。诗中描写农民踏水车引水灌田插秧,由飞转写到静止,连用乌鸦衔尾、长蛇蜕骨、浪走云飞、绿针刺水等新奇活泼的形象比喻形容,又精心锤炼生动准确的叠字描状。后半篇更驰骋想象和幻想,既表现了当时旱情的严重、农民的忧伤,又传达出他盼望天降甘霖解脱农民困苦的心愿。一个很容易写得枯燥乏味的题材,在苏轼这支犹如魔杖的笔下,竟然写成了情趣横溢、诗意盎然的佳作。清弘历《唐宋诗醇》卷三四评此诗:"只是体物着题,触处灵通,别成奇光异彩。"《纪评苏诗》卷一一评云:"节短势险,句句奇矫。"赵克宜《角山楼苏诗评注汇钞》卷四评曰:"突然而起,戛然而止,笔力惊绝。"分别从体物和气势、音节、笔力的角度,赞赏此诗的奇丽。

答吕梁仲屯田[①]

乱山合沓围彭门[②]，官居独在悬水村[③]。居民萧条杂麋鹿，小市冷落无鸡豚。黄河西来初不觉，但讶清泗奔流浑。夜闻沙岸鸣瓮盎[④]，晓看雪浪浮鹏鲲。吕梁自古喉吻地，万顷一抹何由吞？坐观入市卷闾井，吏民走尽余王尊[⑤]。计穷路断欲安适？吟诗破屋愁鸢蹲[⑥]。岁寒霜重水归壑，但见屋瓦留沙痕。入城相对如梦寐，我亦仅免为鱼鼋[⑦]。旋呼歌舞杂诙笑，不惜饮釂空瓶盆[⑧]。念君官舍冰雪冷，新诗美酒聊相温。人生如寄何不乐，任使绛蜡烧黄昏。宣房未筑淮泗满[⑨]，故道堙灭疮痍存。明年劳苦应更甚，我当畚锸先黥髡[⑩]。付君万指伐顽石[⑪]，千锤雷动苍山根。高城如铁洪口快，谈笑却扫看崩奔[⑫]。农夫掉臂免狼顾[⑬]，秋谷布野如云屯。还须更置软脚酒[⑭]，为君击鼓行金樽。

[注释]

①吕梁：在徐州州治彭城东南。泗水流经吕县，积石为梁，名曰吕梁。仲屯田：仲伯达。屯田，屯田员外郎，工部的属官。

②合沓（tà 榻）：聚合，重叠。

③悬水村：地名，在吕梁。

④瓮盎（àng）：腹大口小的瓦器。

⑤王尊：字子赣，汉元帝时人。他做东郡（今河南濮阳）太守时，黄河暴涨，他亲率吏民祭神守堤，在堤上住宿。事见《汉书·王尊传》。

⑥鸢蹲：像老鹰那样蹲着。

⑦鱼鼋（yuán 元）：犹言鱼鳖。

⑧釂（jiào 叫）：干杯。

⑨宣房：西汉时黄河决口，汉武帝在瓠子堤上筑宫防守，宫名宣房。这里代指河防建设。

⑩畚（běn 本）锸：土筐和铲子。黥：面上刺字。髡（kūn 昆）：剃去头发。黥髡是刑余之人，充作奴隶服劳役。

⑪万指：千人。

⑫却扫：闭关却扫，意谓闲逸。

⑬掉臂：甩着胳膊走，形容自由自在的样子。狼顾：狼行走时回头看，怕有袭击。免狼顾，意谓无后顾之忧。

⑭软脚酒：用酒宴慰劳行役远归之人，犹言"接风""洗尘"。

[点评]

熙宁十年（1077）七月，苏轼到徐州任三个月后，黄河决口，洪水涌到了徐州城下。苏轼忘我地带领徐州军民抗洪，保卫了徐州城。十月，水渐退，河复故道。苏轼因此受到人民的爱戴和朝廷的嘉奖。这首纪实诗生动地描写了这次抗洪斗争的经过、欢庆抗洪胜利的场面以及作者要组织生产争取农业丰收的决心。诗人以大气魄、大手笔表现这一重大题材。全篇激情充沛，气势奔放，浑灏流转，笔笔老健，一韵到底。无论叙事描写、抒情议论，都淋漓酣畅、神完气足。"夜闻沙岸鸣瓮盎，晓看雪浪浮鹏鲲"，形容洪水声势气象，令人惊心动魄。而"付君万指伐顽石"以下八句，笔力千钧，显示出人定胜天的伟大力量。此诗堪称苏轼的七言长篇杰作。

除夜大雪,留潍州,
元日早晴,遂行,中途雪复作^①

除夜雪相留,元日晴相送。东风吹宿酒^②,瘦马兀残梦^③。葱昽晓光开^④,旋转余花弄。下马成野酌,佳哉谁与共! 须臾晚云合,乱洒无缺空。鹅毛垂马鬃,自怪骑白凤。三年东方旱,逃户连敧栋^⑤;老农释耒叹,泪入饥肠痛。春雪虽云晚,春麦犹可种。敢怨行役劳,助尔歌饭瓮^⑥。

[注释]

①潍州:今山东潍坊市,在密州西北约七十公里。
②宿酒:隔宿未醒之酒醉。
③兀:昏沉貌,又有兀自、兀然之意。
④葱昽:微明的阳光。
⑤敧(qī 起)栋:倾斜破败的房屋。
⑥"敢怨"二句:引用古代山东农谚:"霜淞(小水珠)打雾淞,贫儿备饭瓮。"意思是普降霜雪,预兆丰年。

[点评]

熙宁十年(1077)元日作。时苏轼奉诏离密州移知河中府赴任途中。诗人马上遇雪,行役劳顿,仍关心着农民在连年蝗旱侵迫下的痛苦,希望瑞雪带来丰年,让人民得以温饱。诗中写景,由雪到晴再到雪,诗人的情绪,也由欢快到沉痛再到欢快,情景对应,起伏跌宕,波澜壮阔。"老农"二句写农民的痛苦,语极惨切。诗人善于点化前人诗句。"瘦马"句出自唐代刘驾《早行》的"马上续残梦",将"马上"换为"瘦马","续残梦"换成"兀残梦",形象更生动,表达出自己独特的感受。"鹅毛"形容雪,本是俚语,却接以"自怪骑白凤",形容绝妙,饶有奇趣;"骑白凤"又点化了唐代曹唐《小游仙诗》的"侍从皆骑白凤凰"句。至于"助尔歌饭瓮"句,不避俚俗,点化农谚,情味深长。通篇押去声"送"字韵,音韵斩截有力,用险韵而不失自然,显示出作者的艺术功力。

石　炭①

君不见前年雨雪行人断,城中居民风裂骭②。湿薪半束抱衾裯③,日暮敲门无处换。岂料山中有遗宝,磊落如黳万车炭④。流膏迸液无人知,阵阵腥风自吹散。根苗一发浩无际,万人鼓舞千人看。投泥泼水愈光明,烁玉流金见精悍⑤。南山栗林渐可息,北山顽矿何劳煅⑥。为君铸作百炼刀⑦,要斩长鲸为万段⑧。

[注释]

①石炭:煤炭。这首诗是元丰元年(1078)末在徐州作。诗前小序说:"彭城旧无石炭。元丰元年十二月,始遣人访获于州之西南白土镇之北。冶铁作兵,犀利胜常云。"可知苏轼派人勘查并开发了白土镇的煤炭。

②骭(gàn 干):小腿骨。

③衾裯:被褥。

④磊落:纷杂的样子。黳(yì 毅):黑色的美石。

⑤烁玉流金:形容炼矿石,流铁水。见精悍:经过冶炼显出煤质优良精粹。

⑥顽矿:坚顽的铁矿石。何劳煅:冶炼不很费力了。

⑦君:指皇帝。

⑧长鲸:喻指侵扰宋朝西北边境的辽和西夏。

[点评]

这首诗记录开掘煤炭的场面,描写徐州人民发现煤炭的欢喜心情,歌咏煤炭在社会生活中的重要作用,体现出诗人对开发矿藏、发展生产、制造兵器、加强国防、改善人民生活的关心。诗人对诗歌题材作了大胆的开拓,将人们没有表现过的新鲜事物描写得十分生动、奇丽。全篇造语精悍,气势豪迈,如"根苗一发"到"烁玉流金"四句。结尾说,要以石炭为君百炼出宝刀,好斩杀入侵之敌酋,既与首句"君不见"桴鼓相应,又提升诗的思想境界,表露为国杀敌的横槊气概,尤感奋人心。

鱼蛮子

江淮水为田,舟楫为室居。鱼虾以为粮,不耕自有余。异哉鱼蛮子,本非左衽徒①。连排入江住,竹瓦三尺庐。于焉长子孙,戚施且侏儒②。掣水取鲂鲤③,易如拾诸涂。破釜不著盐,雪鳞芼青蔬④。一饱便甘寝,何异獭与狙⑤。人间行路难,踏地出赋租。不如鱼蛮子,驾浪浮空虚。空虚未可知,会当算舟车⑥。蛮子叩头泣,勿语桑大夫⑦。

[注释]

①左衽徒:指少数民族。少数民族服装前襟向左掩。

②戚施:驼背人。侏儒:矮子。

③鲂:一种鱼,也叫三角鳊。

④芼(máo 毛):指芼羹,以菜杂鱼肉之羹。

⑤獭(tǎ 塔):水獭,生活于水边,捕鱼为食。狙(jū 居):猕猴。

⑥算:计数的筹码,这里指计算车船数目以抽税。

⑦桑大夫:汉武帝时理财名臣桑弘羊。这里喻指推行新法善于征敛的官吏。

[点评]

 元丰五年(1082)作于黄州。这首诗描写江淮农民不堪忍受封建地租的残酷剥削,纷纷逃到江上以捕鱼虾为生。他们住在木排上低狭简陋的竹屋里,吃的是青蔬杂鱼虾的菜羹,买不起盐来吃;又因为在竹屋里整天弯腰躬背,他们的子女不是驼子便是矮子。尽管像水獭和猕猴那样可怜地活着,他们仍然感到庆幸,避免了"人间行路难,踏地出赋租"。这一笔画龙点睛,强烈控诉了封建地租剥削的无孔不入。诗人选择和提炼出典型的细节,把这些"鱼蛮子"的悲惨生活境遇刻画得极其真切、生动,令人触目惊心。特别是诗的结尾,写鱼蛮子悲泣哀求作者不要把他们逃避租税的事告诉当政者,更有催人泪下的艺术感染力。同时,这一笔也是诗人对当时封建官吏借推行新法向百姓巧取豪夺的尖刻讽刺与愤怒抨击。全篇的思想主题与艺术构思,与唐代柳宗元的《捕蛇者说》相似。《纪评苏诗》卷二一评:"读之宛然《秦中吟》也。"可见,此诗继承与发扬了白居易新乐府诗针砭黑暗现实的创作精神,使人想到白居易的新乐府诗名篇《卖炭翁》。

秧马歌

　　春云濛濛雨凄凄,春秧欲老翠剡齐①。嗟我妇子行水泥,朝分一垄暮千畦。腰如箜篌首啄鸡②,筋烦骨殆声酸嘶。我有桐马手自提,头尻轩昂腹胁低③。背如覆瓦去角圭④,以我两足为四蹄。耸踊滑汰如凫鹥⑤,纤纤束藁亦可赍⑥。何用繁缨与月题⑦,揭从畦东走畦西⑧。山城欲闭闻鼓鼙,忽作的卢跃檀溪⑨。归来挂壁从高栖,了无刍秣饥不啼。少壮骑汝逮老犂⑩,何曾蹶轶防颠隮。锦鞯公子朝金闺⑪,笑我一生蹋牛犁⑫,不知自有木駃騠⑬。

[注释]

①剡(yǎn 眼):形容稻苗顶端的尖削。杜甫《行官张望补稻畦水归》有"芊芊炯翠羽,剡剡生银汉"句。

②箜篌:古代拨弦乐器,体长而弯曲。首啄鸡:头像鸡啄米。

③尻(kāo):脊骨尽处,臀部。

④角圭:棱角。

⑤滑汰:滑过。

⑥赍(jì 技):带,指系带秧苗。

⑦繁(pán 盘)缨:繁,通"鞶",马腹带;缨,马颈带。月题:马络头。

⑧揭(qiè 妾):去。

⑨的卢:马名。《三国志·蜀志·先主传》裴松之注引《世语》说,刘备所乘马名

的卢。一次,刘备遇难骑的卢经襄阳城西檀溪时,堕水中。马一跃三丈,使刘备脱险。

⑩逮老鬐(lí离):到老年。

⑪锦鞯(jiàn荐)公子:驾策骏马的贵族子弟。锦鞯,用绸缎缝制的马鞍垫子。金闺:金马门的别称,代指朝廷。

⑫蹋(tà):同"踏"。

⑬駃騠(jué tí决题):良马名。

[点评]

绍圣元年(1094)八月初,苏轼南迁惠州途中,经庐陵(今江西吉安)作。此诗歌咏当时农民创造的新式农具"秧马"即插秧机在种稻中的良好效能,记述了秧马的形制,表明诗人即使在贬谪中仍然关心农民的生产和生活,想借此诗使秧马得以更广泛的推广。这是苏轼开拓宋诗题材的出新之作。全诗想象丰富,形象生动,用典贴切,语言活泼,既有书卷气又有平民生活气息,既雅又俗,雅俗结合。明代陈天定赞:"形容琐物,如飞如动。"(《古今小品》卷四《秧马歌引》)清代纪昀评:"奇器以奇语写之,笔笔欲活。"(《纪评苏诗》卷三八)

游博罗香积寺①

二年流落蛙鱼乡,朝来喜见麦吐芒。东风摇波舞净绿,初日泫露酣娇黄。汪汪春泥已没膝,剡剡秋谷初分秧②。谁言万里出无友,见此二美喜欲狂③。三山屏拥僧舍小,一溪雷转松阴凉④。要令水力供臼磨,与相地脉增堤防。霏霏落雪看收面,隐隐叠鼓闻舂糠。

散流一啜云子白⑤,炊裂十字琼肌香⑥。岂惟牢九荐古味⑦,要使真一流天浆⑧。诗成捧腹便绝倒,书生说食真膏肓⑨。

[注释]

①博罗:惠州的属县,今广东博罗县。香积寺:在博罗县西山下。诗前有序云:"寺去县七里,三山犬牙,夹道皆美田,麦禾甚茂。寺下溪水可作碓磨。若筑塘百步,闸而落之,可转两轮举四杵也。以属县令林抃,使督成之。"

②剡剡(yǎn 眼):秧苗嫩叶如尖利翠羽。参见前《秧马歌》注①。

③二美:麦、稻。

④一溪:指寺下溪水。

⑤云子:碎云母,比喻粥饭纯白。杜甫《与鄠县源大少府宴渼陂》诗有"饭抄云子白"之句。

⑥十字:形容蒸成的馒头上开裂的花纹。琼肌:形容馒头洁白如玉。

⑦牢九:食品名,疑为蒸或煮成的米团。"牢九"与下句"真一"为对。后人改为"牢丸",非苏诗原貌。荐:进。

⑧真一:酒名,用米、麦、水酿造而成,苏轼所创。

⑨膏肓:心膈之间,后用以指不可救药的疾病。

[点评]

　　绍圣二年(1095)三月在惠州作。诗人游香积寺,看到寺房下溪水可以利用,就建议县令筑陂塘、建碓磨,以利民众。诗中描写了田野上生机盎然的麦穗稻秧,又想到碓磨磨出的白面蒸出香气扑鼻的馒头,还可以酿制甜醇的美酒。这些联想和想象,体现出苏轼即使是在遭贬流放中,仍然对当地人民的生产与生活关怀体贴。诗的题材新颖,贴近民众,生活气息浓郁,写得情趣横生。通篇除首尾二联与"谁言"联是散句外,皆为对仗句,对属精切,语意贯通。又多用动词、双声叠韵联绵词和叠字词形容景物的形、声、色、香、味,调动多种感觉状物,极生动活泼。诗多硬语排奡,字字熔铸而成,既有回万牛之力,又有转丸珠之巧。

荔枝叹

　　十里一置飞尘灰,五里一堠兵火催①。颠坑仆谷相枕藉②,知是荔枝龙眼来③。飞车跨山鹘横海④,风枝露叶如新采。宫中美人一破颜⑤,惊尘溅血流千载。永元荔枝来交州⑥,天宝岁贡取之涪⑦。至今欲食林甫肉⑧,无人举觞酹伯游⑨。我愿天公怜赤子,莫生尤物为疮痏⑩。雨顺风调百谷登⑪,民不饥寒为上瑞⑫。君不见武夷溪边粟粒芽⑬,前丁后蔡相笼加⑭。争新买宠各出意,今年斗品充官茶⑮。吾君所乏岂此物,致养口体何陋耶⑯?洛阳相君忠孝家⑰,可怜亦进姚黄花⑱!

[注释]

①置、堠:古代驿站。堠(hòu 后),原为驿道上记里程的土堆。

②枕藉:形容尸体交杂重叠。

③龙眼:即桂圆。杜牧《过华清宫》:"一骑红尘妃子笑,无人知是荔枝来。"苏轼这句反用其语。

④鹘(hú 湖):一种海鸟,古代战船刻鹘作为装饰,这里代指海船。

⑤宫中美人:指杨贵妃。

⑥永元:东汉和帝年号。交州:治广信,今广西苍梧县。

⑦天宝:唐玄宗年号。

⑧李林甫:唐玄宗晚年时的宰相,他口蜜腹剑,处处谄谀玄宗和贵妃,独揽朝政,

迫害贤臣。

⑨伯游:唐羌。作者自注说:"汉永元中交州进荔枝龙眼,十里一置,五里一堠,奔腾死亡,罹猛兽毒虫之害者无数。唐羌,字伯游,为临武长,上书言状,和帝罢之。唐天宝中,盖取涪州荔枝,自子午谷进入。"

⑩尤物:珍异的物品。这里指荔枝和下文提到的茶、牡丹等。疮痏(wěi 尾):疮疤,借指灾害。

⑪登:五谷丰收。

⑫上瑞:最好的祥瑞。

⑬武夷:山名,在今福建省,我国著名产茶区。粟粒芽:茶名,武夷茶最上等,茶芽嫩如粟粒。

⑭前丁:丁谓,字谓之,宋真宗时参知政事,封晋国公。后蔡:蔡襄,字君谟,仁宗初年进士,官至端明殿学士,精通茶事。笼加:笼装加封,将名茶进贡皇帝。作者自注:"大小龙茶始于丁晋公,而成于蔡君谟。欧阳永叔闻君谟进小龙团,惊叹曰:'君谟士人也,何至作此事!'"

⑮斗品:参加赛茶的上品佳茗。官茶:进贡的茶。作者自注:"今年闽中监司乞进斗茶,许之。"

⑯致养口体:奉养皇帝的口体之欲。

⑰洛阳相君:指钱惟演,字希圣,吴越王钱俶之子,宋初以使相任洛阳留守。忠孝家:钱俶降宋,死后宋太宗称他为"以忠孝而保社稷"。

⑱姚黄花:千叶黄花,一种牡丹名品,据说是姓姚的名家所培育。苏轼自注:"洛阳贡花,自钱惟演始。"

[点评]

　　绍圣二年(1095)夏作于惠州贬所。诗中由感叹汉唐向皇帝进贡荔枝的弊害,联系到当世向皇帝贡茶、贡花,同样给人民带来了巨大灾难。诗人愤怒地揭露皇帝的穷奢极欲,对唐代的李林甫,本朝的丁谓、蔡襄、钱惟演等官僚贡茶贡花以媚上取宠的罪恶行径指名斥责。诗人虽以文字之祸屡遭贬谪,当时又是被远贬海隅的逐臣,却仍关注现实,忧国忧民,敢于以诗笔为民请命,令人肃然起敬。此诗突兀而起,以急促的节奏,画出一幅车马飞奔、惊尘溅血的献荔图;中间以逆笔倒叙史事,评论古今,感慨深沉,节奏舒缓;"君不见"以下一段,针砭时事,笔锋犀利,感情愤激,节拍加速。诗人引古刺今,叙议结合,敢怒敢骂,一针见血,令人惊心动魄的警句迭见。全篇章法变化,笔势腾掷,波澜壮阔,跌宕起伏,深得杜甫记事名篇的乐府诗之神髓。正如纪昀所评:"貌不袭杜,而神似之,出没开合,纯乎杜法。"(《纪评苏诗》卷三九)

孤鸿缥缈

天容海色本澄清

霅上访道人不遇①

花光红满栏，草色绿无岸。

不逢青眼人②，长歌白石涧。

[注释]

①霅(zhà 炸)：霅溪。东苕溪、西苕溪在湖州(今浙江吴兴)汇合后称作霅溪。这首诗是元丰二年(1079)五月在湖州任上作。道人：不详何人。

②青眼人：《晋书·阮籍传》载：阮籍能作青白眼。见世俗之士，以白眼对之。嵇康带着琴和酒来访问，阮籍很高兴，就现青眼。这里借指超尘出俗的道士。

[点评]

　　诗的前二句写霅上春色之美，后二句写访道士不遇，却因风光之美而长歌遣兴。篇幅小而境界阔，文字少却意味长。四句皆对仗，又流畅自然。诗人在每句中间分别用了"红""绿""青""白"四种颜色字，有实有虚，交织成光色绚丽的山水图画，融情于景，风格颇似王维的五绝。

吴江岸①

晓色兼秋色，蝉声杂鸟声。

壮怀销铄尽，回首尚心惊。

[注释]

①吴江岸：在江苏吴江和太湖之间，东为吴江，西为太湖。元丰二年(1079)七月二十八日，作者因其诗文被指控为"愚弄朝廷""指斥乘舆"的"讥讽文字"，在湖州任所被捕解京。此诗是途经吴江时作。

[点评]

诗人突然被捕，押解汴京。途经吴江，正是初秋。惶急之中，无心作长篇歌诗，仅以口占五言小诗抒发惊恐、悲凉情绪。前两句用加一倍写法状景："晓色兼秋色"，一片清冷凄寒景色扑入眼帘；"蝉声杂鸟声"，虫鸟在秋风中的哀鸣声杂乱无章叩击耳鼓。声色对映互衬，句中自对而又上下相对，渲染出浓烈的悲剧气氛。诗人身为囚犯，生死未卜，壮怀能不销铄而尽？回首入仕以来坎坷遭遇，能不惊心动魄？后两句从景中自然引发而出，情与景融成一片。诗虽短小，却有强烈的心灵冲击力。

吉祥寺赏牡丹^①

人老簪花不自羞，花应羞上老人头^②。

醉归扶路人应笑^③，十里珠帘半上钩^④。

[注释]

①吉祥寺：在杭州安国坊，宋太祖乾德三年(965)睦州刺史薛温筹建。寺地广阔，最多牡丹。

②"人老"二句：翻用刘禹锡《看牡丹》诗"只愁花有语，不为老人开"语意。

③醉归扶路：《晋书·谢安传》记羊昙事，有"尝因石头大醉，扶路唱乐"之语，这里借用其字面。

④翻用杜牧《赠别》诗"春风十里扬州路，卷上珠帘总不如"语意。

[点评]

　　作者在《牡丹记叙》中说："熙宁五年三月二十三日，予从太守沈公观花于吉祥寺僧守璘之圃。"又说："州人大集，自舆台皂隶皆插花以从，观者数万人。"此诗即是当时纪实之作。前一联生动地再现出当日杭州市民观赏牡丹的热烈场面和自己白发簪花的神情意态，显示出他对人生乐观自信、倔强洒脱的情怀。后一联写他赏花醉归，引得全城轰动，十里花街，珠帘半卷，佳人仕女，纷纷探头观看。诗句夸张，语意诙谐，真是风流倜傥。前后联均暗用前人句意，用得贴切灵活，不着痕迹，如同己出。"人""花""老""羞"四字有意重复使用，更使诗的音节回环往复，有助于喜剧情调氛围的渲染。

南　堂①

（五首选一）

扫地焚香闭阁眠，簟纹如水帐如烟②。

客来梦觉知何处？挂起西窗浪接天。

[注释]

①南堂：在黄州城南江边驿站的临皋亭旁。据宋人施元之注引《齐安拾遗记》："夏澳口之侧，本水驿，有亭曰临皋，郡人以驿之高坡上筑南堂，为先生游息。"可见作者贬谪黄州期间深受百姓爱戴。此组诗作于元丰六年（1083），五首从不同角度描绘南堂风光，这里选其五。

②簟（diàn 垫）纹如水：谓竹席的纹理像波纹，兼状其光润。帐如烟：形容纱帐之轻薄如烟雾。

[点评]

南堂四面临水，水天相接。这是写作者夏日在南堂扫地焚香，闭阁而眠。因客来而梦醒，恍然间竟不知身在何方。次句两个比喻，将阁内与阁外打通，阁内亦有烟水迷茫之景象。当句对仗，重言错综，音节流畅，声情俱美。结句挂起西窗，见水天相接，再次用此内外打通法，拓出江浪接天的阔远境界。全篇表现出诗人在谪居中从容安闲、悠然自得的神情意态，可见其旷达乐观的胸襟。全篇兴象自然，意在象外。正如清代汪师韩《苏诗选评笺释》卷三评云："境在耳目前，味出酸咸外。"后来诗人谪居惠州时作《纵笔》："白头萧散满霜风，小阁藤床寄病容。报道先生春睡美，道人轻打五更钟。"与此篇前后相映，气韵相似。

淮上早发①

淡月倾云晓角哀②,小风吹水碧鳞开③。

此生定向江湖老, 默数淮中十往来④。

[注释]

①淮上早发:元祐七年(1092)二月,苏轼在颍州接到以龙图阁学士知扬州的诰命,自颍取道下淮,三月早发淮上。淮,淮河。这首诗即作于此时。
②角:古代军中的一种乐器。晓角:城里驻军早晨吹角的声音。
③碧鳞:碧绿的水纹。鳞,比喻水的皱纹似鱼鳞。
④"默数"句:苏轼熙宁四年(1071)自汴京赴杭州通判任,熙宁七年由杭州赴密州,元丰二年(1079)四月赴湖州、八月赴御史台狱,元丰七年由常州至南都,元丰八年回常州,同年九月赴登州,元祐四年(1089)赴杭州知州任,元祐六年回京,再加上这次过淮,往返经淮河共有十次,所以说"十往来"。

[点评]

此诗前二句写淮上晨景:月色暗淡,浮云散薄,角声呜咽,微风吹水,碧波粼粼。在凄清、幽寂的景色中透出悲哀的情调。后二句直抒胸臆,在"默数淮中十往来"的无言情态中表达出一生奔波、浪迹江湖、老大无成的深沉感慨。全篇语言明浅而蕴含深广,篇幅短小却情味悠长。情景交融,意境浑成。纪昀评赞:"语淡而意深。"(纪评苏诗》卷三五)

纵　笔

白头萧散满霜风^①,小阁藤床寄病容^②。

报道先生春睡美，道人轻打五更钟^③。

[注释]

①萧散:萧疏散乱。霜风:形容白发披离。
②小阁:指所居惠州嘉祐寺房舍。
③道人:指寺中僧人。

[点评]

　　绍圣三年(1096)在惠州作。诗人以白描手法,抒写自己饱经风霜、满头白发、老病缠身,却对艰苦的贬谪生活淡然处之,安闲自适。诗写得轻松潇洒,音节舒缓,情趣盎然。据曾季狸《艇斋诗话》载,苏轼的政敌章惇读了此诗,恼怒不已,再贬苏轼到海南儋耳。纪昀说得好:"此诗无所讥讽,竟亦贾祸。盖失意之人作旷达语,正是极牢骚耳。"(《纪评苏诗》卷四〇)

纵笔三首

寂寂东坡一病翁，　白须萧散满霜风。

小儿误喜朱颜在①，一笑那知是酒红！

父老争看乌角巾②,应缘曾现宰官身③。

溪边古路三岔口，　独立斜阳数过人。

北船不到米如珠，　醉饱萧条半月无。

明月东家当祭灶④,只鸡斗酒定膰吾⑤。

[注释]

①小儿:指苏过。

②乌角巾:黑色方巾,古代隐士或退闲官吏的头服。

③应缘曾现:《妙法莲华经·妙音菩萨品》说,妙音菩萨能随众生现出种种身形,
为他们说经。宰官身:有官职的人。这句意谓自己做官不过是偶然因缘罢了。

④东家:指作者去做客的黎家。祭灶:旧时民间习俗,腊月二十三或二十四送灶
神上天叫祭灶。

⑤膰(fán 繁):古代祭祀用的烤肉。这里用如动词,意同"饷"。

[点评]

元符二年(1099)腊月在儋州贬所作。第一首自嘲衰老,以错觉制造诗味,

笑中含悲。第二首写他在斜阳下古路口点数行人,显出无聊寂寞,以含蓄胜。第三首写生活困窘,表现他与当地人民同甘苦之情,以真率胜。三诗皆有可悲可愁之情事,诗人都以风趣或恬淡笔触写出达观的怀抱,故而情趣横生,余韵悠然。三诗纯用白描,又妙用绝句,第三句陡然转折使前后幅对比映照的手法,显出诗人炉火纯青的艺术功力。清人王文诰评:"此三首平淡之极,却有无限作用,未易以情景论也。"(《苏轼诗集》卷四二)所谓"无限作用",即指作者心境与诗境的超旷闲逸,令人回味无穷。

澄迈驿通潮阁①

(二首选一)

馀生欲老海南村,帝遣巫阳招我魂②。

杳杳天低鹘没处③,青山一发是中原。

[注释]

①澄迈:今海南省北端澄迈县。通潮阁:在澄迈县西,为澄迈驿中之阁。
②帝:天帝。巫阳:古代女巫名。《楚辞·招魂》:"帝告巫阳曰:'有人在下,我欲辅之。魂魄离散,汝筮予之。'巫阳乃下招曰:'魂兮归来。'"
③杳杳(yǎo 咬):深远微茫的样子。

[点评]

元符三年(1100)六月,苏轼北归,离儋州赴廉州,途经澄迈县时作。此诗抒发即将离开生活数年的海岛时悲喜交集之情。前二句用《楚辞·招魂》句意,以天帝喻朝廷,以招魂喻召还,并隐以屈原自况。在貌似平淡的叙述中蕴含着难以言说的痛苦、绝望和深沉的感慨。后二句以登高北望所见的邈远之景抒写出对中原的深切怀念与急迫思归情意。诗人抓住海南荒僻空旷的特点，以鹘鸟飞没处的一根微细发丝喻写天际青山，借以表现视野之悠远与思念的殷切，神思飞越，语言奇警，意象新颖。纪昀评这一联是"神来之笔"（《纪评苏诗》卷四三），施补华赞此诗"气韵两到，语带沉雄"（《岘佣说诗》），洵非过誉。

雨晴后二首①

雨过浮萍合，　蛙声满四邻。

海棠真一梦，梅子欲尝新②。

拄杖闲挑菜，　秋千不见人。

殷勤木芍药③，独自殿余春④。

高亭废已久，　下有种鱼塘⑤。

暮色千山入，　春风百草香。

市桥人寂寂，　古寺竹苍苍。

鹳鹤来何处⑥？号鸣满夕阳！

[注释]

①本诗原题为《雨晴后，步至四望亭下鱼池上，遂自乾明寺前东冈上归二首》。四望亭、乾明寺、东冈：都在黄州。

②"海棠"二句：意思是海棠花已谢，梅子初熟。

③木芍药:牡丹的别名。

④殿:结尾、收场。殿余春:做春色的殿军。

⑤种鱼:即养鱼。

⑥鹳(guàn 贯):大鸟,形似鹤亦似鹭,嘴长而直。

[点评]

　　元丰三年(1080)三月在黄州贬所作。苏轼的五律作品不多,艺术质量也较七律逊色。这两首描写夏日雨晴后郊行所见所感,流露出寂寞无聊、孤芳自赏的情绪。写景绘声绘色,有真有幻,错落有致,自然流转如古风,似乎不受格律约束,风格清淡闲旷,颇得唐人刘长卿、韦应物五律神韵。两首诗都点化了唐人的诗句,如"雨过浮萍合"化用王维《萍池》"靡靡绿萍合","春风百草香"化用杜甫《绝句》"春风花草香","古寺竹苍苍"化用刘长卿《送灵澈上人》"苍苍竹林寺","独自殿余春"化用柳宗元《牡丹》"窈窕留余春"。难得的是点化无迹,与前后句紧密呼应、融合。

南康望湖亭

八月渡长湖①,萧条万象疏②。

秋风片帆急, 暮霭一山孤③。

许国心犹在, 康时术已虚④。

岷峨家万里⑤, 投老得归无。

[注释]

①长湖:鄱阳湖,其形南北狭长。

②萧条:萧疏零落。

③一山孤:指鄱阳湖中的大孤山。

④康时:即匡时,救正时弊。因避宋太祖赵匡胤名讳,以康代匡。术已虚:政术见解不被采纳,成为虚有、空有。

⑤岷峨:岷山与峨眉山,都在四川境内。

[点评]

　　绍圣元年(1094)苏轼赴英州途中,在安徽当涂接到了再贬建昌军(今江西南城)司马、惠州(今广东惠州市)安置、不得签书公事的诏命。此诗是本年八月经南康军(今江西星子县)时作。贬谪途中,秋风凄紧,万象萧疏,片帆急驶,暮霭山孤。诗人一再遭受打击迫害,报国济世之心未改,却苦恨匡时之术不被采纳,又忧伤投老难归万里外的故乡。深沉悲凉之情与萧疏阔远之景交相融合。"片帆急"与"一山孤"既是实景,又似带有象征意味。全诗苍凉激楚,颇有杜甫晚年五律气韵。《纪评苏诗》卷三八说此诗"存唐人声貌",却又云"无味可咀",是苛刻不实之评。

倦　夜

倦枕厌长夜①,小窗终未明。

孤村一犬吠,残月几人行②。

衰鬓久已白,旅怀空自清③。

荒园有络纬④,虚织竟何成⑤!

[注释]

①"倦枕"句：写不眠更觉夜长。

②"孤村"二句：写枕上听到犬吠人行声。

③旅怀：客居情怀。清：清苦。

④络纬：虫名，又名莎鸡、促织，俗称"纺织娘"。

⑤虚织：庾信《奉和赐曹美人》"络纬无机织"，孟郊《古乐府杂怨三首》其二"暗蛩有虚织"，此暗用其意。

[点评]

元符二年(1099)秋在儋州贬所作。此诗写长夜无眠的愁思。诗人借犬吠虫鸣，反衬出孤村残月环境的凄清、寂寥，将愁情融于景中。汪师韩评："虚廓寂寥，具臻妙境。"(《苏诗选评笺释》卷六)尾联以荒园络纬虚织无成，寄托自己虚度岁月报国无门的悲慨。象外有意，所以纪昀评："结有意致，遂令通体俱有归宿。若非此结，则成空调。"(《纪评苏诗》卷四三)查慎行说："通首俱得少陵神味。"(《初白庵诗评》卷中)所言亦切当。此诗从诗题、意象、章法、句法，到意境、神味、风格，均似杜甫拗体五律，但沉郁顿挫尚不及杜。

病中游祖塔院①

紫李黄瓜村路香②，乌纱白葛道衣凉③。

闭门野寺松阴转，攲枕风轩客梦长④。

因病得闲殊不恶⑤，安心是药更无方⑥。

道人不惜阶前水⑦,借与匏樽自在尝⑧。

[注释]

①祖塔院:即定慧禅寺,俗称虎跑寺,在今杭州西南大慈山下。唐宪宗元和中建,宋太宗太平兴国六年(981),改称祖塔法云院。这首诗是熙宁六年(1073)诗人在杭州通判任时写的。

②紫李:李子,色紫红。

③乌纱:乌纱帽。东晋时官帽,隋代以后渐流行于民间。白葛:白色的葛巾。古代常以作头巾。这句写诗人的装束。

④风轩:临风的亭轩。

⑤殊不恶:一点也不坏。《晋书·谢道韫传》载,谢道韫初嫁王凝之,还家,甚不乐。谢安说:"王郎,逸少(王羲之)子,不恶,汝何恨也?"这句用此典故字面。

⑥"安心"句:《景德传灯录》载:"二祖慧可谓达摩曰:'我心未安,请师安心。'达摩曰:'将心来,与汝安。'二祖曰:'觅心了不可得。'达摩曰:'与汝安心竟。'"这句用此禅宗典故。

⑦道人:僧人。阶前水:指虎跑泉,在今虎跑寺内。相传唐元和十四年(819),高僧性空居此,苦于无水,忽有"二虎跑地作穴",泉水涌出,故名。

⑧匏(páo 袍)樽:葫芦制作的酒樽。

[点评]

这首诗写病中闲游寺院,前四句写幽静的山寺风景和自己在寺中亭轩临风昼眠,表现出诗人风流潇洒的意态与闲适自得的心情。四句皆对,连用四种颜色,又表现出凉意与香味。后四句用佛典,点题意,表禅理,感人生,提升诗境,兴味深长。清代方东树《昭昧詹言》卷二〇评析此诗章法甚精细:"先写游时景与情事,风味别胜,不比凡境。三四写院中景。五六还题'病中',兼切二祖。收将院僧、自己绾合,亦自然本地风光,不是从外插入。"严谨的构思与细密的针线,却以自然流畅出之,可见苏轼杰出的艺术才华和表现能力。

圣主如天万物春①

圣主如天万物春，　小臣愚暗自亡身。

百年未满先偿债②，十口无归更累人③。

是处青山可埋骨④，他时夜雨独伤神⑤。

与君今世为兄弟，又结来生未了因⑥。

[注释]

①本诗原题为《予以事系御史台狱，狱吏稍见侵，自度不能堪，死狱中，不得一别子由，故作二诗授狱卒梁成，以遗子由，二首》。元丰二年（1079），何正臣、舒亶、李定等人指控苏轼在诗文表章中攻击新法、讪谤朝廷。七月二十八日御台史派人到湖州逮捕苏轼，八月十八日入御史台狱。这首诗作于狱中。

②百年未满：指人生天年未满。时苏轼44岁。偿债：还账，指被杀死。

③"十口"句：苏轼入狱，其家属十口安置在南都，由苏辙照料。当时苏辙身负债务，又受此拖累。

④是处：到处。

⑤"他时"句：作者和苏辙早年有"夜雨联床"之约。这里说，今后夜雨萧瑟时只留下你独自悲伤了。

⑥"与君"二句：与你为兄弟，而今此生完了，只有再结来生因缘。

[点评]

这首七律抒写在狱中的凄苦和对亲人的怀念，感情沉痛，其中凝注着与弟弟苏辙的深厚手足之情,是血泪凝成的绝命诗,故能撼动人心。纪昀评曰:"情至语不以工拙论也。"(《纪评苏诗》卷一九)诗的章法严整,平仄、对仗俱工稳,却又抑扬顿挫,自然浑成。

十二月二十八日二首①

百日归期恰及春②,余年乐事最关身。

出门便旋风吹面③,走马联翩鹊噪人④。

却对酒杯浑似梦⑤,试拈诗笔已如神。

此灾何必深追咎,窃禄从来岂有因⑥。

平生文字为吾累, 此去声名不厌低。

塞上纵归他日马⑦,城东不斗少年鸡⑧。

休官彭泽贫无酒⑨,隐几维摩病有妻⑩。

堪笑睢阳老从事,为余投檄向江西⑪。

[注释]

①本诗原题为《十二月二十八日,蒙恩责授检校水部员外郎黄州团练副使,复用前韵二首》。元丰二年(1079)十二月末,苏轼获释,责赴黄州安置。这两首诗是出狱时作。检校:在正官之外的加官,其官位高于正官,属定员以外的散官。黄州:治在今湖北黄冈。

②百日：作者自八月十八日入狱，至此时为130日。百日是举其成数。

③便(pián 胼)旋：轻捷的样子。

④啅(zhào 兆)人：朝着人啼叫。

⑤浑：直，简直。

⑥窃禄：窃据官位，无功食禄。做官的谦称。

⑦"塞上"句：《淮南子·人间世》载，塞翁走失了一匹马，后来失去的马却引回另一匹好马。但他的儿子又因骑这匹好马而致伤。这里用此典故隐言出狱是福，但焉知有无后祸？

⑧"城东"句：唐代陈鸿《东城父老传》载：玄宗好斗鸡之戏，长安斗鸡少年贾昌因善斗鸡得宠。当时流传"生儿不用识文字，斗鸡走马胜读书"的谣谚。这里借以说自己不会邀宠阿世。有学者疑此句兼用王勃为沛王府修撰时，曾因起草代沛王鸡向英王鸡挑战的檄文而得罪之事，意谓此后不再舞文弄墨，重获罪愆。

⑨"休官"句：《晋书·陶潜传》载：晋诗人陶渊明愤而辞去彭泽令，但家贫无酒。这里反用此典，谓家贫不敢休官。

⑩"隐几"句：维摩诘是佛教居士，他常以称病为由，向问病者说法，曾说过"法喜以为妻"，即闻佛法而生喜，犹世人以妻色为悦（《维摩诘经·佛道品》）。这里正用此典，谓自己将以佛法自求解脱。几，凭靠身体的坐具。

⑪"堪笑"二句：苏辙向朝廷进奏，要求以自己的官爵为苏轼赎罪，因此被贬为筠州监酒。睢阳老从事，指苏辙，时任著作郎、签书应天府（今河南商丘）判官，属州刺史之佐吏，故称"从事"。应天府在秦时为睢阳县，唐时为睢阳郡。江西，指筠州，今江西高安。

[点评]

因为爱才的宋神宗宽恕，诗人获赦出狱。这两首诗抒写自己脱身囹圄重获自由的喜悦。所用"前韵"即指在狱中写与苏辙的两首诗的韵。前一首直抒胸臆，重在写大难不死的侥幸；后一首多用典故，着意于吸取教训。诗人感叹"平生文字为吾累"，却又以自豪的口吻写出"试拈诗笔已如神"，并以不无讥讽的语气写出"此灾何必深追咎，窃禄从来岂有因"之句。可见，"江山易改，禀性难移"，诗人照样以豪放旷达态度对待人生，并表示决不因为这一场灾祸而抛弃心爱的诗笔，也决不投当局所好，邀欢取荣。二诗都节奏轻快，语言爽朗流利，雅俗结合,具有清旷豪健的东坡本色。汪师韩《苏诗选评笺释》卷三说:"诗狱甫解,又矜诗笔如神,殆是豪气未尽除。"

初到黄州

自笑平生为口忙,　老来事业转荒唐。

长江绕郭知鱼美,　好竹连山觉笋香。

逐客不妨员外置^①,诗人例作水曹郎^②。

只惭无补丝毫事,尚费官家压酒囊^③。

[注释]

①逐客:被贬谪的官员,作者自谓。员外置:安排做定额以外的闲散官员。

②水曹郎:隶属于水部的郎官。梁代何逊、唐代张籍、宋代孟宾于等诗人都曾任过水曹郎。作者当时任检校水部员外郎。

③压酒囊:作者自注:"检校官例折支,多得退酒袋。"宋代官吏薪俸,多以实物折抵,叫折支。酒囊,即酒袋。检校官的折支,多用官府酿酒用的酒袋来抵数。

[点评]

　　元丰三年(1080)二月苏轼抵黄州贬所,作此诗。诗人以自嘲口吻,表面说自己为谋生糊口得咎,暗指因言事和作诗获罪,又自嘲被贬闲置,同历史上的许多诗人一样做了水曹郎,于是让官家花费不少折抵俸钱的退酒袋。满腹牢骚怨愤,却以谐谑的诗句化解;但在幽默诙谐中,仍能感觉到诗人内心兀傲不平之气。"长江"一联写由长江联想到鱼美,由竹山联想到笋香,用"举因知果法"将视觉意象迅即化为味觉嗅觉意象,描绘江城的山水美景与丰饶物产,表现自己热爱生活、热爱自然的开朗乐观情怀,意象灵动,奇趣横生。鱼笋的香美又照应首联的"平生为口忙",使全篇章法严谨、浑然一体。这 14 个字犹如脱口而出,自然天成,却又文词优美,对仗工整,现景传情,是苏诗的名句。

正月二十日往岐亭^①

十日春寒不出门, 不知江柳已摇村。

稍闻决决流冰谷^②,尽放青青没烧痕^③。

数亩荒园留我住^④,半瓶浊酒待君温^⑤。

去年今日关山路, 细雨梅花正断魂^⑥。

[注释]

①本诗原题为《正月二十日往岐亭,郡人潘、古、郭三人送余于女王城东禅庄院》。岐亭:在今湖北省麻城市西北。潘、古、郭:指潘丙、古耕道、郭遘,三人是苏轼到黄州后新结识的朋友。女王城:在黄州城东十五里,又称永安城。
②决决:水流声。
③烧:读去声,作名词用。
④数亩荒园:指东禅庄院。
⑤君:指送行至此的黄州三友人。
⑥"去年"二句:苏轼在去年来黄州途中作《梅花二首》,有"何人把酒慰深幽,开自无聊落更愁"之句。

　　元丰四年(1081)正月在黄州作。前四句写"往岐亭"途中所见。"摇"字后接以"村"字,活画出春风荡漾、江柳轻拂的神态,又使人感到满村江柳都在摇摆,仿佛整个村子都在摇动。山谷中冰解水流,春草掩没了烧山后的痕迹,确是早春景象。加上"决决""青青",绘声绘色。"稍闻"状早春溪流之细,"尽放"渲染新生野草的蓬勃气势。看似信笔挥洒,其实观察敏锐,表现精妙。五六句写女王城钱别。借留住和温酒,抒写出三位友人对自己的深厚情谊。末二句因钱别而联想到去年来黄州途中的凄苦、孤寂,无人"把酒慰深幽"。结句化用杜牧《清明》诗意,既明写对去年今日的回忆,又暗写今年今日自己正是"路上行人欲断魂",此结寄慨悠远,含蕴深广。全诗紧扣题意,一气浑成,语意天然,用事无迹,气机生动,似感一片空灵奔赴诗人腕下,不受格律束缚。

杜介送鱼①

新年已赐黄封酒②,旧友仍分赪尾鱼③。

陋巷关门负朝日,　小园除雪得春蔬。

病妻起斫银丝鲙,稚子欢寻尺素书④。

醉眼朦胧觅归路⑤,松江⑥烟雨晚疏疏。

[注释]

①杜介:字几先,扬州人。这时与苏轼同在汴京做官。

②黄封酒:皇帝赐的官酿酒,坛子上有黄色封条。

③赪尾鱼:红鲤鱼。

④"稚子"句:用古诗《饮马长城窟行》"呼儿剖鲤鱼,中有尺素书"句意。

⑤觅归路:寻找归隐林泉之路。

⑥松江:吴淞江,古称笠泽,太湖支流三江之一,以产鲈鱼著名。

[点评]

　　元祐二年(1087)作。此诗写官居汴京的家庭生活。新年将到,朝廷恩赐官酿的黄封美酒,老朋友又送来了红鲤鱼,使地处陋巷终日闭门的作者一家充满了节日的喜庆气氛。作者到小园中拨开积雪,采摘春蔬;病妻也从床上起来,剖开鲤鱼,把它切成银丝细条;幼子一见剖鲤鱼,就想到古诗上的话而去找鱼腹中有没有书信。自我的喜悦,故人的情谊,病妻的贤惠能干,孩子的天真活泼,笔笔生动,全都跃然纸上。作者酒足饭饱之后,醉眼蒙眬,好像回到了盛产鲈鱼的吴淞江畔,在烟雨迷离中寻觅归隐安居的路径。全诗写家庭生活情景真切如画,意趣盎然,与杜甫在草堂生活期间所作的《江村》等七律风味近似。

八月七日初入赣,过惶恐滩①

七千里外二毛人②，十八滩头一叶身。

山忆喜欢劳远梦③，地名惶恐泣孤臣。

长风送客添帆腹，积雨浮舟减石鳞④。

便合与官充水手⑤，此生何止略知津⑥！

[简注]

①惶恐滩:原名黄公滩。赣江十八滩之一,在江西万安县境内,水势最为险恶。

②七千里:指赣江至作者故乡的距离。二毛人:头发黑白相间的垂老之人。时作者59岁。

③"山忆"句:作者自注:"蜀道有错喜欢铺,在大散关。"此句意谓乡思萦回,却是"错喜欢"而已。

④石鳞:浅水流石滩,纹状如鳞,又能见石底,故叫石鳞。积雨水大,少见此现象,故云"减"。

⑤便合:便当。这句说可以充当老水手给官府驾船。

⑥知津:晓得渡口在哪里,言外指自己仍可为朝廷效力。语出《论语·微子》:"是知津也。"

[点评]

　　绍圣元年(1094)八月七日,苏轼赴惠州途中始入赣江(指万安县以南一段,今江西南部)时作。此诗抒写他暮年遭贬,在远谪途中的艰危孤独处境和悲苦哀痛。前半语多凄苦,后半转以旷达语和自嘲语出之。诗为七律对起格。首联连用六个数字,组成句中自对又上下相对的工巧对句,突出了被贬路途遥远、自身形貌衰老、环境险恶与处境孤危,表现新颖警策,妙手天成。颔联将"黄公滩"改作"惶恐滩",以对"喜欢铺",妙用地名双关对偶,借以抒发因远离故乡与朝廷而生出的失望、惶恐、凄楚、怨愤之情。句法浓缩,意蕴丰富。后来南宋文天祥学习借鉴,在《过零丁洋》中写出了"惶恐滩头说惶恐,零丁洋里叹零丁"的千古名联。颈联写舟行所见江景,观察细致,表现准确。"帆腹""石鳞",意象生动,对偶工致。尾联"充水手"与"略知津"仍紧扣舟行抒情寄慨,语意双关,反讽之意见于言外。全诗转接自然,显出诗人兀傲自信、纵逸不羁的个性。

六月十二日酒醒步月，理发而寝①

羽虫见月争翾翻②，我亦散发虚明轩③。

千梳冷快肌骨醒，风露气入霜蓬根④。

起舞三人漫相属，停杯一问终无言⑤。

曲肱薤簟有佳处⑥，梦觉琼楼空断魂。

[注释]

①六月十二日：是年为绍圣二年(1095)，诗人在惠州。

②羽虫：飞虫，兼指鸟。翾(xuān 宣)翻：旋转飞翔。

③虚明轩：空荡明亮的轩厅。

④霜蓬：形容白发散乱。

⑤"起舞"二句：用李白《月下独酌》"举杯邀明月，对影成三人"和《把酒问月》"青天有月来几时，我今停杯一问之"诗意。相属：举杯相邀。

⑥曲肱：曲臂以为枕。薤簟(xiè diàn 蟹店)：草席。

[点评]

　　此诗写诗人酒醒后散发步月，理发后卧草席而寝，情调既闲散放达又伤感悲凉，显出一种兀傲不羁的神气。诗以羽虫绕月飞旋的意象发兴。次联用"冷快"和"醒"字表达梳理头发所引起的肌骨清爽之感，以"霜蓬"比喻散乱的白发，并设想深夜风露之气已渗入霜蓬之"根"，真是感受独到，想象新奇。第三联写月下独酌，化用并组合李白诗句意，借鉴中有独创。汪师韩《苏诗选评笺释》卷七评:"语简而静,纸上有凉气扑人。"前句似应易之以"语奇而动",更为恰当。

汲江煎茶

活水还须活火烹[①],自临钓石取深清[②]:

大瓢贮月归春瓮, 小杓分江入夜瓶。

雪乳已翻煎处脚[③],松风忽作泻时声[④]。

枯肠未易禁三碗[⑤],坐听荒城长短更[⑥]。

[注释]

①活水:从流动的江中取来的水。活火:有火苗的旺火。

②深清:深处清澈的江水。

③雪乳:形容煎茶时浮着的白色泡沫。一作"茶雨"。脚:茶脚。

④松风:喻汤沸声或倒茶声。

⑤"枯肠"句:唐人卢仝《谢孟谏议寄新茶诗》"三碗搜枯肠"。此翻用其意,谓如此佳茗,却因自己被远贬异乡心情不好而喝不了三碗。

⑥荒城:指儋州城。长短更:指报更挝鼓之数。挝少者为短,多者为长。

[点评]

　　元符三年(1100)春在儋州贬所作。当时,诗人已接到遇赦内迁的诏命。怀着对人生未来的希望,带着几分豪情逸致,品尝着自烹的清茶,在荒城的深夜听着更鼓声,等待天明,等待北归。查慎行在注释中说杨万里极赏此诗,谓"一篇之中,句句皆奇;一句之中,字字皆奇"。杨万里《诚斋诗话》说:"第二句七字而具五意:水清,一也;深处清,二也;石下之水,非有泥土,三也;石乃钓石,非寻常之石,四也;东坡自汲,非遣卒奴,五也。'大瓢……入夜瓶',其状水之清美极矣,'分江'二字,此尤难下。'雪乳……泻时声',此倒语也,尤为诗家妙法。……'枯肠……长短更',又翻却卢仝公案。仝嗅到七碗,坡不禁三碗。山城更漏无定,'长短'二字,有无穷之味。"评析极其精细。在杨万里看来,此诗确实可称"句句皆奇"。而在我眼底心中,颔联尤为奇妙,妙在想象力的新鲜。你看,月映水中,用大瓢往瓮里倒水,好像把月亮也装到瓮中了;用小勺取水,好像将一条江水分流入瓶中。这样写,就能小中见大,从大瓢小勺中写出了月亮、大江。正如查慎行《初白庵诗评》卷下所评:"贮月分江,小中见大。""第六句对法不测。"

儋　耳

霹雳收威暮雨开，独凭阑槛倚崔嵬[1]。

垂天雌霓云端下[2]，快意雄风海上来[3]。

野老已歌丰岁语，除书欲放逐臣回[4]。

残年饱饭东坡老[5]，一壑能专万事灰[6]。

[注释]

①崔嵬:山高貌。

②雌霓:即霓,亦名副虹,双虹中色彩浅淡的虹。《尔雅·释天》邢昺疏:"虹双出,色鲜盛者为雄,雄曰虹;暗者为雌,雌曰霓。"这里即指虹,以"雌霓"与下句"雄风"相对。

③雄风:凉爽的风。宋玉《风赋》:"此大王之雄风也。"

④除书:授官之诏书。除,除去旧官,改授新官。这里指令苏轼移廉州安置的诰命。

⑤残年饱饭:化用杜甫《病后过王倚饮赠歌》"但得残年饱吃饭"句。

⑥一壑能专:占有一丘一壑。陆云《逸民赋序》:"古之逸民,或轻天下,细万物,而欲专一丘之欢,擅一壑之美。"

[点评]

　　元符三年(1100)正月,哲宗死,徽宗即位。五月,苏轼改移廉州(今广西合浦县)安置。此诗作于离儋州前,写他初得诏书的欣喜之情,同时又抒发风烛残年、万念俱灰的深沉感慨。诗的起笔雄劲,属对精警。首联既写雷雨后的黄昏景色,又暗喻朝政由昏暗转为清明。颔联同样亦实亦虚,比兴兼具。以"雌霓云端下"象征政敌小人失势,以"快意雄风"喻指内移诏命传至海上。诗人化用了柳永《竹马子》词"对雌霓挂雨,雄风拂槛,微收残暑"句意,构成反对式对偶句,绘景壮丽,抒情酣畅,含义深邃,14个字词意直贯而下,又是"流水对",非常精彩,故而清人方东树誉为"奇警"之句(《昭昧詹言》卷二〇)。诗的结尾稍嫌消沉,但从全诗看,不失为清雄之作。

六月二十日夜渡海

参横斗转欲三更①,苦雨终风也解晴②。

云散月明谁点缀③? 天容海色本澄清。

空余鲁叟乘桴意④,粗识轩辕奏乐声⑤。

九死南荒吾不恨⑥,兹游奇绝冠平生⑦!

[注释]

①参(shēn深)、斗:两星名,二十八宿(xiù)中的两宿。横、转:指星座位置的移动。

②苦雨:下个不停的雨。终风:吹个不停的风。《诗经·邶风·终风》:"终风且暴。"

③点缀:这里意为翳蔽,污染。《晋书·谢重传》载:谢重在司马道子家做客,正值月色明净。道子认为极好,谢重却说不如有点云彩点缀。道子开玩笑说:"你自己心地不干净,还想将天空也弄得污秽吗?"

④鲁叟:指孔子。乘桴(fú扶):坐木筏。《论语·公冶长》载,孔子曾慨叹自己的政治主张无法实现,想坐木筏到海外去。这里说自己迁流海外有年,愧未能在其地化民成俗,所以只能说有乘桴之事,而未能符孔子之心,因此不免遗憾。

⑤轩辕:黄帝。《庄子·天运》记黄帝"张(演奏)《咸池》之乐于洞庭之野",并借音乐说了一番老庄玄理。这里说他听到大海涛声,联想到黄帝奏乐,粗识老庄忘得失、齐荣辱的哲理。

⑥九死:多次几乎送命。屈原《离骚》:"亦余心之所善兮,虽九死其犹未悔!"

⑦冠(guàn惯):居首位。

[点评]

　　元符三年(1100)六月苏轼渡琼州海峡赴廉州时作。前半首写景,在景色中隐喻政治风暴和漫长灾难已经过去,象征自己心地光明纯洁,无论政敌怎样毁谤诬蔑,都是白费心机。后半首抒写绝处逢生的喜悦、在海外的远大抱负和对人生哲理的深刻领悟。最后豪迈地宣称:此次被贬逐南荒的磨难,是自己一生中最值得纪念的奇绝漫游。八句诗,凸现出一位气节坚贞、品格高洁、胸襟阔大、性情超旷的志士兼哲人形象。全篇紧扣深夜渡海的题旨,大笔挥洒海上月夜奇丽景色,使写景、抒情、议论水乳交融,有深邃的象征意蕴,有壮美的境界。尽管前半四句都用四字作叠,由于气充力厚,而不觉其板滞。此诗亦可称"奇绝",可为东坡七律压卷之作。

浣溪沙

山色横侵蘸晕霞①,湘川风静吐寒花②。远林屋散尚啼鸦③。

梦到故园多少路,酒醒南望隔天涯。月明千里照平沙④。

[注释]

①蘸:浸湿,沾上水。这里说沾上,触及。晕:状晚霞泛开的红色。

②湘川:既谓湘水,亦泛称古荆州地域。寒花:指菊花。晋张协《杂诗》:"寒花发黄采,秋草含绿滋。"

③远林屋散:村舍散落在远林之中。

④平沙:广阔的平地。

[点评]

此词原不编年。今人薛瑞生《东坡词编年笺证》编于嘉祐五年(1060)正月作。今人朱靖华在未刊稿中经详细考证,编于嘉祐四年(1059),苏轼在故里服母丧毕,与父洵、弟辙沿江东行返京途中。今从朱说。此词抒写旅中思乡之情。上片写山村日暮景致。山色、晚霞、寒花、啼鸦,以动衬静,以声写寂。此一片荒寂之景,正是词人旅中所见所闻,并进入他的梦境。下片写梦返故园,道路漫漫;酒醒南望,相隔天涯。强烈又深切的思乡之情直抒而出。结句,展现月明故园、千里平沙的明净阔远景色,而故乡更在远方,乡情即融化于美景中。全篇采取景——情——景的结构方式,上下片一气贯通。上片句法凝缩,意象密集,节奏急促。"横""侵""蘸""晕""吐""寒""散"等字,都见出锤炼之功。下片句子自然舒放,如见词人曼声长叹远离故园之恨。声情契合,沁人心脾。

蝶恋花

京口得乡书①

雨后春容清更丽。只有离人,幽恨终难洗②。北固山前三面
水③,碧琼梳拥青螺髻④。　　一纸乡书来万里。问我何年,真个成
归计⑤。回首送春拼一醉,东风吹破千行泪。

[注释]

①京口:今江苏镇江市。
②幽恨:此指郁结于心的乡思。
③北固山:在镇江市北,有南、中、北三峰,北峰三面临江,形势险固,因称北固
山。
④碧琼梳:碧玉做的梳子,借喻江水。青螺髻:女子状若螺壳的发髻,喻山峰。这
句比喻暗藏对居住杭州的家室的思念。
⑤真个:真的。

[点评]

熙宁七年(1074)春,苏轼在润州得乡书,作此词。词的上片,以雨霁后北固
山碧水环山的清新秀丽景色反衬想念留居杭州妻子的愁情。下片以春已回乡、
人不得归、以酒浇愁加倍渲染思乡的伤心痛苦,抒情层层递进、深入。词的首句
"雨后春容清更丽",白描兼拟人,展现出犹如二八佳人般清丽的春色。"碧琼梳
拥青螺髻",描绘雨后的碧水青峰,想象奇丽,比喻生动、贴切。以一个"拥"字组

合两个喻象,一个镜中美女的形象呼之欲出。这是对唐人名句"遥望洞庭山水翠,白银盘里一青螺"(刘禹锡《望洞庭》)与"疑是水仙梳洗处,一螺青黛镜中心"(雍陶《题君山》)的点化与出新。"洗"字、"拼"字、"破"字也用得新颖精警。

南歌子

雨暗初疑夜,风回便报晴。淡云斜照著山明。细草软沙溪路、马蹄轻。　　卯酒醒还困①,仙村梦不成。蓝桥何处觅云英②?只有多情流水、伴人行。

[注释]

①卯酒:卯时饮的酒。卯时,相当于早晨五点至七点。
②"蓝桥"句:唐人裴铏小说集《传奇》中《裴航》篇载,唐长庆年间一秀才裴航下第回都,与樊夫人同舟。樊夫人赠诗云:"一饮琼浆百感生,玄霜捣尽见云英。蓝桥便是神仙宅,何必崎岖上玉京。"后裴航经蓝桥驿向路旁老妪求水解渴,老妪让一个叫云英的女子献茶。裴航见她非常美丽,便向她求婚。老妪提出要他捣药百日,裴航如言,终与云英成婚,后双双成仙。

[点评]

此词为元丰五年(1082)五月在黄州到沙湖相田之作。词中描写他在雨霁天晴沿溪边沙路趁着落晖骑马赶路的情景。笔调清新轻快,意象优美生动。在逼真细致地表现天气和景物的动态变化中,传达出自己舒畅喜悦的心情。"细""软""轻"三字既是状景,又融入了内心的感受。下片飞腾浪漫的想象,以裴航、云英成婚升仙的神话传说,自我揶揄未能像裴航那样交上桃花好运,却有多情流水,伴他行走于美好风物中,从而显露出词人风流潇洒的性情,更表达了他执着于从自然景物和现实生活中寻求精神慰藉,增添了词的情趣韵味。

南乡子

重九涵辉楼呈徐君猷^①

　　霜降水痕收^②,浅碧鳞鳞露远洲。酒力渐消风力软,飕飕,破帽多情却恋头^③。　　佳节若为酬^④,但把清樽断送秋。万事到头都是梦,休休,明日黄花蝶也愁。

[注释]

①重九:农历九月九日重阳节。涵辉楼:即黄州栖霞楼。徐君猷:名大受,时为黄州太守。他对被贬谪黄州的苏轼颇多照顾。

②水痕收:意谓秋后水位下降。

③"破帽"句:《晋书·孟嘉传》载:孟嘉为征西将军桓温参军,"九月九日,温宴龙山,僚佐毕集。时佐吏并著戎服。有风至,吹嘉帽坠落,嘉不之觉。"温命孙盛作文嘲之,嘉挥笔作答,其文甚美。

④若为酬:如何对付。

[点评]

　　此词是元丰五年(1082)重阳日在黄州与友人宴会赏菊而作,借伤秋的传统题材,抒写政治失意的苦闷和以旷达乐观襟怀解脱的复杂思想感情。词以景起,以情结,句句扣题,运笔洒脱而不黏滞。写秋景仅二句,观察敏锐,表现精练。以

"霜降水痕收"状深秋水位下降。"浅碧"承江水,"鳞鳞"喻状如鱼鳞之微波,亦可见风小,为下文"风力软""帽恋头"预伏一笔。"露远洲",正因水位下降,露出江心沙洲;"远",点明是登楼遥望所见。12个字,状秋景字字切时切地,意象组接紧密,画面感强,暗中点题,开篇便拓出清远境界。"破帽"句既不同于孟嘉以风吹落帽为风流,亦有别于杜甫"羞将短发还吹帽,笑情旁人为整冠"(《九日蓝田崔氏庄》)以不落帽为风雅,竟然说"破帽多情却恋头",把"破帽"写得如此多情,语意新颖,饶有奇趣,乃用事妙笔。下片抒情,既发出"万事到头都是梦"的人生感慨,却又要以酒送秋,聊且忘忧。结句意谓重阳节过,明日再无人赏菊,花愁蝶也愁,含蓄地表达今日应尽情欢乐。这也是苏轼的得意之句,曾在徐州所作的《九日次韵王巩》诗中用过。

念奴娇

中　秋

凭高眺远,见长空万里,云无留迹。桂魄飞来光射处^①、冷浸一天秋碧。玉宇琼楼^②,乘鸾来去^③,人在清凉国^④。江山如画,望中烟树历历^⑤。　　我醉拍手狂歌,举杯邀月,对影成三客^⑥。起舞徘徊风露下,今夕不知何夕^⑦?便欲乘风,翻然归去,何用骑鹏翼^⑧!水晶宫里^⑨,一声吹断横笛^⑩。

[注释]

①桂魄:指月亮。古人称月体为魄,月中有桂树,故称月亮为桂魄。
②玉宇琼楼:琼玉所建楼阁,指月中宫殿。

③乘鸾来去：意谓月宫中有仙人来往飞行。《异闻录》载，唐玄宗一次游月宫，"见素娥十余人，皓衣，乘白鸾，笑舞于广庭大桂树下"。

④清凉国：指月宫。

⑤历历：清楚。

⑥"举杯邀月"二句：李白《月下独酌》诗："举杯邀明月，对影成三人。"

⑦"今夕"句：语出《诗经·唐风·绸缪》："绸缪束薪，三星在天。今夕何夕，见此良人。"

⑧翩然：飞动的样子。骑鹏翼：《庄子·逍遥游》："鹏之背，不知其几千里也。怒而飞，其翼若垂天之云……抟扶摇而上者九万里。"鹏，传说中的大鸟。

⑨水晶宫：原指海中龙王的宫殿，这里指空明澄澈的月宫。

⑩一声吹断：一口气就可把横笛吹断，夸张笛声的高亢、清脆、嘹亮。《青琐高议》载："唐庄宗最爱月夜，月夜自吹横笛数曲。"

[点评]

　　清代王文诰《苏诗总案》谓此词为元丰五年（1082）中秋节在黄州赏月时作。

　　同是写中秋月，本篇不是像《水调歌头》（明月几时有）那样以把酒问天发端，也不是从问月、飞月、望月、怨月、慰月、舞月中虚写月光，而是从凭高眺远起笔，用虚实结合的笔触正面描绘圆月飞升，清冷的月光浸透了一碧无垠的秋空；在玉宇琼楼中，仙人们乘鸾来往飞行；月光朗照大地，江山如画，烟树历历。下片再写自己举杯邀月，月下起舞，乘风飞升，在水晶般透明的月宫里吹奏出响彻云霄的笛曲。全篇营造了一个高洁清凉的月宫仙界，并笼罩上美丽迷人的神话色彩，意境瑰奇飘逸。尽管未能如《水调歌头》（明月几时有）那样表现出世与入世、退隐与进取的矛盾心理，也未能从赏月中引发出关于自然宇宙和人生的哲理思考，意蕴韵味不如《水调歌头》那一篇丰富深邃，但仍然抒写出词人对自由美好生活的向往，充分表现了词人超迈豪逸、旷达乐观的个性情怀，亦堪称咏月的佳作。明代杨慎评曰："东坡中秋词，《水调歌头》第一，此词第二。"（《草堂诗余》卷四）

卜算子

黄州定惠院寓居作①

缺月挂疏桐,漏断人初静②。谁见幽人独往来③?缥缈孤鸿影。

惊起却回头,有恨无人省④。拣尽寒枝不肯栖⑤,寂寞沙洲冷⑥。

[注释]

①定惠院:在黄州东南。

②漏断:漏壶的水已经滴尽,表示夜深。漏,漏壶,古代计时工具。

③幽人:原指幽囚之人,引申为含冤之人或幽居之人。此处为苏轼自指。

④省(xǐng 醒):理解。

⑤寒枝:秋天的树枝。这句反用隋李元操《鸣雁行》诗中"夕宿寒枝上,朝飞空井旁"句意。

⑥"寂寞"句:一作"枫落吴江冷",考词意,实与篇中不相应。

[点评]

　　本篇是元丰三年(1080)二月至五月间苏轼初到黄州寓居定惠院时作,为抒怀之词。上片点染出一幅凄清冷寂的月夜图景,凸现了幽人独行、如鸿影缥缈的形象,抒写出词人内心的苦闷抑郁。下片承"孤鸿影"句专写孤鸿,细腻地刻画了孤鸿的神情动态和内心世界,正是词人刚出台狱、惊魂未定、愤郁不平、顾影自怜的生动写照。结尾二句,寄托自己宁愿引身隐居也不肯随人俯仰的孤高自赏之情。全篇笼罩了一层浓郁的孤独与感伤色调。

　　清人陈廷焯认为此词的表现方法是"兴"而不是"比"。他说:"所谓'兴'

者,意在笔先,神余言外,极虚极活,极沉极郁,若远若近,可喻不可喻,反复缠绵,都归忠厚……东坡《水调歌头》《卜算子·雁》等篇,亦庶几近之矣。"(《白雨斋词话》)这就是说,东坡这首词用空灵隽逸的笔调描绘"幽人"与"孤鸿"或分或合、相互映照的孤高凄寂形象,营造了一个象征境界。读者沉吟在这个象征境界中,不禁深深感受到词人心灵的寂寞与空虚、坚贞与孤洁,也自然感到其中寓意深远而又不确指的境界。这种象征境界,是那些"托喻不深,树义不厚"和"喻可专指,义可强附"(同上引)的黏滞坐实的"比"体词难以企及的。正因为这首词语语双关,格奇语隽,象征境界幽深清绝、意味无穷,所以前人赞赏为"超诣神品"(清黄苏《蓼园词评》)。南宋胡仔《苕溪渔隐丛话·前集》卷三九引黄庭坚评此词云:"语意高妙,似非吃烟火食人语。非胸中有数万卷书,笔下无一点尘俗气,孰能至此!"

临江仙

夜归临皋①

夜饮东坡醒复醉②,归来仿佛三更。家童鼻息已雷鸣③。敲门都不应,倚杖听江声。　　长恨此身非我有④,何时忘却营营⑤!夜阑风静縠纹平⑥。小舟从此逝,江海寄馀生。

[注释]

①临皋:在黄州城南长江边,苏轼曾寓居于此。
②东坡:黄州城东营防的数十亩废地,苏轼开垦耕种,名之曰东坡,并自号东坡居士。

③"鼻息"句：指已熟睡。语出韩愈《石鼎联句序》写道士即倚墙睡，"鼻息如雷鸣"。

④"长恨"句：化用《庄子·知北游》："舜问乎丞曰：'道可得而有乎？'曰：'汝身非汝有也，汝何得有夫道！'舜曰：'吾身非吾有也，孰有之哉？'曰：'是天地之委形也。'"

⑤"何时"句：化用《庄子·庚桑楚》："无使汝思虑营营。"营营，指为功名利禄而奔走劳神。

⑥縠纹：水纹如縠。縠，有皱纹的纱。

[点评]

苏轼初到黄州后，曾居住在临皋。元丰五年（1082）在东坡筑雪堂五间，作为游憩之所。随后不断往来于雪堂、临皋之间。本篇作于是年九月。据宋叶梦得《避暑录话》卷二载，苏轼与客人在江上饮酒夜归，见"江面际天，风露浩然"，感而作此词，与客人大歌数过而散。不料第二天哄传苏轼挂冠服于江边，乘舟逃走。太守徐君猷连忙赶赴苏轼寓所去看，苏轼却"鼻鼾如雷"，睡意正浓。这件事后来传至汴京，甚至引起了宋神宗的怀疑。可见这首词在当时就广为传诵。

词的上片写醉归。仅四句，就写出他纵饮的豪兴和醉眼蒙眬的情态。再从敲门不应、倚杖听涛的行为动作中，写出他随遇而安的生活态度与达观超旷的精神世界，一位风神萧散的"幽人"形象已呼之欲出。同时，借助于家童的鼾声、词人的敲门声以及江声的衬托，营造出一个安恬静美的秋夜境界。情、景、事、理四者妙合无垠。"倚杖听江声"一句还自然引出下片的慨然长叹。"长恨""何时"两句，议论带深情迸发而出，化用庄子语意不着痕迹，表现了词人要摆脱功名利禄羁束、追求精神自由超脱的心愿。在这两句之后插入一个写景句，以繁密的意象，展现秋夜江天风平浪静、寥廓美好的景致，活画出词人顾盼自如、欣然陶醉的意态神情，隐寓着词人对静谧空阔的理想天地的向往与追求。此句承上而启下，于是从词人的笔底，流出了结拍两句，唱出了驾舟流逝、浪迹江海、将余生融入大自然的心音，也使全篇增添了飘逸浪漫的情调。此篇语言平易、流畅、精练、优美，在短小的篇幅中写出了真景致、真性情，饶有理趣，是东坡小令词的妙品。

满庭芳

元丰七年四月一日,余将去黄移汝,留别雪堂邻里二三君子。会李仲览自江东来别,遂书以遗之^①。

归去来兮^②,吾归何处？万里家在岷峨。百年强半,来日苦无多^③。坐见黄州再闰^④,儿童尽、楚语吴歌^⑤。山中友,鸡豚社酒^⑥,相劝老东坡^⑦。　　云何^⑧？当此去,人生底事^⑨,来往如梭！待闲看秋风,洛水清波^⑩。好在堂前细柳,应念我、莫剪柔柯^⑪。仍传语,江南父老^⑫,时与晒渔蓑。

[注释]

①余将去黄移汝:元丰七年(1084)三月,苏轼在黄州接到特授检校尚书水部员外郎汝州(今河南临汝)团练副使本州安置不得签书公事的诰命。本篇是告别黄州前作。雪堂:苏轼在黄州东坡修建住室,因在大雪中成就,故在房壁上绘雪景,命名为"雪堂"。李仲览:李翔,字仲览,湖北兴国人。元丰进士,博学工吟咏。东坡谪黄每访之,作怀坡阁以寓思慕之意。

②归去来兮:用陶渊明《归去来辞》首句,表达思归故乡之意。

③"百年"二句:本年作者49岁。这两句化用韩愈《除官赴阙至江州寄鄂岳李大夫》诗"年高过半百,来日苦无多"句意。

④坐见:适见,恰恰遇到。黄州再闰:苏轼于元丰三年二月到黄州,至本年四月离开,共在黄州四年零两个月。元丰三年闰九月,六年闰六月,凡经两度闰年,故曰

"再闰"。

⑤楚语吴歌：黄州一带旧属战国楚地，又为三国吴地，所以说儿童的语音是吴楚之音。

⑥社酒：社日饮酒。古代农村风俗，春、秋社神的节日，邻里聚会饮酒。

⑦"相劝"句：谓友人劝自己终老于黄州东坡。

⑧云何：说什么呢。

⑨底事：何事。

⑩洛水：源出陕西，流经河南洛阳，至巩义入黄河。苏轼将移贬河南汝州，故有是语。

⑪细柳：苏轼曾在东坡雪堂前植柳树。莫剪柔柯：不要砍伐它柔嫩的枝条。《诗经·召南·甘棠》："蔽芾甘棠，勿剪勿伐，召伯所芨。"

⑫江南父老：黄州在长江北岸，与武昌（今鄂州市）隔江相对，苏轼在黄州时常到江南岸去，与当地父老往来。

[点评]

　　这首告别黄州的词所抒写的思想感情非常丰富、复杂：有思归西蜀故里而戴罪之身不能如愿归去的失意惆怅，有对黄州的山川风物和父老乡亲的深情眷恋，有宦海浮沉、南迁北徙的政治牢骚，还有瞻望前程欲以随缘自适的人生态度化解愁苦的心态……如此纷繁的思绪和多种感情从词人肺腑中流泻而出，交织在词篇中，波澜起伏又浑然一体，是此词的一个鲜明特色。词人善于捕捉亲切感人的日常生活细节来抒情表意，如黄州儿童的"楚语吴歌"，山中友人的"鸡豚社酒"，嘱咐邻里乡亲莫折堂前细柳，恳请父老时时为晒渔蓑。这些具体感性的生活细节描写，把本来抽象的感情表现得使人如闻如见，可感可触，从而使人如同触摸到苏轼那颗对当地正直官员、士大夫、贫寒书生特别是父老儿童满怀感激、眷恋不舍的赤心。

满庭芳

余谪居黄州五年,将赴临汝,作《满庭芳》一篇别黄人。既至南都,蒙恩放归阳羡,复作一篇①。

归去来兮②,清溪无底③,上有千仞嵯峨④。画楼东畔,天远夕阳多。老去君恩未报,空回首、弹铗悲歌⑤!船头转,长风万里,归马驻平坡⑥。　　无何,何处有⑦?银潢尽处⑧,天女停梭。问:"何事人间,久戏风波?"顾谓同来稚子:"应烂汝、腰下长柯⑨!"青衫破⑩,群仙笑我,千缕挂烟蓑⑪。

[注释]

①临汝:宋汝州州治,在今河南汝州市。南都:北宋的南京,在今河南商丘市。阳羡:即今江苏宜兴,当时是常州的一个县。苏轼在赴临汝时曾路过常州的阳羡,想卜居此地,曾上《乞常州居住表》。
②归去来兮:回去吧。陶渊明曾作《归去来辞》,抒写归隐田园的志趣。
③清溪:指宜兴县东的太湖,中有包山,山下有洞穴。
④千仞嵯峨:形容宜兴湖中包山山岭之高峻。仞,古时八尺或七尺为一仞。
⑤弹铗悲歌:用冯谖的故事。《战国策·齐策》载,冯谖为孟尝君食客,左右以低等伙食标准招待,冯谖弹着剑把唱:"长铗归来乎,食无鱼!"当有了好的伙食后,他又唱:"弹铗归来乎,出无车!"后来有了车,又唱:"长铗归来乎,无以为家!"孟尝君满足了他的一切要求,于是冯谖为孟尝君出谋划策,以报其恩。

⑥归马驻平坡:像回去的马在缓坡上奔行一样平稳快捷。

⑦无何,何处有:哪里有无何有之乡呢?《庄子·逍遥游》:"今子有大树,患其无用,何不树之于无何有之乡。"

⑧银潢:银河,天河。

⑨烂柯:烂了斧柄,比喻时间之长。任昉《述异记》卷上载,晋朝王质到山里砍柴,见四个童子弹琴而歌,王质倚着斧柄旁听,童子给他一个枣核似的东西含在口里,肚子便不再感到饿了。听完歌,王质便出山回乡,一看腰里的斧柄已经烂完,家乡亲友也都早已谢世,原来他离家已近百年了。

⑩青衫:低等官职的服色。

⑪千缕挂烟蓑:谓身上的青衫烂得像烟雨中的蓑衣一样,一条一缕的。苏轼本为知州,因谪降始着此服。

[点评]

元丰八年(1085)二月,苏轼在南都接到了朝廷批准他居住常州的诏命,怀着欣慰的心情作此词。上片以丰富的想象描绘阳羡美好的山水风光,表达了对自由自在的隐居生活的向往,对朝廷的感激,以及建功立业理想不能实现的遗憾。下片以游仙的浪漫形式,描叙在天宫与仙女的对话,既回顾自己屡经风险的人生境遇,又以道家关于人生短暂神仙长存的思想自嘲自戏,抒写自己要摆脱现实苦难与天地宇宙融为一体的愿望。全篇蕴含着丰富复杂的思想感情,意境由真实到虚幻,奇谲超旷,又有幽默谐谑之趣,活现出乐观旷达的个性风神。清代词论家刘熙载《艺概》卷四认为词中"老去君恩未报,空回首、弹铗悲歌"几句,"语诚慷慨",但未能达到"不犯本位"的高境,不如《水调歌头》(明月几时有)"空灵蕴藉"。刘氏所评固然有理,但似不应过分执着于一种表现方法。

南宋周必大《书东坡宜兴事》谈到此词说:"军中谓壮士驰骏马下峻坂为注坡,其云'船头转,长风万里,归马注平坡',盖喻归兴之快如此。印本误以'注'为'驻'。"所言甚是。"驻"当作"注",注平坡言快而平稳。苏轼《百步洪》诗有"骏马下注千丈坡"句,言快而险。

如梦令

寄黄州杨使君二首①

为向东坡传语，人在玉堂深处②。别后有谁来？雪压小桥无路。归去，归去，江上一犁春雨。

手植堂前桃李，无限绿阴青子③。帘外百舌儿④，惊起五更春睡。居士⑤，居士，莫忘小桥流水⑥。

[注释]

①杨使君：杨寀，字君素，曾任黄州太守，苏轼在黄州期间颇得他的关心照顾。

②玉堂：翰林院，当时苏轼官翰林学士、知制诰兼侍读学士。

③绿阴青子：暗用《唐诗纪事》卷五十六载杜牧的诗句"绿叶成阴子满枝"句。

④百舌：一种爱在春天鸣叫的鸟。

⑤居士：苏轼在黄州自号东坡居士。居士，信仰佛教而不出家的人，后指有道德学问而不出仕的人。

⑥小桥流水：陆游《入蜀记》卷四："（八月）十九日早游东坡。……（雪堂）正南有桥，榜曰'小桥'，以'莫忘小桥流水'之句得名。"

[点评]

这两首小令作于元祐二年（1087）正月，时在开封。词中表现了词人对黄州生活的深情回忆和无限神往。写得清新明快，语调亲切，真挚动人。词中景物环境都出于他的回忆与想象，用白描手法轻描淡写，无论是"堂前桃李""绿阴青子"，还是"雪压小桥无路""江上一犁春雨"，以及"五更春睡""小桥流水"，都饶有诗情画意，韵味无穷。

千秋岁

次韵少游①

　　岛边天外，未老身先退。珠泪溅，丹衷碎②。声摇苍玉佩，色重黄金带③。一万里，斜阳正与长安对④。　　道远谁云会，罪大天能盖。君命重，臣节在。新恩犹可觊，旧学终难改⑤。吾已矣，乘桴且恁浮于海⑥。

[注释]

①少游：秦观，字少游，号淮海居士，扬州人。宋代文学家，为苏门四学士之一。据《独醒杂志》《能改斋漫录》等记载，秦观南迁后作《千秋岁》词，后孔毅父、苏轼、黄庭坚、晁补之等人皆有次韵。秦词原文如下："水边沙外，城郭春寒退。花影乱，莺声碎。飘零疏酒盏，离别宽衣带。人不见，碧云暮合空相对。　　忆昔西池会，鹓鹭同飞盖。携手处，今谁在？日边清梦断，镜里朱颜改。春去也，飞红万点愁如海。"苏轼此次韵词作于元符二年(1099)谪居儋州时，64岁。
②丹衷：丹心。
③苍玉佩：青玉制成的佩饰，古代贵人、官员以佩玉为饰。黄金带：古代官员的章服束带。宋初五品以上官员束金玉带或金带。时苏轼虽遭贬谪，而服饰冠带未变。

④长安:喻指宋都汴京。

⑤觊(jì记):觊觎(yú于),非分的希望或企图。旧学:指自己原有的学术与主张。

⑥乘桴:《论语·公冶长》:"子曰:'道不行,乘桴浮于海。'"指避世。桴(fú扶):竹木小筏。恁:如此,这般。

[点评]

　　此词落笔开门见山,"岛边天外"点明自己身在儋州,并以未老身先退写自己遭贬。然后以泪溅心碎、聆玉佩之声、观金带之色等细节,抒写身在万里蛮荒仍心念朝廷。下片直承上片,写自己的志行节操与思想矛盾。最后表示要乘桴浮海,超然出世。据南宋吴曾《能改斋漫录》卷一七载,苏轼曾对其侄孙苏元老评秦观原作有"超然自得,不改其度之意"。这"超然自得,不改其度"八字,用以评苏轼此词也十分恰当。与秦观原作相比,秦词即景抒情,情景交融,写得清丽深婉;此词多直抒胸臆之语,寄慨深沉又酬畅淋漓,老健中有清旷之气。

守　岁①

　　欲知垂尽岁,有似赴壑蛇。修鳞半已没②,去意谁能遮?况欲系其尾,虽勤知奈何!儿童强不睡,相守夜欢哗。晨鸡且勿唱,更鼓畏添挝③。坐久灯烬落④,起看北斗斜。明年岂无年,心事恐蹉跎⑤。努力尽今夕,少年犹可夸⑥。

[注释]

①本篇为《岁晚三首》之一,是嘉祐七年(1062)苏轼在凤翔辞岁所作。前有序

云："岁晚相与馈问,为'馈岁';酒食相邀,呼为'别岁';至除夜,达旦不眠,为'守岁'。蜀之风俗如是。余官于岐下(指凤翔),岁暮思归而不可得,故为此三诗(指《馈岁》《别岁》《守岁》)以寄子由。"

②修鳞:长蛇的身躯。

③挝(zhuā 抓):敲打。

④灯烬:灯花。

⑤蹉跎:光阴虚度。

⑥"少年"句:前人注本说这句化用白居易"犹有夸张少年处"之句。

[点评]

本篇写记忆中故乡守岁的情景,用白描手法分别描绘儿童和大人除夕守岁时不同的行为和心态,写得逼真、亲切,能使读者回味自己也有过的守岁体验。更妙在于:开篇六句把旧岁比为游向幽壑的蛇,想象新奇,比喻绝妙,道人所未道,可谓独创。更妙的是还能将这一喻体坐实,让它有行为动作,进而写人们既不能遮挡这条"赴壑蛇"的去路,也不能系住其尾,说明守岁徒劳。真是认假作真,妙想联珠。钱钟书先生在《谈艺录》中称之为"曲喻",并有精辟的分析。此诗从反面入题,到结尾才表明守岁有理,应该爱惜将逝的时光,显示出作者积极奋发的精神。诗的章法谨严,又有虚实、开合、起落变化之妙。纪昀说:"'坐久'十字真景。"(《纪评苏诗》卷三)王文诰评:"全帽矫健,此为三诗(指《馈岁》《别岁》《守岁》)之冠。"(《苏轼诗集》卷四)

司竹监烧苇园①

官园刈苇留枯槎,深冬放火如红霞。枯槎烧尽有根在,春雨一洗皆萌芽。黄狐老兔最狡捷,卖侮百兽常矜夸。年年此厄竟不悟,但爱蒙密争来家。风迴焰卷毛尾热,欲出已被苍鹰遮。野人来言此最乐,徒手晓出归满车。巡边将军在近邑②,呼来飒飒从矛叉。戍兵久闲可小试,战鼓虽冻犹堪挝。雄心欲搏南涧虎,阵势颇学常山蛇③。霜干火烈声爆野,飞走无路号且呀。迎人截来苦逢箭④,避犬逸去穷投置⑤。击鲜走马殊未厌,但恐落日催栖鸦。弊旗仆鼓坐数获,鞍挂雉兔肩分麚⑥。主人置酒聚狂客,纷纷醉语晚更哗。燎毛燔肉不暇割,饮啖直欲追羲娲⑦。青丘云梦古所咤⑧,与此何啻百倍加。苦遭谏疏说夷羿⑨,又被词客嘲淫奢⑩。岂如闲官走山邑,放旷不与趋朝衙。农工已毕岁云暮,车骑虽少宾殊嘉。酒酣上马去不告,猎猎霜风吹帽斜⑪。

[注释]

①本诗原题为《司竹监烧苇园,因召都巡检柴贻勖左藏以其徒会猎园下》。司竹监:宋时在凤翔府所属鄠县(今作户县)、盩厔县(今作周至县)设司竹监,掌管当地竹园之事,供皇室等所需。都巡检:都巡检使,管理数州数县或一州一县治安卫戍之事,也于个别特殊地区设置。左藏:左藏使,管理国库的官员。

②巡边将军：指都巡检使柴贻勖。

③常山蛇：《孙子·九地篇》论用兵行阵如常山之蛇，首、中、尾都互相呼应。

④砉(xū 须)：皮骨相离声，此指箭声。砉，一作"苦"。

⑤罝(jū 居)：兔网。

⑥麚(jiā 加)：牡鹿。

⑦羲娲：伏羲、女娲，传说中的上古人物。时人类尚茹毛饮血，未知取火熟食。追羲娲，意谓仿效其生吃食物。

⑧青丘：古国名。云梦：古大泽地，在今湖北省。

⑨夷羿：即后羿。传说是夏代东夷族首领，推翻夏朝，却因喜爱狩猎，不理民事，被部属杀死。《虞人之箴》中指斥他好猎亡国的过失。后来春秋时晋侯也喜爱畋猎，魏绛就引用《虞人之箴》来劝谏他。事见《左传·襄公四年》。

⑩词客：指汉代辞赋家司马相如。他写的《上林赋》通过亡是公之口，批评子虚、乌有先生奢言天子游猎之乐。

⑪"猎猎"句：《北史·独孤信传》："尝因猎日暮，驰马入城，其帽微侧。诘旦而吏人有戴帽者，咸慕信而侧帽焉。"

[点评]

治平元年(1064)冬在凤翔作。这首诗写深冬烧苇会猎场面：风声火势之猛烈，苍鹰猎犬之机警，打猎武官的豪情胜慨，黄狐老兔的走投无路，都被诗人描绘得异常真切生动，活灵活现。写打猎突出壮观惊奇；写猎后满载而归，畅饮美酒大啖野味，则着力渲染一个"狂"字。由这场狩猎，诗人又联系古代君王好猎亡国之祸和忠臣词客劝谏之苦，抒写自己身为闲官狩猎之乐，渲染猎后的得意心情。议论风生，兴会淋漓，深化了诗的意蕴。结尾句，"用独孤侧帽事，恰合会猎情景，而役使无痕，但觉有余韵逸趣"(汪师韩《苏诗选评笺释》卷一)。全篇显示出作者逞才求奇的审美趣味。运笔遒劲精悍，又善于排荡盘旋，纡徐曲折，收纵自如，加上窄韵巧押，因难见巧，都表现了苏轼学韩愈诗的倾向。事实上，此诗写法上与韩愈的《汴泗交流赠张仆射》《雉带箭》等篇都有相似之处。

西　斋^①

西斋深且明,中有六尺床^②。病夫朝睡足,危坐觉日长^③。昏昏既非醉,踽踽亦非狂^④。褰衣竹风下^⑤,穆然中微凉^⑥。起行西园中,草木含幽香。榴花开一枝,桑枣沃以光^⑦。鸣鸠得美荫^⑧,困立忘飞翔。黄鸟亦自喜^⑨,新音变圆吭。杖藜观物化^⑩,亦以观我生。万物各得时,我生日惶惶^⑪。

[注释]

①西斋:诗人在密州的书斋。这首诗作于熙宁八年(1075)初夏,时诗人任密州知州。

②六尺床:化用白居易《小院酒醒》:"好是幽眠处,松阴六尺床。"

③危坐:端坐。

④"昏昏"二句:上句语本白居易《效陶潜体》:"且效醉昏昏。"踽踽(jǔ 举):孤独貌。

⑤褰衣:撩起衣裳。

⑥穆然:默然,不知不觉。中(zhòng 众)凉:犹言着凉。

⑦沃以光:丰硕光艳。

⑧鸣鸠:啼鸣的斑鸠。这句化用《庄子·山木》:"睹一蝉,方得美荫而忘其身。"

⑨黄鸟:黄莺。

⑩藜:以藜茎制作的拐杖。物化:万物的变化。

⑪惶惶:同"遑遑",仓促貌。这两句化用陶潜《归去来辞》:"善万物之得时,感吾

生之行休。""胡为乎遑遑欲何之?"

[点评]

这首诗描写西园初夏的景物和闲居生活,以自己"昏昏""踽踽""非醉""非狂"的神情动态,透露了仕途失意的苦闷和独处的无奈。但整首诗的基调仍是开朗、乐观的。诗人以敏感的诗眼、诗心,观察、感悟大自然中景物的勃勃生机,也体察、思考社会人生。尽管感慨生不逢时、常年颠沛流离、不得安闲,却从自然万物各得其时、自得其乐中获得精神愉悦与解脱。状景绘声绘色,语言清新流畅,音韵铿锵,是一首既赏心悦目又发人深思的佳作。清代弘历《唐宋诗醇》评此诗:"目见耳闻,具有万物各得其所气象。昔人称渊明为古闲淡之宗,此则升堂入室矣。"纪昀也说:"善写夷旷之意,善用托染之笔;写物全是自写,音节字句亦皆一一入古。"(《纪评苏诗》卷一三)都是中肯的。"观我生"的"生"字用古韵,似是小疵,一本作"行"。

九日黄楼作

去年重阳不可说,南城夜半千沤发①。水穿城下作雷鸣,泥满城头飞雨滑。黄花白酒无人问,日暮归来洗靴袜。岂知还复有今年,把盏对花容一呷②。莫嫌酒薄红粉陋,终胜泥中千柄耜。黄楼新成壁未干,清河已落霜初杀。朝来白雾如细雨,南山不见千寻刹③。楼前便作海茫茫,楼下空闻橹鸦轧④。薄寒中人老可畏⑤,热酒浇肠气先压。烟消日出见渔村,远水鳞鳞山齾齾⑥。诗人猛士杂龙虎⑦,楚舞吴歌乱鹅鸭。一杯相属君勿辞:此景何殊泛清霅⑧。

[注释]

①沤(ōu 欧):水泡。千沤,极言水势之大。

②呷:吸。

③刹:佛塔。

④鸦轧:橹声。

⑤中(zhòng 众):作动词用。

⑥齾齾(yà 压):齿缺不齐。这里形容山峰高低参差。

⑦"诗人"句:作者自注:"坐客三十余人,多知名之士。"

⑧霅:流入太湖的霅溪,在浙江吴兴。

[点评]

　　元丰元年(1078)重阳节作于徐州。诗中先写去岁徐州大水,因他率领军民抗洪护城,无心过重阳节;再写今年重阳,洪水已退,黄楼建成,他大宴宾客,盛况空前。诗人以大开大合笔法,把去年今年,雨夕晴朝,阴阳晦明,各写得逼真如画,淋漓尽致。特别是"朝来"到"楼下"四句,描绘黄楼上所见雾中景色,驱涛涌云,令人如观大海闻海空橹声,气魄宏大,感受独到。诗句如龙跳虎卧,变幻飞动,活现出意气洋洋的自我形象。以"鹅鸭"对"龙虎",幽默诙谐,嬉笑成文,更增添了作者的赏节佳趣。

又送郑户曹^①

水绕彭祖楼^②,山围戏马台^③。古来豪杰地,千载有馀哀。隆准飞上天^④,重瞳亦成灰^⑤。白门下吕布^⑥,大星陨临淮^⑦。尚想刘德舆^⑧,置酒此徘徊。尔来苦寂寞,废圃多苍苔。河从百步响^⑨,山到九里回^⑩。山水自相激,夜声转风雷。荡荡清河埭^⑪,黄楼我所开^⑫。秋月堕城角,春风摇酒杯。迟君为座客^⑬,新诗出琼瑰^⑭。楼成君已去,人事固多乖。他年君倦游,白首赋归来。登楼一长啸:"使君安在哉^⑮!"

[注释]

①郑户曹:郑仅,字彦能,彭城(今江苏徐州)人。元丰元年(1078)应调赴大名府任户曹参军,苏轼曾作诗送行。此诗是再作。

②彭祖楼:在徐州子城东北。彭祖,传说是颛顼的玄孙,直到殷时尚在世,时已七百多岁。尧封他于徐州,为大彭氏国。彭城即由他得名。

③戏马台:在徐州城南,相传是项羽所建,并戏马于台上。

④隆准:指汉高祖刘邦。《史记·高祖本纪》:"高祖为人,隆准(高鼻)而龙颜。"他是沛丰邑人(属徐州)。

⑤重瞳:指项羽。《史记·项羽本纪》说他是"重瞳子(两个瞳孔)"。他自立为西楚霸王,王九郡,都彭城。

⑥"白门"句:《三国志·魏志·吕布传》载,吕布自称徐州太守,曹操围攻吕布,

擒获于白门楼。下:攻下。白门楼,下邳城的南门。

⑦"大星"句:大星指李光弼。《旧唐书·李光弼传》载,李封临淮郡王,镇徐州,死于此。陨,坠落。

⑧尚想:缅怀。刘德舆:南朝宋武帝刘裕字德舆,他是彭城人。

⑨"河从"句:意谓泗水流经百步洪而波涛轰响。

⑩"山到"句:这句说九里山拱立于城北。

⑪清河:泗水又叫清河。壖(ruán):河边平地。

⑫黄楼:熙宁十年(1077)洪水退后,苏轼在徐州城东门上构建大楼,用黄土涂饰,称为黄楼。

⑬迟:等待。

⑭琼瑰:美玉,代指丽词佳句。

⑮使君:指苏轼。

[点评]

　　此诗描写徐州的形胜和景物,缅怀与当地有关的历史英雄豪杰,表现诗人对世事沧桑人生短暂的深沉感慨,也抒写了他对离徐友人的惜别情意。全篇情景交融,句意流畅又曲折往复,营造出壮阔久远的时空境界。结尾处用"对面写"手法,写他日友人归乡必登楼怀念自己,更深一层地表现自己对友人的情谊。"登楼一长啸:'使君安在哉!'"收语豪迈。诗的语言遒劲凝练,句式或骈或散,挥洒自如。动词"绕""围""响""回""激""转""开""堕""摇"等字状景生动传情,无不精警动人。

罢徐州,往南京,马上走笔寄子由①
(五首选二)

　　父老何自来? 花枝衰长红②。洗盏拜马前,请寿使君公:"前年无使君③,龟鳖化儿童!"举鞭谢父老:"正坐使君穷④。穷人命分恶,所向招灾凶。水来非吾过,去亦非吾功!"

　　古汴从西来⑤,迎我向南京。东流入淮泗⑥,送我东南行。暂别还复见,依然有余情。春雨涨微波,一夜到彭城⑦。过我黄楼下,朱栏照飞甍。可怜洪上石⑧,谁听月中声?

[注释]

①元丰二年(1079)三月,苏轼改任湖州知州,离徐州往南京(指应天府,今河南商丘)看望苏辙,临行作此诗。

②长红:旧俗,送官罢任以花枝挂彩绸称长红。

③使君公:苏轼自指。

④坐:由于。

⑤古汴:汴河。

⑥淮泗:淮河、泗水。

⑦彭城:徐州,古称彭城。

⑧洪:指徐州百步洪。

这两首诗抒写了离别徐州时的情怀。前一首写徐州父老为他送行,感激他率领全城军民抗洪救灾之恩。诗人感谢百姓的情谊,却毫不居功自傲。诗人与父老的对话,情真语朴,千载下谆谆如闻,历历如见,凛凛如生,感人肺腑。后一首写他对徐州城的眷恋之情,却借汴水相迎、相送抒发,于无情处生情,构思巧妙,文情宛转,曲折尽致,气局浑成。

大风留金山两日

塔上一铃独自语:"明日颠风当断渡①。"朝来白浪打苍崖,倒射轩窗作飞雨。龙骧万斛不敢过②,渔舟一叶从掀舞。细思城市有底忙,却笑蛟龙为谁怒?无事久留童仆怪,此风聊得妻孥许。潜山道人独何事③,夜半不眠听粥鼓④。

[注释]

①颠风:狂风。旧注引《佛图澄外传》:晋佛图澄与石宣同坐,塔上一铃独鸣,澄听铃声以言事,无不效验。这两句暗用其事。

②龙骧:大船。

③潜山道人:即僧道潜,字参寥,当时与苏轼同行。

④粥鼓:寺庙早晨鸣鼓集众食粥,称粥鼓。

[点评]

元丰二年(1079)赴湖州过金山时作。诗写他过金山遇到狂风巨浪,却从容谈笑,乐观旷达。起笔陡峭突兀,暗用典故,用拟人手法写塔铃独语,新奇有趣。次句写塔铃之语,句中妙用"颠""当""断""渡"这几个字音来模拟"丁零当啷"的铃声,可谓声情谐和。次联写浪打苍崖,倒射轩窗犹如暴雨飞洒,笔力恣肆,富于动态和气势。前六句写大风之景,开合抑扬,波澜顿挫,真能状丹青所莫能状。中间三联都用了对仗,对得工整又自然,尤其是"龙骧"一联,以"龙骧万斛""渔舟一叶"这两个"大小气焰不等"(《冷斋夜话》卷四)的意象相对,有意打破上下句意的平衡,造成一种新奇感与参差之美。后四句写童仆、妻儿、道人面对风浪的不同心态行为,颇幽默风趣。

舟中夜起

　　微风萧萧吹菰蒲①,开门看雨月满湖。舟人水鸟两同梦②,大鱼惊窜如奔狐。夜深人物不相管③,我独形影相嬉娱。暗潮生渚吊寒蚓,落月挂柳看悬蛛。此生忽忽忧患里,清境过眼能须臾④。鸡鸣钟动百鸟散⑤,船头击鼓还相呼。

[注释]

①菰:茭白。蒲:蒲草。
②"舟人"句:意谓人鸟相忘,同为一梦。
③人物:指人和物。
④能:只。
⑤"鸡鸣"句:从韩愈《谒衡岳庙,道宿岳寺,题门楼》"猿鸣钟动不知曙"化出。

　　元丰二年(1079)赴湖州途中作。诗写舟中夜景,从静中逐层显现极奇极幻、极远极近境界。第四联上句写潮水暗涨,其声低咽,恰似寒蚓蠕动之音;下句写落月挂在柳条之下,犹如悬在丝端的蜘蛛。比喻新奇,体物微妙,营造出凄寒、诡异的意境氛围,从而透露诗人在静夜中紊乱不宁、忧惧重重的心绪。诗中化用前人诗句也自然无痕。如起首二句写初听风声,疑其是雨;开门视之,月乃满湖,学习唐代释无可《秋寄从兄岛》"听雨寒更尽,开门落叶深"的表现手法,但所描绘的情景更具体、真切、丰富、曲折。又如"舟人水鸟两同梦,大鱼惊窜如奔狐"一联,既写出奇妙之景,又蕴含妙悟禅理。清代方东树《昭昧詹言》卷一二赞叹此诗:"空旷奇逸,仙品也。"

定惠院寓居月夜偶出

　　幽人无事不出门[①],偶逐东风转良夜。参差玉宇飞木末[②],缭绕香烟来月下。江云有态清自媚,竹露无声浩如泻。已惊弱柳万丝垂,尚有残梅一枝亚[③]。清诗独吟还自和,白酒已尽谁能借。不惜青春忽忽过,但恐欢意年年谢。自知醉耳爱松风[④],会拣霜林结茅舍。浮浮大瓶长炊玉[⑤],溜溜小槽如压蔗[⑥]。饮中真味老更浓,醉里狂言醒可怕。闭门谢客对妻子,倒冠落佩从嘲骂。

[注释]

①幽人:幽栖出世之人,作者自称。

②玉宇:指月亮。

③亚:低垂貌。

④"自知"句:《南史·陶弘景传》载,陶弘景"特爱松风,庭院皆植松,每闻其响,欣然为乐"。

⑤炊玉:煮白米饭。

⑥"溜溜"句:从槽里压出来的新酒味甜犹如甘蔗。

[点评]

　　元丰三年(1080)二月寓居黄州定惠院作。诗中写他在月夜偶出漫步,春意虽浓而欢意渐谢。诗人在罹难之后,心有余悸,打算诗酒自娱,闭门谢客,任人嘲骂,流露出一种随遇而安、旷达闲适的生活态度。但"醉里狂言醒可怕"一句,却又真切地表现了当时环境的险恶和诗人愤激忧惧的感情。可见,他在初到黄州贬所时的心绪是很紊乱复杂的。诗人描绘月夜景物,静中有动,清幽明媚;叙写谪居生活情事,真切生动,又能活现出自我的神情意态。全篇除首尾二联外,句句对仗,诗意仍流转自如;通首押去声韵,一韵到底,却无凑韵之病,是一首精心结撰的佳作。

寒食雨二首

　　自我来黄州,已过三寒食。年年欲惜春,春去不容惜。今年又苦雨,两月秋萧瑟。卧闻海棠花,泥污燕脂雪①。暗中偷负去,夜半真有力②。何殊病少年,病起头已白。

春江欲入户,雨势来不已。小屋如鱼舟,濛濛水云里。空庖煮寒菜,破灶烧湿苇。那知是寒食? 但见乌衔纸。君门深九重③,坟墓在万里。也拟哭途穷④,死灰吹不起⑤!

[注释]

①燕脂雪:指海棠花瓣,从杜甫《曲江对雨》"林花着雨燕脂湿"化出。

②"暗中"二句:《庄子·大宗师》说,把船藏在山谷中,把山藏在沼泽中,可以说是很隐秘的。但半夜里却被有力的神人扛走了。这里用以借喻海棠花在雨中很快萎谢,好像被造物主暗中背去。

③"君门"句:用宋玉《九辩》"君之门兮九重"语意。

④哭途穷:《晋书·阮籍传》载:阮籍每走到路的尽头,就痛哭而返。

⑤死灰:火熄灭已冷之灰。《庄子·齐物论》:"形固可使如槁木,而心固可使如死灰乎?"注:"死灰槁木,取其寂寞无情耳。"《文选》宋玉《风赋》:"吹死灰。"这句说自己已万念俱灰。

[点评]

元丰五年(1082)寒食节作于黄州。前一首以苦雨中凋谢泥污的海棠花象征自己的命运遭际,寓意较浅直,"暗中"二句用事亦生硬牵强。但用"燕脂雪"比喻在雨中纷纷落下的海棠花瓣,又把被久雨摧谢的海棠拟为少年病后变成白发老人。喻象或点化出新,或纯然独创。近人高步瀛赞此首:"词清味腴。"(《唐宋诗举要》卷一)后一首写自己居室的荒凉危险和生活的穷困艰难。起句"春江欲入户"已雅丽新奇。"小屋""濛濛"二句以妙喻逼真描状荒凉之景中渗透了悲痛之情。"空庖""破灶"二句提炼生活细节极切实、典型。有了这些鲜活、传神的描写,使结尾四句的长歌之悲格外沉痛。结语上承"湿苇",既是写实,又是用典,双关寓意,余韵悠然。清代汪师韩认为:"二诗,后作尤精绝。"(《苏诗选评笺释》卷三)可谓见仁见智。

过江夜行武昌山上，闻黄州鼓角[①]

清风弄水月衔山，幽人夜渡吴王岘[②]。黄州鼓角亦多情，送我南来不辞远。江南又闻出塞曲[③]，半杂江声作悲健。谁言万方声一概[④]，鼍愤龙愁为余变[⑤]。我记江边枯柳树，未死相逢真识面。他年一叶溯江来[⑥]，还吹此曲相迎饯。

[注释]

①武昌：即今湖北鄂城，在长江南岸。宋神宗元丰七年(1084)四月，苏轼由贬所黄州移汝州(今河南汝州市)团练副使。这首诗作于离黄州途中。

②吴王岘：在武昌西山九曲亭下。三国时吴王孙权建避暑宫于此，故名。

③出塞曲：古乐府《横吹曲》有曲名《出塞》，声调悲壮。这里借指悲壮的鼓角声。

④概：古代量粮食时平斗斛的器具。一概，一律。杜甫《秦州杂诗》："万方声一概，吾道竟何之。"这句翻用其意，说声音变化万端，并非一律。

⑤鼍(tuó 驼)：俗称扬子鳄。

⑥一叶：小舟。溯江，逆江而上。

[点评]

宋代费衮《梁溪漫志》载："东坡去黄，夜行武昌，回望东坡(地名)，闻黄州鼓角，凄然泣下。"可见，诗人离开谪居数年的黄州时，心情是十分悲凉、复杂的。诗中的清风、山峦、明月、江声，特别是黄州鼓角、江中鼍龙、江边枯柳，都对离去的诗人满怀深情，或如惜别亲密的朋友，或为诗人发出悲壮、愤郁之音调。结尾二句,诗人表示他年将重返黄州,希望黄州鼓角还吹此曲欢迎他,可见他对黄州已有深厚的感情。江上景物,都被诗人赋予了生命和性灵。情与景,客体与主体,融为一片。全篇情调悲壮,又开合动荡。散句单行,押仄声韵,一韵到底,章法浑整。汪师韩《苏诗选评笺释》卷四云:"已去之地鼓角多情,新至之处曲声悲健。妙是半杂江声,通彼我之怀,觉行役宵中,有声有色。"比较确切地指出此诗所抒之情和表现艺术。

新　居①

朝阳入北林②,竹树散疏影。短篱寻丈间③,寄我无穷境。旧居无一席④,逐客犹遭屏⑤。结茅得兹地,翳翳村巷永⑥。数朝风雨凉,畦菊发新颖⑦。俯仰可卒岁⑧,何必谋二顷⑨!

[注释]

①新居:这首诗作于元符元年(1098)秋冬之间。诗人贬谪儋州之初,军使张中曾请他就馆于行衙,并将他安置于官舍之中。后为湖南提举董平察访得知,遣使臣过海将他逐出官舍。诗人遂买地筑室,为屋五间。诗即作于新居落成之后。

②"朝阳"句:古乐府:"朝阳照北林。"

③寻:古代长度单位,八尺为一寻。

④无一席:连一席之地也没有。

⑤遭屏(读上声):遭受排挤。这里指被逐出官舍。

⑥翳翳:昏暗貌。永:长。

⑦新颖:新芽。

⑧俯仰:比喻时间短暂。卒岁:终岁。

⑨"何必"句:语本《史记·苏秦列传》:"且使我有洛阳负郭田二顷,吾岂能佩六国相印乎?"意谓何必买田归隐。

[点评]

　　诗人被贬逐海南,寄居官舍,又被逐出,幸得结茅村巷。于秋凉之际,注情于"畦菊发新颖",并以"俯仰可卒岁"聊以自慰。身处逆境,而胸次悠然。旷达情怀,漫溢纸上。全诗情真语淡,神似陶、韦。前四句写景抒情,情中蕴含境之无穷在心而不在境之理,清妙微远,寄悟无穷,与陶渊明"结庐在人境,而无车马喧,问君何能尔,心远地自偏"(《饮酒》其五)同一高致。结尾"何必谋二顷"活用苏秦典故以抒恬淡情怀,不露用典之迹,亦妙。

身行万里半天下

笔底江山

六月二十七日望湖楼醉书五绝^①
（选二）

黑云翻墨未遮山，白雨跳珠乱入船。

卷地风来忽吹散，望湖楼下水如天。

放生鱼鳖逐人来^②，无主荷花到处开。

水枕能令山俯仰^③，风船解与月徘徊。

[注释]

①望湖楼：五代时吴越王钱氏所建，又名看经楼、先德楼，在西湖边。

②放生鱼鳖：宋真宗天禧四年，太子太保判杭州王钦若曾奏请以西湖为放生池，禁捕鱼类，为皇帝祈福。后沈遘在仁宗时任杭州知州，亦禁捕西湖鱼鳖。

③水枕：枕席于船中，漂流水上。

[点评]

　　本组七绝作于熙宁五年（1072），时在杭州。这里选录的前一首描绘夏天西湖的一场暴雨。在诗人的笔下，云起、雨降、风来、天晴、水涨的过程，先是迅疾猛烈，极有气势，后转为轻松平静，真是变幻莫测，雄奇瑰丽。以"翻墨"与"跳珠"分别形容黑云白雨，更是有形象、有声音、有光色、有动态。全篇一句一景，瞬息变幻，正是苏轼"作诗火急追亡逋，清景一失后难摹"的生动体现。这由雨转晴的自然景象，暗寓着诗人对待政治、人生的疾风骤雨的坦然态度。其所包蕴的哲理,与作者在《定风波》词中的"一蓑烟雨任平生",以及朱熹《水口行舟》中的"今朝试卷孤篷看,依旧青山绿树多"相似。后一首写卧船观山和月夜泛舟的乐趣,把鱼鳖、荷花、青山、风船、明月都写得自由自在、活泼有情,表现出诗人与大自然契合无间的情怀。这两首诗都显示出东坡七绝旷放潇洒、妙趣横生的鲜明特色。

夜泛西湖五绝

（选一）

菰蒲无边水茫茫①,荷花夜开风露香。

渐见灯明出远寺②,更待月黑看湖光。

[注释]

①菰蒲:指茭白、蒲柳之类的水生植物。

②灯明:宋代周密《癸辛杂识》载:"西湖西圣观前有一灯浮水上,其色青红,自施食亭南至西泠桥复回。风雨中光愈盛,月明则稍淡。雷电之时,则与电光争闪烁。"

[点评]

熙宁五年(1072)七月在杭州作。诗写夜泛西湖景象:菰蒲无边,湖水茫茫,荷花夜开,清香沁人。船在月色下行进,渐见寺观前的水上浮灯远射湖面。这充满了光、色、香的忽朦胧忽明亮的景象已令人陶醉。但诗人仍未满足,他还要等待观赏月落后湖光的神奇之景。全篇意境清丽、奇幻、幽远。近人陈衍《宋诗精华录》卷二评:"末句未有人说过。"

望海楼晚景五绝①

（选二）

海上涛头一线来，楼前指顾雪成堆②。

从今潮上君须上，更看银山二十回。

横风吹雨入楼斜，壮观应须好句夸。

雨过潮平江海碧，电光时掣紫金蛇。

[注释]

①望海楼：在杭州凤凰山上，一名望潮楼，即中和堂东楼。

②指顾：指点顾盼间，形容速度快。

[点评]

　　熙宁五年（1072）八月在杭州作。苏轼《答范梦得书》说："某旬日来，被差本州监试，得闲二十余日，在中和堂望海楼闲坐，渐觉快适，有诗数首寄去，以发一笑。"就是指这组七绝。这里所选前一首写海潮，初仅远海一线，顷刻间冰雪成堆，又如银山奔崩，笔下有飞动之势与壮丽之境。后一首状雨后电光，以"时掣紫金蛇"形容，比喻瑰奇。"雨过"句意象密集，字凝句练。"壮观"句是诗人观景的会心得意之言。二诗均善写瞬息变幻之景，与夺人眼目之光色。而这变幻莫测的大自然，又能诱发人们联想人世间的风云突变。苏轼的诗，总是在景趣中暗寓理趣，这两首七绝又是例证。

饮湖上初晴后雨

（二首选一）

水光潋滟晴方好[①]，山色空濛雨亦奇，

欲把西湖比西子[②]，淡妆浓抹总相宜。

[注释]

①潋滟(liàn yàn 恋艳)：水盛而波涛翻动貌。
②西子：春秋时越国的美女西施。

[点评]

  熙宁六年(1073)作于杭州。此诗赞赏西湖晴雨景色之美。前一联实写，但实中有虚，暗以晴天比浓妆，雨天比淡妆。"水光"对"山色"，"潋滟"对"空濛"，"晴方好"对"雨亦奇"，对仗工整自然。特别是"潋滟"与"空濛"这两个叠韵形容词非常生动、形象、优美。后一联由实入虚，把西湖比作越国的美人西施，并与前联呼应，说她无论是"淡妆""浓抹"都那么适宜。这个比喻空灵又贴切、妙丽又新奇，在前一联绘形的基础上画龙点睛，传出了西湖的意态风神，是才情横溢的诗人妙手偶得的神来之笔，可谓前无古人，后无来者。清代查慎行《初白庵诗评》卷中云："多少西湖诗被二语扫尽，何处着一毫脂粉颜色。"近人陈衍说："后二句遂成为西湖定评。"(《宋诗精华录》卷二)从此，西子湖成了西湖的别称，这首七绝也被公认为咏西湖的千古绝唱。今人程千帆说得好："这种由于思考而产生的奇巧比喻，乃是情感与智慧的结合，也是形象思维与抽象思维的统一。"(《古诗今选》)

八月十五日看潮五绝

（选一）

江神河伯两醯鸡^①,海若东来气吐霓^②。

安得夫差水犀手，三千强弩射潮低^③！

[注释]

①"江神"句:《庄子·田子方》:孔子见老聃云:"丘之于道也,其犹醯鸡与? 微夫子之发吾覆(蒙蔽)也,吾不知天地之大全也。"醯(xī 希)鸡,传说由酒醋上面的白霉所生的一种小虫,也叫蠛蠓。醯,即醋。

②"海若"句:《庄子·秋水》:"秋水时至,百川灌河,泾流之大,两涘渚崖之间,不辨牛马。于是焉,河伯欣然自喜,以天下之美为尽在己。顺流而东行,至于北海,东面而视,不见水端。于是焉,河伯始旋其面目,望洋向若(海若,海神)而叹。"霓,虹的一种。

③"安得"二句:苏轼自注:"吴越王尝以弓弩射潮头,与海神战,自尔水不近城。"《国语·越语上》:"今夫差衣水犀之甲者,亿有三千。"这里以春秋时吴王夫差,喻五代时吴越王。吴越王,指钱镠。范坰、林禹《吴越备史》卷一载,钱镠筑捍海塘,因江涛冲激,命强弩以射潮头,遂定其基。

[点评]

　　熙宁六年(1073)中秋作于杭州。此诗描绘钱塘潮汹涌而来的壮丽景象和磅礴气势,纯用虚笔,即调动想象,凭虚构象。首句以江神河伯之渺小,反衬海神之巨大,借用《庄子》典故中"醯鸡"的意象来形容江河,新奇、巧妙、贴切。次句正面写海潮东来,吐气如虹,令人想象其惊心骇目的声色气势。三、四句活用典象,盼望有穿水犀甲的三千雄兵用强弩射潮头,使其俯首退却,气魄更大,将战胜海神使潮不犯城的心愿表达得淋漓酣畅,从中也表现出苏轼积极用世的思想和奋发进取的精神。此诗可谓雄丽豪放又有韵味之作。

次韵沈长官①

（三首选一）

造物知吾久念归， 似怜衰病不相违。

风来震泽帆初饱②,雨入松江水渐肥③。

[注释]

①沈长官:其人不详,似是吴江县令。

②震泽:太湖名。

③松江:即今吴淞江,太湖支流之一。在吴郡南四十五里,南与太湖接。吴江县在江滨,垂虹桥跨其上。

[点评]

熙宁七年(1074)五月作于吴江县。在诗人的笔下,造物主有情有义,知道诗人早就想归去,又怜悯诗人衰病,因此呼风唤雨,使诗人能乘着顺风顺水的归舟,尽快返回杭州。诗的后一联,用浅俗的"饱""肥"二字分别绘状鼓满风的船帆和雨中陡涨的江水,新鲜活泼,生动有趣,使人感觉帆和江水都好像有了生命活力,体现了苏轼善于以俗为雅、俗中出奇的艺术才能。

与莫同年雨中饮湖上^①

到处相逢是偶然,梦中相对各华颠^②。

还来一醉西湖雨,不见跳珠十五年^③。

[注释]

①莫同年:名君陈,字和中,吴兴(今属浙江)人,时任浙西提刑。同年,旧时称同榜中举的举人或进士。

②梦中:由于是偶然相逢,恍若梦境,故称梦中。华颠:头发花白。

③跳珠:形容雨点落在湖面的景象。

[点评]

苏轼于熙宁七年(1074)离杭州通判任,到元祐四年(1089)以龙图阁学士出知杭州,相距正好15年。此诗即作于此年八月。诗的前二句写故人重逢,彼此白发新添,老境逼人,恍若梦中。后两句写旧地重游,雨中醉饮湖上,想起当年曾有"白雨跳珠乱入船"(《六月二十七日望湖楼醉书五绝句》)之句,此后不见跳珠已有15年。全篇主要是叙述情事和抒发感慨,只突出捕捉住"西湖雨"的"跳珠"这一最美、最有诗意、最使诗人难以忘怀的意象,表现对西湖的无限眷恋,更表现出岁月倏忽、人生如梦的深沉情思。诗的情调喜悦又怅惘、豪放而悲凉。"一醉西湖雨",既是说醉饮湖上,又可体会是因西湖雨之美而陶醉,再加上"还来""不见"上下呼应,低回婉转,唱叹有情。

此诗旨在抒怀寄慨,仅以"华颠""西湖雨""跳珠"三个意象点缀,并未对它们加以描绘。王国维在《人间词话》中指出,诗词有"意与境浑""以境胜""以意胜"三种类型。此诗可谓"以意胜"。它不及《饮湖上初晴后雨》那种"意与境浑"、意境融彻之作，但也是诗中一格。

题宝鸡县斯飞阁①

西南归路远萧条，　倚槛魂飞不可招。

野阔牛羊同雁鹜，　天长草树接云霄。

昏昏水气浮山麓，泛泛春风弄麦苗②。

谁使爱官轻去国③？此身无计老渔樵！

[注释]

①斯飞阁：在陕西宝鸡县城西南。
②泛泛：形容春风和畅。
③去国：离乡。

[点评]

　　嘉祐七年（1062）春在凤翔任上纪游之作。诗写登阁所见景色，抒发思乡愁情。全篇颔、颈两联对仗工稳，首尾联感慨深长。其中，颔联描绘西北高原野阔天低、草长树茂，牛羊与雁鹜似乎同在草海上浮游的景象，极生动真切。诗人善于捕捉景物特征，状难写之景如在目前。但颈联平弱，未能振起全篇，也暴露出青年诗人才思敏捷却锤炼不足的缺点。

出颍口初见淮山，是日至寿州^①

我行日夜向江海，枫叶芦花秋兴长。

长淮忽迷天远近，青山久与船低昂。

寿州已见白石塔，短棹未转黄茅冈。

波平风软望不到，故人久立烟苍茫。

[注释]

①颍口：颍水入淮河之处，在寿州（今安徽寿县）西正阳关。

[点评]

  熙宁四年（1071）九月末苏轼赴杭州通判任途中作。善于绝妙地运用比喻和典故的苏轼，在这首拗体七律诗中却不用一个比喻和典故，纯用白描手法，把舟行情景写得宛然动画。尽管中两联对仗字字工稳，却使人不觉得是对仗。全篇如行云流水，一气直下，极富动态美，令人从诗句的流动变化中感觉到船行的疾速。尤其是"青山久与船低昂"一句，写波涛起伏，人在船中，感觉到青山亦随船一道一起一伏，状难写之景如在目前。透过轻松畅快的文字和节奏，我们能体味到诗人复杂矛盾的感情。首句字面上实写离京路程的漫长，已寓有诗人远离京城、漂泊江湖的忧郁；次句从白居易"枫叶荻花秋瑟瑟"（《琵琶行》）句化出，点明时令，描绘萧瑟又明朗的秋景，映衬自己一路观赏景色的"秋兴"，却暗示他以旷达乐观的秉性驱散了心头的忧郁。结句不说自己思念故人，却想象故人在苍茫暮色中久立等待自己，情味深长。苏轼自己对这首流动俊逸的拗律也颇得意，后来他写《李思训画长江绝岛图》诗，有"沙平风软望不到，孤山久与船低昂"一联，就用了此诗第七、第四句，直到晚年被南贬到江西时，还草书此诗，并作了题记。

龟　山①

我生飘荡去何求，再过龟山岁五周②。

身行万里半天下，　僧卧一庵初白头。

地隔中原劳北望③，潮连沧海欲东游④。

元嘉旧事无人记，故垒摧颓今在不⑤？

[注释]

①龟山：在江苏盱眙县北三十里。

②岁五周：自治平三年(1066)秋苏轼护送苏洵灵柩过此，至熙宁四年(1071)十月再过，正好五周年。

③"地隔"句：暗用李白《登金陵凤凰台》"总为浮云能蔽日，长安不见使人愁"诗意。

④"潮连"句：暗用《论语·公冶长》："子曰：'道不行，乘桴浮于海'"句意。

⑤作者自注："宋文帝遣将拒魏太武，筑城此山。"这是元嘉二十七年(450)。

[点评]

　　熙宁四年(1071)十月，诗人于赴杭途中再次路过龟山，想起刘宋文帝在龟山拒北魏事，兴吊古怀今之情。但诗的主旨并不在吊古，而是抒发眷念朝廷却无望归朝实现政治抱负的苦闷,感慨人生漂泊无定、宦途风波险恶以及岁月流逝、生命短促。这些丰富复杂的情思都从叙写舟行感受和暗用典故中含蓄表达,故而颇耐人咀嚼。颔联对仗,不求工对,语脉流动,诗意疏离,一句写己,一句写僧,一句阔远,一句静闲,灵活不拘,是苏轼诗艺的过人之处。纪昀在《纪评苏诗》卷一八说:"霸业雄图,尚有今昔之感。而况一人之身乎?前四句与后四句映发有情,便不是吊古套语。"指出诗的前后幅相互映发,使吊古与伤怀自然融合,是很有眼光的。

有美堂暴雨①

游人脚底一声雷,　满座顽云拨不开。

天外黑风吹海立,　浙东飞雨过江来。

十分潋滟金樽凸,　千杖敲铿羯鼓催②。

唤起谪仙泉洒面③,倒倾鲛室泻琼瑰④。

[注释]

①有美堂:在杭州城内吴山上。嘉祐二年(1057)杭州太守梅挚所建。宋仁宗赐诗,有"地有吴山美,东南第一州"之句,故名曰"有美堂"。
②羯(jié 杰)鼓:古代来自西北羯族的一种鼓。
③谪仙:指李白。唐贺知章称李白为"谪仙人"。泉洒面:《旧唐书·李白传》载,唐玄宗召李白赋诗,李白已醉,玄宗命以清水洒其面使他醒来,李醒后即挥毫写成《清平调》三章。此句以李白自喻。
④鲛室:《述异记》说南海之中有鲛人室,鲛人之泪为珍珠。琼瑰:美玉。这里既

形容雨水倾泻,也暗喻奇景诱发诗人写出佳句。

[点评]

　　作于熙宁六年(1073)七月。诗人在杭州吴山山顶有美堂上观看钱塘江,描绘江上一场暴雨。诗末以暴雨为泉,视之为诱发诗意之媒,颇具象征意蕴,并显出诗人豪迈磊落之气。前四句叙写云雷交作,风卷海立雨飞,奇气突兀,极有力度与紧张感。杭州在钱塘江西岸,其地夏秋暴风雨均从东南海面吹向西北,故此联写景又切时切地。"天外"句化用杜甫《朝献太清宫赋》"九天之云下垂,四海之水皆立"语意,"浙东"句取自唐代殷尧藩《喜雨》诗"澜东飞雨过江来"句,但与上句配合,相互映发,如同己出。风是"黑风",雨是"飞雨",有炫目之色,有飞动之势,营构出雄奇新警的意象。后四句用比喻与典故,描绘江水浩大如酒满金樽凸起,暴雨声如千杖敲击之羯鼓声,又继之写泉洒谪仙,鲛室倒倾,想象瑰奇,吐属随意,极富浪漫情调与色彩。全诗的节奏、音韵,也与所写之狂雷、疾风、暴雨相合拍。此诗堪称诗史上具大魄力、大气象的山水佳篇,亦是苏诗中清雄风格的代表作。

吴越溪山兴未穷①

(二首选一)

吴越溪山兴未穷,又扶衰病过垂虹②。

浮天自古东南水,送客今朝西北风。

绝境自忘千里远,胜游难复五人同。

舟师不会留连意③,拟看斜阳万顷红。

[注释]

①元丰二年(1079)四月,苏轼赴湖州途中作。本诗原题为《与秦太虚、参寥会于松江,而关彦长、徐安中适至,分韵得"风"字》。秦太虚:秦观。参寥:僧道潜,字参寥,於潜人,能诗文。关彦长:名景仁,钱塘人。徐安中:不详。松江:吴江。源于太湖,经上海与黄浦江合流入海。

②垂虹:桥名,在江苏吴江县东门外,亦名长桥,凡七十二洞。

③不会:不理解。

[点评]

　　诗人与几位诗友同游松江,抒发对吴越溪山美景之无穷兴致,及人生难得知交胜游之感慨。全诗一气呵成,意脉如行云流水,自然畅快。中二联对仗毫无板滞之感。诚如查慎行《初白庵诗评》卷中说:"'浮天自古东南水'二句入许丁卯(引者注:指唐代诗人许浑)手,便成板对。其才气短小,不能驱使动宕也。"尾联宕开一笔,以舟师"拟看斜阳万顷红"之景结情,意境绮丽。诗风清新而老健。但第三、第五两句在同一位置重复"自"字,应是小疵。

寿星院寒碧轩①

清风肃肃摇窗扉,　窗前修竹一尺围。

纷纷苍雪落夏簟②,冉冉绿雾沾人衣。

日高山蝉抱叶响③,人静翠羽穿林飞④。

道人绝粒对寒碧⑤,为问鹤骨何缘肥?

①寿星院、寒碧轩：在杭州天竺寺中。此诗作于元祐五年（1090），时苏轼在杭州知州任。

②苍雪：喻竹叶飞落。夏簟：夏日用以遮阳的竹席。

③"日高"句：化用杜甫"抱叶寒蝉静"句。

④翠羽：翠鸟。

⑤绝粒：又称辟谷。道家以不火食、不进五谷为修炼方法。

[点评]

　　这首诗写夏日游览山寺的情景。全篇捕捉并创构了"清风""修竹""苍雪""绿雾"以及蝉鸣、鸟飞等意象，笔笔切题，句句写寒碧，一气贯注，层层渲染，营造出一个寒碧幽谧的意境，似信手而成，却又一气贯注，浑成洒脱。南宋周必大《二老堂诗话·东坡寒碧轩诗》评云："初若豪迈天成，其实关键甚密。"诗中以动衬静，以声写寂手法运用巧妙。三个叠字形容词"肃肃""纷纷""冉冉"或摹声或拟态，无不生动谐美。王国维在《人间词话》中说，诗的意境经营方式，有"写境"与"造境"之分。此诗可说是"写境"与"造境"的美妙结合，因此"寒碧"之意境既合于自然，又是诗人心中的理想天地。无怪清人方东树《昭昧詹言》卷一〇评曰："奇气一片。"王士禛赞叹说："予每读之，辄如入箦筜之谷，临潇湘之浦，而吟啸于渭川千亩之滨焉。"（《带经堂诗话》卷五）

浪淘沙

　　昨日出东城①,试探春情。墙头红杏暗如倾。槛内群芳芽未吐②,早已回春。　　绮陌敛香尘③,雪霁前村。东君用意不辞辛④。料想春光先到处,吹绽梅英。

[注释]

①东城:指杭州东城。

②槛:长廊前的栏杆。

③绮陌:铺满春花春草的小路。

④东君:又称东皇、青帝,司春之神。

[点评]

　　作于熙宁六年(1073)杭州通判任上。此词写出城探春。上片写城中早春景色:槛内群芳尚未吐芽,但墙头红杏已盛开,倾垂下来,将地面都遮暗了。诗人捕捉住不同景物的特征,逼真地表现出早春大地温润、花卉拘涩而又生机勃发的情态。他以"群芳芽未吐"反衬"墙头红杏",却妙用一"暗"字,极衬出杏花之繁盛、秾丽。南宋江湖诗人叶绍翁《游园不值》有"春色满园关不住,一枝红杏出墙来",为脍炙人口的名句。其诗意,似已蕴含在东坡"墙头红杏暗如倾"句中。下片写城外春色。因前村雪后放晴,故而被红红白白梅花遮蔽的小路上,香气馥郁,尘土不扬。比起仅有"墙头红杏"的城里,城外春光来得更早,气象更开阔、绮丽。这使词人深深感激司春之神东君的不辞辛苦,感激他最先吹绽了神清骨秀、不染尘俗的梅花。词人以空灵之笔,让城内与城外、红杏与梅花相互对比、映衬,唱出一首清新明丽、节奏轻快的春之歌。

行香子

过七里濑^①

　　一叶舟轻,双桨鸿惊^②。水天清、影湛波平。鱼翻藻鉴^③,鹭点烟汀^④。过沙溪急,霜溪冷,月溪明。　　重重似画,曲曲如屏。算当年、虚老严陵^⑤。君臣一梦,今古空名^⑥。但远山长^⑦,云山乱,晓山青。

[注释]

①七里濑:又名七里滩,在今浙江桐庐县严陵山西,长七里,两山夹峙,东阳江从中间流过,与严陵濑相接。

②双桨鸿惊:船桨划动使鸿雁惊起,也比喻船桨划动犹如鸿雁翩翩起舞。

③藻鉴:长满水藻如明镜般的水面。鉴,镜子。

④汀(tīng 厅):水中或水边平地。

⑤严陵:严光,字子陵,东汉初年人,曾与光武帝刘秀同学,并帮助刘秀打天下。刘秀称帝后,他变名姓隐居,招之不出,耕钓富春江山。后人称他居游之地为严陵山、严陵濑、严陵钓坛。

⑥"君臣"二句:意谓古来明君高士的功名皆如梦幻云烟般空虚。

⑦但:只,只有。

[点评]

　　熙宁六年(1073)二月,苏轼任杭州通判时,曾视察富阳、新城、桐庐等地,此词作于途中。这首山水行旅词,将物是人非、人生如梦的深沉感喟,融化在七里濑的水光山色之中,表现出作者否定功名利禄和皈心大自然的思想感情。作者用白描兼比喻手法写景,上片写水,下片写山,笔墨简洁,动静交错,意象幽美空灵,令人悠然神往。全篇用线状铺叙法,江上各种景物顺次呈现,显出舟行的动态流程,宛若一支立体的、时空不断变换的歌曲,体现出作者在创造空明清幽意境中将诗情、画意、音乐美融为一体的艺术匠心。这是北宋山水词中的杰作。

望江南

超然台作①

春未老,风细柳斜斜。试上超然台上看,半壕春水一城花②,烟雨暗千家。　　寒食后,酒醒却咨嗟③。休对故人思故国,且将新火试新茶④,诗酒趁年华。

[注释]

①超然台:密州北城上原有旧台,早已荒废,苏轼到密州后加以修葺,苏辙命名曰"超然"。
②壕:护城河。
③寒食:节令名,在清明节前一两天。从这天起禁火三天,吃冷食。咨嗟:感叹声。
④新火:寒食节禁火,节后所生火,谓之新火。

[点评]

熙宁九年(1076)暮春作于密州任上。作者登超然台,眺望满城烟雨,触动乡思,涌起愁绪。但他能以超然物外的态度解脱,认为应当在品茶、酌酒、吟诗中抓紧时机领略大好春光。全篇主旨在"超然"二字,创造出一种超然的审美的人生境界。这是一首重调小令词。前调写景纯用白描手法勾画密州春景,从小景到大景,从工笔细描到泼墨写意,生动准确地表现出暮春季节的景物特征,层层拓展,最后展现出烟雨笼罩千家万户的大景观,显出大手笔、大气魄。后调抒情正由前调所写之景触发,却又从抒情中令人进一步领略密州春景的蓬勃生机。前后调,景与情融为一体。在句式上,前调的两个七字句不对仗,但下句却是句中自对,散中见整;后调两个七字句对得精工美妙,既是重言错综句式,句中自对,又上下相对,宛若行云流水,洒脱流畅。在其前后的五字散文句式的烘托下,又显出整中有散。前调与后调句式相同中有变化,并不重复、呆板。从这首双调小令词,可见东坡"出新意于法度之中,见妙理于豪放之外"(《书吴道子画后》)的艺术本领。

江城子

前瞻马耳九仙山①。碧连天,晚云闲。城上高台②,真个是超然。莫使匆匆云雨散③,今夜里,月婵娟。　　小溪鸥鹭静联拳④。去翩翩,点轻烟。人事凄凉,回首便他年。莫忘使君歌笑处⑤,垂柳下,矮槐前。

[注释]

①马耳、九仙山:山名,均在今山东诸城市境内。
②"城上"句:见《望江南·超然台作》注①。

③云雨:此借指友朋。孟郊《秋宵会话清上人院》诗:"但嘉鱼水合,莫令云雨乖。"

④静联拳:静悄悄地蜷集在一起。杜甫《漫成一绝》:"江月去人只数尺,风灯照夜欲三更。沙头宿鹭联拳静,船尾跳鱼拨剌鸣。"

⑤使君:作者自指。

[点评]

　　熙宁九年(1076)十月苏轼即将离开密州时作。作者在傍晚时登上超然台,瞻望城外青山、碧天晚云,再等待冉冉上升的一轮皎洁明月,对这座相处了近两年的山城充满了留恋之情。"莫使"句说,不要让这些美好的景物和友朋以及自己心中的回忆像云雨般消散。下片紧接过片,描写月下恬静、幽美的景色。那如轻烟一般翩翩飞去的鸥鹭,触引起词人韶光易逝、人事凄凉的感慨。结尾三句,是他发自肺腑的深情的自我叮咛:不要忘记曾经在这里欢歌朗笑过的乡土,不要忘记曾经为自己遮阴蔽日的垂柳和矮槐,不要忘记人生旅途中这偶然留下的雪泥鸿爪。全词情景交融,深情绵邈,语言清新自然,意境凄清深沉,是一首动人心弦的佳作。

西江月

　　顷在黄州,春夜行蕲水中①。过酒家,饮酒醉,乘月至一溪桥上,解鞍,曲肱醉卧少休②。及觉已晓,乱山攒拥,流水锵然,疑非尘世也,书此语桥柱上。

　　照野瀰瀰浅浪③,横空隐隐层霄④。障泥未解玉骢骄⑤。我欲醉眠芳草。　　可惜一溪风月⑥,莫教踏碎琼瑶⑦。解鞍攲枕绿杨桥⑧。杜宇一声春晓⑨。

[注释]

①蕲水:宋蕲州蕲水县,即今湖北浠水县。有浠河(兰溪)由东向西流入长江。

②曲肱(gōng工):弯着胳膊以手枕头。肱,臂。

③瀰瀰:水流动的样子。

④层霄:层云。

⑤障泥:即马鞯,用锦或布制成,垂于马腹两旁,用以遮挡泥土。《晋书·王济传》载,王济乘马行,前有水,马不肯渡。王济说:"这一定是爱惜锦障泥而不肯渡。"让人解下锦障泥,马这才渡河。玉骢(cōng匆),泛指骏马。骢,青白色的马。

⑥可惜:可爱。

⑦琼瑶:美玉。这里指倒映水中的月亮。

⑧欹(qī欺):斜。

⑨杜宇:杜鹃,亦称子规。因其啼声哀凄,声似"不如归去",故能触动游子的乡思。

[点评]

　　此词作于元丰五年(1082)三月。全篇写春夜醉卧溪桥,以月光为中心,顺情直下,一气贯穿,使旷野、层霄、玉骢、溪水、绿杨、芳草等景物都笼罩着银色月光,形成清幽旷远、空明澄澈的意境,给人以梦幻般的感觉,表现了作者幕天席地、友月交风、在大自然中放情自适的旷达情怀。结句杜宇一声,静谧的春夜顿时活跃起来。作者有意留下"空白",让读者想象溪桥春晓的清爽迷人,真是余韵袅袅。

　　全篇语言平易精练,生动优美,如状春溪用"弥弥浅浪",摹淡云言"隐隐层霄",以"芳草"代郊野,称溪月为"琼瑶",马曰"玉骢骄",桥云"绿杨桥",语言高度诗化、雅化,使意象奇美,色彩明洁,音声爽朗。词的小序也写得富于诗情画意,与词篇珠联璧合。清代陈廷焯评此词"写得洒落有致"(《词则·放歌集》卷一)。

蝶恋花

云水萦回溪上路①。叠叠青山,环绕溪东注。月白沙汀翘宿鹭②。更无一点尘来处。　　溪叟相看私自语:底事区区③,苦要为官去④。樽酒不空田百亩⑤。归来分取闲中趣。

[注释]

①萦回:缠绕。溪:荆溪,经宜兴。汉在宜兴置荆国,故名。

②沙汀:水中的沙洲。翘:突出。

③底事:为什么事。区区:专心追求的样子。

④苦:坚决地,不懈地。

⑤樽酒不空:《后汉书·孔融传》载,孔融常叹曰:"座上客常满,樽中酒不空,吾无忧矣。"陶渊明《归去来辞》:"有酒盈樽,引壶觞以自酌。"田百亩:《晋书·陶潜传》:"在县公田,(陶渊明)悉令种秫谷(以便酿酒),曰:'令我常醉于酒足矣。'妻子请种粳,乃使二顷五十亩种秫,五十亩种粳。"

[点评]

元丰八年(1085)六七月间,苏轼在宜兴听到要任命他知登州的消息,将行,怀念荆溪,写了这首词。上片描绘荆溪云水萦回、青山环绕、月白沙汀、鹭鸟安眠的清幽秀丽景色,表现词人眷恋田庄山水美景和超尘脱俗的心情。下片假借"溪叟"相看私语,表达自己心中为官与归老的矛盾,希望日后仍要归来分取躬耕之余的"闲中趣"。全篇写景如画,用典贴切,语句清爽中有沉郁,是一首耐人咀嚼、品味的小令词。

减字木兰花

钱塘西湖,有诗僧清顺,所居藏春坞,门前有二古松,各有凌霄花络其上。顺常昼卧其下。时余为郡,一日,屏骑从过之,松风骚然。顺指落花求韵,余为赋此①。

双龙对起②,白甲苍髯烟雨里③。疏影微香,下有幽人昼梦长④。

湖风清软,双鹊飞来争噪晚。翠飐红轻⑤,时下凌霄百尺英⑥。

[注释]

①坞(wù 务):中间洼、四边高的地方。为郡:做地方的行政长官。这里指知杭州。屏:除去,不用。骑从:骑马跟随的人。过:拜访,上门访问。骚然:飕飕地响。

②双龙:指门前二古松。

③甲:鳞,这里指松皮。

④幽人:幽居之人,隐士。这里指僧人清顺。

⑤飐(zhǎn 展):风吹物动。

⑥英:花。

[点评]

这首词是元祐五年(1090)五月,苏轼任杭州知州时过藏春坞为僧人清顺而作。作者在动与静、声与寂的对比映衬中,表现古松、湖风、凌霄花、喜鹊自由自在的生机意趣,也表现昼梦的僧人整个身心融化在这虚静清空的自然之中,全篇隐隐透露出禅机。词的开篇写古松,如白甲苍髯的双龙在烟雨里飞腾,借幻象传古松之神,有拔地千寻、突兀凌云之势,富于阳刚之美;而写凌霄花和湖风,分别以"疏影""微香""清软""红轻"等词语生动准确地形容,饶有阴柔之美。顾随先生评赏结句"下"字之妙说:"凡花之落,皆可曰下,此有什奇特? 然而须理会得此是凌霄花百尺之英,自古松白甲苍髯里,徐徐坠落,所以是下也。"(《顾随文集·东坡词说》)全篇无一句主观抒情,全是意象的组合和呈示,一个优美含蓄、超旷空灵的意境便营造出来了。

临江仙

惠州改前韵①

九十日春都过了,贪忙何处追游? 三分春色一分愁,雨翻榆荚阵②,风转柳花球③。 我与使君皆白首④,休夸年少风流。佳人斜倚合江楼⑤。水光都眼净,山色总眉愁。

[注释]

①惠州:州治在今广东惠州市。苏轼于绍圣元年(1094)十月被贬往惠州,在惠州住了三年。

②"雨翻"句:意谓榆荚飘落,如阵阵春雨。

③柳花球:成团的柳絮。

④使君:指惠州知州詹范。

⑤佳人:此处指同来惠州的侍妾王朝云。合江楼:惠州府城东门楼。因东江、西江二水合流于此,故称。苏轼初至惠州,寓居于此楼。

绍圣二年(1095)暮春,苏轼将再迁居嘉祐寺,与知州詹范会饮于合江楼,触景生情,作此词。上片写残春景象,表达惜春情绪;下片抒写与佳人共赏山水美景,既潇洒自适,又流露出岁月消逝人生易老的愁绪。全篇融情于景,借景抒情。"雨翻"两句,形容成熟的榆钱在空中飘落翻飞,犹如阵阵春雨洒落;柳絮集结成一只只花球在地上滚动,好似春风把它们踢来踢去。"水光"两句,分别以佳人明净之眼波和含愁黛眉喻状水光山色,人景兼写,相互映衬。作者运用多种手法将合江楼暮春风光表现得十分准确、生动、传神,有景趣、有情味,对仗又自然。它们置于歇拍处,犹如词人最后的点睛之笔,使全篇神韵全出。

减字木兰花

己卯儋耳春词①

春牛春杖②,无限春风来海上。便丐春工,染得桃红似肉红。

春幡春胜③,一阵春风吹酒醒。不似天涯,卷起杨花似雪花④。

[注释]

①己卯:即哲宗元符二年(1099)。儋耳:儋州的古名,宋改昌化军。

②春牛春杖:古时风俗,立春日郡邑用泥土制作耕牛及农夫、犁具,置于大门之外,并在土牛旁插青旗,以示劝农之意。

③春幡:即青旗。幡,旗帜。春胜:唐宋时习俗,立春日剪彩以迎春,用纸剪成图案或文字,也有的写"宜春"二字,贴于门上,谓之春胜。李商隐《娇儿诗》:"请爷书春胜,春胜宜春日。"

④"卷起"句:意谓海南地暖,立春已见杨花飘飞。

[点评]

这首春词以欢快跳跃的笔调和平易清新的语言,热烈赞美海南立春日的风俗和绚丽的春光,写得色彩鲜丽,生机勃勃,境界壮阔,地方色彩浓郁。在作者的笔下,海南如同中原一样美丽迷人,使他发出"不似天涯"的感叹,显示了他随遇而安、超然自得、不改其度的人生态度和生活情趣。这是词史上第一首对海南之春的美妙赞歌。

此词上、下片句式全同,在对偶中又有变化。句句押韵,两句一换韵,平仄韵交叉,音调抑扬起伏,和谐悦耳。全篇八句,共用了七个"春"字,灵活的间隔使用,突出渲染了春光的浓郁、热烈,显得错落有致,而无平板堆砌之感。上下片结句都用了重言错综的句式,句中对仗,语言复叠,也增加了音节之美,使词的艺术感染力更强。

初发嘉州①

朝发鼓阗阗②,西风猎画旟③。故乡飘已远,往意浩无边。锦水细不见④,蛮江清可怜⑤。奔腾过佛脚⑥,旷荡造平川⑦。野市有禅客⑧,钓台寻暮烟⑨。相期定先到,久立水潺潺。

[注释]

①嘉州:州治在今四川乐山市。发:开船。初发:由嘉州出发下荆州。
②阗阗(tián 田):击鼓开船声。

③猎:卷动,吹响。旃(zhān 沾):古代一种曲柄旗,亦泛指旗。画旃,即绘有彩色图案的旗。

④锦水:即锦江,岷江分支之一。

⑤蛮江:指青衣水与沫水,今名青衣江、大渡河。二水在嘉州东南与岷江合流。因其上游所经,当时称为蛮夷之地,故云。可怜:可爱。

⑥佛:指乐山市凌云山上的石刻大佛,高三百六十尺。其脚正临江面。

⑦造:到达。平川:广阔平坦的陆地。

⑧禅客:僧人。据作者自注,指"乡僧宗一"。

⑨钓台:钓鱼台,其地在今乐山市乌尤寺江边郭舍人尔雅台附近。作者自注:"是日期乡僧宗一,会别钓鱼台下。"

[点评]

　　这首五言排律作于嘉祐四年(1059)十月,苏轼与弟苏辙随侍父苏洵赴京途经嘉州时。诗中写舟发嘉州时的景况心情,特别是描绘奔腾的江水从大佛脚下流过,锦水渐远、蛮江清澄的雄秀景色,抒发对前程的展望和对故乡的眷恋。全篇气韵洒脱,格律谨严,情景交融,造语俊爽,节奏轻快。开篇与结句叠字词"圆圆""潺潺",篇中联绵词"奔腾""旷荡",都增添了音节之美。

江上看山

船上看山如走马,　倏忽过去数百群。

前山槎牙忽变态①,后岭杂沓如惊奔②。

仰看微径斜缭绕,上有行人高缥缈③。

舟中举手欲与言，　孤帆南去如飞鸟。

[注释]

①槎牙：错杂不齐貌。

②杂沓：众多纷乱貌。

③缥缈：恍惚之间，若有若无。

[点评]

作于嘉祐四年（1059）冬南行赴京途中。诗中描写在江上看山如万马惊奔等奇景。起势雄悍，笔墨飞动，意象迅疾变幻，亦如马奔鸟飞。

梵天寺见僧守诠小诗，清婉可爱，次韵①

但闻烟外钟，　不见烟中寺。

幽人行未已，草露湿芒屦②。

惟应山头月，　夜夜照来去。

[注释]

①梵天寺：在杭州凤凰山上，五代时吴越王钱氏所建。守诠：诗僧，苏轼的友人。其原诗云："落日寒蝉鸣，独归林下寺。柴扉夜未掩，片月随行屦。惟闻犬吠声，又入青萝去。"

②芒屦：草鞋。

[点评]

[点评]

熙宁五年(1072)秋在杭州作。诗写梵天寺秋夜之景,以疏淡的写意之笔,创构出一个幽深清远境界。汪师韩《苏诗选评笺释》卷一评:"峭茜高洁,韦柳遗音。"

游金山寺①

我家江水初发源,宦游直送江入海。闻道潮头一丈高,天寒尚有沙痕在。中泠南畔石盘陀②,古来出没随涛波。试登绝顶望乡国,江南江北青山多。羁愁畏晚寻归楫,山僧苦留看落日。微风万顷靴文细,断霞半空鱼尾赤。是时江月初生魄③,二更月落天深黑。江心似有炬火明,飞焰照山栖乌惊。怅然归卧心莫识,非鬼非人竟何物④。江山如此不归山,江神见怪警我顽。我谢江神岂得已,有田不归如江水⑤!

[注释]

①金山寺:在今江苏镇江金山上,旧名泽心寺,又名龙游寺、江天寺,俗名金山寺。在宋时金山为屹立长江中之岛,后与陆地相连。

②中泠(líng 凌):泉名,在金山西北。石盘陀:形容巨石回旋不平。

③魄:月缺时的有圆形轮廓而光线暗淡的部分。旧说每月初三以后,此部分逐渐明亮,谓之成魄。初生魄,即初三,苏轼来游正当十一月初三。

④"江心"四句:苏轼自注:"是夜所见如此。"炬火:这里指古人所谓"阴火",即阴晦时浮现水面之火。木华《海赋》:"阴火潜然。"曹唐《南游》:"涨海潮生阴火灭,苍梧风暖瘴云开。"

⑤"我谢"二句:作者对江神的誓言。古人常指水为誓,如《左传·僖公二十四年》记晋公子重耳流亡在外,渡黄河时对子犯说:"所不与舅氏(子犯)同心者,有如白水。"《晋书·祖逖传》也记载,祖逖中流击楫指着大江发誓说:"祖逖不能清中原而复济者,有如大江。"

[点评]

熙宁四年(1071)十一月,苏轼赴杭州途中,经金山寺访宝觉、圆通二僧,夜宿作此诗。诗中所抒思归之意,正是诗人因反对新法被人诬告请求外调、心情抑郁的反映,是苏轼七言古诗的代表作之一。诗对寺本身略而不写,而写登眺望远所见山水景色,将诚挚浓郁的乡情与迷惘抑郁的思绪融入景中。诗的首联,高屋建瓴,言简意赅,自然高妙,正如前人所评:"将万里程、半生事一笔道尽。"(汪师韩《苏诗选评笺释》)"确是游金山寺发端,确是东坡游金山寺发端,他人抄袭不得。盖东坡家眉州近岷江,故曰'江初发源';金山在镇江,下此即海,故曰'送江入海'。"(施补华《岘佣说诗》)以下写景各联,有动有静,有声有色,有想象有写实,笔法多变。比喻新颖贴切,色彩绚丽,境界壮美,又传达出空旷、幽静的氛围。将眼前所见写得奇幻诡丽,触引起惊惧、怅然、茫然心绪,并由此思及"江山如此不归山,江神见怪警我顽"。最后指江为誓,俟置得田后必归故乡。全篇将游寺观景与望乡归山挽合,寄慨深沉,想象奇特,兴象超妙,波澜阔大又章法严谨,是宋代山水游览诗的名篇。

腊日游孤山访惠勤惠思二僧①

天欲雪，云满湖，楼台明灭山有无。水清石出鱼可数，林深无人鸟相呼。腊日不归对妻孥，名寻道人实自娱②。道人之居在何许？宝云山前路盘纡③。孤山孤绝谁肯庐，道人有道山不孤。纸窗竹屋深自暖，拥褐坐睡依团蒲。天寒路远愁仆夫，整驾催归及未晡④。出山回望云木合，但见野鹘盘浮图⑤。兹游淡薄欢有余，到家恍如梦蘧蘧⑥。作诗火急追亡逋⑦，清景一失后难摹。

[注释]

①腊日：旧时腊祭之日。汉代以冬至后第三个戌日为腊日，宋仍用汉腊。惠勤、惠思：皆余杭人，两诗僧。
②道人：有道之人，指二僧。僧人亦可称道人。
③宝云山：五代吴越王钱氏建宝云寺，在西湖之北，寺后有宝云庵山。
④晡(bū 逋)：申刻，黄昏时。
⑤浮图：塔。
⑥恍：恍惚。梦蘧蘧(qú 渠)：梦醒后惊动之貌。语出《庄子·齐物论》，写庄子梦蝴蝶，"俄然觉，则蘧蘧然(庄)周也"。
⑦亡逋：逃亡者，此指将逝之清景。

[点评]

熙宁四年(1071)冬，苏轼到杭州通判任不久，访诗僧惠勤、惠思，作此诗。

全诗仿佛是一幅冬日山行访僧图卷。诗人以其善于捕捉景物动态的本领,连续勾勒出云雪楼台、游鱼水石、深林啼鸟、盘纡山路、幽峭竹屋、坐睡和尚、整驾仆夫、连绵林木、鹊盘浮图……联翩佳句,看似信手拈来,毫不着力,呈现出一个饶有动态生机的清幽意境,极清新流丽之致。汪师韩评此诗:"语语清景,亦语语自娱。而道人有道之处,已于言外得之。栩栩欲仙,何必涤笔于冰瓯雪碗。"(《苏诗选评笺释》卷一)纪昀亦赞曰:"忽叠韵,忽隔句韵,音节之妙,动合天然,不容凑拍。"(《纪评苏诗》卷七)但此诗所押"孥""蘧"等已是险韵,作者却自作和诗三篇,因难见巧,逞露才气,却失去了原作的新警自然。

催试官考较戏作①

八月十五夜,月色随处好。不择茅檐与市桥,况我官居似蓬岛。凤咮堂前野橘香②,剑潭桥畔秋荷老③。八月十八潮,壮观天下无:鲲鹏水击三千里④,组练长驱十万夫⑤。红旗青盖互明灭,黑沙白浪相吞屠。人生会合古难必,此景此行那两得!愿君闻此添蜡烛,门外白袍如立鹄⑥。

[注释]

①催试官考较:熙宁五年(1072)八月,作者监考贡举。贡举是封建社会朝廷开科取士的地方选拔阶段。宋制,贡举的考试放榜例在中秋节日。这一年却迟了两天——八月十七日放榜。作者想到考生一定等得焦急,故有催试官之作。"较",通"校"。考较是指试后的阅卷、评定。
②凤咮堂:在杭州凤凰山下。咮(zhòu 宙):鸟的喙。

③剑潭桥畔:作者联想到故乡某地桥畔荷花。

④"鲲鹏"句:语本《庄子·逍遥游》,说鲲化为鹏,从北海迁到南冥,"水击三千里,抟扶摇而上者九万里"。

⑤组练:组甲、练袍,指武装部队,语出《左传·襄公三年》:"楚子重使邓廖帅组甲三千、被练三千以伐吴。"

⑥白袍:指未入仕的儒生,身穿白袍,有别于穿皂袍的官员。立鹄:即鹄立,形容伸颈踮足盼望的样子。

[点评]

这首戏作的七言古诗,分别以两个五言诗联领起两段奇文。前段写八月十五夜月色之高朗,意境清远幽丽,宛若蓬莱仙岛;后段写八月十八日钱塘潮之雄奇,写得气势磅礴,有声有色。诗人从这两幅图画中引发出人生会合与良辰美景难以两得的感慨。结尾一联,点醒题旨,而想象中"门外白袍如立鹄"的情景亦饶有谐趣。汪师韩《苏诗选评笺释》(卷二)盛赞"鲲鹏""组练"一联"可括枚乘《七发》观涛一篇"。

游道场山何山①

道场山顶何山麓,上彻云峰下幽谷。我从山水窟中来,尚爱此山看不足。陂湖行尽白漫漫,青山忽作龙蛇盘。山高无风松自响,误认石齿号惊湍②。山僧不放山泉出,屋底清池照瑶席③。阶前合抱香入云,月里仙人亲手植④。出山回望翠云鬟,碧瓦朱栏缥缈间。白水田头问行路,小溪深处是何山。高人读书夜达旦⑤,至今山鹤鸣夜半。我今废学不归山，山中对酒空三叹。

[注释]

①道场山：在湖州，山上有万寿禅寺。何山：在乌程县南十里，与道场山相接。晋代何楷曾在山中读书，后为吴兴太守，以其居其寺而名其山。

②石齿：齿状之石。

③瑶席：玉饰之席。

④"阶前"二句：写山中高大桂树。

⑤高人：指晋人何楷。

[点评]

　　熙宁五年（1072）冬作于湖州。这首诗描述游览道场山何山的见闻感受，抒发欲辞官归隐而不得的惆怅。诗的构思布局有独到之处：开篇四句先总写两座山，以下生动细致地刻画道场山的湖水、山势、松风、溪流，还描绘了山寺中的流泉清池、阶前桂树，更设想是"山僧不放山泉出"，幻想是"月里仙人亲手植"。又用"出山"二句写回望所见，摇荡人情，不厌其详。而对何山，只缅怀高人山中攻读，不复模山范水，带笔点染，意尽即止。全篇散体单行，有自在流行之妙。诗纯用唐人转韵格，四句一转韵，平仄韵交错，音节宛转多姿。

法惠寺横翠阁①

　　朝见吴山横②，暮见吴山纵。吴山故多态，转折为君容。幽人起朱阁，空洞更无物。惟有千步冈③，东西作帘额。春来故国归无期,人言秋悲春更悲。已泛平湖思濯锦④,更看横翠忆峨眉⑤。雕栏能得几时好?不独凭栏人易老⑥。百年兴废更堪哀,悬知草莽化池台。游人寻我旧游处,但觅吴山横处来。

[注释]

①法惠寺:在杭州清波门前,五代吴越王钱氏所建。横翠阁在寺内。
②吴山:一名胥山。吴人祠伍子胥于山上,故名,即今城隍山,在杭州城内。
③千步冈:指吴山。
④平湖:指杭州西湖。濯锦:即锦江,一名岷江,在成都。
⑤峨眉:峨眉山,在四川眉山县西南。
⑥"雕栏"二句:用南唐李煜《虞美人》"雕栏玉砌应犹在,只是朱颜改"和《浪淘沙》"独自莫凭栏,无限江山"词意。

[点评]

　　熙宁六年(1073)春作于杭州。诗人由写吴山的纵横多态,联想到故乡的峨眉濯锦;从怀念故国杳无归期,触发出人生短暂兴废无常的苍凉之思。全篇奇气横溢,意蕴丰厚,寄慨深沉。写景化静为动,又以拟人手法传山水之神。章法错综变化,波澜起伏,前呼后应,首尾相衔。前八句五言写景,后十句七言抒情,借鉴民间歌谣重叠而略有变化的句式,有对偶句,有散句,三组四句一换韵,一组两句一换韵,韵脚平仄交错,使诗的音韵节奏在整齐中有变化。诗的风格,正如汪师韩所评:"作初唐体,清丽芊绵,神韵欲绝。"(《苏诗选评笺释》卷二)

神女庙^①

大江从西来，上有千仞山^②。江山自环拥，恢诡富神奸。深渊鼍鳖横^③，巨壑蛇龙顽。旌阳斩长蛟^④，雷雨移沧湾。蜀守降老蹇^⑤，至今带连环。纵横若无主，荡逸侵人寰。上帝降瑶姬^⑥，来处荆巫间。神仙岂在猛？玉座幽且闲。飘萧驾风驭，弭节朝天关^⑦。倏忽巡四方，不知道里艰。古妆具法服^⑧，邃殿罗烟鬟。百神自奔走，杂沓来趋班^⑨。云兴灵怪聚，云散鬼神还。茫茫夜潭静，皎皎秋月弯。还应摇玉佩，来听水潺潺。

[注释]

①神女庙：在巫峡北岸，正对巫山。

②仞：古代以八尺或七尺为一仞。千仞，形容山高。

③鼍(tuó 驼)：鳄鱼。

④旌阳：许旌阳，道教传说中的神仙许真君，传说他曾斩杀蛟蜃精怪。

⑤蜀守：指战国秦昭王时蜀郡太守李冰。他曾凿离堆、修都江堰，清除岷江水患。《神异记》中说他曾降服毒龙蹇氏，锁于江上。

⑥瑶姬：指巫山神女。《太平广记》卷五六引《集仙录》说，西王母第二十三女，名瑶姬，称云华夫人，因在巫山帮助大禹治水有功，封妙用真人，后来人们在巫山为她建庙。

⑦弭(mǐ 米)节：按节徐行。

⑧法服:道服。

⑨趋班:指众神怪纷纷来听候神女调遣。

[点评]

　　嘉祐四年(1059)冬南行途经巫峡作。诗人利用道家关于巫山神女帮助大禹治水的神话传说,一反巫山神女传统的艳科题材,创造了一个战胜洪水为人类造福的新的神女形象。因此,前人评论此诗:"神女诗不作艳词……是本领过人处。"(纪昀《纪评苏诗》卷一)"徘徊神境,仿佛仙踪,不袭用玉色赪颜及望帷褰帱一切猥琐漫亵之语。"(汪师韩《苏诗选评笺释》卷一)全篇意象神奇,气魄雄伟。"神仙""玉座"两句精警,"横""顽"等字锤炼有力。通篇藏"水"字不露,至末句才出"水"字,点明题旨。结尾四句恍惚杳冥,诱人遐想,更增添浪漫神奇氛围。

巫　山①

　　瞿塘迤逦尽②,巫峡峥嵘起。连峰稍可怪,石色变苍翠。天工运神巧,渐欲作奇伟。块轧势方深③,结构意未遂。旁观不暇瞬,步步造幽邃。苍崖忽相逼,绝壁凛可悸。仰观八九顶,俊爽凌颢气。晃荡天宇高,奔腾江水沸。孤超兀不让,直拔勇无畏。攀缘见神宇,憩坐就石位。巉巉隔江波,一一问庙吏。遥观神女石,绰约诚有以。俯首见斜鬟,拖霞弄修帔④。人心随物变,远觉含深意。野老笑我旁:"少年尝屡至,去随猿猱上,反以绳索试。石笋倚孤峰,突兀殊不类。世人喜神怪,论说惊幼稚。楚赋亦虚传,神仙安有是⑤?"次问扫坛竹,云"此今尚尔:翠叶纷下垂,婆娑绿凤尾,风来自偃仰,若为神物使。绝顶有三碑,诘曲古篆字⑥。老人那解读?偶见不能记。穷探到峰背,采斫黄杨子。黄杨生石上,坚瘦纹如绮。贪心去不顾,涧谷千寻绳⑦。山高虎狼绝,深入坦无忌。溟濛草树密,葱蒨云霞腻。石窦有洪泉⑧,甘滑如流髓。终朝自盥漱,冷冽清心胃。浣衣挂树梢,磨斧就石鼻。徘徊云日晚,归意念城市。不到今卅年,衰老筋力惫⑨。当时伐残木,芽蘖已如臂⑩。"忽闻老人说,终日为叹喟!神仙固有之,难在忘势利。贫贱尔何爱,弃去如脱屣⑪。嗟尔若无还,绝粮应不死。

[注释]

①巫山:在四川、湖北两省边境,有著名的十二峰。长江穿流其间,成为巫峡。

②瞿塘:长江三峡之一,又称夔峡。西起四川奉节县白帝城,东至巫山县大宁河口。江流湍急,两岸山势险峻。

③坱圠(yǎng zhá 养札):形容广大无涯、高下不平。

④修帔:长长的披肩。

⑤"楚赋"二句:《楚辞》有描写巫山神女的《神女赋》,宋玉作。

⑥诘曲:形容字体笔势拗折难识。

⑦"涧谷"句:抓着长索缒入深谷。缒,绳索。

⑧石窦:石洞。

⑨卅(sà):三十。一作"十"。

⑩芽蘖(niè 聂):萌芽。

⑪屣(xǐ 洗):鞋子,多为木底,有齿。脱屣,比喻最容易抛弃的事。

[点评]

嘉祐四年(1059)冬南行途中作。苏轼在此诗中写巫峡,不仅随其奇伟转折变化具体描绘其形象,夸张表现其气势,而且处处结合自身的强烈感受来烘托、渲染,这样写,形神俱活,撼人心魄。写神女石,仅"俯首见斜鬟,拖霞弄修帔"二句,便表现出诗人俯瞰江中,见到神女绰约倒影,仰望山顶,神女在云霞里披肩飘拂的曼妙风姿,笔墨极生动精练。在这幅奇险壮美的巫峡山水图上,诗人又刻画出一位砍柴老人的形象。老人笑说神仙的虚妄,却向诗人描叙神女庙中扫坛竹之奇丽,碑文篆字的古奥,更细述他在深山中采斫黄杨的艰辛危险。诗人自然抒写出对老人贫困生活的同情和对世态人心的感慨。全篇既富于浪漫色彩,又洋溢着生活气息。清代纪昀评赞此诗:"写景入神","波澜壮阔,繁而不沓。"(《纪评苏诗》卷一)颇中肯綮。

百步洪①

(二首选一)

长洪斗落生跳波②,轻舟南下如投梭。水师绝叫凫雁起,乱石一线争磋磨。有如兔走鹰隼落③,骏马下注千丈坡。断弦离柱箭脱手,飞电过隙珠翻荷。四山眩转风掠耳,但见流沫生千涡。窜中得乐虽一快④,何异水伯夸秋河⑤。我生乘化日夜逝⑥,坐觉一念逾新罗⑦。纷纷争夺醉梦里,岂信荆棘埋铜驼⑧。觉来俯仰失千劫⑨,回视此水殊委蛇⑩。君看岸边苍石上,古来篙眼如蜂窠。但应此心无所住,造物虽驶如吾何!回船上马各归去,多言譊譊师所呵⑪。

[注释]

①百步洪:在江苏徐州市东南二里,悬流迅疾,乱石激涛,最为东坡所激赏,今已

不存。据作者自序说,这二首诗,是分别送给僧道潜和王定国的。这里选的是第一首,即送僧潜的。

②斗落:即陡落。

③隼(sǔn 吮):似鹰的猛禽。

④竄:险。

⑤"何异"句:《庄子·秋水篇》说,秋天洪水灌满了河床,河面之宽也仅仅是两岸之间看不清牛马,然而河神却自夸天下之美都在自己这里了。

⑥乘化:顺应自然变化。

⑦"坐觉"句:用佛家语,说观念可以任意驰骋。《传灯录》卷二三:"新罗在国外,一念已逾。"新罗,古国名,今朝鲜的一部分。

⑧荆棘埋铜驼:《晋书·索靖传》说,索靖有远见,知道天下将乱,指着洛阳宫门的铜驼说:"我一定看到你在荆棘中。"后来就以"荆棘铜驼"比喻世事的变化。

⑨千劫:佛家谓天地成毁之一个周期为一劫。千劫,极言时间久长。

⑩委蛇(yí 异):即逶迤,从容舒缓的样子。

⑪诪诪(náo 挠):争论不休,喧闹,啰唆。师:指道潜。

[点评]

　　元丰元年(1078)十月在徐州作。此诗即景抒情言理,从洪水的流逝联想到人生的短暂。既然人生有限,宇宙无穷,人应超脱旷达,不为物役。险中作乐,亦是人生快意之事。诗人以佛道思想批评尘世间的争名夺利,以通达的人生哲学开阔胸襟,使诗歌富于理趣。诗的前半写景,连用七种形象比喻洪波冲激一泻千里轻舟飞驶之疾,笔墨飞动跳跃、错综利落,喻象新鲜活泼、奇逸有气势,是苏轼的独创。清代查慎行说:"联用比拟,局陈开拓。"(《初白庵诗评》卷中)纪昀评:"只用一'有如'贯下,便脱去连比之调;一句两比,尤为创格。""语皆奇逸,亦有滩起涡旋之势。"(《纪评苏诗》卷十七)赵翼赞曰:"六七层譬喻,一气喷出,而不觉其拉杂,岂非奇作?(《宋金元三家诗选》批语)钱钟书先生则称之为"博喻",并作了生动精辟的论述:"一连串把五花八门的形象来表达一件事物的一个方面或一种状态。这种描写和衬托的方法仿佛是采用了旧小说里讲的'车轮战法',连一接二地搞得那件事物应接不暇,本相毕现,降伏在诗人的笔下。"(《宋诗选注·苏轼小传》)博喻法的妙用,确使此诗意象迭出,雄放奇纵,淋漓恣肆,堪称诗史上的奇观。

开先漱玉亭^①

高岩下赤日,深谷来悲风。擘开青玉峡,飞出两白龙。乱沫散霜雪,古潭摇清空。余流滑无声,快泻双石谼^②。我来不忍去,月出飞桥东。荡荡白银阙,沉沉水精宫。愿随琴高生,脚踏赤鲩公^③。手持白芙蕖^④,跳下清泠中。

[注释]

①这是作者游庐山时作的《庐山二胜》的第一首。开先:佛寺名,在庐山五老峰下,南唐中主李璟所建。漱玉亭:因亭前有瀑布喷溅如玉石,故名。
②谼(hóng 洪):大山沟。
③琴高生:古仙人。《列仙传》记他常乘赤鲤浮游。鲩(hún 魂):鲤鱼。宋代称放生用的红鲤鱼为赤鲩公。
④芙蕖:荷花。

[点评]

元丰七年(1084)五月苏轼赴汝州,途经庐山作。这一首写庐山开先寺漱玉亭从傍晚到月出的幽奇瑰丽景色。起笔两句,点出开先寺漱玉亭在高岩之下、深谷之上,又点出时为傍晚,红日沉落,风生深谷,已使人感到环境的幽僻、清冷。以下,诗人集中笔墨写亭下瀑布。"擘开"两句,把两道瀑布比喻为两条白龙从青玉峡中飞出。十个字,画出瀑布的声色、气势与飞动之态。"乱沫"二句先以飞散的霜雪描状乱溅的水沫,再表现古潭因瀑布汹涌流入,恍然如摇,更显清空。"余流"二句,改用白描,以"滑无声""快泻"五字描摹其余瀑水迅疾无声地流过以石为底的峡谷的状态,极其准确、精妙。继之,以"我来不忍去"句作一顿宕,随即写月出景象,却又变换笔墨,驰骋幻想,化实为虚,展现天上月宫与水中水精宫相互映照,境界由暗变亮,一派澄澈空明。最后,更幻想自己跟随仙人乘赤鲤持白荷,进入水精宫遨游,将瀑布溪流之瑰美形容极致。全篇将"按实肖象"与"凭虚构象"穿插交错,显示了诗人丰富的美的想象力与传神的艺术表现力。纪昀评:"不必定有深意,直是气象不同。"(《纪评苏诗》卷二三)汪师韩赞:"写瀑布奇势迭出,曲尽其妙。"

栖贤三峡桥[①]

    吾闻太山石[②],积日穿线溜[③]。况此百雷霆,万世与石斗。深行九地底,险出三峡右。长输不尽溪,欲满无底窦。跳波翻潜鱼,震响落飞狖[④]。清寒入山骨,草木尽坚瘦。空濛烟霭间,澒洞金石奏[⑤]。弯弯飞桥出,潋潋半月彀[⑥]。玉渊神龙近[⑦],雨雹乱晴昼。垂瓶得清甘,可咽不可漱。

[注释]

①栖贤:佛寺名,在庐山栖贤谷。三峡桥:一名栖贤桥,在寺前,横跨谷上,因谷中多大石,水行石间,声如雷霆,有三峡之险,故名三峡桥。

②太山:即泰山。

③溜:流水。

④狖(yòu 右):猿猴类动物。

⑤澒洞(hòng dòng 哄铜):形容水势汹涌无际,其声洪亮。

⑥彀(gòu 垢):张满弓弩,比喻桥影。

⑦玉渊:潭名,栖贤谷水注入此潭。

[点评]

　　此诗写栖贤谷水势之汹涌险恶,极尽艺术幻想、夸张、渲染之能事。如写水势猛烈,以"百雷霆""万世与石斗"形容;写水流深险,夸张说它"深行九地底""险出三峡右";写水势盛大,竟说其欲灌满无尽之溪与无底之渊;写水之跳波溅珠、声如雷霆,竟说可"翻潜鱼""落飞狖"。"清寒"一联,说水之清寒已浸透山骨,并使满山满谷草木尽变坚瘦,言人之所不能言,故而纪昀赞此联为"十字绝唱"(《纪评苏诗》卷二三)。王文诰评下句:"五字瘦劲,确是三峡桥草木。"(《苏轼诗集》卷二三)此诗与上首《开先漱玉亭》摹状庐山山水景物俱奇警惊人,鲜明体现了苏轼山水诗清雄奇富、变态无穷的特色。但二诗气象风格有别,前首近似李白,此首近似韩愈。

登州海市①

　　东方云海空复空,群仙出没空明中。荡摇浮世生万象,岂有贝阙藏珠宫②?心知所见皆幻影,敢以耳目烦神功。岁寒水冷天地闭,为我起蛰鞭鱼龙。重楼翠阜出霜晓,异事惊倒百岁翁。人间所得容力取,世外无物谁为雄?率然有请不我拒③,信我人厄非天穷。潮阳太守南迁归,喜见石廪堆祝融④。自言正直动山鬼,岂知造物哀龙钟。伸眉一笑岂易得，神之报汝亦已丰。斜阳万里孤鸟没，但见碧海磨青铜。新诗绮语亦安用？相与变灭随东风。

[注释]

①登州：州治在今山东蓬莱。海市：海市蜃楼。沈括《梦溪笔谈》说：登州海中"时有云气，如宫室楼观城堞人物车马冠盖之状，谓之海市"。

②贝阙、珠宫：水神所居宫室。

③率然：率尔，贸然不假思索。

④"潮阳"二句：唐代诗人韩愈于永贞元年（805）秋，由阳山令移掾江陵，曾游衡山，默祷神灵，天宇转清，看到峰峦。苏轼误为韩愈从潮州刺史召还北归途中，则时在元和十五年（820）。韩愈《谒衡岳庙遂宿岳寺题门楼》诗："我来正逢秋雨节，阴气晦昧无清风。潜心默祷若有应，岂非正直能感通。须臾静扫众峰出，仰见突兀撑青空。紫盖连延接天柱，石廪腾掷堆祝融。"紫盖、天柱、石廪、祝融，皆衡山峰名。

[点评]

　　元丰八年（1085）十月，苏轼到登州知州任，五日后任礼部郎中赴京，诗作于其时。此诗描写登州海市蜃楼从无到有、从有到无的景象，抒发正直能感动鬼神、向自然造化寻求精神慰藉的旷达情怀。全诗写景、抒情、议论结合。写景仅"重楼翠阜"一句正面写海市蜃楼奇景，前后以"东方云海空复空，群仙出没空明中"和"斜阳万里孤鸟没，但见碧海磨青铜"的海天景色衬托；此外，几乎全用议论。诗人妙用"避实击虚"手法，避免了将海市幻景写成真境有可能造成的平实板滞之病。全篇运笔挥洒自如，变幻莫测，具有清雄旷放风格。结尾在"斜阳""但见"二句后又加"新诗""相与"二句，表达海市灵奇不可以端倪的意绪，有唱叹无穷之妙。

泛　颍

　　我性喜临水,得颍意甚奇。到官十日来,九日河之湄。吏民笑相语,使君老而痴。使君实不痴,流水有令姿。绕郡十余里,不驶亦不迟。上流直而清,下流曲而漪。画船俯明镜,笑问汝为谁? 忽然生鳞甲,乱我须与眉。散为百东坡,顷刻复在兹。此岂水薄相,与我相娱嬉。声色与臭味,颠倒眩小儿。等是儿戏物,水中少磷缁①。赵陈两欧阳②,同参天人师③。观妙各有得④,共赋泛颍诗。

[注释]

①磷:因磨而薄损。缁:因染皂而变黑。《论语·阳货》有"磨而不磷""涅而不缁"之语。涅,黑色染料。后以"磷缁"喻环境影响而起变化。
②赵陈:指赵令畤、陈师道二人。赵时以承议郎为颍州签判,陈时任颍州教授。两欧阳:欧阳棐与欧阳辩,皆欧阳修之子,时居颍州。
③天人师:指如来佛。
④观妙:《老子》第一章:"故无常欲,以观其妙。"王弼注:"妙者,微之极也。万物始于微而后成,始于无而后生,故常无欲空虚,可以观其始物之妙。"

[点评]

　　元祐六年(1091)九月在颍州作。此诗写泛颍自娱,表现出诗人淡泊明志、出污泥而不染的个性。全篇着意写一个"泛"字,以细致的观察,曲折无不尽意之笔墨,把颍水写得变化多姿。写自己同颍水以及自己在水中的影子相互嬉戏的情景，更是生动传神，诙谐幽默，机趣横生。"画船俯明镜"以下六句，"眼前语写成奇采"（《纪评苏诗》卷三五），正是"随意吐属，自然高妙……情景涌现，如在目前"（方东树《昭昧詹言》评苏诗语）。全诗章法波澜起伏，舒卷自如。结尾叙议数句，又从泛舟观景中悟出人生哲理，升华与深化诗境。清代查慎行盛赞此诗："游戏成篇，理趣具足，深于禅悟，手敏心灵。"（《初白庵诗评》卷中）此诗确是苏轼五古的代表作之一。

白水山佛迹岩①

何人守蓬莱②，夜半失左股③。浮山若鹏蹲，忽展垂天羽。根株互连络，崖峤争吞吐④。神工自炉鞴⑤，融液相缀补。至今余隙罅，流出千斛乳。方其欲合时，天匠麾月斧⑥。帝觞分余沥⑦，山骨醉后土⑧。峰峦尚开阖，涧谷犹呼舞。海风吹未凝，古佛来布武⑨。当时汪罔氏⑩，投足不盖拇。青莲虽不见，千古落花雨⑪。双溪汇九折，万马腾一鼓。奔雷溅玉雪，潭洞开水府。潜鳞有饥蛟，掉尾取渴虎⑫。我来方醉后，濯足聊戏侮。回风卷飞雹，掠面过强弩。山灵莫恶剧，微命安足赌。此山吾欲老，慎勿厌求取⑬。溪流变春酒，与我相宾主。当连青竹竿，下灌黄精圃⑭。

[注释]

①白水山：罗浮山东麓，在惠州东北二十里。佛迹岩：在白水山西麓。巨人迹长

三肘,散印于岩石之上,深者二寸许。

②何人:指天神。蓬莱:传说中的海上仙山之一。

③失左股:传说蓬莱岛上的一座山峰在洪水中浮来与罗山合并成一体。

④峤:尖峭的高山。

⑤炉鞲(gōu 沟):古代熔炉鼓风吹火之皮囊。这两句说,罗山与浮山连结,如神仙用炉炼出液汁黏合而成。

⑥麾:通"挥"。

⑦帝:天帝。觞:酒杯。

⑧后土:地神。

⑨布武:小步疾走。武,足迹。

⑩汪罔:又称汪芒,古国名,故地在今浙江武康县。这里指巨人汪罔氏。

⑪花雨:佛教《楞严经》云:"即时天雨百宝莲花,青黄赤白,间杂纷揉。"

⑫"潜鳞"二句:据《唐子西语录》:白水山的潭洞,传说有潜蛟,人们都不相信。后来有虎饮水其上,蛟尾随而食之,浮虎骨于水上,人们才知有蛟。

⑬厌:贪。

⑭黄精:草药名。道家认为久服可轻身延年。这两句用杜甫《春水》诗"连筒灌小园"意。

[点评]

　　绍圣元年(1094)十二月十二日在惠州游白水山而作。此诗描绘白水山佛迹岩的绮丽景色,大量运用想象、幻想、夸张与神话传说素材渲染、形容。全篇奇气奔涌,善于布势,工于设色,妙于写动态,句句警拔。如开篇至"融液相缀补"八句,写罗浮山形成的神话传说,意象雄奇,境界壮阔。篇中写峰峦开阖、涧谷呼舞、回风卷雹如强弩掠面,奇思异想,笔飞墨舞,读之令人动魄惊心。唐庚评论说,"潜鳞""掉尾"一联,用"渴"字写出虎饮水招灾,"饥"字便见蛟食其肉。十个字说尽一段传奇,叙事简洁,语言精练至极,而又自然劲爽,不见用力之迹。(强幼安《唐子西文录》)查慎行评曰:"字字刻画,句句变化,云烟离合,不可端倪。"(《初白庵诗评》卷中)赵克宜更评赞云:"奇情异采,一气喷薄而出。此为神来之笔,作者殆不自主。写实境警动极矣,虚步收束亦复酣足,得力在回风卷雹一联跌起下文也。"(《角山楼苏诗评注汇钞》卷一七)

四州环一岛①

　　四州环一岛,百洞蟠其中②。我行西北隅,如度月半弓③。登高望中原,但见积水空。此生当安归?四顾真途穷!眇观大瀛海④,坐咏谈天翁⑤,茫茫太仓中,一米谁雌雄⑥。幽怀忽破散,咏啸来天风,千山动鳞甲,万谷酣笙钟。安知非群仙,钧天宴未终⑦,喜我归有期,举酒属青童⑧。急雨岂无意,催诗走群龙。梦云忽变色⑨,笑电亦改容⑩。应怪东坡老,颜衰语徒工,久矣此妙声,不闻蓬莱宫。

[注释]

①本诗原题为《行琼儋间,肩舆坐睡,梦中得句云:"千山动鳞甲,万谷酣笙钟。"觉而遇清风急雨,戏作此数句》。四州:指琼州、崖州、儋州、万安州。

②百洞:海南岛中央的五指山,洞穴盘结。

③"我行"二句:作者从琼州往西折南到儋州,犹如走过月牙形的路线。

④眇观:远观。大瀛海:围绕九州的大海。

⑤谈天翁:邹衍,战国时齐人。他善谈宇宙天体,齐人称他"谈天衍"。事见《史记·孟子荀卿列传》。

⑥"茫茫"二句:典出《庄子·秋水》:"计中国之在海内,不似稊米之在太仓乎!"太仓,古代京城的谷仓。

⑦钧天宴:神仙举行的宴会。钧天,天之中央。

⑧青童:青童君,神仙名。

⑨梦云:语出宋玉《高唐赋》,以状云之如梦。

⑩笑电:语出东方朔《神异经》,以状电之如笑。

[点评]

　　绍圣四年(1097)六月,苏轼渡海后从琼州到儋州途中作。在被贬到天涯海角、可谓穷途末路之际,诗人仍壮观大海,啸咏天风,借急雨催诗,并相信自己归家有期,显示出乐观旷达、自信自赏的精神状态。全篇想象瑰丽,气魄雄伟,顿挫跌宕,一气呵成,奇趣横生,展现了壮美的海南风光。"千山""万谷"比喻奇特,令人耳目耸动,是诗中的奇警之句。清代吴仰贤《小匏庵诗话》卷二指出:"上句从杜诗'石鲸鳞甲动秋风'句化出,下句从杜诗'万壑树声满'及'疏松夹水奏笙簧'句化出。一入锤炉,便异样精彩。"诗的前半篇写实境,极其沉郁;后半篇运幻想,极其酣畅。全篇紧扣诗题,章法严谨,层次分明,又前后勾连,顿挫烘托。结尾"妙声"双关,既指因风声而联想之钧天广乐,又暗指自己的诗篇,自我赞赏,豪气兀傲。前人对此诗评价很高。纪昀说:"以杳冥诡异之词,抒雄阔奇伟之气,而不露圭角,不使粗豪,故为上乘。"(《纪评苏诗》卷四一)此诗堪称东坡五言古诗的压卷之作。

虎丘寺①

　　入门无平田,石路细穿岭。阴风生涧壑,古木翳潭井。湛卢谁复见②,秋水光耿耿。铁花绣岩壁③,杀气噤蛙黾④。幽幽生公堂⑤,左右立顽矿⑥。当年或未信,异类服精猛⑦。胡为百岁后,仙鬼互驰骋⑧。窈然留清诗,读者为悲哽。东轩有佳致⑨,云水丽千顷。熙熙览生物,春意破凄冷。我来属无事,暖日相与永。喜鹊翻初旦,愁鸢蹲落景。坐见渔樵还，新月溪上影。悟彼良自哈，归田行可请。⑩

[注释]

①虎丘寺：在今苏州阊门外。

②湛卢：越王宝剑，后献吴王。传说此剑跃入虎丘寺潭井中，故名之为剑池。

③铁花：虎丘寺中有铁花岩，在剑池之侧。

④黾(měng 猛)：金线蛙。似青蛙，大腹，一名土鸭。

⑤生公：指南朝刘宋高僧竺道生。他在虎丘讲经，没有人听信，便聚石为徒，与谈至理，石皆点头。

⑥顽矿：顽石。

⑦异类：禽兽鬼神之类。精猛：法力精深威猛。

⑧仙：指清远道士。他与沈恭子同游虎丘寺，有诗，历论商、周及唐近二千年事，颜真卿为之刻石。鬼：指幽独君。有诗云："青松多悲风，萧萧清且哀。白日徒昭昭，不照长夜台。"李道昌为刺史，奏其事。陆龟蒙、皮日休《松陵唱和》诗都提及他。

⑨佳致：虎丘寺中的一个轩厅。

⑩哈(hāi 嗨)：笑。

[点评]

熙宁七年(1074)五月游苏州虎丘寺作。此诗写虎丘，独辟蹊径，别开生面。正如《唐宋诗醇》卷三四评析说："作虎丘诗者，多是缘情绮靡。若此诗，则但见其幽折闲静耳。……观前此白居易于东虎丘有'怪石千僧坐，灵池一剑沉'之句，于西虎丘有'摇曳双红旆，娉婷十翠娥'之句，乌鹊黄鹂，红栏绿波，唐时已极繁华艳冶矣。故知此诗是有意避喧，力求岑寂也。"诗中"阴风"、"古木"与"铁花"、"杀气"二联，幽森冷寂，令人凄神寒骨。其中"生"、"翳"、"绣"、"噤"等字，精心锤炼，奇警动人。

端午遍游诸寺,得"禅"字

　　肩舆任所适,遇胜辄流连。焚香引幽步,酌茗开净筵。微雨止还作,小窗幽更妍。盆山不见日,草木自苍然。忽登最高塔①,眼界穷大千②。卞峰照城郭③,震泽浮云天④。深沉既可喜,旷荡亦所便⑤。幽寻未云毕,墟落生晚烟。归来记所历,耿耿清不眠。道人亦未寝⑥,孤灯同夜禅⑦。

[注释]

①最高塔:飞英寺在湖州府署北,寺中有飞英塔,唐末所建。

②大千:佛家语,指大千世界。

③卞峰:即卞山,又称弁山,在浙江吴兴县西北。

④震泽:太湖。

⑤便(pián 骈):适意。

⑥道人:指参寥,时与秦观同在湖州。

⑦夜禅:夜里参禅。

[点评]

　　元丰二年(1079)四月,苏轼抵湖州任知州。此诗作于五月初五。前半写山寺周遭微雨中景色,深沉幽妍,用墨较多,写得真切自然。纪昀赞"微雨止还作""四句神来"(《纪评苏诗》卷十八)。诗人自己也颇为得意。《东坡题跋》卷三《自记吴兴诗》中抄录了这四句后说:"非至吴越,不见此景也。"后半写登高塔远眺所见山城和太湖风光,旷荡浩渺,着墨不多,令人心旷神怡。诗人寓目辄书,毫不着力,详略已各尽其致。"深沉""旷荡",是湖州景色特征,是此诗风格,也是诗人当时心境的写照。"幽寻"二句再加衬托,更有幽致。结尾写自己追忆白日游历,清夜不眠与道潜孤灯夜禅,前后映照,更有余味。日本国赖山阳《东坡诗钞》卷一评:"清淡隽逸,五古最至者。"

鸿爪雪泥

也无风雨也无晴

已外浮名更外身^①

已外浮名更外身,区区雷电若为神^②。

山头只作婴儿看,无限人间失箸人^③。

[注释]

①本诗原题为《唐道人言,天目山上俯视雷雨,每大雷电,但闻云中如婴儿声,殊不闻雷震也》。唐道人:字子霞,天目山道士,曾作《天目山真境录》。天目山:在杭州西,接於潜县境,山上有雷神宅。

②若为神:怎为神,算不得有什么神威。

③"无限"句:《三国志·蜀志·先主传》及注说:刘备寄居曹操幕下时,曹操有一次指着他说:"方今天下英雄,只有你我两人。"刘备大惊,手中的筷子掉落到地上。适巧天空一声惊雷,刘备假装怕雷,才把怕被曹操识破的真情掩盖过去。这里借用"失箸"典故,指害怕雷电的人。

[点评]

熙宁六年(1073)六月作。这是一首哲理诗。人们站在山头,听到雷声就像婴儿啼哭之声那么低弱。诗人从唐道人所述天目山这一奇特的自然气象景观中引申出一个哲理:所谓"雷霆之威",对于一个超尘出世、把身名置之度外的人是不起作用的。反之,即使是刘备那样的英雄,由于胸怀争霸天下之意,当他势孤力单寄人篱下时,也会害怕好猜忌的对手曹操识破自己的心事。诗人巧妙地运用关于刘备的典故,使自然意象和历史典象相互配合,含蓄地表现自己看轻浮名、置身度外、无所畏惧的人生态度,并提升为耐人寻味的深邃哲理。这样的诗,是感性与理性融合的结晶。

东　坡①

雨洗东坡月色清，市人行尽野人行。

莫嫌荦确坡头路②，自爱铿然曳杖声。

[注释]

①东坡：在黄州东门外。苏轼效白居易的忠州东坡之名，故云东坡，并作为自己
的别号。
②荦确：险峻不平的山石。

[点评]

　　元丰六年（1083）作。此诗写他月下独行于东坡的感受。诗仅四句，画出了
雨后清新月色、幽静夜景，更画出诗人在嶙峋山石路上踽踽独行的潇洒形象。我
们甚至清晰地听到了他的铿然曳杖之声。真是简洁传神。三四句还显示出诗人
不避坎坷、视险如夷乃至以险为乐的豪迈乐观情怀。全篇意境清远，耐人寻味。
纪昀评此诗"风致不凡"（《纪评苏诗》卷二二）。陈衍说："东坡兴趣佳，不论何
题，必有一二佳句，此类是也。"（《宋诗精华录》卷二）虽未切要，尚可参考。

题西林壁①

横看成岭侧成峰,远近高低各不同。

不识庐山真面目,只缘身在此山中。

[注释]

①西林:佛寺名,又叫乾明寺,在庐山,晋高僧慧永所居。

[点评]

元丰七年(1084)五月苏轼游庐山作。这是一首著名的山水哲理诗。作者身在庐山之中,横看庐山,像是绵延起伏之岭;侧看庐山,却又成了直插云霄之峰。庐山中的远景、近景、高处、低处,各个不同。这使他突然感悟:身在其中,未必能认识庐山的真面目。诗人启示我们:要全面、深刻地认识事物,既要入乎其内,又要出乎其外。近人陈衍《宋诗精华录》卷二说:"此诗有新思想,似未经人道过。"确实,此诗表达出一个关于认识事物的新颖、精辟的思想见解,有普遍意义,又未经人道过,显示出诗人的睿智卓识,又以诱人深思的警句出之,故而脍炙人口,千古传诵。

赠刘景文①

荷尽已无擎雨盖，菊残犹有傲霜枝。

一年好景君须记，正是橙黄橘绿时。

[注释]

①刘景文：名季孙，开封府祥符（今河南开封市）人。宋时将门之后，博学，工诗文。苏轼曾表荐，誉为"慷慨奇士"。苏轼知杭，景文以左藏副使为两浙兵马都监驻杭州，时有唱酬。

[点评]

元祐五年（1090）十月知杭州时作。此诗借荷、菊、橙、橘四种时物的变化特征，表现深秋初冬江南的景色，写得色彩明丽，风骨遒劲，生机勃勃。诗人托物抒情，抒发自己旷达开朗、不同凡俗的性情和胸襟；又借景喻人，含蓄地赞扬刘景文的品格节操；更即景寓理，暗示时间和人生的宝贵，启示人们要珍惜美好年华。诗的构思和章法似从韩愈《早春呈水部张十八员外二首》（其二）而来，各有妙处，但都是情、景、理交融的佳作。汪师韩《苏诗选评笺释》卷五评云："浅语遥情。"

慈湖夹阻风①

（五首选三）

捍索桅竿立啸空②，篙师酣寝浪花中。

故应菅蒯知心腹③，弱缆能争万里风。

此生归路愈茫然，无数青山水拍天。

犹有小船来卖饼，喜闻墟落在山前。

卧看落月横千丈，起唤清风得半帆。

且并水村敧侧过，人间何处不巉岩！

[注释]

①慈湖夹：在今安徽当涂县北。
②捍索：桅杆两旁的绳索。
③菅（jiān 坚）蒯（kuài 快）：草绳，用以编缆。

[点评]

　　绍圣元年（1094）六月赴英州（今广东英德）途中作。这组七绝描写贬谪途中的自然景色和生活情景。第一首写阻风泊舟。诗人望着船上捍索桅杆在高空中呼啸，篙师在浪花中酣眠。他感觉到缆绳都懂得舟中人的心意，敢以自己柔弱的身体同万里狂风抗争。第二首写四面青山无数,湖水汹涌拍天,景象荒凉凄寂,使诗人感到前途凶险,归路渺茫。然而,就在如此冷落的湖湾中,竟有小船划来,声声叫唤卖饼,诗人喜闻村镇墟落就在山前。第三首写诗人卧看落月,起唤清风,船帆半鼓。当船儿贴着水村倾斜着通过险窄的水路,使诗人省悟到人间处处都有险峻巉岩。这三首诗,把荒湾旅泊的情景写得逼真如画,表现出诗人在贬谪中复杂的心情和对人生的深刻体验,每一首都是感慨深沉,蕴含哲理。一、三首的哲理,借结句语意双关的警句表出;第二首的哲理,就隐藏在全首叙事抒情之中,其意蕴类似陆游《游山西村》的"山重水复疑无路,柳暗花明又一村"。

和子由渑池怀旧

人生到处知何似?　应似飞鸿踏雪泥。

泥上偶然留指爪,　鸿飞那复计东西。

老僧已死成新塔[①],坏壁无由见旧题[②]。

往日崎岖还记否?路长人困蹇驴嘶[③]。

[注释]

①老僧:名奉闲。新塔:和尚死后不用墓葬,常是火化后筑塔来埋葬骨灰。
②旧题:苏轼与苏辙赴京应举途中曾寄宿奉闲僧舍并题诗僧壁。
③蹇(jiǎn减)驴:跛足驴。作者自注:"往岁马死于二陵,骑驴至渑池。"二陵,指河南的东崤山和西崤山,亦称二崤,在渑池县西。

[点评]

　　嘉祐六年(1061)冬,苏轼赴凤翔任重过渑池(今属河南),而老僧奉闲已死,旧日题壁不见,心中触发出今昔变迁与人生无常的感怆,又读了弟弟苏辙的《怀渑池寄子瞻兄》,遂写了这首和作。前四句用飞鸿踏雪泥,爪痕顷刻灭没,鸿亦东西飘忽喻指人生无定、际遇偶然、陈迹易消。想象奇妙,比喻生动新颖,单行入律,一气呵成。后四句再以所见所闻所忆的情景深化"雪泥鸿爪"的感触。全篇发自性灵,表现了带有普遍性的人生体验,蕴含深邃哲理,故能动人深情又发人深思。诗的起势超隽,运笔自如,意绪畅达,意境恣逸而苍凉,既是东坡本色,又显出宋代七律的新特色,成为历代传诵的名篇。

正月二十日与潘、郭二生出郊寻春①

东风未肯入东门,走马还寻去岁村。

人似秋鸿来有信,事如春梦了无痕。

江城白酒三杯酽②,野老苍颜一笑温。

已约年年为此会,故人不用赋招魂③。

[注释]

①本诗原题为《正月二十日,与潘、郭二生出郊寻春,忽记去年是日至女王城作诗,乃和前韵》。潘:潘丙,字颜明,潘革之子,潘大临之叔。在黄州对岸樊口开酒店。郭:郭遘,字兴宗,也是苏轼在黄州的友人。去年正月二十日,苏轼因赴岐亭去陈慥处,潘丙、古耕道、郭遘三人送至女王城,置酒东禅庄院作诗(该诗前面已选入)。

②酽(yàn 艳):浓,味厚。

③招魂:据王逸《梦辞章句》说,宋玉作《招魂赋》,讽谏楚怀王,希望他悔悟,召还

屈原。这里意谓老朋友不必为我的处境担忧,也不必为召我还京而操心。

[点评]

元丰五年(1082)作于黄州贬所。此诗写与友人出郊寻春,重游旧地所触发的人生感慨。"事如春梦",人在世间的一切往事、经历、思绪,包括喜怒哀乐、得失荣辱,都像春梦一般,时过境迁,了无痕迹;但"人似秋鸿",南来北往,感信而动,年年如此,从不懈怠。"来有信",是说自己如鸿雁一样准时,去年今年都是正月二十日出郊寻春。但这个"信",也可解释为信念、信心、信义、信诺。正因为人有信,也就有了温暖的友情。尽管自己正遭受贬逐,身处逆境,但就在这荒僻的江城中,年年都可以同新交故旧寻春欢聚畅饮,驱除烦恼。此诗表现了诗人以随遇而安、超然旷达的态度对待灾难,也表现了诗人执着于现实人生的精神境界。全篇发自肺腑,出语自然,一气贯注,但自然中有奇警。中两联对仗精工巧妙。尤其是颔联,比喻新颖贴切,又用反对法,在带禅味的诗句中深蕴人生哲理。纪昀评曰"警策"(《纪评苏诗》卷二一)是不错的。方东树却说:"此诗无奇,开凡庸滑调。"(《昭昧詹言》卷二〇)有失公允。

满江红

东武会流杯亭,上巳日作。城南有陂,土色如丹,其下有堤,壅郑淇水入城①。

东武南城,新堤就,郑淇初溢。微雨过,长林翠阜②,卧红堆碧。枝上残花吹尽也,与君试向江头觅。问向前犹有几多春?三之一。

官里事,何时毕。风雨外,无多日。相将泛曲水③,满城争出。

君不见兰亭修禊事④,当时座上皆豪逸⑤。到如今修竹满山阴⑥,空陈迹⑦。

[注释]

①东武:密州州治,即今山东诸城市。上巳日:农历三月的第一个巳日,古代有在此日被除不祥的民俗。陂:河塘的土岸。壅:堵塞。郏(fū 夫)淇:水名,源出密州常山,东北流注潍河。

②阜:土丘。卧红:指花经雨委附于地。

③"相将"句:古代风俗,每逢三月上巳,于水滨约集宴饮,被除不祥。后来仿行,于环曲之水旁宴集,在水中放置酒杯,杯流行停其前,即令饮酒,此谓曲水流杯,宋代仍有这种风俗。《荆楚岁时记》有"三月三日,都人并出水渚,为流杯曲水之饮"的记载。

④兰亭修禊(xì 细)事:东晋永和九年(353)三月三日,王羲之等十多人在山阴(今浙江绍兴)的兰亭修禊游宴赋诗,王羲之的《兰亭集序》有记载。

⑤豪逸:豪放俊逸之士。

⑥修竹满山阴:《兰亭集序》中有"此地有崇山峻岭,茂林修竹"记载,故称。修,长。

⑦空陈迹:《兰亭集序》有"向之所欣,俯仰之间,已为陈迹"句。

[点评]

　　熙宁九年(1076)春三月三日,苏轼与僚友会于密州流杯亭,作此词。上片描绘雨后河水初溢、长林翠阜卧红堆碧的暮春之景,已寄寓了岁月倏忽、春光易逝的感伤。下片写流杯曲水、满城争出的热闹场面,并由此引起对古人兰亭集会的遥想,抒发韶华易去、物是人非的感慨。全词漫溢着一种深沉的、历史的悲剧意识和人生的空幻感,看似消极颓唐,其实内蕴着作者对于抱负难展、功业无成的悲哀,也是作者思索人生价值的体现。全词都用散句,一气贯通。结拍处巧妙化用《兰亭集序》的写景寄慨名句,使词境韵味悠长。胡仔《苕溪渔隐丛话》后集卷二六赞赏此词:"绝去笔墨畦径间,直造古人不到处,真可使人一唱而三叹。"

水调歌头

丙辰中秋,欢饮达旦。大醉,作此篇,兼怀子由①。

　　明月几时有? 把酒问青天②。不知天上宫阙③,今夕是何年④。我欲乘风归去⑤,又恐琼楼玉宇⑥,高处不胜寒⑦。起舞弄清影⑧,何似在人间⑨! 　　转朱阁,低绮户,照无眠。不应有恨⑩,何事长向别时圆? 人有悲欢离合,月有阴晴圆缺,此事古难全。但愿人长久,千里共婵娟⑪。

[注释]

①丙辰:熙宁九年(1076)。达旦:到天亮。子由:苏轼的胞弟苏辙,字子由。当时在齐州(今山东济南),二人已有七年没有见面。

②"明月"二句:李白《把酒问月》诗:"青天有月来几时,我今停杯一问之。"把酒,端起酒杯。

③宫阙:宫门,此处代指宫殿。阙,宫殿大门两边的望楼。

④"今夕"句:唐人传奇《周秦纪行》载诗:"香风引到大罗天,月地云阶拜洞仙。共道人间惆怅事,不知今夕是何年。"又:唐人戴叔伦《二灵寺守岁》诗也有"不知今夕是何年"之句。

⑤乘风归去:驾着风回到天上。李白被称作"谪仙人"(天上下到凡间来的人),这里苏轼也以此自比。乘风,语出《列子·黄帝》:"乘风而归……不知风乘我耶? 我乘风乎?"

⑥琼楼玉宇：美玉砌成的宫殿楼阁。这里指月中宫殿。旧题颜师古《大业拾遗记》载：瞿乾祐与弟子在江边赏月，有人问月中何有，瞿让弟子顺他指的方向看去，只见月中"琼楼玉宇灿然"。

⑦不胜：经受不住。唐郑处海《明皇杂录》载，中秋之夜，方士叶静能邀玄宗游月宫。及至，"寒凛特异，上不能禁"。这句暗用此典故。

⑧起舞弄清影：在月下起舞，清影摇曳。语出李白《月下独酌》："我歌月徘徊，我舞影零乱。"

⑨何似：何如。

⑩"不应"句：语出司马光《温公诗话》：（司马光说）"李长吉'天若有情天亦老'，人以为奇绝无对。曼卿对'月如无恨月常圆'，人以为勍敌。"

⑪婵娟：美女之称。古代神话说月宫里住着美丽的嫦娥，故婵娟指嫦娥，用以代指月亮。唐代许浑《怀江南同志》："惟应洞庭月，万里共婵娟。"

[点评]

　　熙宁九年(1076)中秋节，苏轼在超然台上饮酒赏月，怀念弟弟子由，作此词。

　　前人评东坡词似太白诗，有些词篇极富浪漫色彩，这首被誉为咏月绝唱的中秋词是典型一例。太白诗充满了天真烂漫的奇思异想。东坡此词开端突然把酒问天，从明月的来历问到月宫的年月，奇崛异常，句意脱胎于太白的《把酒问月》诗。以下写乘风飞升，游览月宫，月下起舞，戏弄清影，都酷似太白诗。正如郑文焯所评："从太白仙心脱化，顿成奇逸之笔。"（《手批东坡乐府》）太白诗善于驱遣优美的神话传说，以形成绚烂多彩的色调，构造神奇瑰丽的境界。东坡此词同样写到月宫的琼楼玉宇，写到嫦娥，并引用了《酉阳杂俎》和《明皇杂录》中的故事传说。太白诗笔空灵飘逸，毫不黏滞。东坡此词通篇写月，除"转朱阁"三句实写外，都从自己问月、飞月、望月、怨月、慰月、舞月中虚笔写出，笔墨空灵洒脱。而中秋月之圆满、皎洁、清丽、高寒，月亮运行照临的动态，使人浮想联翩的神奇意趣，皆历历如在目前。近人俞陛云评此词："全篇若云鹏天马，一片神行。"（《唐五代两宋词选释》）太白的七言歌行章法变幻不测，如"大江无风，波浪自涌；白云从空，随风变灭"（沈德潜《唐诗别裁》）。东坡此词同样笔势夭矫回折，跌宕多姿。上片写其出世与入世、退隐与进取的矛盾心理，两次转折又一气贯注;下片化景物为情思,更是一韵一意,一意一转,愈转愈深,最后化悲怨为旷达,转出一个皓月当空、美人千里、孤高旷远的境界氛围。此种清旷澄澈的风格,在太白诗中尤为常见。当然,东坡此词中表现出的善于圆通地自我解脱的达观襟怀,关于人生、自然、宇宙的睿智思考,以审美观照的态度来对待现实和人生的精神,以及结尾"但愿人长久,千里共婵娟"所蕴含的人的超越性的美好情感,又是太白诗中不足的。

阳关曲

中秋作

暮云收尽溢清寒①,银汉无声转玉盘②。此生此夜不长好,明月明年何处看?

[注释]

①溢:满出。
②玉盘:代指月亮。李白《古朗月行》:"小时不识月,呼作白玉盘。"

[点评]

熙宁十年(1077)作。中秋之夜,苏轼与弟弟苏辙在徐州同赏明月,共度良宵。此词表现了骨肉团聚、佳会难得的愉悦,却更多地抒发人生会难别易的遗憾与兄弟即将分离的伤感。前联写月。首句先以暮云衬托,继写云收月出。"溢清寒"三字画出了清寒如水的月光。次句"银汉无声",暗用唐人李贺"银浦流云学水声"句意,使人感觉银河本来有声,而此刻才静谧无声。"玉盘"喻月,写出了月的圆大和冰清玉洁。"转"字,赋予月动态,又暗示其圆。合此二句,一"收"、一"溢"、一"转",生动传神,一气连贯。后联抒情。"此生此夜"与"明月明年"作对。"明月"之"明"与"明年"之"明"义异而字同,借来对仗,字面工整,假借巧妙,叠字唱答,音节优美。"不长好"与"何处看",一为否定语一为疑问语,上下呼应。这两句形成了流水对仗,感慨深长,情韵悠悠。全篇语言清丽,境界空灵高远。郑文焯《手批东坡乐府》赞叹此词"妙句天成"。

此篇诗词集皆录入。《阳关曲》原以唐人王维七绝诗《送元二使安西》为歌词。苏轼此词与王维诗平仄四声几乎尽合,都是前联与后联失粘,仅次句第一字平仄与王维诗不同,等于词家之依谱填词。

南乡子

晚景落琼杯①,照眼云山翠作堆。认得岷峨春雪浪②,初来,万顷葡萄涨绿醅③。　　春雨暗阳台④,乱洒歌楼湿粉腮。一阵春风来卷地,吹回,落照江天一半开。

[注释]

①晚景:夕阳。景,日光。琼杯:玉杯。
②岷峨:四川的岷山和峨眉山,苏轼的故乡。
③醅:未滤过的酒。
④阳台:三峡山名。宋玉《高唐赋》记巫山神女的话:"妾在巫山之阳,高丘之阻,旦为朝云,暮为行雨。朝朝暮暮,阳台之下。"

[点评]

元丰四年(1081)春,苏轼在黄州临皋亭作。此词描写春日傍晚所见所联想到的骤雨复晴、神奇瑰丽景色，将从黄州到岷峨的千里长江收摄于笔下，在景中寄寓了对故乡的思念之情和对政治风云变幻的哲理感悟。其所蕴含的身世之感与人生之慨，与其诗《六月二十七日望湖楼醉书》（"黑云翻墨未遮山"）、其词《定风波》（"莫听穿林打叶声"）大体相类。

上片写江上云山与满江春水，从一只小酒杯映现而出，又将岷峨雪化的碧绿晶莹江水喻为万顷清醇浓香的葡萄美酒。联想敏锐、奇特、丰富，小中见大，由近及远，虚实结合，表现手法高超。下片写乍雨乍晴，以追光蹑影之笔迅速捕捉住瞬息变幻的景象，也正是苏轼所擅长。全篇无一字一句点明所要表达的情意，将情意深隐于景中，含蓄蕴藉，耐人寻味。

定风波

三月七日①，沙湖道中遇雨。雨具先去，同行皆狼狈，余独不觉。已而遂晴，故作此。

莫听穿林打叶声，何妨吟啸且徐行②。竹杖芒鞋轻胜马③，谁怕？一蓑烟雨任平生。　　料峭春风吹酒醒④，微冷，山头斜照却相迎。回首向来萧瑟处⑤，归去，也无风雨也无晴。

[注释]

①三月七日：指元丰五年（1082）三月七日，是苏轼谪居黄州的第三年春天。他到黄州东南三十里的沙湖相看新买的农田，途中遇雨，有感而作此词。
②吟啸：高声吟诗、长啸。《晋书》卷四十九《阮籍传》："登山临水，啸咏自若。"

③芒鞋：草鞋。

④料峭：形容春风略带寒意。

⑤萧瑟处：指遇风雨之处。

[点评]

这首词的上片写冒雨徐行的心情，下片写雨后景物和感受。作者从眼前景物和平常小事中，抒写他对人生旅途上遭遇风雨、打击、磨难时无所畏惧、泰然自若的态度，并因此显示了他作为诗人兼哲人的倔强性格、达观襟怀与睿智情思。全篇叙事、写景、抒情水乳交融，写得有声有色，景象宛然、气势充沛，饶有诗情画意，更蕴含丰富深邃的人生哲理，是作者在坦然接受一场急雨洗礼后自然触发的心灵感受的畅快表现，亦即"妙悟"的产物。作者在八个七言句中巧妙地嵌入"谁怕""微冷""归去"三个二字句，使原本迂徐平缓的节奏变得跌宕起伏、扣人心弦。清人郑文焯《手批东坡乐府》云："此足证是翁坦荡之怀，任天而动。琢句亦瘦逸，能道眼前景，以曲笔直写胸臆，倚声能事尽矣。"颇能道出此词的思想艺术特色。

浣溪沙

游蕲水清泉寺，寺临兰溪，溪水西流①。

山下兰芽短浸溪②，松间沙路净无泥。萧萧暮雨子规啼③。

谁道人生无再少？门前流水尚能西！休将白发唱黄鸡④。

[注释]

①蕲(qí奇)水:黄州有蕲水县(今湖北浠水),蕲水自城边流过,经兰溪入长江。溪水西流:一般河溪水流多向东,只有少数因局部地势东高西低而向西流。元丰五年(1082)三月,作者往沙湖看田,因患臂肿,曾在麻桥医生庞安常家留住数日,针疗得愈。其后,作者同庞安常游清泉寺。"寺在蕲水郭门外二里许,有王逸少洗笔泉,水极甘,下临兰溪,溪水西流"(《东坡志林》卷一)。

②兰芽:兰草初生嫩芽。

③萧萧:同"潇潇",形容细雨不停的样子。子规:即杜鹃。

④"休将"句:意谓不要像古人那样徒然悲叹岁月流逝,自伤衰老。白居易《醉歌示妓人商玲珑》诗云:"谁道使君不解歌,听唱黄鸡与白日。黄鸡催晓丑时鸣,白日催年酉前没。腰间红绶系未稳,镜里朱颜看已失。"抒发了红颜易老、良时不再的悲慨。苏轼在这里反用其意。

[点评]

　　词的上片写清泉寺幽雅凄冷的风光,一句一景。首句"短浸溪"三字,就写出了溪水的澄澈、兰芽的鲜嫩,给人一种生机勃勃的美感。次句脱胎于白居易的《三月三日被禊洛滨》"沙路润无泥"句,换"润"为"净"。白诗"润"字同其上句"柳桥晴有絮"中的"晴"字相对;苏词的"净"字是为了突出松间沙路的洁净,一尘不起,正是春雨潇潇之景。可见苏轼用字极精确。三句写暮雨中杜鹃的啼鸣,情调转为凄冷悲凉,勾人愁思,是作者贬官黄州的心情的流露。而这一"下跌",又使下文的振起更自然,也更有力。下片即景抒慨。换头以反诘句式发出人生能再少的奇想,继之以兰溪水西流的特殊自然景象巧妙作答。结句一反白居易诗黄鸡催晓、白日催年的悲观调子,唱出乐观的呼唤青春的人生之歌。全词语言平易晓畅,言浅韵高。"谁道""尚能""休将"三词,使句意层层递进,产生一股前激后涌的气势。清代陈廷焯说:"愈悲郁,愈豪放,愈忠厚,令我神往。"(《白雨斋词话》)评得中肯。

西江月

黄州中秋

　　世事一场大梦,人生几度新凉。夜来风叶已鸣廊,看取眉头鬓上①。 　酒贱常愁客少,月明多被云妨②。中秋谁与共孤光③,把盏凄然北望④。

[注释]

①看取:看着。

②妨:遮掩。古代诗人常以浮云遮蔽明月隐喻谗人蔽君、忠而见谤。如《古诗十九首》"浮云蔽白日"。李白《登金陵凤凰台》"总为浮云能蔽日,长安不见使人愁"。

③孤光:月。

④盏:酒杯。北望:指作者在黄州北望汴京。一说设想在筠州的弟弟苏辙北望他。

[点评]

　　本篇多数词论家认为是元丰三年(1080)中秋在黄州作,也有说是绍圣四年(1097)中秋在儋州作的。今从前说。

　　此词发端直抒世事如梦、人生短促的感慨。接着写西风飒飒,落叶萧萧,回响廊庑,词人凄然顾影,觉眉头鬓发已斑,引发壮志未酬、人已迟暮之悲。下片借酒贱客少写世事之炎凉,以浮云蔽月表群小当道,用孤光自照喻自己孤高清白的人格,最后以凄然北望抒眷怀君国之意。全篇充满牢骚怨愤、悲凉感伤,令人读来心弦强烈共鸣。词中紧扣着中秋时节景物,写景、抒情、议论结合,善于借自然与生活中的常见景象(如大梦、新凉、酒贱、客少、浮云、明月)揭示人生哲理,具有言近旨远、辞浅意深的艺术特色。此外,句式的整散结合,韵脚的平仄交错,都有助于感情的抒发。

满庭芳

蜗角虚名①,蝇头微利②,算来着甚干忙③。事皆前定,谁弱又谁强。且趁闲身未老,须放我、些子疏狂④。百年里,浑教是醉,三万六千场⑤。　　思量。能几许?忧愁风雨,一半相妨⑥。又何须抵死⑦,说短论长。幸对清风皓月,苔茵展、云幕高张⑧。江南好,千钟美酒,一曲《满庭芳》。

[注释]

①蜗角虚名:微不足道的虚名。蜗角,蜗牛角。《庄子·则阳》载:"有国于蜗之左角者,曰触氏;有国于蜗之右角者,曰蛮氏。时相与争地而战。"

②蝇头:比喻微小。《南史》卷四一《齐宗室诸王传》说南齐衡阳王萧子钧亲自用小字写五经。侍读贺玠问他:"殿下家自有坟素,复何须蝇头细书?"

③着甚干忙:瞎忙些什么。

④些子:一点儿。

⑤浑:全。教(jiāo 交):使。李白《襄阳歌》:"百年三万六千日,一日须倾三百杯。"

⑥妨:损害。宋叶清臣《贺圣朝》词:“三分春色二分愁,更一分风雨。花开花谢,都来几许?且高歌休诉。”

⑦抵死:竭力。

⑧苔茵:草地。茵,供坐卧的褥和席。

[点评]

这首词约作于元丰五年(1082),苏轼初到黄州时。因“乌台诗案”陷身大狱、幸免一死却戴罪贬逐的苏轼,真实地、多方面地、深刻地展现了他的内心矛盾和解脱矛盾痛苦的精神历程。他在痛定思痛中对人生大彻大悟,认识到追名逐利的虚幻和蝇营狗苟的委琐庸俗,更认识到得失荣辱、祸福生死自有因缘,不可力求,它们等无差别,也无须说短道长。人应当超越这些物质的与精神的束缚,可借醉酒来消解忧愁,最好是席地幕天,身心与大自然融为一体,这样才能获得心灵的自由解放。全篇由讽世到愤世,从自叹到自适,揭示出作者愤世嫉俗与飘逸旷达的两个性格侧面。

词以议论为主,夹以抒情。作者为了淋漓酣畅、纵横开阖地抒情议论,采用了上下片平行式的章法结构;语言也似脱口而出,多用口语俗语;气势充沛,风格疏狂旷放。开篇的“蜗角虚名,蝇头微利”二句,蔑视与嘲讽热衷名利的世俗观念,比喻贴切,对仗工整,成了后人议论名利的警句。结尾处“清风皓月,苔茵展、云幕高张”,即景抒怀,意境阔大高远、超尘绝俗,使这首以议论为主的作品有了必不可少的形象。

水调歌头

黄州快哉亭赠张偓佺^①

落日绣帘卷,亭下水连空。知君为我新作,窗户湿青红^②。长记平山堂上^③,敧枕江南烟雨^④,杳杳没孤鸿。认得醉翁语^⑤,山色有无中^⑥。　　一千顷,都镜净,倒碧峰。忽然浪起,掀舞一叶白头翁^⑦。堪笑兰台公子^⑧,未解庄生天籁^⑨,刚道有雌雄^⑩。一点浩然气,千里快哉风^⑪!

[注释]

①快哉亭:元丰六年(1083)闰六月,张偓佺谪居黄州,在江边建造一亭,作为游观之所,苏轼命名为快哉亭。本篇就是此时所作。张偓佺(wò quán 握全):苏轼的朋友。名怀民,字梦得,又字偓佺。

②湿青红:青红油漆尚未干。

③平山堂:在江苏扬州市西北蜀冈上,欧阳修为扬州太守时所建。在平山堂放眼望去,江南诸山,拱列槛下,故名平山堂。

④敧(qī 妻)枕:斜倚着枕。

⑤醉翁:欧阳修的号。

⑥山色有无中:欧阳修《朝中措》词有"平山栏槛倚晴空,山色有无中"之句,用了唐代王维《汉江临泛》诗的"江流天地外,山色有无中"句。

⑦白头翁:鸟名,这里指白发老船夫。

⑧兰台公子:指宋玉,他曾任兰台令,侍奉楚襄王,故称。

⑨庄生:即庄周。天籁:自然界的声响。这里指风,语出《庄子·齐物论》。

⑩刚道有雌雄:宋玉《风赋》说风有两种,一种是"大王之雄风",一种是"庶人之雌风"。刚道,硬说,却说。

⑪"一点"两句:意谓风无所谓雌雄,人只要有一点浩然正气,就会在任何境遇中享有无穷的快意雄风。浩然气:盛大刚正、吞吐天地之气,语出《孟子·公孙丑》。

[点评]

苏轼在两则品评山水景物画的题跋中说:"山水以清雄奇富、变态无穷为难。"(《跋蒲传正燕公山水》)"烟云风雨,必曲尽其态,合于天造,厌于人意,而形理两存。"(《书竹石后》)这首描绘他在快哉亭上所见山水风光的词作,充分显示了他表现自然美的艺术追求。

词的上片以"雨"为词眼,从落日绣帘、青窗朱户和亭下水天相连的绮丽景色,写到记忆中平山堂上所见的江南烟雨、孤鸿灭没、山色有无的空蒙画面,表现出人在风光中的自得之趣,使人产生一种超然之感。下片以"风"为主线,先写江面风平浪静,宛若明镜,碧峰倒影;再写风起浪涌,白发船夫驾扁舟在风浪中出没。篇中静景与动景、实景与虚景、水墨与丹青反复转换,笔墨纵横开阖,起伏跌宕,词境也如翻云覆雨,层波叠浪。最后五句,即景抒情,情中寓理,既袒露了自己的宽阔胸襟和浩然之气,又揭示了人生哲理:人只要顺应自然又善养浩然正气,就能以泰然超然的态度对待各种境遇,而享有无穷的乐趣。于是,一个"清雄奇富,变态无穷""合于天造,厌于人意,而形理两存"的艺术意境,就营造出来了。这是情、景、理交融的杰作。

鹧鸪天

时谪黄州^①

林断山明竹隐墙,乱蝉衰草小池塘。翻空白鸟时时见,照水红蕖细细香^②。　村舍外,古城旁。杖藜徐步转斜阳^③。殷勤昨夜三更雨,又得浮生一日凉^④。

[注释]

①时谪黄州:元丰六年(1083)六月,苏轼贬谪黄州时作。

②蕖(qú 渠):芙蕖,荷花的别称。

③"杖藜"句:化用杜甫《绝句漫兴九首》其四"杖藜徐步立芳洲"之句。杖藜,挂着藜杖。

④浮生:旧时认为人生飘忽不定,故称为浮生。

[点评]

词写黄州时的幽居生活。上片写景,景中含情;下片叙事、抒情、议论。作者随意点染江村景物并叙写闲步村外的感受,而其随遇而安、自得其乐的旷放之情、超然之理已自然融入其中。开头两句写了七种景物,各个鲜明生动。"林""山""竹""墙"的状态及其相互关系,分别以"断""明""隐"三字描绘,一幅有高低、疏密、隐显、明暗的山村远景宛然在目。次句由远而近,"蝉""草""池塘"分别用"乱""衰""小"形容,准确地捕捉住初夏雨后乡村景物的特征。这一联意象密集,可谓密不透风,词句极度浓缩。三、四句写白鸟翻空,芙蕖散香,推出了两个特写镜头,相互映照,有色有香有动态。"时时""细细"两个叠字形容词,使景物动中显静,营造出清幽而有生气的意境氛围。这一联学杜甫"留连戏蝶时时舞,自在娇莺恰恰啼"(《江畔独步寻花七绝句》)句法,写眼前所见,借鉴得妙。与前联相比,意象疏朗,句子舒张。由此可悟写景状物疏密相间之妙。下片在笔意流转的叙事中流露出徜徉山村的闲怡之趣,却又虚写一笔"昨夜雨"并用"殷勤"二字将夜雨拟人化,自然引出情理相生、理趣融入日常生活情事中的点睛之句"又得浮生一日凉"。《诗人玉屑》卷八引《庚溪诗话》《诚斋论夺胎换骨》条:"有用古人句律,而不用其句意者。……唐人云:'因过竹院逢僧话,又得浮生半日闲。'坡云:'殷勤昨夜三更雨,又得浮生一日凉。'……此皆以故为新,夺胎换骨。"郑文焯《手批东坡乐府》云:"渊明诗:'啸傲东轩下,聊复得此生。'此词从陶诗中得来,逾觉清异。"这两则评语,又道出东坡此词善于融化前人诗词并进一步营构新境之妙。

浣溪沙

元丰七年十二月二十四日,从泗州刘倩叔游南山①。

细雨斜风作小寒。淡烟疏柳媚晴滩。入淮清洛渐漫漫②。

雪沫乳花浮午盏③,蓼茸蒿笋试春盘④。人间有味是清欢。

[注释]

①泗州:宋时泗州临淮郡,旧治在今江苏盱眙县东北。刘倩叔:名士彦,字倩叔,时任泗州知州。南山:即都梁山,是泗州南郊风景区。

②洛:洛涧,由安徽合肥北流,至怀远入淮河。漫漫:水势浩大无际涯的样子。

③雪沫乳花：煎茶时水面浮现的白色泡沫。

④蓼茸：蓼芽。蒿笋：蒿茎。都是早春的菜蔬。

[点评]

　　元丰七年(1084)十二月，苏轼在赴汝州途中到达泗州，与友人同游南山时作此词。上片写沿途景观，从早上写到中午，从细雨写到天晴，从近景写到远景，层次清晰，笔笔都捕捉住冬末春初乍暖还寒、景物生机勃勃的特征，造语清新，状景生动。"细""斜""淡""疏""晴"，字字贴切、精妙。"淡烟"句用一个"媚"字，将烟、柳、滩连成一幅浮漾着明媚阳光的风景画，既传达了景物的新机动态，又表现出作者欣喜春天将至的心情。"入淮"句由眼前实景引出虚摹之景，在对清洛的赞美和对其入淮后浩茫浑浊的感叹中，似隐含深意，耐人寻味。下片写野外午餐。浮着白色乳花的香茶一瓯和翡翠般的春蔬一盘，相互映衬，色彩鲜丽，透出浓郁的节令气氛，也透出作者的清雅意趣与欢快心情，并自然生发出结句"人间有味是清欢"。词人深情品出一种清闲、清悠、清淡、清雅的欢乐，有别于笙歌宴乐热闹喧阗，是人间生活中最有滋味的。这一句语淡意深，饱含情趣与哲理，照彻全篇，升华词境，确是点睛妙笔。

　　此词语言清丽俊爽。上下片的对偶句，对仗工整熨帖，又流转自如，分别与单句相配合，整散兼得。

八声甘州

寄参寥子①

　　有情风万里卷潮来，无情送潮归。问钱塘江上，西兴浦口②、几度斜晖？不用思量今古，俯仰昔人非③！谁似东坡老，白首忘机④？

记取西湖西畔,正春山好处,空翠烟霏。算诗人相得,如我与君稀。约他年、东还海道,愿谢公、雅志莫相违⑤。西州路,不应回首,为我沾衣⑥。

[注释]

①参寥子:即僧道潜,见《百步洪》诗注。巽亭,据《咸淳临安志》载:"南园巽亭在凤凰山旧府治内,以在郡城东南故名。"其地可观潮。

②西兴:西兴渡,在钱塘江南,今杭州对岸、萧山之西。

③俯仰昔人非:语出王羲之《兰亭集序》:"俯仰之间,已为陈迹。"

④忘机:道家术语,指恬淡无为,与世不争。李白《下终南山过斛斯山人宿置酒》诗有"我醉君复乐,陶然共忘机"之句。

⑤"约他年"二句:谓相约他年重返浙东,退隐山林,切莫违背这美好的愿望。海道指浙东一带,浙东滨海,故云。谢公雅志,《晋书·谢安传》载,谢安曾隐居会稽东山,中年出仕后,"东山之志,始终不渝,每形于颜色"。

⑥"西州路"三句:谓不要因自己暂时离去而悲伤。西州路,指西去的路。《晋书·谢安传》:"羊昙者,泰山人,知名士也,为安所爱重。安薨后,辍乐弥年,行不由西州路。尝因石头大醉,扶路唱乐,不觉至州门,左右白曰:'此西州门。'"昙悲感不已。

[点评]

元祐六年(1091)三月六日,即将离杭赴京的苏轼在巽亭因见到海潮,想到即将与好友参寥相别而作此词,其时参寥不在巽亭,故言"寄参寥子"。词的上片借钱塘江潮和西兴斜晖渲染离情,引出词人对古今变迁、人事代谢一概置之度外,以超尘绝世、淡泊宁静的忘机之心泰然处之的议论。下片写西湖春景,回顾与参寥在杭一同游赏的情景和相知相得的友谊,表明自己超然物外、寄情山水的人生志趣,并殷殷嘱咐友人不要忘记宿志、不必为自己担忧。全词交织着悒郁、豪宕、闲逸、超旷的复杂情绪,将情、景、理和谐结合,语言清爽骏快,音调铿锵。尤其是开篇写江潮涨落,突兀而起,13个字奔迸而出,有雄阔飞动的气象与气势。清代郑文焯十分激赏此词,在《手批东坡乐府》中评云:"突兀雪山,卷地而来,真似钱塘江上看潮时,添得此老胸中数万甲兵,是何气象雄且杰！妙在无一字豪宕,无一语险怪,又出以闲逸感喟之情,所谓骨重神寒,不食人间烟火气者。词境至此,观止矣！"又云:"云锦成章,天衣无缝,是作从至情流出,不假熨帖之工。"

临江仙

送钱穆父①

一别都门三改火②,天涯踏尽红尘③。依然一笑作春温。无波真古井,有节是秋筠④。　　惆怅孤帆连夜发,送行淡月微云。樽前不用翠眉颦。人生如逆旅⑤,我亦是行人⑥。

[注释]

①钱穆父:钱勰,字穆父,元祐初拜中书舍人,迁给事中,后曾知开封、越州等地。
②三改火:即已过三年。古人钻木取火,四季所用木不同,故后来常用"改火"比喻季节改易。这里表示年度的更替。
③红尘:佛家称人世间为红尘。
④秋筠:秋天之竹。筠,竹的青皮,此处代指竹。这两句化用白居易《赠元稹》诗:"无波古井水,有节秋竹竿。"
⑤逆旅:客舍。
⑥行人:人生旅途中的旅客。这两句化用李白《春夜宴桃李园序》:"夫天地者,万物之逆旅;光阴者,百代之过客。而浮生若梦,为欢几何。"

　　元祐六年(1091)春,钱穆父自越州徙知瀛州(今河北河间),途经杭州,作者以此词赠行。词的上片写久别重逢,下片写月夜送别。词中仅以一句“淡月微云”烘染送别的惆怅,其余皆叙事抒情并融入议论。难得的是,叙事生动亲切,抒情委曲跌宕、深至精微,上下片的议论深蕴哲理。上片的“无波”句赞友人内心平静如古井之水,“有节”句赞友人节操如秋天之竹,其实也正是作者坚持正直操守又旷达超脱的人生态度的高度概括。这一联对仗精工,造语警拔,妙理以生动贴切的喻象表达。下片的“人生”两句借道家的思想劝慰友人忘情升沉得失,为友人解忧释虑,却以极平易的语言表达出对漂泊短暂人生的感悟,十个字似对非对,直贯而下。这两联既动人心弦又引人深思,成为全篇的闪光点。

行香子

　　清夜无尘,月色如银,酒斟时须满十分。浮名浮利,虚苦劳神。叹隙中驹①,石中火②,梦中身③。　　　　虽抱文章,开口谁亲! 且陶陶乐尽天真④。几时归去,作个闲人。对一张琴,一壶酒,一溪云。

[注释]

①隙中驹:《庄子·知北游》:“人生天地之间,若白驹之过隙,忽然而已。”

②石中火:北齐刘昼《新论》五三篇《惜时》:“人之短生,独如石火,炯然已过。”

③梦中身:《关尹子·四符》:“知夫此身如梦中身。”

④陶陶:形容快乐的样子。刘伶《酒德颂》:“无思无虑,其乐陶陶。”天真:这里指未受世俗影响的本性。《庄子·渔父》:“礼者,世俗之所为也;真者,所以受于天

地,自然不可易也。故圣人法天贵真,不拘于俗。"

[点评]

今人薛瑞生先生认为此词为元祐八年(1093)十月苏轼出知定州后预感变祸将临而作。上片抒发对名利虚浮、人生短暂的感慨;下片表达要摆脱世俗困扰,归隐田园,回归天真本性,乐享其身。词以"清夜无尘,月色如银"清莹恬静的月夜景色起笔,诗意馥郁。全篇基调开朗超脱,语言自然流畅,声韵婉转优美。特别是上下片各用三个排比的意象分别形容人生的短促和隐居生活的清闲,生动而贴切。上片三个意象俱从典故中提炼而出,可见作者用典之巧妙和联想的敏锐丰富。《草堂诗余》续集卷下天羽居士评云:"天趣浮出,如不经心手。说得英雄,倏热倏冷。学士一肚子不合时宜,真相知。"对此词的感情意蕴和艺术特色作了较中肯的论析。

蝶恋花

花褪残红青杏小①。燕子飞时,绿水人家绕。枝上柳绵吹又少②,天涯何处无芳草③?　　墙里秋千墙外道。墙外行人,墙里佳人笑。笑渐不闻声渐悄。多情却被无情恼④。

[注释]

①花褪残红:指杏花逐渐枯萎凋谢。

②柳绵:柳絮。

③"天涯"句:意谓已到暮春,芳草长遍天涯。

④多情:指墙外行人。无情:指墙里佳人。恼:引起烦恼。

[点评]

　　这首小词作于绍圣元年(1094)闰四月,苏轼置定州任责知英州,南下途中。

　　词的上片写红花凋谢,青杏初结,紫燕轻飞,绿溪绕舍,柳絮飘扬,芳草无边。句句是春末夏初的时令景象,可见作者敏锐的观察力和准确的表现力。在写景中融入了作者赏春惜春伤春的感情。而"天涯"句含意更深,使人感触到作者对美好事物和心灵归宿的执着追寻与乐观信念。下片写秋千架上传来佳人柔媚的笑声,搅动了墙外行人的绵绵情思,更增加了旅途的无限惆怅。这一幅日常生活小景,意在表现佳人不见、美景不常,与上片所写流水落花、春光易逝有内在联系,可谓一气贯注。而这一幕小喜剧,似乎其深层意蕴则是透露出作者对世事无常、命运难于把握的烦恼与感喟。作者有意重复词语,把"墙外行人"和"墙里佳人"的"多情"与"无情"、"笑"与"恼"作巧妙对比,饶有喜剧情味。也有论者认为,上片"枝上"与"天涯"两句,寓托着朝局变换。元祐人士普遍被谪外地,远窜天涯;下片"多情"句抒发他对赵宋王朝一片忠心却遭贬岭南的抱怨。但妙在这种政治寄托只从描写旅途中所见残春景象和生活小事中隐隐透出,寄托在有意无意之间 。全篇意象清丽,色彩鲜明,风韵婉媚,句佳境美,音韵回环,言浅意深。清代王士禛评此词:"恐屯田(柳永)缘情绮靡,未必能过。"(《花草拾蒙》)却未能指出此词内蕴对人生命运、精神归宿的追寻,正是柳永那些单纯缘情绮靡之作不可企及的。

泗州僧伽塔①

　　我昔南行舟系汴②,逆风三日沙吹面。舟人共劝祷灵塔,香火未收旗脚转。回头顷刻失长桥③,却到龟山未朝饭④。至人无心何厚薄⑤,我自怀私欣所便。耕田欲雨刈欲晴,去得顺风来者怨。若使人人祷辄遂,造物应须日千变。今我身世两悠悠,去无所逐来无恋。得行固愿留不恶,每到有求神亦倦。退之旧云三百尺⑥,澄观所营今已换。不嫌俗士污丹梯,一看云山绕淮甸⑦。

[注释]

①泗州:州城旧址在今江苏盱眙东北,已陷入洪泽湖。僧伽:唐代高僧,葱岭北何国人,自言俗姓何氏。唐龙朔初年,入中原在临淮传教,创立泗州普光王寺。唐中宗景龙二年(708)卒,建塔葬于泗州。

②"我昔"句:这句和以下五句都是回忆治平三年(1066)护送苏洵灵柩舟行返蜀,自汴入泗入淮,曾过泗州僧伽塔。

③长桥:桥名。在泗州。

④龟山:在泗州城东。

⑤至人:达到最高精神境界的人。语出《庄子·逍遥游》。

⑥退之:唐代文学家韩愈,字退之。他在《送僧澄观》诗中说唐代洛阳名僧澄观所重建的僧伽塔高达三百尺。

⑦淮甸:淮水一带原野。

[点评]

　　熙宁四年(1071)十月赴杭州途中作。人们传说僧伽塔顶常出现小僧形象,舟行于此祈祷则可得顺风。苏轼此诗前半部分意在揭穿这种迷信的愚昧虚妄。他用欲抑先扬、欲擒故纵手法,先描述昔年过此塔时烧香祈祷竟得顺风的情景,似是赞同祈祷灵验之说,不料笔锋一转,写出六句锋锐恣肆的议论。他指出,人们的私愿往往互相矛盾,要让各种各样私愿都因祈祷而得到满足,即使造物者一日千变也无所适从。苏轼用生活中人们习见的事情和浅显明白的语言,把破除迷信的道理说得如此透辟而有趣味,这正是他的高明之处。诗的后半部分说,他自己不愿以私心向僧伽塔祈祷,顺风或留阻对他都无所谓,从而含蓄地表达了他厌倦政治斗争并力求摆脱思想矛盾的旷达超脱情怀。全篇放笔快意,一气倾泻,却又笔锋精锐,句法雄健,章法严谨。纪昀评:"纯涉理路而仍清空如话。"(《纪评苏诗》卷一八)汪师韩赞:"至理奇文,只是眼前景物口头语,透辟无碍。"(《苏诗选评笺释》卷二)是中肯的。

迎客西来送客行

和文与可洋州园池^①

（三十首选二）

湖 桥

朱栏画柱照湖明，白葛乌纱曳履行^②。

桥下龟鱼晚无数，识君挂杖过桥声。

南 园

不种夭桃与绿杨，使君应欲候农桑^③。

春畦雨过罗纨腻，夏垄风来饼饵香。

[注释]

①文与可：名同，梓州永泰（今四川盐亭县东）人，苏轼表兄。他是画家，也是诗人。熙宁八年（1075）任洋州（今陕西洋县）知州。

②白葛乌纱：一般便装。

③候：占候，预测。

[点评]

熙宁九年（1076）三月作于密州。前一首想象夏天的傍晚，身穿白葛乌纱的诗人文同漫步在朱栏画柱的湖桥上，俯看清碧的湖水。桥下无数龟鱼早已熟悉他挂杖过桥的脚步声，纷纷争先恐后地浮游出水面，向诗人致意。洋州园池幽美的景色环境和活泼可爱的生物，同诗人如此亲密无间，从而表现出诗人仁心爱物的情怀与潇洒闲逸的风度。全篇充满景趣、情趣和灵气。后一首写作为知州的文同关心农事,亲自在南园种麦栽桑。三四句原为"桑畴""麦垄",作者改定为"春畦""夏垄",用修辞上的借代格,使读者从"春"联想到"桑",由"夏"联想到麦。作者又用"罗纨腻"比喻雨后桑叶的华茂滋润,用"饼饵香"比喻南风中麦子的浓烈芳香。比喻贴切、优美。从全句看,诗人从"春畦雨过"联想到"罗纨腻",从"夏垄风来"联想到"饼饵香",实象与虚象并置,相互映照,使诗境更加丰美迷人。宋人释惠洪《冷斋夜话》卷五把这种联想修辞手法称为"举因知果法"。这种手法,苏轼在诗中屡次运用,如《初到黄州》中的"长江绕郭知鱼美,好竹连山觉笋香"等。可见,这一联诗综合运用了多种修辞手法。

过永乐,文长老已卒①

初惊鹤瘦不可识, 旋觉云归无处寻。

三过门间老病死②,一弹指顷去来今。

存亡惯见浑无泪, 乡井难忘尚有心。

欲向钱塘访圆泽,葛洪川畔待秋深③。

[注释]

①永乐:乡名,在秀州(今浙江嘉兴)。文长老:秀州报本禅院的住持,作者的同乡。

②"三过"句:从熙宁五年(1072)至今,作者先后三次过访,文长老由老病到死。

③"欲向"二句:唐袁郊《甘泽谣》载:唐洛阳惠林寺僧圆泽与李源友善,临死告诉李源,他将投生为王氏子,相约后12年中秋月夜在杭州天竺寺外相见。后李源

如约赴杭,只听见葛洪川畔有牧童扣牛角而歌,歌中有"惭愧情人远相访,此身虽异性长存"之句。

[点评]

作于熙宁七年(1074)。诗中痛悼同乡诗僧文长老的辞世。首联上句以鹤瘦喻文长老之病态,下句以云归喻其死亡。落笔扣题,喻象贴切。颔联以"三过门间"对"一弹指顷","老病死"对"去来今",对仗灵活流动。"老病死",既实写文长老由老到病到死,又是佛教名词(佛教以"生、老、病、死"为四苦)。"弹指"是佛教名词,喻时间短暂;"去来今",也是佛教名词(佛教以"过去世、现在世、未来世"为三世)。诗人用佛教的典故名词,构成对仗,可谓巧妙精工。所以南宋魏庆之《诗人玉屑》卷三引《藜藿野人诗话》说,此一联"句法清健,天生对也"。清代查慎行《初白庵诗评》卷中也说这是"天然绝对"。颈联用了反对,上下句意相反,句中有曲折顿挫,表达出深挚的情谊。尾联又借唐代僧人故事虚拟出与文长老来世重见的情景。情痴之语,动人肺腑。

一斛珠①

洛城春晚②,垂杨乱掩红楼半。小池轻浪纹如篆③。烛下花前,曾醉离歌宴④。 自惜风流云雨散⑤,关山有限情无限。待君重见寻芳伴⑥。为说相思,目断西楼燕⑦。

[注释]

①《一斛珠》:即《醉落魄》,同调异名。

②洛城:洛阳城,宋之西京。

③篆(zhuàn撰):汉字形体之一,笔画屈曲。

④离歌宴:送行的酒宴。离歌:离别时唱奏的乐歌。

⑤风流云雨散:既喻指分别,又暗用宋玉《高唐赋》写巫山神女别楚王时所说"妾旦为行云,暮为行雨"之典故,专指与妻子的别离。

⑥寻芳伴:游览取乐的同行者,这里指作者自己。

⑦西楼燕:比喻在西方的亲友。古乐府有《东飞伯劳西飞燕》,后世以"劳燕分飞"喻亲知的人各往一方。又据《开元天宝遗事》载,长安郭绍兰适巨商任宗,任至湘中,数年不归。郭托双燕捎书,书达,任归。

[点评]

今人朱靖华先生在未刊稿中考证此词作于嘉祐元年(1056)三月,21岁的苏轼赴汴京秋试经洛阳时。为今存苏词中写作年代最早的一首。词中抒写对新婚妻子王弗的怀念。上片写洛阳暮春三月的优美景色,触引起他在烛下花前与爱妻离别饮宴的情景。下片抒发热烈、深挚的思念之情。"自惜"句兼用比喻与典故,点醒思妻之意,含蓄双关。"关山"句,抒出关隘山河纵然能限隔情人不能见面,但深长的情谊不是关山所能限隔的。此句意蕴与唐人王勃名联"海内存知己,天涯若比邻"相近,却以自家语出之,同样饱含深情妙理,概括力强,可称警句。结拍三句展望未来与爱妻重逢情景。夫妻相携寻芳,那时再听爱妻诉说别离期间常因相思而目断西楼,盼望双燕捎书之情。词人妙用唐人李商隐《夜雨寄北》"何当共剪西窗烛,却话巴山夜雨时"的抒情手法,表达出遥想日后重逢时亲热温馨氛围和今日遥想时的悠然神往情态。全篇写景如画,抒情热烈亲切又曲折含蓄。可见,苏轼早年一开始写词,便已显露出"以诗为词"、抒写自我真情实感的创作倾向,与传统婉约词代女性立言的路数迥然有别。

如梦令

题淮山楼①

　　城上层楼叠巘②,城下清淮古汴③。举手揖吴云④,人与暮天俱远。魂断。魂断。后夜松江月满⑤。

[注释]

①淮山楼:在泗州治所临淮(今江苏泗洪东南,盱眙对岸,清康熙时临淮陷入洪泽湖)。

②巘(yǎn 演):小山。

③清淮:淮河。古汴:汴水。

④揖:拱手为礼,此指揖别。

⑤松江:即吴淞江,源出苏州太湖,与黄浦江汇合后入海。

[点评]

　　元丰七年(1084)十二月十三日,苏轼在由黄州赴汝州途中,经泗州作。当时词人一再上表朝廷,乞求居住常州养老。词人登淮山楼,举手告别吴云,感到就像暮天寥阔一样,自己离吴地越来越远了。这是他留恋常州情绪的自然流露。后两句说,想到后夜月满松江的美好,不觉销魂神往。全篇情与景融为一体,情韵飘逸,境界阔远,词意婉曲蕴藉,令人感到作者的情思如行云流水,悠悠绵绵无尽。

行香子

丹阳寄述古[①]

　　携手江村,梅雪飘裙。情何限、处处销魂。故人不见[②],旧曲重闻。向望湖楼,孤山寺,涌金门[③]。　　寻常行处,题诗千首;绣罗衫、与拂红尘[④]。别来相忆,知是何人? 有湖中月,江边柳,陇头云[⑤]。

[注释]

①丹阳:今江苏镇江丹阳市。述古:陈襄,字述古,熙宁五年(1072)知杭州。

②故人:指苏轼。

③望湖楼:亦称看经楼,在杭州西湖旁,五代吴越王钱俶(chù处)所建。孤山寺:在西湖里外二湖之间,有孤峰耸立,名曰孤山,山上有寺,南朝陈代所建。涌金门:杭州城旧有十门,正西门称涌金门。

④"绣罗衫"句:宋吴处厚《青箱杂记》卷六:"世传魏野尝从莱公(寇准)游陕府僧舍,各有留题。后复同游,见莱公之诗已用碧纱笼护,而野诗独否,尘昏满壁。时有从行官妓,颇慧黠,即以袂就拂之。野徐曰:'若得常将红袖拂,也应胜似碧纱笼。'莱公大笑。"此处借指自己与陈襄在西湖各处的留题。

⑤湖:西湖。江:钱塘江。陇:同垄,冈垄,指孤山。

[点评]

　　熙宁七年(1074)正月作。苏轼在杭州与太守陈述古相处极好,常在一起游赏西湖,饮酒吟诗。这首词是怀念二人的交往所作。作者妙用两种手法叙事抒情:一是对面写法。上片从两人分手写起,进而设想自己离开后,陈襄听旧曲、忆自己的低回落寞心绪。下片追忆往日与陈襄同游的乐趣,接着仍写陈襄对自己的亲切思念。自己对陈襄的怀念,不言而喻,更显深切。二是借自然景物衬托感情。江村、梅雪、寺、楼、门、月、柳、云,这些优美的杭州西湖风光景物,烘托出浓郁的抒情的环境氛围。下片说月、柳、云也同友人一起忆念自己,深一层地抒写出自己对友人和杭州山水风月的眷恋深情。全篇将忆人与忆景融为一体,情融入景,景中含情。开篇、过片、结拍都是景句,更有以景结情、含蓄不尽之妙。

江城子

乙卯正月二十日记梦①

十年生死两茫茫②。不思量,自难忘。千里孤坟③,无处话凄凉。纵使相逢应不识,尘满面,鬓如霜。　　夜来幽梦忽还乡。小轩窗④,正梳妆。相顾无言,惟有泪千行。料得年年肠断处,明月夜,短松冈⑤。

[注释]

①乙卯:熙宁八年(1075)。

②十年:苏轼妻子王弗卒于宋英宗治平二年(1065),至作此词时整十年。

③千里:王弗葬于四川眉山,而苏轼当时在密州,相隔千里之遥,故云。

④轩:小屋。苏轼老家眉山纱縠行宅第有"南轩",其父名之为"来风轩"。

⑤"料得"三句:唐代孟棨《本事诗·征异》:"开元中,有幽州衙将姓张者,妻孔

氏,生五子,不幸去世。"五子受后母虐待,孔氏"忽于冢中出",题诗赠张,其中有"欲知肠断处,明月照孤坟"之句。短松冈:长着矮小松树的山冈,指王弗墓地。苏轼《亡妻王氏墓志铭》:"明年(治平三年)六月壬午,葬于眉之东北彭山县安镇乡可龙里先君先夫人墓之西北八步。"

[点评]

　　熙宁八年(1075)正月在密州为悼念亡妻王弗而作。王弗16岁嫁给苏轼,生子苏迈,对苏轼温柔贤惠,夫妻恩爱情深,但她不幸27岁病故。因此,苏轼写这首悼亡词满怀着深悲剧痛。由于思念深切,作者仿佛忘记了妻子已经去世,仍然以为她还活着:设想他们重逢,互相对话,为她的孤独凄凉而担忧痛楚。这种抹杀了生死界线的痴语,是深情之语,令人读之心弦震颤。词为记梦,全篇依梦前、梦中、梦后思路递进,在梦中实写出妻子在小室窗前梳妆打扮,以及二人相对无言有泪等日常生活的情景细节,将现实的感受融入梦中,使真幻交织,令人感到无限凄凉。而在怀旧悼亡中,作者又糅进了自己坎坷失意的身世之感,使词的情思意蕴更深厚,故而被古今词评家誉为千古第一悼亡词。近人唐圭璋先生评曰:"真情郁勃,句句沉痛,而音响凄厉,诚后山(陈师道)所谓'有声当彻天,有泪当彻泉'也。"(《唐宋词简释》)

　　一般来说,创作诗词应因情选韵,缘情变韵。此词抒发的是悲痛凄苦之情,却用了发音响亮的"江阳"韵,竟能把他满腔凄凉乃至痛断肝肠之情表现得如此深挚动人,这又是苏轼的大胆创格与变调。

昭君怨

金山送柳子玉①

谁作桓伊三弄②,惊破绿窗幽梦。新月与愁烟,满江天③。

欲去又还不去,明日落花飞絮。飞絮送行舟,水东流。

[注释]

①金山:在今江苏镇江市西北,上有金山寺。柳子玉:名瑾,江苏丹徒人,苏轼堂妹婿,苏轼曾与之唱和。

②桓伊三弄:桓伊是晋朝人,善吹笛。据《世说新语·任诞》载,东晋名士王徽之在路上遇到桓伊,便请他吹笛。当时桓伊已经贵显,但"素闻徽之名,便下车,踞胡床,为作三调。弄毕,便上车去,宾主不交一言。"桓伊三弄指吹了三个曲调,这里借指笛声。

③"新月"二句:孟浩然《宿建德江》:"移舟泊烟渚,日暮客愁新。野旷天低树,江清月近人。"意境相类。

[点评]

熙宁七年(1074)作。这首送别词开篇写笛声惊醒梦境,以典故"桓伊三弄"表现二位名士风流意态,继之借"新月愁烟满江天"这朦胧凄迷的景物烘染离愁别绪,有唐人孟浩然诗境,浑然无迹。下片设想友人乘舟远去情景,落花、飞絮、行舟、流水织成一幅富于情韵与动态的送行图画。"飞絮"叠用,有意突出这个拟人化的意象,渲染离思缭乱、缠绵之情状,使抽象之情思化作生动的具象,可触可感。

少年游

润州作,代人寄远①

去年相送,余杭门外②,飞雪似杨花。今年春尽,杨花似雪,犹不见还家。　对酒卷帘邀明月③,风露透窗纱。恰似姮娥怜双燕④,分明照、画梁斜。

[注释]

①润州:州名,隋开皇十五年(595)置,治所在今镇江市。

②余杭门:宋时杭州城北面有三门,其一称余杭门。

③邀明月:李白《月下独酌》:"举杯邀明月,对影成三人。"

④姮娥:嫦娥,代指月亮。《淮南子·览冥训》:"羿请不死之药于西王母,姮娥窃以奔月。"双燕:化用唐沈佺期《古意呈补阙乔知之》:"卢家少妇郁金堂,海燕双栖玳瑁梁。"

[点评]

　熙宁七年(1074)四月作于润州。题目"代人寄远"只是托词,托为思妇怀人发抒行役未归的羁旅之思,将离愁别恨表达得更深婉。此词点化、熔铸前人诗意极妙。上片六句,化用了《诗·小雅·采薇》:"昔我往矣,杨柳依依;今我来思,雨雪霏霏。"却又借用比喻,将飞雪与杨花挽在一起,用"雪似杨花""杨花似雪"分别衬托离家和当归不归之情,在句式和音节上对比回环,使离情更加宛曲缠绵,沁人心脾。下片化用李白举杯邀月诗意。李白因寂寞而邀明月做伴,苏轼亦邀明月,却说闺人见月照屋梁,遂想到那是嫦娥自己孤单,故爱怜双燕而照耀之。刻画思妇心理曲折入微,写孤寂更深一层。

南乡子

送述古①

回首乱山横,不见居人只见城②。谁似临平山上塔③,亭亭④,迎客西来送客行。　　归路晚风清,一枕初寒梦不成。今夜残灯斜照处,荧荧⑤,秋雨晴时泪不晴⑥。

[注释]

①述古:即陈述古。

②不见居人:《诗·郑风·叔于田》:"叔于田,巷无居人。岂无居人? 不如叔也洵美且仁。"此处把陈述古比喻成了像叔那样的"洵美且仁"的人。又:晚唐欧阳詹《初发太原,途中寄太原所思》:"高城已不见,况复城中人。"城:指杭州。

③临平山:在杭州余杭门外,城东北五十四里。塔:苏轼《次韵杭人裴惟甫》:"余杭门外叶飞秋,尚记居人挽去舟。一别临平山上塔,五年云梦泽南州。"视临平塔为别杭之标志。

④亭亭:高高耸立的样子。

⑤荧荧:光线微弱的样子。

⑥"秋雨"句:化用唐刘禹锡《竹枝词》:"东边日出西边雨,道是无晴却有晴。"

[点评]

　　熙宁七年(1074)八月,陈述古赴南都任,苏轼送至临平(今杭州东北),舟中相别，作此词。上片写行人途中回望，只见乱山、城池，不见城中故人，既表现送行之远和行人对旧地的依恋，又在"不见居人"句暗用两个典故，其一用《诗经》典故赞颂陈述古"洵美且仁"，其二用欧阳詹诗句意，将原句谓城、人皆不见改为见城不见人，稍作曲折，使词添加古意与书卷气息，可见东坡用典之妙。接着，用拟人手法化无情之山塔为有情之物，从而衬托自己惜别情意之深。下片直叙归来之凄清景色、归后不寐、入夜之悲，将思友之情一层深于一层地抒出，而以"秋雨晴时泪不晴"这一情景交融之警句作结，可谓情味深长。

鹊桥仙

七夕送陈令举①

缑山仙子②，高情云渺，不学痴牛騃女③。凤箫声断月明中④，举手谢时人欲去。　　客槎曾犯⑤，银河波浪，尚带天风海雨。相逢一醉是前缘，风雨散飘然何处？

[注释]

①陈令举：陈舜俞，字令举，湖州乌程人。
②缑山仙子：王子晋，一名乔。缑山：即缑氏山，在今河南偃师附近。《太平御览》卷三一引《列仙传》："王子乔者，周灵王太子晋也。好吹笙作凤凰鸣。道士浮丘公接以上嵩山。后乔于山见桓良曰：'告我家：七月七日待我于缑山头。'果乘白鹤驻山顶，望之不到，举手谢时人，数日而去。"
③痴牛騃(dāi 呆)女：指迷于情爱的牛郎织女。卢仝《月蚀》诗："痴牛与騃女，不肯勤农桑。徒然含淫思，旦夕遥相望。"騃，通"呆"。

④凤箫:即排箫,古人因其形状像鸟翼、凤尾,故名。

⑤客槎曾犯:张华《博物志》卷一〇:"旧说云:天河与海通,近世有人居海渚者,年年八月有浮槎去来,不失期。人有奇志,立飞阁于槎上,多赍粮,乘槎而去。十余日中犹观星月日辰。自后茫茫忽忽,亦不觉昼夜。去十余日,奄至一处,有城郭状,屋舍甚严。遥望宫中多织妇。见一丈夫牵牛渚次饮之。牵牛人乃惊问曰:'何由至此?'此人具说来意,并问:'此是何处?'答曰:'君还至蜀郡访严君平,则知之。'竟不上岸,因还如期。后至蜀,问君平,曰:'某年某月有客星犯牵牛宿。'计年月,正是此人到天河之时也。"槎,竹木编的筏。

[点评]

熙宁七年(1074)七月七日,苏轼移任密州途中,与杨元素、陈令举、张子野、李公择、刘孝叔在松江(今江苏吴江市)垂虹亭聚会,称为"六客之会",此词当于此时送别陈令举作。

同样是写送别,本词与前面《南歌子·送述古》在艺术构思、表现手法上迥然有别。作者借有关七夕的两个神话故事来抒写别情,全篇几乎全用这两个故事敷衍而成。上片用缑山仙子王子乔的故事,点出陈令举欲去,又含蓄地称颂其超尘拔俗飘逸旷放情怀。下片用居海渚人乘槎泛天河的故事,比况自己与友人曾在月夜泛舟,再写离别时的惆怅留恋。由于用神话故事贯串,使此词格调放逸超旷。陆游说:"东坡此篇,居然是星汉上语,歌之,曲终,觉天风海雨逼人。"(《跋东坡七夕词》)他用形象的语言,指出此词绮丽的浪漫风格和给予读者仙气缥缈的审美感受。

永遇乐

孙巨源以八月十五日离海州，坐别于景疏楼上。既而与余会于润州，至楚州乃别。余以十一月十五日至海州，与太守会于景疏楼上，作此词以寄巨源①。

长忆别时，景疏楼上，明月如水。美酒清歌，留连不住，月随人千里。别来三度，孤光又满②，冷落共谁同醉？卷珠帘，凄然顾影，共伊到明无寐。　　今朝有客，来从濉上，能道使君深意③。凭仗清淮，分明到海，中有相思泪。而今何在？西垣清禁④，夜永露华侵被。此时看、回廊晓月，也应暗记。

[注释]

①孙巨源：孙洙，字巨源，扬州人。因反对王安石新法，请求外任，知海州（今江苏连云港市）。熙宁七年（1074）八月十五日离海州赴京任修起居注、知制诰。时苏轼离杭州赴密州知州任，两人会于润州，同至楚州（今江苏淮安）相别。十一月苏轼至海州，与海州知州陈某会于景疏楼，作此词寄孙洙。景疏楼：在海州州治东北。宋人叶祖洽为景慕西汉疏广、疏受贤德而建，故称。

②三度：三次。孤光：两人分手后的月光。

③濉（suī 虽）：水名，宋时自河南、江苏汇入泗水。使君：指孙洙。

④西垣：宋代中书省别称西台、西掖、西垣（门下省称东台，御史台称南台）。清禁：宫中。

　　此词写对月怀人,以明月始,以晓月终,句句不离明月,对明月的描写同双方互相思念的动作、意态、心情紧密结合。明月不仅用来烘托环境,甚至明月本身也被作者赋予了人的性灵与感情。这样写,感情的抒发格外婉转细腻,含蓄蕴藉。通篇弥漫着如水的月光,也使词的意境空明澄洁,风格清朗疏俊。全词叙写二人的交往与忆念,叙事条理清晰又层层深入,语言畅达,不用典故。作为苏轼早期的一首长调慢词,它显示了苏轼善于向张先、柳永等前辈词人学习铺叙,将写景叙事与抒情融为一体的艺术才华。

水龙吟

　　闰丘大夫孝终公显尝守黄州,作栖霞楼,为郡中绝胜。元丰五年,余谪居黄。正月十七日,梦扁舟渡江,中流回望,楼中歌乐杂作。舟中人言:"公显方会客也。"觉而异之,乃作此曲,盖《越调鼓笛慢》。公显时已致仕,在苏州①。

　　小舟横截春江,卧看翠壁红楼起②。云间笑语,使君高会③,佳人半醉。危柱哀弦④,艳歌余响,绕云萦水。念故人老大,风流未减,空回首,烟波里。　　推枕惘然不见⑤,但空江、月明千里。五湖闻道,扁舟归去,仍携西子⑥。云梦南州,武昌东岸⑦,昔游应记。料多情梦里,端来见我⑧,参差是⑨。

[注释]

①闰丘:字公显,名孝终,苏州人,曾官黄州太守、朝议大夫。栖霞楼:闰丘公显

建,在黄冈城仪门之外西南。越调鼓笛慢:水龙吟也叫鼓笛慢,属越调。致仕:古代官员辞官退休。

②红楼:指栖霞楼。

③使君:指闾丘孝终。

④危柱:拧得很紧的乐器弦柱。哀弦:谓弦声凄怨。

⑤推枕:起床。

⑥五湖闻道:据五湖地区传说,你(闾丘公显)退休之后,带着妓妾声乐归隐江湖。这句用越国大夫范蠡功成后携带西施乘扁舟泛游五湖的传说。

⑦云梦南州:指黄州,在云梦泽之南。武昌:今湖北鄂州市,与黄冈隔江相对。

⑧料:料想。端来:准来。

⑨参差是:仿佛是,依稀是。白居易《长恨歌》:"雪肤花貌参差是。"

[点评]

　　这首记梦词为元丰五年(1082)正月在黄州作。上片写梦中所见。作者选用翠壁红楼、春江、白云、哀弦、艳歌、烟波等色彩鲜丽、柔美缥缈的意象,营造出一个惝恍迷离、诱人神往的梦境,既表现友人的风雅好客,又流露出对友人的深情思念。下片写醒来后对梦境的回味,推想友人现时携妓归隐江湖的情景,并追怀昔日与友人在黄州的交游。作者对友人隐居生活的羡慕与向往之情漫溢而出。煞拍不说自己梦友,而设想友人在梦中寻访自己,是翻进一层的写法。整首词写得瑰奇放逸,富于浪漫情调和色彩。郑文焯《手批东坡乐府》评曰:"上阕全写梦境,空灵中杂以凄丽。过片始言情,有沧波浩渺之致,真高格也。"见解精切。

满庭芳

　　余年十七,始与刘仲达往来于眉山。今年四十九,相逢于泗上。淮水浅冻,久留郡中。晦日同游南山,话旧感叹,因作《满庭芳》云[①]。

　　三十三年[②],飘流江海,万里烟浪云帆。故人惊怪,憔悴老青衫[③]。我自疏狂异趣[④],君何事、奔走尘凡? 流年尽,穷途坐守[⑤],船尾冻相衔。　　巉巉[⑥],淮浦外[⑦],层楼翠壁,古寺空岩。步携手林间,笑挽纤纤[⑧]。莫上孤峰尽处,萦望眼、云海相搀[⑨]。家何在? 因君问我,归梦绕松杉。

[注释]

①刘仲达:名臣,为苏轼青年时代在故乡眉山结识的朋友,余不详。泗水:发源于山东,经徐州入淮河。浅冻:冬天水浅且冻,不能行船。晦日:夏历每月的末一天。

②三十三年:指从 17 岁到当时 49 岁,故经 33 年。

③老青衫:老于青衫。青衫,低级文官的服色。

④疏狂:懒散狂放。异趣:志趣与人不同。

⑤穷途:指路走到尽头。《晋书·阮籍传》载,阮籍驾车,不循道路,"车迹所穷,辄恸哭而返"。

⑥巉巉:山岩高峻的样子。

⑦淮浦:淮河水边。

⑧纤纤(xiān 仙)：形容手指细长。

⑨相挼：相混杂，连成一片。

[点评]

    本篇作于元丰七年(1084)末。当时，苏轼的境况极为困窘。他在《乞常州居住表》中说："自离黄州，风涛惊恐，举家病重，一子丧亡。今虽已至泗州，而资用罄竭，去汝尚远，难于陆行，无屋可居，无田可食。"这年春节，苏轼全家都是在泗州船上度过的。因此，当他遇到故友，忆旧事，话当前，不免感叹唏嘘。上片描写二人各自的漂泊、坎坷生涯和眼前穷途邂逅的处境。下片从携手共游、登高望远触发思乡之情。词中结合写景叙事，抒发出词人对仕途的厌倦和对归隐田园的向往。作者虽身处困厄之中，仍放笔挥洒，辞气迈往，写得豪逸奔放。全篇以叙事为干，即事写景，借景抒情；语言清雄晓畅，骈散交错；以"万里烟浪云帆"的开阔境界开篇，以"归梦绕松杉"的情景交融之句收结，将"疏狂异趣"的个性表现得十分鲜明突出。

木兰花令

次欧公西湖韵①

    霜馀已失长淮阔，空听潺潺清颍咽②。佳人犹唱醉翁词，四十三年如电抹③。　　草头秋露流珠滑，三五盈盈还二八④。与余同是识翁人，惟有西湖波底月。

[注释]

①次欧公西湖韵：欧阳修曾于皇祐元年(1049)知颍州，题咏颍州西湖之作甚多。

其《木兰花令》原唱如下:"西湖南北烟波阔,风里丝簧声韵咽。舞馀裙带绿双垂,酒入香腮红一抹。　　杯深不觉琉璃滑,贪看六么花十八。明朝车马各西东,怅怅画桥风与月。"

②清颍:指颍水,源出河南登封市,东南流经安徽的太和、阜阳等地,入淮河。

③四十三年:自欧阳修皇祐元年(1049)知颍州,到苏轼作此词,正43年。

④三五:指阴历十五日。二八:指阴历十六日。盈盈:仪态美好的样子。

[点评]

　　元祐六年(1091)九月中旬,苏轼移知颍州,词即作于其时。词中抒写对恩师欧阳修的怀念,写得情思浓挚,情调沉郁。开端触景生情,结尾以景结情,首尾呼应,含蓄隽永。词中的景物意象亦实亦虚,被词人人格化、性灵化。如"霜馀已失长淮阔",既是写实,又仿佛哲人已逝的象征;"空听潺潺清颍咽",移情于景,借河水的幽咽悲切渲染对欧公的沉痛悼念;"草头秋露流珠滑,三五盈盈还二八",在写景中寄寓时光流逝、人事变迁的深沉感慨;结尾"惟有西湖波底月",既唤起对当年欧公游赏西湖的联想,又表现出怀念欧公的沉哀深悲。全篇笔笔写思念,却无一思念字面。虽是次韵,却浑然天成,毫无束缚之感,每一个人声韵字都用得自然,令人读之凄咽。天羽居士评此词:"一片性灵,绝去笔墨畦径。"(《草堂诗余》续集卷下)说"绝去笔墨畦径"似过玄,但"一片性灵"以含蓄深沉的笔墨出之,则是准确的。

满江红

怀子由作

清颍东流①,愁来送、征鸿去翮②。情乱处、青山白浪,万重千叠。孤负当年林下语③,对床夜雨听萧瑟④。恨此生、长向别离中,凋华发。　　一樽酒,黄河侧;无限事,从头说。相看恍如梦,许多年月。衣上旧痕馀苦泪,眉间喜气占黄色⑤。便与君、池上觅残春,花如雪。

[注释]

①清颍:颍水,淮河的支流。
②翮(hé 河):翅膀。
③孤负:同"辜负"。林下:山林,代指隐居处。
④"对床"句:嘉祐六年(1061),苏轼曾与弟弟苏辙在京城应试,当读到韦应物《示全真元常》"宁知风雨夜,复此对床眠"二句时,凄然有感,相约早退,共践雨夜联床之约。
⑤"眉间"句:古人认为眉间有黄色是吉兆,此处指可回家。

[点评]

元祐七年(1092)二月,苏轼自颍州移知扬州(今属江苏),此词是在赴扬州前作。当时其弟苏辙(子由)在京任尚书右丞。

此词上片抒发别情,下片设想欢聚之乐。全篇充溢深挚的手足之情和执着的归隐之念。苏轼退隐思想是受佛道哲学的深刻影响,更是在仕途上屡遭挫折后对人生价值和人生归宿的反复思考所致。

　　作者抒写离思别情,用东流清颍、去翮征鸿和万重千叠的青山白浪烘托,以广阔悠长的时空境界作背景,还借衣上泪痕、眉间喜气等细节描写表现,使抽象的情思具象化,令人可见可闻、可触可感。悲壮的语言,参差多变的句式、节奏,短促跌宕的入声韵脚,都有助于加强词的艺术感染力。

青玉案

和贺方回韵,送伯固归吴中①

　　三年枕上吴中路②,遣黄耳③,随君去。若到松江呼小渡④,莫惊鸳鹭。四桥尽是⑤,老子经行处⑥。　　辋川图上看春暮⑦,常记高人右丞句⑧。作个归期天已许。春衫犹是,小蛮针线⑨,曾湿西湖雨。

[注释]

①贺方回:贺铸,字方回,自号庆湖遗老,卫州(今河南卫辉)人,北宋著名词人。其《青玉案》原词云:"凌波不过横塘路,但目送、芳尘去。锦瑟华年谁与度?月桥花院,琐窗朱户,只有春知处。　　飞云冉冉蘅皋暮,彩笔新题断肠句。试问闲愁都几许?一川烟草,满城风絮,梅子黄时雨。"伯固:苏坚,字伯固。泉州人。曾任杭州监税官等职,博学能诗。后寓居丹阳(今江苏省丹阳市)。

②"三年"句:指苏坚在杭州做官,在梦中时念丹阳故居。

③黄耳:《晋书·陆机传》载,陆机有犬名黄耳,后陆机寓居洛阳,久无家中消息,

曾将书信系在黄耳的脖子上,让它送到松江家中,又从家中带回信至洛阳。此处借此典故表达希望友人回乡后常通音信。

④松江:即吴淞江,又称苏州河,源出太湖,东流到上海市区入黄浦江。

⑤四桥:苏州有四桥,为名胜。

⑥老子:老年人的自称。

⑦辋川图:唐代诗人、画家王维隐居辋川(今陕西蓝田县南)曾在蓝田清凉寺壁上绘《辋川图》。

⑧右丞:王维官至尚书右丞,人称王右丞。杜甫《解闷十二首》其七有"不见高人王右丞,蓝田丘壑蔓寒藤"之句。

⑨小蛮:白居易有妓人名小蛮,善舞,此处代指苏伯固的妾。

[点评]

　　元祐六年(1091)三月,苏轼将还朝,苏坚亦将还丹阳,此词当为在杭州送别苏氏之作。

　　全篇想象友人北返丹阳的情景,既表达双方情谊,又抒发自己对旧游之地的怀念。词中写苏州景色,选取"松江小渡""鸳鸯"和"四桥"等最有特征的景物意象,略加点染,饶有诗情画意。"辋川"两句以辋川图画喻状吴中山水之美,赞美友人的诗才,表达出对朋友的期望,是作者妙用典故和前人诗句的又一具体例子。煞拍处想象友人归去后仍然穿着的春衫,是杭州的爱妾所缝制,并曾被西湖雨淋湿过,既表现友人的风流倜傥,又追忆他和友人当年一同游赏西湖的情景,意境很美。清人况周颐《蕙风词话》卷二评曰:"'曾湿西湖雨'是清语,非艳语,与上三句相连属,遂成奇艳、绝艳,令人爱不忍释。坡公天仙化人,此等词尤为非其至者,后学已未易模仿其万一。"

辛丑十一月十九日^①

不饮胡为醉兀兀^②！此心已逐归鞍发。归人犹自念庭闱^③，今我何以慰寂寞？登高回首坡垄隔，但见乌帽出复没。苦寒念尔衣裘薄，独骑瘦马踏残月。路人行歌居人乐，童仆怪我苦凄恻。亦知人生要有别，便恐岁月去飘忽。寒灯相对记畴昔，夜雨何时听萧瑟^④？君知此意不可忘，慎勿苦爱高官职^⑤！

[注释]

①本诗原题为《辛丑十一月十九日既与子由别于郑州西门之外，马上赋诗一篇寄之》。
②胡为：何为。兀兀：昏沉貌。
③庭闱：父母的居处，代指父母。这年，作者的父亲苏洵留汴京修纂礼书，苏辙送别苏轼后要回到苏洵身边。
④"夜雨"句：唐代诗人韦应物《示全真元常》诗中有"宁知风雨夜，复此对床眠"之句。
⑤作者在诗末自注："尝有夜雨对床之言，故云尔。"

[点评]

嘉祐六年（1061），苏轼在汴京考中制科第三等，授大理评事凤翔府（今陕西凤翔县）签判，十一月动身赴任，苏辙送至郑州，又折返汴京侍奉父亲，本诗作于郑州西门外送别弟弟之后。诗中既叙写兄弟依依惜别的深情，又追忆昔年旧约，结尾以不苦求高官厚禄互勉。诗以问句突兀而起,接以心逐归鞍之句,扣人心弦。"归人""今我"一联,用加一倍写法,抒情沉挚。"登高""但见"二句,写二人在分别后一登高一回首;隔着坡垄,他仍看得见骑在瘦马上的弟弟的乌帽时出时没。这一笔状难写之景如在目前,在景中融注了兄弟依依不舍之情,极真切感人。"亦知"句作一顿挫,又转进一层,更使诗的章法显得曲折遒劲。

中秋见月和子由

明月未出群山高,瑞光万丈生白毫①。一杯未尽银阙涌,乱云脱坏如崩涛。谁为天公洗眸子②?应费明河千斛水!遂令冷看世间人,照我湛然心不起。西南火星如弹丸,角尾奕奕苍龙蟠③。今宵注眼看不见,更许萤火争清寒。何人舣舟临古汴④,千灯夜作鱼龙变⑤。曲折无心逐浪花,低昂赴节随歌板。青荧灭没转山前,浪飐风回岂复坚?明月易低人易散,归来呼酒更重看。堂前月色愈清好,咽咽寒螀鸣露草⑥。卷帘推户寂无人,窗下咿哑惟楚老⑦。南都从事莫羞贫⑧,对月题诗有几人?明朝人事随日出⑨,恍然一梦瑶台客⑩。

[注释]

①瑞光:月出时天空出现的霞光异彩。
②"谁为"句:从韩愈《效月蚀》诗"念此日月者,为天之眼睛"化出。

③角:角宿,东方苍龙七宿的第一宿。苍龙:苍龙七宿。

④舣(yǐ以)舟:船泊岸边。古汴:古汴河故道,流经徐州合泗水入淮河。

⑤"千灯"句:作者自注:"是夜,贾客舟中放水灯。"

⑥寒螀:古书上说的一种蝉。

⑦楚老:作者自注:"近有一孙,名楚老。"

⑧南都从事:指苏辙。时在南都(今河南商丘)任签判。

⑨"明朝"句:旧注说,这句用武元衡诗:"无因驻清景,日出事还生。"

⑩怳然:忽然。瑶台客:指神仙。旧注说:这句用李公垂《莺莺歌》:"怳然梦作瑶台客。"

[点评]

　　元丰元年(1078)作于徐州。此诗写中秋望月,思念胞弟,慨叹人生聚散,好景不长。诗的开篇写月未出初出之景,瑞光生白毫、银阙涌苍穹、云散如崩涛、银河洗天公眸子,想象奇丽,比喻新警,声势奕奕,满纸生辉。接下去写星、灯、寒螀、露草等,都是旁侧铺衬,营造出一片澄明之境。而对景怀人之情即自然渗透其中。全篇单行直贯而下,诗句流丽婉转,唱叹有致,令人讽诵沉吟而不能已。

东府雨中别子由^①

　　庭中梧桐树,三年三见汝:前年适汝阴^②,见汝鸣秋雨;去年秋雨时,我自广陵归^③;今年中山去^④,白首归无期。客去莫叹息^⑤,主人亦是客^⑥。对床定悠悠,夜雨空萧瑟。起折梧桐枝,赠汝千里行。归来知健否? 莫忘此时情。

①东府:宋初朝廷设中书、门下、尚书三省,与枢密院各分班奏事,称为二府。东府指三省,西府指枢密院。子由:苏辙,时任门下侍郎,系执政大臣,故在东府。

②"前年"句:指元祐六年(1091)八月再次出知颖州。

③"我自"句:指元祐七年(1092)八月自扬州被召还京师。广陵:即扬州。

④中山:即定州(今河北定县),战国时代为中山国地。

⑤客:作者自指。

⑥主人:指苏辙。

[点评]

　　元祐八年(1093)八月,朝廷命苏轼出知定州。九月三日,苏轼尚未赴任,主持元祐朝政的高太后去世,年轻的皇帝哲宗亲政。一些假借绍述熙宁新政而倾陷异己的官僚已跃跃欲试。苏轼预感到政局有变,离京前曾要求"上殿面辞",陈奏政见。遭到哲宗拒绝后,苏轼于九月二十六日上了《朝辞赴定州状》。这首诗是离京前在东府告别其弟苏辙所作。诗中抒写手足离别的深情,也含蓄表达了对宦途的厌倦与对政局的忧愤。此诗艺术构思与表现手法颇新颖别致。全篇分三段,前八句为一段,从向庭中梧桐树诉宦情别意落笔,写出三年内竟在雨中三见梧桐。而此次一别,白首再无归期。以下四句是二段,是作者告别子由的话,直抒客中相别、今后将独对夜雨之悲。结尾四句是第三段,拟子由告别之语。读此诗,如闻兄弟二人在雨中洒泪惜别之声。全篇清空如话而情味无穷。纪昀评:"愈琐屑,愈真至;愈曲折,愈爽朗。此为兴到之作。"(《纪评苏诗》卷三七)王文诰反驳说:"此篇大有慷慨,故语亦激昂之甚,非兴到之谓也。不读《朝辞赴定州状》而欲论此诗,难矣。"(《苏轼诗集》卷三七)其实二说可相得益彰。

竹外一枝斜更好

次韵子由岐下诗并序

（选六）

予既至岐下①,逾月,于其廨宇之北隙地为亭②。亭前为横池,长三丈。池上为短桥,属之堂。分堂之北厦为轩窗曲槛,俯瞰池上。出堂而南为过廊,以属之厅。廊之两旁各为一小池,皆引湄水③,种莲养鱼于其中。池边有桃、李、杏、梨、枣、樱桃、石榴、樗、槐、松、桧、柳三十馀株,又以斗酒易牡丹一丛于亭之北。子由以诗见寄,次韵和答,凡二十一首。

北 亭

谁人筑短墙,横绝拥吾堂。

不作新亭槛,幽花为谁香?

轩 窗

东邻多白杨,夜作雨声急。

窗下独无眠,秋虫见灯入。

荷 叶

田田抗朝阳④,节节卧春水⑤。

平铺乱萍叶, 屡动报鱼子。

鱼

湖上移鱼子，　初生不畏人。

自从识钩饵，　欲见更无因。

桃　花

争开不待叶，　密缀欲无条。

傍沼人窥鉴，　惊鱼水溅桥。

桧

强致南山树⑥，来经渭水滩⑦。

生成未有意，　鸦鹊莫相干。

[注释]

①岐：岐山，在今陕西岐山县东北。

②廨宇：官署。

③汧(qiān 千)水：水名，渭河支流，今名千河。

④田田：形容荷叶蓬勃茂盛的样子。语出《汉乐府·江南》："莲叶何田田。"

⑤节节：指藕根。

⑥南山：终南山，秦岭主峰之一，在今陕西西安市南。

⑦渭水：源于甘肃渭源鸟鼠山，流经陕西潼关入黄河。

[点评]

嘉祐七年(1062)三月，苏轼到凤翔府签判任后作。这一组五绝小诗，分别吟咏他的官署后园中的北亭横池、轩窗曲槛，池中的荷叶游鱼，池边的花木。写景状物，或白描，或拟人，笔致生动活泼，风格清丽自然。如《轩窗》写东邻白杨被夜风吹刮，如雨声急骤，搅扰诗人无法入眠；秋虫见灯，却趁机飞进屋来。描绘所见所闻的自然物情态,真切有趣,四句一气贯通。又如《鱼》,写小动物的细微变化,寄寓与《列子》"狎鸥"故事相似的哲理。这些小诗表现出诗人热爱生活、热爱自然的丰富情趣。苏轼在五绝这一诗体上用力最少,偶有所作,大多平庸,这一组是较有个性和生气的。

儋耳山①

突兀隘空虚②,他山总不如③。
君看道旁石④,尽是补天余⑤。

[注释]

①儋耳山:一名藤山,一名松林山,为儋州主山。
②突兀:形容山峰拔地而起的气势。隘空虚:遮蔽天空使之变狭隘。
③他山:《诗·小雅·鹤鸣》:"他山之石,可以攻玉。"
④石:张邦基《墨庄漫录》卷一记此诗谓:"叔党(苏轼之子苏过)云:'石'当作'者',传写之误;一字不工,遂使全篇俱病。"今案,此说似过。
⑤补天:《列子·汤问》记女娲氏炼五色石以补天。

[点评]

　　绍圣四年(1097)六月末到儋州作。此诗前二句赞美儋耳山高耸入云,超越众山;后二句感慨散布道旁的岩石,都是女娲氏补天时剩余下来的无用之物。显然,此诗有象征寄托,意味深长。但到底象征什么,诗人含而不发,令人费解。纪昀说:"未喻其意。"(《纪评苏诗》卷四二)老实地承认猜不透诗意。何焯说:"末二句自谓,亦兼指器之诸人也。"(冯应榴《苏文忠公诗合注》卷四一引)器之是刘安世,亦因政争被贬岭南。何焯指出后二句是喻指诗人自己和亦因党争被贬岭南的"天涯沦落人",却也未能揭示喻意。可见,此诗象征意蕴不易认知。据我看来,此诗是前赞后叹,点睛之笔是"补天"二字。儋耳山和道旁石,都有补天之才,却被弃置不用;儋耳山孤峰挺立,高撑天空。一赞一叹,诗人被排挤打击,无法为赵宋王朝出力立功,壮志未酬,流落天涯,仍坚强不屈,保持着刚直独立的人格气节——这些复杂、丰富、深厚而又难以言传的思想感情,便已渗透在这四句诗的字里行间。意象本体的象征性、情意传达的暗示性,以及语言叙述的新奇性,使这首小诗突破了不少古典诗歌比兴寄托比较直露明确的弱点,成为一首以最简约的语言暗示出深度意蕴的象征诗。

和孔密州五绝[①](选一)

东栏梨花

梨花淡白柳深青,柳絮飞时花满城。

惆怅东栏一株雪[②],人生看得几清明?

[注释]

①孔密州:孔宗翰,山东曲阜人,孔子四十六代孙。熙宁九年(1076)冬,继苏轼任密州知州。
②一株雪:指梨花。

[点评]

熙宁十年(1077)四月,苏轼到徐州知州任后,孔宗翰以诗相寄,苏轼和作五首绝句,此为第三首。诗人因梨花盛开而感叹春光易逝,人生短暂。首句写梨花、柳叶之色,一"淡"一"深",一"白"一"青",句中对仗,色调对比明丽。次句写梨花盛开、柳絮纷飞之状,以重叠词语和回环句式加重了伤春的感情色彩。三、四句化用唐代杜牧《初冬夜饮》"砌下梨花一堆雪,明年谁此凭栏干"诗意,但变原句所抒物是人非之感为人生易老之慨,情更浓郁深沉。以"一株"形容"雪",意象比"一堆雪"新奇、有创造性。全篇触景发兴,状景精美,唱叹有致,浑然天成,饶有唐人绝句风韵。陆游《老学庵笔记》卷一○说:"绍兴中,予在福州,见何晋之大著,自言尝从张文潜(张耒)游,每见文潜哦此诗,以为不可及。"清弘历《唐宋诗醇》卷三五评云:"浓至之情,偶于所见发露,绝句中几与刘梦得(刘禹锡)争衡。"洵非过誉。

梅花二首

春来幽谷水潺潺,　的皪梅花草棘间①。

一夜东风吹石裂②,半随飞雪度关山③。

何人把酒慰深幽④,　开自无聊落更愁。

幸有清溪三百曲,　不辞相送到黄州。

[注释]

①的皪(lì lì):鲜明貌。

②吹石裂:欧阳修《山斋绝句》有"正当年少惜花时,日日东风吹石裂"之句。

③飞雪:比喻飞花如雪。高适《和王七玉门关吹笛》:"借问落梅凡几曲,从风一夜满关山。"这里化用其意,实写落梅。

④深幽：深山幽谷。

[点评]

元丰二年(1079)十二月二十八日，因"乌台诗案"入狱的诗人得到神宗皇帝赦免而出狱，任职黄州团练副使。元丰三年(1080)正月，诗人赴黄州，路过湖北麻城县东的春风岭时，看见在风中盛开又洒落的梅花，触动情怀，写了这二首七绝。诗人以幽独的梅花自况，既赞美梅花"的皪""草棘间"的明洁鲜妍之貌，又感叹它"半随飞雪度关山""开自无聊落更愁"，显然寄托了自己的感情、个性和遭遇。诗人咏梅花，不即不离，亦实亦虚，托意在似有似无之间，运笔空灵而深沉。第二首后两句从"落"字生情，写只有三百曲清清溪流不辞辛苦，直送坠落飘零的梅花瓣亦即诗人到黄州。想象奇幻，深情绵邈，可与晚唐温庭筠《过分水岭》的"岭头便是分头处，惜别潺湲一夜声"媲美。

琴　诗①

若言琴上有琴声，放在匣中何不鸣？

若言声在指头上，何不于君指上听？

[注释]

①琴诗：此诗一作《题沈君琴》，诗前有自序云："武昌主簿吴亮君采，携其友人沈君十一琴之说，与高斋先生空同子之文、太平之颂以示予。予不识沈君，而读其书，乃得其义趣，如见其人，如闻其十一琴之声。予昔从高斋先生游，尝见其宝一琴，无铭无识，不知其何代物也。请以告二子：使从先生求观之。此十一琴者，待其琴而后。元丰六年闰六月。"吴君、沈君：事迹不详。高斋先生：赵抃，字阅

道,曾任参知政事。卒谥清献。无铭无识:没有铭文和款识。此序似与此诗关系
不大。

[点评]

　　元丰四年(1081)于黄州作。作者在《与彦正判官书》中谈到此诗是他听人
弹琴后有感而作,并自认此诗为"偈",即类似佛经的颂词。佛经《楞严经》云:
"譬如琴瑟、箜篌、琵琶,虽有妙音,若无妙指,终不能发,汝与众生亦复如是。"唐
代诗人韦应物《听嘉陵江水声寄深上人》诗云:"水性本云静,石中本无声;如何
两相激,雷转空山惊。"苏轼此诗的意蕴与写法,可能受到上引佛经与韦诗的启
发。诗以佛偈形式写出,前后二句都是一假设一反问,寓答于问。说明妙指拨
琴,才能奏出悦耳动听的曲调,仅有琴或妙指即高明的弹奏技巧是不成的。这就
启迪人们:任何事业的成功,都是客观条件和主观能动性结合的结果。此诗表现
出诗人探究事物真谛的浓厚兴趣,也显出诗人朴素的辩证思想,写得天真活泼,
机趣横生,耐人寻味。纪昀却批评说:"此随手写四句,本不是诗,蒐辑者强收入
集,千古诗集,有此体否?"(《纪评苏诗》卷二一)见解陈腐。"千古诗集"无此
体,正表明苏轼此诗独创一格。今人陈迩冬说此诗"写出了哲理,有禅偈的机
锋,似儿歌的天籁"(《苏轼诗选》,人民文学出版社,1987 年版,第 292 页)是精当
的。

海　棠

东风袅袅泛崇光①,香雾空濛月转廊。
只恐夜深花睡去,故烧高烛照红妆。

[注释]

①袅袅:形容微风吹拂。泛:摇动貌。崇光:在高处的海棠光泽。

[点评]

　　元丰七年(1084)春作于黄州。此诗所咏之海棠,当是作者在《寓居定惠院之东,杂花满山,有海棠一株,土人不知贵也》诗中所咏的那株西蜀海棠移植而来。诗人以花拟人,写出爱花惜花的深情。惜花,其实是惜己,大有"同是天涯沦落人"之感。诗的构思巧妙。前二句兼用正面描写与侧面渲染,创构出一个空濛迷幻的境界。后二句生发奇想,活用《明皇杂录》中载明皇以"海棠睡未足"比喻杨贵妃醉态的典故,更出之以"烧高烛照红妆"的痴情之语,形容海棠可谓尽态传神,风韵十足,故而脍炙人口。

食荔枝

（二首选一）

　　罗浮山下四时春①,卢橘杨梅次第新②。
　　日啖荔枝三百颗③,不辞长作岭南人④。

[注释]

①罗浮山:在今广东东江北岸,增城、博罗、河源等县之间,连延数百里。晋代葛洪曾于此炼丹。
②次第:按次序一个接着一个。
③啖(dàn旦):吃。

④岭南：五岭之南的地区。

[点评]

　　绍圣三年(1096)四月作于惠州。诗人以爽朗的语调，倾吐出他对荔枝和岭南各种风物的喜爱，表现出他能做一个岭南人的自豪感。诗写得形象而概括，夸张风趣，感情真率，传诵岭南。

壶中九华诗①

清溪电转失云峰，梦里犹惊翠扫空。

五岭莫愁千嶂外，九华今在一壶中②。

天池水落层层见，玉女窗虚处处通③。

念我仇池太孤绝，百金归买碧玲珑。

[注释]

①作者自序云："湖口人李正臣蓄异石九峰，玲珑婉转，若窗棂然。予欲以百金买之，与仇池石为偶，方南迁，未暇也。名之曰'壶中九华'，且以诗纪之。"仇池石，是作者所藏奇石盆景。壶，神仙壶公之壶。九华，山名，在安徽池州青阳县，旧名九子山，李白改其名为九华山，山上有九峰，如莲花，因名。
②一壶中：言石小，一壶可容。又用神仙壶公事，言壶中别有天地。《后汉书·费长房传》载，费长房见老翁卖药，悬一壶于座。市罢，跳入壶中。长房知非常人，遂从之学道。
③玉女：西岳华山有玉女峰，传说上有仙女，名玉女。又王延寿《鲁灵光殿赋》有

"玉女窥窗而下视"之句。此处化用,以状九华石"玲珑婉转,若窗棂然"。

[点评]

　　绍圣元年(1094)七月南行过湖口作。诗人借咏一块异石,将自己南迁中的一段旅途经历和感情经历叙写出来,可谓小题大做,小中见大。首联想象飞越,大处落墨,将艰苦寂寞的南迁旅途写成迅览清溪云峰、梦中惊叹翠色横空,是一次美妙的游历。既显示了自己的旷达乐观襟怀,又透露出对祖国锦绣河山的热爱之情。次联上句,一笔挥洒到五岭千嶂之外,以"莫愁"二字微露南迁之意;下句点醒题目,从一块奇石中营造出一个神仙世界,并写出自己对这个世界的深情神往。颈联正面描写壶中九华形象,写山石层叠多姿,玲珑婉转犹如窗棂,又用"天池水"与"玉女窗"的意象,渲染惝恍、神奇、美丽的仙境情调。尾联倾吐欲买壶中九华之意。分明是自己孤绝,却说是念仇池孤绝,再次含蓄抒发以旷达驱遣不幸的精神。全篇有俯视人间、洒然超脱的气度,有虚无缥缈、优美神奇的意境,有玲珑婉转、层层显现的结构。

水龙吟

次韵章质夫杨花词①

　　似花还似非花②,也无人惜从教坠③。抛家傍路,思量却是,无情有思④。萦损柔肠,困酣娇眼,欲开还闭。梦随风万里,寻郎去处,又还被、莺呼起⑤。　　不恨此花飞尽,恨西园、落红难缀⑥。晓来雨过,遗踪何在?一池萍碎⑦。春色三分:二分尘土,一分流水⑧。细看来,不是杨花,点点是离人泪⑨。

[注释]

①次韵:依照诗词作品原来韵脚及其次序和作。章质夫:章楶(jié),字质夫,宰相章惇之兄,浦城(今属福建)人,历官吏部侍郎、同知枢密院士、资政殿学士。他的《水龙吟·杨花词》广为传诵,词云:"燕忙莺懒芳残,正堤上柳花飘坠。轻飞乱舞,点画青林,全无才思。闲趁游丝,静临深院,日长门闭。傍珠帘散漫,垂垂欲下,依前被、风扶起。　　兰帐玉人睡觉,怪春衣、雪沾琼缀。绣床渐满、香球无数,才圆却碎。时见蜂儿,仰粘轻粉,鱼吞池水。望章台路杳,金鞍游荡,有盈盈泪。"元丰四年(1081)春夏间,章楶任荆湖北路提点刑狱,苏轼在黄州《与章质夫》信中说:"《杨花》词妙绝,使来者何以措词? 本不敢继作,又思公正柳花飞时出巡按,坐想四子(指章的妾侍),闭门愁断,故写其意,次韵一首寄去,亦告不以示人也。"可知苏轼此词作于是时。

②"似花"句:说柳絮似花但不是花。暗用梁元帝《咏阳云楼檐柳》诗"杨花非花树"和白居易《花非花》词"花非花,雾非雾"句意。

③从教(jiāo 交):听任。坠:飘落。

④无情有思:似乎无情,却是有意。这里情思的"思"与柳丝的"丝"谐音双关。梁简文帝《折杨柳诗》有"杨柳乱成丝",杜甫《白丝行》有"落絮游丝亦有情",韩愈《晚春》有"杨花榆荚无才思",均为此句所本。

⑤"梦随"三句:化用唐金昌绪《春怨》"打起黄莺儿,莫教枝上啼。啼时惊妾梦,不得到辽西"诗意。

⑥缀:连接、缀合。

⑦萍碎:作者自注:"杨花落水为浮萍,验之信然。"这是不符合科学的说法,但作为诗的想象是美妙的。

⑧"春色"三句:宋初叶清臣《贺圣朝》词有"三分春色三分愁,更一分风雨"句,这里化用其词意。

⑨"点点"句:宋人曾季貍《艇斋诗话》说,这里化用了唐人诗句"君看陌上梅花红,尽是离人眼中血"句意。

[点评]

　　对于章质夫的《水龙吟·杨花词》与苏轼的和词,历来有不同的评价。有人说二者不可轩轾;有人说章词曲尽杨花妙处,苏词不及;多数人认为苏词胜于章词。笔者赞同后一种意见。从咏物角度看,章词写杨花,只把它作为烘托离思的景物意象,用工笔细描杨花的形态,确能穷形尽态,曲传其妙;而苏词将杨花与思妇紧密糅合在一起,句句写杨花又句句是写思妇,既绘形逼肖,又传神微妙,将咏物拟人打成一片。神似高于形似,象征、隐喻的境界创作难度胜于一般借物咏情的写实境界。从抒情角度看,章词只是写闺妇相思之情;苏词既表现思妇青春已逝、情人不归的幽怨,又抒发自己怜春惜春的深情,更在词中融入自己宦海浮沉的感慨和对于时事的怅惘,抒情更浓挚,意蕴更丰富,韵味更深长。这种表面婉约而骨子沉郁的风格,胜于章词单纯的婉约。从和词角度看,苏词不但要遵守《水龙吟》调的谱式格律,还得依照章词的韵脚来写,多了一重限制。但他写得舒卷自如,圆润顺畅,笔墨空灵洒脱,毫无束缚之感,显出过人的才气。正如清代沈谦《填词杂说》云:"东坡'似花还似非花'一篇,幽怨缠绵,直是言情,非复赋物。"刘熙载《艺概·词概》亦云:"东坡《水龙吟》起云'似花还似非花',此句可作全词评语,盖不离不即也。"近代王国维《人间词话》评得更直截了当:"东坡《水龙吟》咏杨花,和韵而似原唱;章质夫词,原唱而似和韵。才之不可强也如是!"

江上值雪,效欧阳体[①]

缩颈夜眠如冻龟,雪来惟有客先知。江边晓起浩无际,树杪风多寒更吹。青山有似少年子,一夕变尽沧浪髭[②]。方知阳气在流水,沙上盈尺江无澌[③]。随风颠倒纷不择,下满坑谷高陵危。江空野阔落不见,入户但觉轻丝丝。沾裳细看巧刻镂,岂有一一天工为?

霍然一挥遍九野④,吁此权柄谁执持?世间苦乐知有几,今我幸免沾肤肌。山夫只见压樵担,岂知带酒飘歌儿?天王临轩喜有麦⑤,宰相献寿嘉及时⑥。冻吟书生笔欲折,夜织贫女寒无帏。高人著屐踏冷冽⑦,飘忽巾帽真仙姿。野僧斫路出门去,寒液满鼻清淋漓。洒袍入袖湿靴底,亦有执板趋阶墀⑧。舟中行客何所爱,愿得猎骑当风披。草中咻咻有寒兔⑨,孤隼下击千夫驰⑩。敲冰煮鹿最可乐,我虽不饮强倒卮⑪。楚人自古好弋猎⑫,谁能往者我欲随。纷纭旋转从满面,马上操笔为赋之。

[注释]

①本诗原题为《江上值雪,效欧阳体,限不以盐、玉、鹤、鹭、絮、蝶、飞、舞之类为比,仍不使皓、白、洁、素等字,次子由韵》。欧阳体:指欧阳修,他在颍州(今安徽阜阳)《咏雪》诗,诗中禁用玉、月、梨、梅、练、絮、白、舞、鹅、鹤、银等咏雪常用字入诗(《居士外集》卷四)。次子由韵:作诗和(hè 贺)他的弟弟苏辙。宋以后的人作诗唱和,习惯上要用原诗的韵脚,这叫次韵,也叫步韵。

②沧浪髭:水青色的胡须。

③澌:流冰。

④霍然:突然。九野:九州之地。

⑤天王:天子。轩:殿前檐下平台。

⑥献寿:庆寿,献物以表敬意。

⑦屐:鞋之一种,多为木底,有齿。

⑧板:笏板,大臣上朝用以记事的手板。阶墀:台阶。

⑨咻咻(xiū 休):呼吸声。

⑩隼(sǔn 笋):鹗,猛禽。

⑪卮(zhī 知):盛酒器。

⑫弋猎:射猎。弋,以绳系箭射。

　　嘉祐四年(1059)作于新滩至夷陵(今湖北宜昌)途中。此诗前半部分写江峡雪景,禁用一般咏雪常用的喻象和字词,难度很大。青年苏轼却凭着敏锐的观察力和捕捉形象的能力,调动视觉、听觉、触觉、感觉和大胆想象,运用正写、侧写、夸张、渲染等多种手法,因难见巧,把雪天江上的景象写得有形态、有声色、有气势、有神韵。特别是"青山有似少年子"二句,以人拟山,形象新奇风趣,非常精彩。后半部分叙写雪中人间苦乐不均的景象和自己喜欢雪中打猎的豪情,同样寓庄于谐,生气勃勃。清代汪师韩《苏诗选评笺释》卷一评云:"岩壑高卑,人物错杂,大处浩渺,细处纤微,无所不尽,可敌一幅王维《江干初雪图》。"赞赏此诗画境奇丽动人,评得精妙。

夜行观星

　　天高夜气严,列宿森就位。大星光相射,小星闹若沸。天人不相干,嗟彼本何事①? 世俗强指摘,一一立名字。南箕与北斗,乃是家人器②。天亦岂有之,无乃遂自谓③。迫观知何如④,远想偶有似。茫茫不可晓,使我长叹喟。

[注释]

①"嗟彼"句:感叹天上的星宿本来就不是有意做什么。
②"南箕"二句:说箕和斗都是家庭中人的用具。
③"天亦"二句:人们是因为箕宿、斗宿同箕斗形状相似而指称它们,并非它们本

来就有这些名称。无乃,副词,意为"不是"。

④迫观:近看。何如:如何。

[点评]

　　嘉祐五年(1060)春作于由湖北江陵赴汴京途中。诗人在寂静的春夜步行观星,以新奇丰富的想象探究宇宙的奥秘。他认为天象和人事本不相干,那种观星象以测人间吉凶的意念和行为是荒唐可笑的。这是对天人感应的唯心主义星象说的批判,闪烁着诗人正确认识宇宙自然的思想火花,也初步显示出苏诗的理趣。首联总写星空,森严沉着。"大星""小星"两句,状写生动,特别是说小星密集拥挤,闹声若沸,匪夷所思,奇趣洋溢。纪昀评曰:"语特奇恣。"(《纪评苏诗》卷一)

石鼓歌①

　　冬十二月岁辛丑,我初从政见鲁叟②。旧闻石鼓今见之,文字郁律蛟蛇走③。细观初以指画肚,欲读嗟如箝在口④。韩公好古生已迟⑤,我今况又百年后! 强寻偏旁推点画,时得一二遗八九。"我车既攻马亦同","其鱼维鲔贯之柳⑥"。古器纵横犹识鼎,众星错落仅名斗⑦。模糊半已隐瘢胝⑧,诘曲犹能辨跟肘⑨;娟娟缺月隐云雾,濯濯嘉禾秀稂莠⑩。漂流百战偶然存,独立千载谁与友? 上追轩颉相唯诺⑪,下揖冰斯同觳觫⑫。忆昔周宣歌《鸿雁》⑬,当时籀史变蝌蚪⑭。厌乱人方思圣贤⑮,中兴天为生耆耇⑯。东征徐虏阚虓虎⑰,北伏犬戎随指嗾⑱。象胥杂沓贡狼鹿⑲,方召联翩赐圭卣⑳,遂因鼓鼙思将帅,岂为考击烦矇瞍㉑!何人作颂比《嵩高》㉒?万古斯文齐峋嵝㉓。勋劳至大不矜伐㉔,文武未远犹忠厚㉕。欲寻年岁无甲乙,岂有名字记谁某。自从周衰更七国,竟使秦人有九有㉖。扫除诗书诵法律,投弃俎豆陈鞭杻㉗。当年何人佐祖龙㉘?上蔡公子牵黄狗㉙。登山刻石颂功烈㉚,后者无继前无偶。皆云"皇帝巡四国,烹灭强暴救黔首㉛"。六经既已委灰尘㉜,此鼓亦当遭击掊㉝。传闻九鼎沦泗上㉞,欲使万夫沉水取㉟。暴君纵欲穷人力,神物义不污秦垢。是时石鼓何处避?无乃天公令鬼守!兴亡百变物自闲,富贵一朝名不朽。细思物理坐叹息:人生安得如汝寿!

[注释]

①石鼓:我国传世的珍贵文物,今存北京故宫博物院。它由石头打琢而成,略似鼓形。每一鼓的周围都刻有文词,纪颂帝王田猎游宴的事,所以也称"猎碣"。唐时,始发现于岐阳之野,有九个,郑余庆把它们移到孔庙里保存。韦应物、韩愈都有诗咏歌它。五代时石鼓曾经散失。宋初复搜集起来,仍是九个。皇祐年间,向传师从一个农民家里找到一个,凑足十个。

②鲁叟:孔子。

③郁律:比喻笔致蜿蜒。蛟蛇走:形容字迹曲折生动。

④"欲读"句:说字音难读。

⑤"韩公"句:韩愈《石鼓歌》有"嗟予好古生苦晚"句。

⑥"我车"二句:作者自注说:"其词云:'我车既攻,我马既同。'又云:'其鱼维何?维鲂维鲤;何以贯之?维杨与柳。'惟此六句可读,余多不可通。"

⑦"古器"二句:意谓石鼓文字奇古难识,在众多字句中仅识六句,犹如许多古器中只识鼎,众星中只识斗星而已。

⑧"模糊"句:形容鼓石和字体的残破之状。瘢:疤痕,比喻石鼓因风雨而剥蚀。胝(zhī知):老茧,比喻石鼓被沙砾粘连。

⑨跟:脚跟。肘:臂肘。

⑩濯濯:光泽清秀貌。稂莠:田间杂草。这句说石鼓文中不清晰的笔画太多,好像田里不长庄稼,偏盛长杂草。

⑪轩:黄帝轩辕氏。颉:仓颉,传说他是轩辕使臣,第一个创造文字的人。

⑫冰:李阳冰,唐代文字学家、书法家,善小篆。彀(gòu 够):待哺食的雏鸟。毂(nòu 耨):奶,引申为吃奶的小孩。这两句说,石鼓字体,上承黄帝、仓颉古文,下启李斯、李阳冰的小篆。

⑬《鸿雁》:《诗·小雅》中的一篇,是赞美周宣王的。

⑭籀(zhòu 宙)史:周宣王时的史官,名籀。他变蝌蚪文为大篆,亦称籀文,正是石鼓文的字体。

⑮厌乱:指百姓厌周夷王、厉王时的动乱。圣贤:指周宣王。

⑯耆耇(qí gǒu 其狗):年高有德的人,指史籀。

⑰徐虏:指周代居于今苏北、皖北一带的部族,当时与周王朝对抗。阚:老虎发怒。虓虎:咆哮的老虎。虓,同"哮"。

⑱犬戎:周代西北的部落,又称猃狁(xiǎn yǔn 险允),即以后的匈奴。指嗾:对狗的使唤。

⑲象胥:掌管外邦、属国的官。贡狼鹿:《国语·周语》上说:周穆王征犬戎,获得四匹白狼四匹白鹿。贡,进献。

⑳方召:方叔、召虎,都是周宣王的臣子。圭:古代贵族所用的玉石制礼器。卣(yǒu 有):也是礼器,盛酒用。

㉑考击:敲击。矇瞍:瞎子,指乐师。

㉒《嵩高》:《诗·周颂》的一篇,是颂扬周宣王的。

㉓岣嵝(gǒu lǒu 狗搂):碑名,又称"禹碑",凡77字,字形怪异难辨,后人附会是夏禹治水纪功的石刻。

㉔矜伐:居功骄傲。

㉕文武:指周文王、周武王。

㉖九有:九州。

㉗俎(zǔ 祖):砧板。豆:盛肉食的器具。俎和豆都是祭器、礼器。杻(chǒu 丑):刑具。

㉘祖龙:指秦始皇。祖,人之始;龙,帝之象。

㉙上蔡公子:指李斯,秦始皇的丞相,上蔡人。在未相秦时,他是一个常牵黄狗出上蔡东门的公子哥儿。《史记·李斯列传》写他被杀前对儿子说,想再牵黄狗出上蔡东门追逐狡兔也不可能了。

㉚"登山"句:《史记·秦始皇本纪》载,秦始皇数次东巡,登山刻石以纪颂他的功绩。

㉛烹:杀,除。强暴:这里指六国。黔首:黎民,犹言说黑家伙。黔、黎,都是黑色,这是古代对于劳动人民侮辱的称呼。

㉜六经:《诗》《书》《易》《礼》《乐》《春秋》的合称。这里泛指秦始皇所焚禁的书籍。

㉝掊:这里同"剖"。击掊,打破。

㉞九鼎:古代传说,夏禹铸九鼎,象征九州。秦攻西周,取九鼎移置咸阳,有一鼎飞入泗水。

㉟"欲使"句:《史记·秦始皇本纪》载,秦始皇二十八年,他想把那落入泗水的鼎打捞起来,曾使千人泗水寻觅,不得。

[点评]

　　嘉祐六年(1061)十二月十六日,苏轼在凤翔府签判任上,谒孔庙,见石鼓,作此诗。次年,将此诗收入组诗《凤翔八观》之中。诗人以古文笔法叙述自己见到石鼓的经过,描写石鼓的状貌和鼓上文字,然后叙述石鼓原委,歌颂周宣王的历史功绩和仁政,谴责秦始皇的暴政,最后感叹周秦两朝,无论"忠厚""暴虐"皆成陈迹,而石鼓作为历史沧桑的见证和珍贵的文物,显示了中华民族高度的智慧和才能,将千秋万载,永存人间。诗中描摹石鼓的形态,或白描或比喻,或用工笔精细刻画,或用意笔简洁勾勒,形象生动传神。诗中议论在对事物的具体叙写中逐层展开,酣畅淋漓且有条不紊,见解精警深刻;全篇几乎都用对仗,却能在整饬中求变化,笔墨开合动荡,并无拘束板滞之病。清代的诗评家对此诗评价很高。王士禛认为它是"古今奇作,与杜子美、韩退之鼎峙"(《池北偶谈》卷一一)。汪师韩赞曰:"雄文健笔,句奇语重,气魄与韩退之作相埒,而研炼过之。……澜翻无竭,笔力驰骤,而章法乃极谨严,自是少陵嗣响。"(《苏诗选评笺释》卷一)纪昀评云:"精悍之气,殆驾昌黎而上之。"(《纪评苏诗》卷三)此诗堪称体大思精的七古杰作。

和子由《记园中草木》^①

（十一首选二）

其　二

荒园无数亩^②，草木动成林^③。春阳一以敷^④，妍丑各自矜^⑤。葡萄虽满架，困倒不能任^⑥。可怜病石榴，花如破红襟^⑦。葵花虽粲粲，蒂浅不胜簪^⑧。丛蓼晚可喜^⑨，轻红随秋深^⑩。物生感时节，此理等废兴。飘零不自由，盛亦非汝能。

其　三

种柏待其成^⑪，柏成人已老。不如种丛篲^⑫，春种秋可倒。阴阳不择物^⑬，美恶随意造。柏生何苦艰，似亦费天巧^⑭。天工巧有几，肯尽为汝耗？君看藜与藿^⑮，生意常草草^⑯。

[注释]

①子由：作者弟弟苏辙，字子由。园：指南园，是作者在汴京的家园，地在汴京宜秋门内，时子由住园中。据《栾城集》，苏辙原作共十首，他在自注中说："时在京师。其诗一萱草，二竹，三种芦，四病榴，五葡萄，六丛篲，七果裸，八牵牛，九柏，十葵。"苏轼的和诗在最后添了一首咏梦中蟋蟀悲秋菊，共得十一首。

②无数亩：没有几亩。

③动成林：不经意中往往已长成林丛。

④敷:铺饰。这里引申作普照。

⑤妍丑:美丑。自矜:自夸。

⑥囷:盘曲貌。任:承受。

⑦红襟:红色衣襟。

⑧蒂浅:花蒂短。不胜簪:不能作为簪花插在头上。

⑨蓼:一种草本植物,多长于水边,花白色,入秋后渐加深为浅红。按:苏辙原作没有《蓼》诗,但诗人在和诗第一首中有"牵牛与葵蓼,采扎入诗卷"的诗句,所以这里以蓼作衬。

⑩轻红:浅红。

⑪待其成:期待它长大成材。

⑫簧(huì 会):竹名,又称四季竹,杆细,丛生,可做扫帚。

⑬阴阳:指气候的寒暖。

⑭天巧:大自然的创造力。

⑮藜、藿:两种野菜。

⑯生意:生机。草草:匆促。这里引申作短暂。

[点评]

这里选录的两首诗,作于嘉祐八年(1063)八月,时作者任凤翔府签判。第一首和答苏辙的《葡萄》《病石榴》《葵》三首。诗人先总写园中草木在阳光普照下转瞬成林,美丑各异,又各自矜夸,然后分写葡萄、病石榴、葵各自的生长情态和特点,再用丛蓼衬托一笔,最后议论感慨。诗人认为,万物的生长受到时令节气的影响,这个道理和世事的兴衰是一样的。草木的零落不由自主,它们生长茂盛也不是只靠各自的本领。这里反映了诗人对自然万物与人的生存状态的思考,诗人深刻认识到客观的环境、条件对自然物和人的生存状态的巨大影响。第二首是和答苏辙《柏》《簧》二首,章法和上一首不同。诗人从柏入手,再写簧,以后柏为明点,簧则暗结,双收而侧重于柏。结尾与上一首同,以藜、藿衬托一笔。诗人由柏、簧的不同生发议论。他指出,气候的寒暖变化对万物都是一样的。万物是美是恶,也是随意而生。柏树生长十分艰难,好像已经费尽了天工的力量,而簧以及藜、藿的生长却很容易,但生命十分短促。如果说前一首诗人是思考客观环境对人的成长发展的决定作用,那么,这一首是深入一步地思考在同样的环境、条件下,人为什么会有不同的生存状态、不同的命运。这两首诗都表现了苏轼青年时期已经在思索和探讨自然与人生的奥秘,在咏物诗中注入了哲理理趣。由于诗人的哲理思索和议论都是从对自然景物的观察与表现中自然引发而出,又带着诗人好奇、赞叹、深思的情味,语言浅近畅达,故而并不减损诗味。《唐宋诗醇》中评苏轼这组咏物诗:"俱是杂写花木,随处指出妙谛,非见道忘山者不能获此圆通也。"纪昀《纪评苏诗》卷五也说:"纯乎正面说理,而不入肤廓,以仍是诗人意境,非道学意境也。理喻之米,诗则酿之而为酒;道学之文,则炊之而为饭。"从这两首诗看,他们的评论是精当的。

欧阳少师令赋所蓄石屏

　　何人遗公石屏风①,上有水墨希微踪②。不画长林与巨植,独画峨眉山西雪岭上万岁不老之孤松。崖崩涧绝可望不可到,孤烟落日相溟濛③。含风偃蹇得真态④,刻画始信有天工。我恐毕宏韦偃死葬骥山下⑤,骨可朽烂心难穷。神机巧思无所发,化为烟霏沦石中。古来画师非俗士,摹写物象略与诗人同。愿公作诗慰不遇,无使二子含愤泣幽宫。

[注释]

①遗(wèi 畏):这里通"馈",赠送。
②希微:暗淡。
③溟濛:模糊不清。

④偃蹇：夭矫屈曲。

⑤毕宏、韦偃：都是唐代画家，善画松。虢（guó 国）山：在虢州（今河南卢氏县），石屏产地。

[点评]

　　熙宁四年（1071），欧阳修以太子少师致仕，退居颍州（今安徽阜阳）。此年苏轼赴杭州通判任，过颍，谒见欧阳修，观赏了他收藏的这块石屏，应命赋诗。苏轼驰骋奇崛、丰富的想象力，把石屏上的天然色痕纹理想象为是天公造化刻画出的"峨眉山西雪岭上万岁不老之孤松"，继而又以崩崖绝涧、孤烟落日的背景环境烘染这棵孤松之神，生动地描绘它在风中的夭矫屈曲之态；接着更匪夷所思、迁想妙得，说是葬于虢山的唐代画家毕宏、韦偃画兴未已，神机巧思化为烟霏凝入石屏，做出此幅水墨孤松图，借此抒发内心激荡不平之气，倾吐自己因对新法不满被迫外任的愤懑；同时，也巧妙地在抒发对毕、韦的崇仰和对其生前遭遇痛感不平中，融入自我的境况心情，并表达了诗画艺术都要天工自然的精辟美学见解。此诗不仅想象奇丽，感情激越，意蕴丰厚，而且以意运笔，挥洒自如，以七字句为主，又笔随意到地插入九字句、十一字句乃至诗史上从未有过的十六字句，长短错落，变化多姿，气势雄放。难怪汪师韩《苏诗选评笺释》卷一赞曰："长句磊砢，笔力具有虬松屈盘之势。"

求焦千之惠山泉诗①

　　兹山定空中，乳水满其腹。遇隙则发见，臭味实一族②。浅深各有值，方圆随所蓄。或为云汹涌；或作线断续；或鸣空洞中，杂佩间琴筑③;或流苍石缝,宛转龙鸾蹙。瓶罂走千里④,真伪半相渎⑤。贵人高宴罢,醉眼乱红绿。赤泥开方印⑥,紫饼截圆玉⑦。倾瓯共叹赏,窃语笑僮仆。岂如泉上僧,盥洒自挹掬。故人怜我病,蒻笼寄新馥⑧。欠伸北窗下,昼睡美方熟。精品厌凡泉,愿子致一斛。

[注释]

①焦千之:字伯强,颍州人,曾是欧阳修门下客,后授秘书校理,终知无锡。惠山泉:常州无锡县惠山寺的泉水,唐代陆鸿渐《煎茶水品》称为天下第二泉。
②臭味:气味。族:类。
③筑:古乐器名。
④罂(yīng 英):盛液体的陶制容器,大肚小口。
⑤渎:冒犯。
⑥赤泥开方印:这句用唐刘禹锡《试茶》诗句,指盛惠山泉的瓶罂上的官封印。
⑦紫饼:当时饼茶多用珍膏油其面,故有青黄紫黑之别。
⑧蒻(ruò 弱):草名,嫩青蒲,用其叶封裹茶叶以便收藏。

[点评]

熙宁五年(1072)在杭州作。诗人以诗代简,请求友人送来清冽甘甜的惠山泉水。开篇想象整座惠山中间是空的,乳水充满其腹,可谓奇想天开,意新语创。接下来描绘泉水在山中流动的状态,妙用博喻,生动的意象纷至沓来,使泉水的形象异常丰满鲜明。写"贵人"酒宴后品茗饮泉、叹赏窃语,以及泉上僧随意挹掬、畅快盥洒,也无不曲尽情态,风趣横生。

月夜与客饮杏花下①

杏花飞帘散馀春,明月入户寻幽人②。褰衣步月踏花影③,炯如流水涵青蘋④。花间置酒清香发,争挽长条落香雪⑤。山城酒薄不堪饮,劝君且吸杯中月。洞箫声断月明中⑥,惟忧月落酒杯空。明朝卷地春风恶,但见绿叶栖残红⑦。

[注释]

①元丰二年(1079)二月在徐州作。《东坡志林》卷一《黄州忆王子立》云:"仆在徐州,王子立、子敏皆馆于官舍,而蜀人张师厚来过,二王方年少,吹洞箫饮酒杏花下。"
②幽人:幽怀之人,作者自指。
③褰衣:提起衣襟。
④炯:光明貌。涵:包涵,沉浸。
⑤挽:拉。香雪:喻花。
⑥声断:声音停歇。
⑦残红:指落花。

[点评]

这首诗先写月下杏花,接写花间饮酒,写到"劝君且吸杯中月",极豪宕逸乐之情致;忽然陡转,发洞箫声断之忧,抒明朝风恶花残之悲,流露出作者对于政治风云变幻的忧患感,以及由此而生的人生如梦、及时行乐的思想感情。苏诗以用典广博为特色,此篇纯系直写,反觉新颖。诗中写月下花影花香,清幽超远,空灵奇逸,尤其是三、四句写月光下花影闪动,如同青蘋沉浸于流水之中,意象新鲜优美,意境明净澄澈。苏轼的小品名篇《记承天寺夜游》描绘月下庭院景色云:"庭下如积水空明,水中藻荇交横,盖竹柏影也。"景趣相同,可相互媲美,都是自然高妙之笔。旧题王十朋《百家注分类东坡先生诗》卷一〇引赵次公云:"此篇不使事,语亦新造,古所未有,殆涪翁(黄庭坚)所谓不食烟火食人之语也。"评得中肯。

寓居定惠院之东,杂花满山, 有海棠一株,土人不知贵也

　　江城地瘴蕃草木①,只有名花苦幽独②。嫣然一笑竹篱间,桃李漫山总粗俗。也知造物有深意,故遣佳人在空谷③。自然富贵出天姿,不待金盘荐华屋④。朱唇得酒晕生脸,翠袖卷纱红映肉;林深雾暗晓光迟,日暖风轻春睡足⑤。雨中有泪亦凄怆,月下无人更清淑。先生食饱无一事⑥,散步逍遥自扪腹,不问人家与僧舍,拄杖敲门看修竹。忽逢绝艳照衰朽,叹息无言揩病目。陋邦何处得此花,无乃好事移西蜀?寸根千里不易致,衔子飞来定鸿鹄⑦。天涯流落俱可念⑧,为饮一樽歌此曲。明朝酒醒还独来,雪落纷纷那忍触!

[注释]

①地瘴:指南方山林间湿热蒸郁之气。蕃:旺盛生长。
②苦:甚。

③"故遣"句:化用杜甫《佳人》诗:"绝代有佳人,幽居在空谷。"

④荐:献,进。

⑤"日暖"句:《明皇杂录》载,唐玄宗曾把醉中的杨贵妃比作"海棠睡未足"。这里反用其意。

⑥先生:作者自称。

⑦子:种子。

⑧"天涯"句:用白居易《琵琶行》"同是天涯沦落人"句意。

[点评]

　　元丰三年(1080)二月苏轼寓居黄州定惠院期间作。诗人赞美一株西蜀海棠幽独高雅、美丽清淑,悲叹它飘零陋邦,与杂花草莽为伍,其实是寄托自己的情操,哀伤自己的遭遇。诗中妙用拟人手法描绘海棠,把它写成一位风姿高秀的绝代佳人:"朱唇"二句状其衣着、容貌、肤色之美,"日暖"句摹其春睡之态,"嫣然"句摄其动人笑靥,"雨中"句传其孤苦凄怆之情。诗人或用工笔或用意笔,无不惟妙惟肖,形神俱活。至于兴象之深微,词格之超逸,更是诗人戛戛独造。清代查慎行誉为"千古绝作"(《初白庵诗评》卷中)。纪昀赞曰:"此种真非东坡不能,东坡非一时兴到亦不能。"(《纪评苏诗》卷二〇)苏轼也认为是"平生得意诗"。据宋代朱弁《风月堂诗话》卷下载,苏轼对人吟诵到"雨中""月下"一联时,曾说:"此两句乃吾向造化窟中夺将来也。"

和秦太虚梅花^①

　　西湖处士骨应槁^②,只有此诗君压倒。东坡先生心已灰,为爱君诗被花恼。多情立马待黄昏,残雪消迟月出早。江头千树春欲暗,竹外一枝斜更好。孤山山下醉眠处,点缀裙腰纷不扫③。万里春随逐客来,十年花送佳人老。去年花开我已病,今年对花还草草。不知风雨卷春归,收拾馀香还畀昊④。

[注释]

①秦太虚:秦观,字太虚,有《和黄法曹忆建溪梅花》诗,苏轼此篇即为和作。

②西湖处士:指林逋,字君复,北宋诗人,隐居西湖孤山,酷爱梅花。他的《山园小梅》"疏影横斜水清浅,暗香浮动月黄昏"传为名句。

③裙腰:指长着碧草的山腰。语出白居易《杭州春望》:"谁开湖寺西南路,草绿裙腰一道斜。"

④畀(bì 避):给予。昊(hào 浩):广大的天。语出《诗经·小雅·巷伯》:"投畀有昊。"

[点评]

　　元丰七年(1084)正月在黄州作。诗中写他因为爱林逋和秦观的梅花诗而更爱梅花。但自已穷愁潦倒,有负大好春光,还不知芳春已随风雨归去。诗人不沾滞于咏梅,而能寓感慨于言外,寄托深远。全篇押"槁"字仄韵,诗句骈散交错,音韵流美。诗中描绘梅花,正面描绘仅"江头""竹外"一联,点染生动,传神微妙,造语新鲜自然。《诗人玉屑》卷十七引范正敏《遯斋闲览》评云:"语虽平易,然颇得梅之幽独闲静之趣。"还有人认为并不比林逋的"疏影""暗香"二句逊色。

聚星堂雪①

窗前暗响鸣枯叶,龙公试手初行雪。映空先集疑有无,作态斜飞正愁绝。众宾起舞风竹乱,老守先醉霜松折;恨无翠袖点横斜②,只有微灯照明灭。归来尚喜更鼓永,晨起不待铃索掣③;未嫌长夜作衣稜,却怕初阳生眼缬④。欲浮大白追馀赏,幸有回飙惊落屑。模糊桧顶独多时,历乱瓦沟才一瞥。汝南先贤有故事⑤,醉翁诗话谁续说⑥? 当时号令君听取:白战不许持寸铁⑦!

[注释]

①聚星堂:欧阳修守颍州(今安徽阜阳)时所建,是他晚年宴客之处。诗前有自序云:"元祐六年十一月一日,祷雨张龙公,得小雪。与客会饮聚星堂,忽忆欧阳文忠公作守时,雪中约客赋诗,禁体物语,于艰难中特出奇丽。尔来四十馀年,莫有继者。仆以老门生继公后,虽不足配先生,而宾客之美,殆不减当时。公之二子又适在郡。故辄举前令,各赋一篇。"张龙公:张路斯,唐代颍上人,景龙中为宣城令,后来传说他是龙的化身。欧阳修《集古跋尾》中说,颍上百社村有他的祠庙,"岁时祷雨,屡获其应,汝阴人尤以为神也。"禁体物语,一种诗格。参见前《江上值雪,效欧阳体,限不以盐、玉、鹤、鹭、絮、蝶、飞、舞之类为比,仍不使皓、白、洁、素等字,次子由韵》。公之二子,指欧阳棐和欧阳辩。
②翠袖:指佳人,语出杜甫《佳人》"天寒翠袖薄"。横斜:指梅花。语出林逋《山园小梅》:"疏影横斜水清浅。"
③铃索掣:宋时州府衙门有铃阁,摇铃以报时。

④眼缬(xié邪)：眼花。

⑤汝南先贤：指欧阳修。颍州是旧汝南之地。

⑥醉翁诗话：即欧阳修的《六一诗话》。

⑦白战：徒手战，喻白描手法。

[点评]

　　元祐六年(1091)十一月作于颍州。此诗是苏轼继其三十多年前所作《江上值雪，效欧阳体》后第二首禁用体物语的咏雪诗。全篇描写小雪景象，俱从人物的视、听、触、心各种感觉以及行为动作中显出，摹写细景如画，不用体物语而体物神妙；几乎句句有出处，融化事典；更以生劖之笔作盘硬之语，摆脱咏雪诗多以悠扬飘荡取其韵致的常态；通篇诗意却自然流畅，音节奇崛，有斩截之美；结尾画龙点睛，不落俗套。从艺术角度看，确是"于艰难中特出奇丽"的佳构。此诗反映了苏轼在元祐时期对诗艺的苦心追求和对体物技巧的刻意练习，但作品缺乏扎实的内容和深刻的思想。这与此前诗人在朝中三年多，比较脱离现实生活是很有关系的。

雪浪石①

　　太行西来万马屯，势与岱岳争雄尊。飞狐上党天下脊②，半掩落日先黄昏。削成山东二百郡③，气压代北三家村④。千峰右卷蠹牙帐⑤，崩崖凿断开土门⑥。掲来城下作飞石⑦，一炮惊落天骄魂。承平百年烽燧冷，此物僵卧枯榆根。画师争摹雪浪石，天工不见雷斧痕。离堆四面绕江水⑧，坐无蜀士谁与论？老翁儿戏作飞雨，把酒坐看珠跳盆。此身自幻孰非梦,故国山水聊心存。

[注释]

①此篇是苏轼《次韵滕大夫三首》之一。滕大夫:滕希靖,海陵人,时倅定州。雪浪石:苏轼为其所获佳石命名,并名其居室为雪浪斋,作《雪浪斋铭》,引言云:"予于中山后圃得黑石,白脉,如蜀孙位、孙知微所画石间奔流,尽水之变。又得白石曲阳,为大盆以盛之,激水其上,名其室曰雪浪斋。"
②飞狐:飞狐口,在今河北涞源县与蔚县之间,两崖峭立,一线微通,迤逦蜿蜒百余里。上党:即今山西长治一带。二者均属太行山脉,地势极高,故曰"天下脊"。
③削:划分。山东:指太行山以东。
④代北:指今山西代县以北。三家村:极言人烟稀少。
⑤牙帐:即军帐,前立大旗。
⑥土门:即井陉口,又名土门口,在河北井陉,为太行八陉之第四陉。
⑦揭来:往来。
⑧离堆:即四川灌县都江堰,秦时李冰所凿。

[点评]

元祐八年(1093)十一月作于定州(今河北定县)。作者获得一块白石,他想象此石是古代抗击匈奴的战争中炮击敌人的飞石,借此抒发拒敌备边之思。但边地没有战争,他在定州无所作为,在玩水观石中,不禁兴起人生如梦的思绪与归蜀的念头。写石,却从定州的天险形势说起,有如奇峰天外飞来,突兀撑空。继而写古代战事,点出雪浪石。脱卸出落,运笔便捷如转丸。"画师""天工"二句虽正面落墨,亦是虚写,已显其神妙,又想象它是江水环绕之离堆,自然引出蜀国山水。全诗劲气直贯不断。有此劲气,写动景则山岑竞举,写静景则壁岸无阶,意象雄奇,语语挺拔,是苏诗中的七古杰作。

鹤 叹

　　园中有鹤驯可呼,我欲呼之立坐隅①。鹤有难色侧睨予:"岂欲

臆对如鵩乎②?我生如寄良畸孤③,三尺长胫阁瘦躯④。俯啄少许便

有馀,何至以身为子娱!"驱之上堂立斯须,投以饼饵视若无。戛然

长鸣乃下趋⑤,难进易退我不如⑥!

[注释]

①坐隅:座位的边角。
②"岂欲"句:汉代贾谊谪居长沙时作《鵩鸟赋》,中有"口不能言,请对以臆"之
句。臆对,以心相对。
③畸孤:零落孤独。
④阁:托起,架着。
⑤戛(jiá 假)然:象声词。
⑥"难进"句:用《礼记·表记》:"事君难进而易退。"

[点评]

　　元祐八年(1093)十一月在定州作。此诗咏鹤以自托。写法却是"我"与
鹤分写:"我"欲呼鹤,鹤作"臆对"之语;"我"驱鹤上堂,投以饼饵,鹤视若无
睹,长鸣下趋。代鹤设语,写得情景逼真,有戏剧性。结尾一句点题旨,为点睛
之笔。章法奇绝,语言精练。《唐子西语录》云:"东坡居士作《鹤叹》诗,尝写
'三尺长胫口瘦躯'缺其一字,使任德翁辈下之,凡数字。东坡徐出其稿,盖

'阁'字也。此字既出,俨然如见病鹤矣。""阁"字活画出此鹤病瘦之形貌情态,确实精妙传神。

十一月二十六日,松风亭下,梅花盛开[①]

春风岭上淮南村,昔年梅花曾断魂[②]。岂知流落复相见,蛮风
蜑雨愁黄昏[③]。长条半落荔枝浦,卧树独秀桄榔园[④]。岂惟幽光留
夜色,直恐冷艳排冬温。松风亭下荆棘里,两株玉蕊明朝暾。海南
仙云娇堕砌,月下缟衣来叩门[⑤]。酒醒梦觉起绕树,妙意有在终无
言。先生独饮勿叹息,幸有落月窥清樽。

[注释]

①松风亭:在惠州嘉祐寺附近。

②"昔年"句:作者自注:"予昔赴黄州,春风岭上见梅花,有两绝句。明年正月,
往岐亭道上,赋诗云:'去年今日关山路,细雨梅花正断魂。'"

③蜑(dàn 蛋):我国南方少数民族之一。此句形容少数民族地区的荒凉景象。

④桄榔:木名,俗称砂糖椰子。常绿乔木,羽状复叶。肉穗花序之汁可制糖,茎髓
可制淀粉。

⑤"海南"二句:托名柳宗元《龙城录》有梅花化为女子同隋代人赵师雄欢饮的故
事。此二句用此典故。

[点评]

绍圣元年(1094)十一月作于惠州。这是一首咏梅诗。在诗人的笔下,荆棘

丛中盛开的梅花美如身着缟衣素裳的海南仙子，带着深情轻叩诗人寂寞深闭的双扉。她是诗人谪迁生活中亲密的伴侣，是诗人清高幽独心境的象征，是诗人美好理想的化身。如果说，苏轼写于黄州的《和秦太虚梅花》中，“江头千树春欲暗，竹外一枝斜更好”清空入妙，那么，此诗“海南仙云娇堕砌，月下缟衣来叩门”则使事传神。所谓使事传神，就是诗人以奇丽的想象融铸事典，创造出带有浓郁浪漫色彩的海南仙子形象来为梅花传神。正如纪昀所评：“天人姿泽，非此笔不称此花。”（《纪评苏诗》卷三八）又如汪师韩所赞：“秀色孤姿，涉笔如融风彩霭。”（《苏诗选评笺释》卷六）全篇章法井然，每四句自成一个片段，由春风岭上的昔年梅花，到荔枝浦的半落长条、桄榔园的独秀卧树，逐步引出松风亭下两株玉蕊，如此层层铺垫、衬托，使这两株梅花的冰雪姿质更加光彩照人。诗押“暾”韵，一韵到底，音调谐美，声情并佳。范正敏《遯斋闲览》称之为“韵险而语工，非大手笔不能到”。

四月十一日初食荔枝

南村诸杨北村卢[①]，白华青叶冬不枯。垂黄缀紫烟雨里，特与荔子为先驱。海山仙人绛罗襦，红纱中单白玉肤。不须更待妃子笑[②]，风骨自是倾城姝。不知天公有意无，遣此尤物生海隅[③]。云山得伴松桧老，霜雪自困楂梨粗[④]。先生洗盏酌桂醑[⑤]，冰盘荐此赪虬珠[⑥]。似闻江鳐斫玉柱[⑦]，更洗河豚烹腹腴[⑧]。我生涉世本为口，一官久矣轻莼鲈[⑨]。人间何者非梦幻，南来万里真良图！

[注释]

①"南村"句:作者自注:"谓杨梅、卢橘也。"

②"不须"句:用杜牧《过华清宫绝句》"一骑红尘妃子笑,无人知是荔枝来"。

③尤物:指特别美的女子或特别名贵的物品。

④桧:圆柏。楂梨:山楂和梨。二句谓荔枝生于南方,得与云山松柏同长,不像北方的山楂、梨子,因困风霜而果质粗糙。

⑤桂醑(xǔ 许):新酿的桂酒。

⑥赪(chēng 称)虬珠:赤龙珠。

⑦江鳐柱:蛤蜊一类名贵海味。

⑧腹腴:鱼腹下的肥肉。

⑨莼鲈:莼菜羹和鲈鱼脍。《晋书·张翰传》:张翰见秋风起,想起吴中家乡的菰菜、莼羹、鲈鱼脍,便弃官归乡。后以莼鲈之思代指乡味或乡思。

[点评]

绍圣二年(1095)在惠州作。苏轼对我国南方的名果荔枝情有独钟,集中写过几首有关荔枝的佳作。本篇是初食荔枝所作。诗中运用拟人、幻想、比喻、用典、衬托、对照等手法描绘荔枝的生长季节、环境,荔枝的本性、形、色、肉质、美味、风韵等,可谓形容备至,穷形尽相。特别是"海山""红纱"二句,把荔枝写成海山仙姝,身穿大红罗袄,里面是红纱的贴身内衣,映现出莹白如玉的肌肤,真是形神兼具,风姿优美。纪昀评:"生香真色涌现毫端,非此笔不能写此果。"(《纪评苏诗》卷三九)由于得以品尝、欣赏这名贵的荔枝,以至诗人发出"南来万里真良图"的感叹,把自己被贬谪海角天涯的艰危境遇,看作一次美好的远游。近人高步瀛评赞此诗:"情景音节皆极入妙,可为咏物诗之轨则。"(《唐宋诗举要》卷三)

友情常在

常羡人间琢玉郎

绿筠亭

爱竹能延客，求诗剩挂墙^①。

风梢千纛乱^②，月影万夫长。

谷鸟惊棋响，　山蜂识酒香。

只应陶靖节^③，会听北窗凉^④。

[注释]

①"求诗"句：《新唐书·陈子昂传》记载子昂上书武后，说下诏书倘若"不得其人，则委弃有司挂墙屋耳，百姓安得知之"。这里借用其字面，指友人求诗于我，不得其人，我把这事搁起来了。

②纛(dào 道)：军中或仪仗队之大旗。这里比喻竹梢的枝叶。

③陶靖节：指东晋大诗人陶渊明，他死后人们尊称他"靖节先生"。

④"会听"句：陶渊明在《与子俨等疏》文中，说他五六月中爱在北窗下卧，遇凉风吹来，觉得自己是上古时代的人。这里用此典故。会听，领悟、感受。

[点评]

作者晚年曾书此诗，并题其后云："清献先生尝求东坡居士作《绿筠亭》诗，曰：此吾乡人梁处士之居也。后二十五年，乃见处士之子瑄，请书此本。时绍圣二年(1095)四月十三日。"由此可知，此诗是熙宁三年(1070)苏轼应清献先生（赵抃）之请为梁处士写的。诗中描写梁处士居室翠竹森森的清幽环境，也表现出梁处士浴凉风、听鸟鸣、赏翠竹、观月影、下棋饮酒的清雅绝俗生活，其实，这也正是苏轼所向往的理想生活境界。诗中写竹,用了"千亩乱""万夫长"两个比喻,并借风、月来衬托;写静景,却处处从动中显出。诗仅八句四十字,竟能从亭景中写出亭主人的生活、性情、人品,并调动了视觉、听觉、嗅觉、触觉等多种感觉,堪称洗练自然之作。

和董传留别①

粗缯大布裹生涯②,腹有诗书气自华。

厌伴老儒烹瓠叶③,强随举子踏槐花④。

囊空不办寻春马⑤,眼乱行看择婿车⑥。

得意犹堪夸世俗,诏黄新湿字如鸦⑦。

[注释]

①董传:字至和,洛阳人,家居长安二曲。曾在凤翔与苏轼交游。后韩琦荐举,未果,穷困早卒。治平元年(1064)十二月,苏轼罢凤翔签判任赴汴京,途经长安与董传话别作此诗。

②粗缯:劣质丝织物。

③"厌伴"句:谓倦于从师学礼。《后汉书·儒林传》:刘昆"教授弟子恒五百馀人。每春秋飨射,常备列典仪,以素木瓠(hù户)叶为俎豆"。瓠,冬瓜、葫芦等的总名;瓠叶,做下酒的菜用。

④"强随"句:谓忙于考举。据宋人钱易《南部新书》载,当时的举子,六七月间槐花黄时都在忙于温习功课、做文章准备考试。

⑤"囊空"句:谓穷得没有马骑。寻春马:用唐代孟郊《登科后》诗"春风得意马蹄

疾,一日看尽长安花"句意。

⑥"眼乱"句:谓落第失意,家境贫寒,没有娶妻。择婿车:据《唐摭言》卷三载,朝廷为考中的进士在曲江设宴,公卿家都在那一天在进士中挑选女婿,车马填塞了道路。

⑦诏黄:用黄麻纸写的中试或任官的诏令。字如鸦:诏书写的黑字。语本唐人卢仝《示添丁》"忽来案上翻墨汁,涂抹诗书如老鸦"。

[点评]

此诗赞扬寒士董传的才学品格,同情其应举落第的不幸,并表达了深切期望。首联写董传身着粗缯布衣,却因腹有诗书,而风神秀朗,意气轩昂。形神对比,人物形象逼人眉睫。近人高步瀛《唐宋诗举要》卷六赞此联"飘然而来,有昂头天外之概"。"裹生涯"词语搭配新颖巧妙,下句语意尤精警可诵。以下三联几乎句句用典。中二联以典故组织成工巧自然的对仗。诗句因典象而加强了感性,却又使人不觉其为用典。囊空如洗的董传在艰难文场上力求进取的身影,诗人对他的同情与鼓励,都借典象生动感人地表现了出来。纪昀赞赏此诗"句句老健"(《纪评苏诗》卷五)。

秀州报本禅院乡僧文长老方丈①

万里家山一梦中,吴音渐已变儿童②。

每逢蜀叟谈终日,便觉峨眉翠扫空③。

师已忘言真有道④,我除搜句百无功⑤。

明年采药天台去⑥,更欲题诗满浙东。

①秀州:今浙江嘉兴。报本禅院:唐时所建,宋时改为本觉寺,寺僧文长老是作者的同乡。方丈:寺院住持。

②"吴音"句:这是"儿童已渐变吴音"的倒装句,意思是离乡日久,儿童已逐渐变乡音为吴音。

③蜀叟:指文长老。这两句说每逢与文长老竟日长谈,便如身在家乡,感到眼前是苍翠入云的峨眉山。

④忘言:用晋代诗人陶渊明《饮酒》诗:"此中有真意,欲辨已忘言。"

⑤搜句:指写诗。

⑥天台:山名,浙东的名胜。

［点评］

　　熙宁五年(1072)十二月作。此诗抒写与乡僧文长老的愉快交谈,勾引起对故乡的深情怀念。诗写得挥洒自如,风格清雄旷放。中二联对仗,工整自然。颔联是流水对,十四个字一气直下,句意流走。颈联是反对,上下句意相反,在对比中表达出对得道高僧的敬慕之情。纪昀赞赏说:"三四常意,写来警动。"(《纪评苏诗》卷八)确实,"翠扫空"三字展现出峨眉山苍翠高秀的景象,凝练精警。方东树评:"只着意乡情,词意真切,而造语倜傥奇警,令人吟咏不尽。"(《昭昧詹言》卷二〇)并非过誉。

赠王子直秀才①

万里云山一破裘，杖端闲挂百钱游②。

五车书已留儿读③，二顷田应为鹤谋④。

水底笙歌蛙两部⑤，山中奴婢橘千头⑥。

幅巾我欲相随去⑦，海上何人识故侯⑧。

[注释]

①王子直：王原，字子直，号鹤田山人，是苏轼在惠州的新交。秀才：宋时凡应举者皆称秀才。

②"杖端"句：《晋书·阮修传》说，阮修，字宣子，时常持杖出游，杖头挂百钱，到酒店，便独自畅饮。

③五车书：《庄子·天下篇》："惠施多方，其书五车。"

④二顷田：《史记·苏秦列传》：苏秦曰："使我有雒阳负郭田二顷，吾岂能佩六国相印乎？"为鹤谋：王子直家住鹤田山。

⑤蛙两部：《南齐书·孔稚圭传》载：孔稚圭不乐事务，门庭草莱不剪，中有蛙鸣，他高兴地说："我以此当两部鼓吹（乐队）。"

⑥橘千头：《襄阳耆旧传》载：吴丹阳太守李衡派人往武陵龙阳县汜州种橘树千株。临死，对儿子说："我州里有木奴千头，不要求你供应他们的衣食。"

⑦幅巾：不戴冠，只用一个幅绢束发。

⑧故侯：犹言旧时官员，作者自称。

[点评]

　　绍圣二年(1095)四月初在惠州作。诗中赞赏王原是读书人家,薄有山田,门庭蛙声如鼓,山坡果树成荫,生活清贫,性情潇洒,好酒爱游,自得其乐。诗人乐意追随他终老江湖。诗人运用生活细节和典故刻画人物形象,叙写今事,巧妙地组织、改造典故词语,构成工整新颖的对仗,又"用词多以数目字,大小相形,清艳两绝"(汪师韩《苏诗选评笺释》卷六),显示了高超的艺术表现功力。

江城子

湖上与张先同赋,时闻弹筝①

　　凤凰山下雨初晴②。水风清,晚霞明。一朵芙蕖③,开过尚盈盈。何处飞来双白鹭?如有意,慕娉婷④。　　忽闻江上弄哀筝⑤。苦含情。遣谁听?烟敛云收,依约是湘灵⑥。欲待曲终寻问取,人不见,数峰青⑦。

[注释]

①张先:字子野,乌程(今浙江吴兴)人,著名词人。筝:古弹拨乐器,因最初流行秦地,又称秦筝。
②凤凰山:在浙江杭县城南。
③芙蕖:荷花。
④娉婷:姿态美好。
⑤弄:弹奏。

⑥湘灵:湘水女神。

⑦"欲待"三句:化用唐代钱起《湘灵鼓瑟》诗:"曲终人不见,江上数峰青。"

[点评]

　　熙宁六年(1073)六七月作。宋张邦基《墨庄漫录》卷一云:"东坡在杭州,一日,游西湖,坐孤山竹阁前临湖亭上。时二客皆有服,预焉。久之,湖心有彩舟,渐近亭前。靓妆数人,中有一人尤丽。方鼓筝,年且三十余,风韵娴雅,绰有态度。二客竟目送之。曲未终,翩然而逝。公戏作长短句云。"又,唐圭璋《宋词纪事》引袁文《瓮牖闲评》卷五说,苏轼通判杭州时,一日与刘贡父同游西湖,"至湖心,有小舟翩然至前,一妇人甚佳,见东坡自叙:'少年景慕高名,以在室无由得见,今已嫁为民妻,闻公游湖,不避罪而来,善弹筝,愿献一曲,辄求一小词,以为终生之荣可乎?'东坡不能却,援笔而成,与之。"以上二则纪事,为小说家之言,均不可靠,只宜姑妄闻之。

　　此词写湖上听筝,景美、人美、辞美、声美,充满诗情画意。词的中心是写弹筝佳人,运用烘云托月手法表现其风姿、神韵、弹筝技艺之美妙。雨后初晴水风清晚霞明之景,曲终后江上青峰,那朵开过尚盈盈的芙蕖,都是映衬或象征弹筝佳人的美景;而从远处飞来的一双白鹭,既是实景,又暗喻爱慕弹筝人的"二客",从其闻筝而来的动作神态,可见弹筝人之美、筝声之动人。最后再用神话中鼓瑟的湘灵来比拟她,用唐人诗的意境渲染她。全篇对弹筝人无一字正面落墨,只以闻筝所见与想象衬托、形容、渲染,弹筝人轻盈美丽、缥缈超绝的形象,在读者的眼前已鲜明呈现。这种烘托手法,与屈原的《湘夫人》、宋玉的《洛神赋》等前人以实写为主之作大异其趣,更显得空灵含蓄。

阮郎归

初　夏

　　绿槐高柳咽新蝉，薰风初入弦①。碧纱窗下水沉烟②，棋声惊昼眠③。　　微雨过，小荷翻，榴花开欲燃。玉盆纤手弄清泉，琼珠碎却圆④。

[注释]

①薰风：暖和的南风。《礼记·乐记》载："昔者，舜作五弦之琴以歌《南风》。"意即虞舜特制五弦琴为《南风》伴奏。这里是说《南风》之歌又要开始入管弦被人歌唱，比喻南风初起。

②水沉烟：一种香木，置水中则沉，故名沉香。这里是说香炉中升腾着沉香的袅袅轻烟。

③"棋声"句：苏轼在《书司空图诗》中说，他很赞赏司空图的"棋声花院静，幡影石坛高"两句诗。这里化用了前一句。

④"琼珠"句：意谓少女在池边玩水，水花溅到荷叶上，汇合成圆润晶亮的珍珠。

[点评]

　　这首词作于元丰七年（1084）四月上旬，苏轼自黄移汝途中经兴国军（治所在今湖北省阳新县）时。上片写一个少女在夏日午睡后被棋声惊醒。下片写她梦醒后欣赏庭园景色，拨弄清泉。作者多方面地捕捉具有初夏特征的景物，或白描,或比喻,写得有声有色,有动有静,有暖有凉,还有沉香的香味。更难得的是,作者将景物、环境描写同人物刻画交叉呈示,使一个天真活泼、热爱生活、热爱自然的少女形象活现于清雅幽美、生机勃勃的初夏闺阁庭园环境之中,构成了一幅美妙动人的图画。黄氏《蓼园词评》评曰:"此词清和婉丽中而风格自佳。"

满江红

寄鄂州朱使君寿昌①

江汉西来②,高楼下、蒲萄深碧③。犹自带、岷峨雪浪,锦江春色④。君是南山遗爱守⑤,我为剑外思归客⑥。对此间、风物岂无情,殷勤说。　　《江表传》⑦,君休读;狂处士⑧,真堪惜。空洲对鹦鹉⑨,苹花萧瑟。不独笑书生争底事⑩,曹公黄祖俱飘忽⑪。愿使君、还赋谪仙诗⑫,追黄鹤⑬。

[注释]

①朱使君寿昌:朱寿昌,字康叔,当时任鄂州(今湖北武汉市武昌)知州,苏轼的友人。

②江汉西来:长江、汉水自西方奔流直下,汇合于武汉。

③高楼:指黄鹤楼。武昌西有黄鹤矶,旧有黄鹤楼(故址即今武汉长江大桥武昌桥头)。蒲萄深碧:江水像葡萄酒般清澈碧绿。

④岷峨雪浪:指长江水是从岷山、峨眉山的雪水发源而来。锦江:岷江上游的分支,岷江在宜宾入长江。这句暗用李白"江带峨眉雪"(《经乱离后天恩流夜郎忆旧游书怀赠江夏韦太守良宰》)和杜甫"锦江春色来天地"(《登楼》)诗句。

⑤南山遗爱守：朱寿昌做过陕州通判，通判也叫通守，陕州有终南山，故称他为南山守。一说朱寿昌曾知阆州，唐属山南道。词中"南山"当是"山南"之误。遗爱：留下德惠于民间。《晋书·乐广传》载，乐广任地方官，有德政，"每去职，遗爱为人所思"。

⑥剑外：即剑门外。苏轼的家乡四川在剑门西南，故自称"剑外思归客"。

⑦《江表传》：书名，主要记载三国时孙吴历史，裴松之注《三国志》，多引此书，今已不存。

⑧狂处士：放荡不羁的处士，指祢衡。处士，古代指有才学而不出仕的人。祢衡因忠于汉室，曾不受折辱，大骂曹操。曹操因不愿承担杀人之名，故意遣送给荆州刺史刘表，刘表又转送江夏太守黄祖，后被黄祖所杀。事见《后汉书·祢衡传》。

⑨鹦鹉：鹦鹉洲。祢衡曾写过著名的《鹦鹉赋》，他死后埋于汉阳江边沙洲上，人称鹦鹉洲。李白《赠江夏韦太守》诗有"顾惭祢处士，虚对鹦鹉洲"之句，这里暗用。

⑩争底事：争何事。意谓书生何苦与曹操、黄祖此辈纠缠，以惹祸招灾。

⑪飘忽：指曹操、黄祖也很快地离开人世。

⑫谪仙：指李白。唐人称李白为谪仙人。

⑬追黄鹤：指赶上崔颢的《黄鹤楼》诗。相传李白游黄鹤楼看到崔颢诗，曾有搁笔之叹，他后来写的《登金陵凤凰台》《鹦鹉洲》等诗，据说都是有意和崔颢竞胜的。

[点评]

　　这首写给友人朱寿昌的词，作于元丰五年（1082）六七月苏轼贬谪黄州时期。上片描绘长江景色，抒写自己对家乡的思念以及对友人的称赞。下片联系当地的历史遗迹向友人开怀倾诉、慷慨评说，既勉励友人超然于险恶的政治旋涡之外，以开阔胸襟写出不朽的诗文来追蹑前贤；也在对历史人物的悼惜中抒发自己被政敌罗织构陷的悲愤不平，并流露出自己要致力于文学事业的襟怀志趣。篇中写长江景色，有高屋建瓴之势，大笔勾勒，泼洒浓彩，又巧妙化用前人名句，写得雄丽飞动，引人入胜；抒怀议论能处处紧扣"此间风物"与历史掌故，笔端饱蘸激情，使苍凉悲慨流注于字里行间。全篇由写景、抒情到议论自然过渡，一气呵成;写对方与写自我巧妙绾合,融为一体;开端"高楼"与结尾"黄鹤"遥相照应,章法严谨浑成。

洞仙歌

余七岁时,见眉州老尼,姓朱,忘其名,年九十余。自言尝随其师入蜀主孟昶宫中。一日,大热,蜀主与花蕊夫人夜纳凉摩诃池上,作一词。朱具能记之。今四十年,朱已死久矣,人无知此词者。但记其首两句。暇日寻味,岂《洞仙歌令》乎!乃为足之云①。

冰肌玉骨,自清凉无汗。水殿风来暗香满②。绣帘开、一点明月窥人;人未寝、攲枕钗横鬓乱③。　　起来携素手,庭户无声,时见疏星度河汉。试问夜如何?夜已三更,金波淡,玉绳低转④。但屈指西风几时来?又不道流年暗中偷换⑤。

[注释]

①据词序,苏轼作此词时47岁,当为元丰五年(1082)谪居黄州时作。孟昶(chǎng 敞):五代时后蜀国主,生活侈靡,喜好词曲。宋平后蜀时,降宋。花蕊夫人:据《能改斋漫录》载,孟昶纳徐匡璋女为贵妃,别号花蕊夫人。又《苕溪渔隐丛话·前集》《诗人玉屑》皆引《后山诗话》,谓花蕊夫人姓费氏。摩诃池:在成都市郊,又名龙跃池、宣华池。隋开皇中,欲伐陈,凿大池以教水战。
②水殿:指摩诃池上的宫殿。
③攲枕:倚枕。

④金波:月光。玉绳:北斗七星中的两星名,在第五星玉衡的北面。玉绳低转,表示夜深。

⑤屈指:指计算。不道:不觉。流年:时光,岁月。

[点评]

　　这首词写夏夜宫廷中王妃纳凉情事,其意蕴深藏于结尾"但屈指西风几时来? 又不道流年暗中偷换"这两句中。这就是说,人们苦于夏日炎热,渴盼秋风早到驱炎送爽,但秋风一到,也就意味着时节转换,年华流逝,人生易老。这二者矛盾的不可调和,表现了词人对现实人生多有缺陷、很难完满的深沉感喟。

　　词是作者依据七岁时听闻的一段故事,经过想象和补充写成。在作者的笔下,四十年前的情事,被他描绘得如此生动逼真,作者的形象记忆力与艺术想象力令人惊叹。词中以"冰肌玉骨""清凉无汗""钗横鬓乱",写出花蕊夫人在炎夏中的清雅气质与娇慵神态。写炎夏夜晚中的清凉幽淡之景,以"庭户无声""疏星度河汉""金波淡,玉绳低转"诸语,用小处见大手法,写出夏之大、夜之静。尤其是"水殿风来暗香满"句,一个"暗香",隐含了殿里焚焙之香、栏边冰肌玉骨之香、水上莲叶荷花之香,又传达出沁人肺腑之凉爽。笔墨空灵超妙,着实令人佩服。难怪郑文焯《手批东坡乐府》誉此词"如空山鸣泉,琴筑竞奏";沈祥龙《论词随笔》谓诵其句,"自觉口吻俱香"。

满庭芳

　　有王长官者,弃官黄州三十三年,黄人谓之王先生。因送陈慥来过余,因为赋此①。

三十三年,今谁存者? 算只君与长江。凛然苍桧,霜干苦难双②。闻道司州古县③,云溪上、竹坞松窗④。江南岸,不因送子,宁肯过吾邦⑤? 　　㧪㧪⑥,疏雨过,风林舞破,烟盖云幢⑦。愿持此邀君,一饮空缸⑧。居士先生老矣⑨,真梦里,相对残釭⑩。歌声断,行人未起,船鼓已逄逄⑪。

[注释]

①陈慥:字季常,号方山子,四川眉山人,隐居不仕,与苏轼交游颇厚。苏轼曾为作《方山子传》。

②"凛然"二句:以苍桧的傲霜枝干喻王长官傲岸不屈之品格。

③司州古县:指湖北黄陂县,为王氏所居之地,该地唐武德初曾置南司州。下"云溪上"二句即写王之居所。

④竹坞松窗:用竹子搭的屋棚,用松枝编成的窗户。

⑤子:指陈慥。这三句说,王氏如不是为了送陈慥去江南,是没有机会前来黄冈同我相会的。

⑥㧪㧪(chuāng chuāng 窗):撞击声。这里形容阵雨声。

⑦盖:车盖。幢(zhuàng 壮):车帘。这里说风吹山林,使车盖车帘都带着烟霞之色。这三句写王氏于风雨过后,翩然乘车而至。

⑧空缸:把酒喝光。缸,陶制容器,这里指盛酒器。

⑨居士:苏轼自称。

⑩残釭(gāng 刚):残灯。

⑪"歌声断"三句:意谓夜饮未起,却已闻开船的鼓声催行。逄逄(páng 旁):鼓声。

[点评]

　　据王文诰《苏诗总案》卷二二:元丰六年(1083)秋日,陈季常与王长官过访苏轼,苏轼写此词送别。

　　上片颂扬王长官的人品。起笔三句,说王氏同长江一样饱经沧桑。笔调雄阔,发语惊人。接着用"凛然苍桧"的形象,比喻王长官孤高傲岸的品格,又描绘古县云溪、竹坞松窗的居住环境,映衬王长官简朴的生活和幽雅的隐逸情趣。一位不慕荣利、风神潇洒的高士形象已跃然纸上。下片写会饮。三人都是奇人豪士,作者表现他们的笔墨也是奇气喷薄,不同凡响。"扰扰"以下三句写会饮时的天气景色,先写风雨骤至再写雨霁后风吹山林,王、陈二人乘车翩然而至,车盖车帘都染烟霞之色,人也飘飘若仙。奇景与奇人相映生辉。知己相逢,千杯嫌少,故用"一饮空缸"状其豪气。"居士"句写兴酣中想到自己坎坷遭际,悲从中来,感叹时逝年老。"真梦里"二句化用杜甫《羌村三首》"夜阑更秉烛,相对如梦寐"句意,写三人欢饮至夜深犹秉烛畅谈不寐,既表现彼此相契之深,又感慨知己聚会之难。末三句写天已明而人未起,歌声断却鼓声催,传达出匆匆分别的怅惘情绪。整个聚会过程,层层转折,委曲跌宕,动人心弦。全篇洋溢逸怀浩气、奇情壮采,语言清雄洒脱,节奏明快,音韵铿锵有力,亦堪称东坡豪放词的佳构。郑文焯《大鹤山人词话》评云:"健句入词,更奇峰郁起。……不事雕凿,字字苍寒,如空岩霜干,天风吹堕颇黎地上,铿然作碎玉声。"赏析精妙。

渔家傲

金陵赏心亭送王胜之龙图。王守金陵,视事一日,移南都[①]。

千古龙蟠并虎踞[②],从公一吊兴亡处[③]。渺渺斜风吹细雨。芳草渡,江南父老留公住。　　公驾飞车凌彩雾,红鸾骖乘青鸾驭[④]。却讶此洲名白鹭[⑤]。非吾侣,翩然欲下还飞去。

[注释]

①金陵:今南京市。赏心亭:在南京城西下水门城上,下临秦淮河,是当时饯别之地。王胜之:王益柔,字胜之,河南人,曾官龙图阁直学士,故称龙图。时知江宁府。视事:处理公务。移南都:改为知归德府事。南都,又叫归德府,府城在今河南商丘。宋以国都开封为东都,洛阳为西都,商丘为南都,大名为北都。

②龙蟠并虎踞:形容金陵雄伟险要。《太平御览》卷一五六引《吴录》记诸葛亮论金陵形势云:"钟山龙盘,石头虎踞,此帝王之宅。"

③兴亡处:汉末以来,金陵为六朝建都之地,故云。

④骖乘:在车右陪乘的人。鸾:传说中凤凰一类的鸟。

⑤白鹭:白鹭洲,在南京西南长江中。

[点评]

　　元丰七年(1084)六月底,苏轼在移汝途中到达金陵,本篇是七月在金陵送别友人王胜之作。上片先写他与友人王胜之凭吊历史陈迹,再写江南父老对王胜之的挽留。下片用浪漫的想象,写王胜之驾飞车凌彩雾、由红鸾青鸾相陪离金陵而去,表现王胜之的卓异不凡,也表达了他对王胜之的惜别之情。而这神奇瑰丽的幻想景象,又都是从金陵的地名"白鹭"引发而出。结尾二句写白鹭非吾徒侣,乃欲下而还飞去,借以比喻王胜之守金陵,视事一日,即移南都,可见作者善于即景生想,思维敏捷,落笔轻快。

定风波

　　王定国歌儿曰柔奴[1]，姓宇文氏，眉目娟丽，善应对，家世住京师。定国南迁归，余问柔："广南风土应是不好？"柔对曰："此心安处，便是吾乡。"因为缀词云。

　　常羡人间琢玉郎[2]，天应乞与点酥娘[3]。尽道清歌传皓齿[4]，风起，雪飞炎海变清凉[5]。　　万里归来颜愈少，微笑，笑时犹带岭梅香[6]。试问岭南应不好？却道，此心安处是吾乡[7]。

[注释]

①王定国：王巩，字定国，宰相王旦之孙，自号清虚先生，大名莘县（今属山东）人。与苏轼交密。元丰二年，因苏轼"乌台诗案"牵连，贬为监宾州（今广西宾阳县）盐酒税，五年后放归。

②琢玉郎：用玉雕成的人，形容人的姿容润洁如玉。这里指王定国。

③乞与：赠给。点酥娘：指柔奴。点酥，言其肌肤白皙、细腻如凝酥。酥，用牛羊乳制成的食品。

④"尽道"句：意谓美妙的歌声从红唇白齿间传出。杜甫《听杨氏歌》："佳人绝代歌，独立发皓齿。满堂惨不乐，响下清虚里。"

⑤"雪飞"句：形容柔奴的歌声犹如雪片飞过炎海，具有无穷的魅力。

⑥岭梅：指大庾岭的梅花。

⑦"此心"句：化用白居易诗"我生本无乡，心安是归处"（《出城留别》）和"无论海角与天涯，大抵心安即是家"（《种桃杏》）。

元祐元年(1086)春,苏轼在汴京与南迁北归的王定国相会。王定国出歌女柔奴劝苏轼饮酒,苏轼作此词,赞美歌女姿容之美、歌喉之妙,更赞美她与主人患难与共,视苦如饴的坚强意志和聪慧性情。在对歌女的赞美中,烘托出王定国身处逆境仍乐观开朗的精神气度,同时也寄寓着作者随遇而安、将心灵的安适地当作故乡的审美人生态度。词人写政治逆境,却以风趣轻快的笔墨表现;妙用比喻、夸张手法刻画人物音容笑貌;结尾以情趣与理趣融合的警句作点睛之笔。全篇清丽空灵,令人喜爱。

贺新郎

乳燕飞华屋①,悄无人、桐阴转午,晚凉新浴。手弄生绡白团扇②,扇手一时似玉③。渐困倚、孤眠清熟。帘外谁来推绣户?枉教人梦断瑶台曲④。又却是,风敲竹。　　石榴半吐红巾蹙⑤,待浮花浪蕊都尽,伴君幽独。秾艳一枝细看取,芳心千重似束。又恐被、西风惊绿⑥。若待得君来向此,花前对酒不忍触。共粉泪,两簌簌。

[注释]

①乳燕:雏燕。

②生绡:生丝织成的纱。白团扇:相传汉成帝妃班婕妤美而能文,后来为赵飞燕所妒,失宠退居东宫,曾"作赋及纨扇诗以自伤悼",将自己比作秋凉后被遗弃的团扇。这里暗用其事。

③扇手一时似玉：扇子和执扇子的手，都洁白似玉。《世说新语·容止》载，王夷甫容貌整丽，他拿的玉柄麈尾，同手的颜色一样白。

④瑶台曲：瑶台的幽深处，指仙境。

⑤"石榴"句：石榴花半开时形状像有皱褶的红巾。蹙(cù 促)：收缩，皱起。

⑥西风惊绿：西风惊动绿叶，指秋天来临。

[点评]

本词作年不详，宋人记述多说与杭州有关。今人薛瑞生《东坡词编年笺证》系于元祐五年(1090)夏天知杭州时。词人着力刻画一个仙姿绰约、理想高远却孤寂无依、自伤迟暮的幽居佳人形象。前人有说作者是为杭州官妓秀兰而作，有说是为其侍妾榴花写照，还有说是咏赞一位在杭州万顷寺中昼眠的歌女。对于这些索隐附会之谈，宋人胡仔反驳得好："东坡此词冠绝古今，托意高远，宁为一娼而发邪？"(《苕溪渔隐丛话·后集》卷三九)作者运用比兴寄托手法，以秾艳孤高、不与浮花浪蕊争艳的石榴花象征佳人，又借佳人失时之态，寄托自己怀才不遇、孤高自守的政治情怀。构思巧妙，笔墨婉曲，托意高远。

全篇运用映衬烘托、象征暗示手法颇为细致。例如，用乳燕飞、桐阴转、风敲竹烘托出清幽洁净的庭院环境，借以映衬佳人的孤独寂寞；以扇手似玉表现佳人的纯洁玲珑，并暗示她与秋后团扇相似的命运；又以孤眠、梦断透露她对理想的憧憬、追求、失望、怅惘的复杂心态，都很细致微妙。特别是用榴花象征佳人，既写出花形花貌、花格花品，又使之与佳人感情交融，形神合一，尤新颖警策，意趣无穷。今人刘乃昌、崔海正指出："本篇与一般的婉丽之作不同，它用华艳的形象与缠绵的格调写政治题材……这在词史上是富有独创性的。"(《东坡词》，浙江古籍出版社 1992 年版)见解颇独到。

归朝欢

和苏坚伯固①

　　我梦扁舟浮震泽②,雪浪摇空千顷白。觉来满眼是庐山③,倚天无数开青壁。此生长接淅④。与君同是江南客。梦中游,觉来清赏,同作飞梭掷。　　明日西风还挂席⑤,唱我新词泪沾臆⑥。灵均去后楚山空⑦,澧阳兰芷无颜色⑧。君才如梦得⑨,武陵更在西南极⑩。竹枝词⑪,莫徭新唱⑫,谁谓古今隔⑬。

[注释]

①苏坚:字伯固,苏州人。曾任杭州监税官等职,博学能诗。苏轼作此词时,苏坚由澧阳(今湖南澧县)改官武陵(今湖南常德),至九江专会苏轼。
②震泽:又名具区、笠泽,江苏太湖的古名。
③庐山:在今江西九江,风景奇秀。
④接淅:《孟子·万章下》:"孔子之去齐,接淅而行。"意谓孔子因急于离开齐国,带了淘过的米来不及煮饭就仓皇地出走。淅:淘过的米。这里用以比况自己平生仕途坎坷,到处奔波。
⑤挂席:指扬帆行船。
⑥泪沾臆:泪水浸湿了胸口。杜甫《哀江头》:"人生有情泪沾臆。"
⑦灵均:屈原,字灵均。
⑧兰芷:香草。《离骚》:"兰芷变而不芳兮,荃蕙化而为茅。"《九歌》:"沅有芷兮澧有兰,思公子兮未敢言。"

⑨梦得:唐代诗人刘禹锡,字梦得。曾因参加永贞革新被贬谪到南方朗州、连州、夔州等边荒远郡。

⑩武陵:唐代朗州治所,即今湖南常德市。

⑪竹枝词:是巴渝(今四川东部)民歌的一种,鼓笛伴奏,声调婉转,刘禹锡在做夔州刺史时,曾根据民歌改作新词,盛行于世。

⑫莫徭:部分徭族的古称,宋时多分布在长沙、武陵、澧阳等地。

⑬谁谓古今隔:言古今是相通的。语出晋宋诗人谢灵运《七里濑》诗:"谁谓古今殊,异代可同调。"这三句说,屈原学楚地民歌写出《九歌》,刘禹锡学民歌写出《竹枝》。苏坚今去楚地,正可继承其精神,学民间歌唱而创为新曲。

[点评]

绍圣元年(1094)七月,苏轼被远贬英州(今广东英德)途中,与阔别多年的老友苏伯固匆匆相遇又匆匆相别,作此词。词人将自己与友人宦海浮沉、屡遭贬谪、到处奔走的坎坷经历,化为遨游江山、浪迹湖海的豪情;又勉励友人追踵屈原、刘禹锡的踪迹,写出光耀古今的优美诗篇,奉献给边地人民。词人于远谪南荒、客中送客的逆境中,仍能写出如此气度高亢、情调昂扬、境界壮阔的作品,体现出其爽朗个性、浩逸襟怀,并为北宋的送别词带来一股雄健之风。

此词开篇写与友人共赏湖山胜景,从梦游太湖落笔,突兀而起,将一叶扁舟置于摇空的千顷雪浪之中,造成小与大、动与静的强烈鲜明对比,气韵极超迈;继而写梦觉后满眼是庐山,奇峰拔地,青壁倚天,蔚然深秀,更加动人心魄。这两幅图景,一虚一实,虚实交映,壮浪幽奇,瑰丽变幻,显示出浪漫的豪情异彩。下片在勉励友人中表达自己在遭贬中明确效法屈原的高尚情思。在叙事中抒情、议论,大开大合,跌宕起伏,收纵自如,笔笔奇健。

殢人娇

赠朝云①

　　白发苍颜,正是维摩境界②。空方丈、散花何碍③?朱唇箸点④,更髻鬟生彩。这些箇,千生万生只在⑤。　　好事心肠,著人情态。闲窗下、敛云凝黛⑥。明朝端午⑦,待学纫兰为佩⑧。寻一首好诗,要书裙带⑨。

[注释]

①朝云:姓王,字子霞,钱塘人,苏轼的侍妾,事苏轼23年,忠敬如一,跟随苏轼到了惠州。绍圣三年(1096)去世。

②维摩境界:佛家清净无欲的境界。维摩,亦称维摩诘,毗耶离城的大乘居士,与释迦牟尼同时,曾以称病为由向释迦派来问讯的舍利弗、弥勒、文殊讲说大乘教义。

③"空方丈"二句:意谓朝云常在苏轼身旁服侍,不妨碍苏轼心地清净。《维摩诘经·问疾品》:"维摩诘以一丈之室"说法。"室中一天女,每闻说法,天女以天花散诸菩萨,即皆堕落,至大弟子,便著不堕:'结习未尽,故花著身;结习尽者,花不著身。'"

④箸(zhù 著):筷子。傅幹《注坡词》注:"箸点,言最小也。"

⑤千生万生:即千辈子、万辈子。

⑥敛云凝黛:收拢头发,凝聚眉头。形容严肃端庄之貌。

⑦端午:即端午节,阴历五月初五日。

⑧纫兰为佩:编结兰草来佩戴。屈原《离骚》:"纫秋兰以为佩。"

⑨"寻一首"二句:裙带上书诗,是宋代妇女服饰风习。李颀《古今诗话》载:"韩续仆射请韩熙载为父撰神道碑,珍货外仍缀一姬为润笔。韩受姬,及文成,但叙谱系品秩及薨葬哀赠之典而已。续嫌之,乃封还,意其改审。熙载丞以歌姬并珍赠还之。姬登车,书一绝于泥金双带云:'风柳摇摆无定枝,阳台云雨梦中归。他年蓬岛音尘断,留取樽前旧舞衣。'"苏轼暗用此典故。

[点评]

　　这首词作于绍圣二年(1095)五月四日,时苏轼谪居惠州。词中抒写了对朝云的一片深情。上片写自己白发苍颜,已进入佛家清净无欲的境界。而朝云美丽纯真,正如散花天女,与自己的澄明心境相互映照,融为一片。"这些箇,千生万生只在"二句,更用佛教的轮回思想,表达出对朝云永恒不变的挚爱之情。下片极力描绘朝云光彩照人的容貌和纯真美好的心地,更以屈原《离骚》中"纫兰为佩"的意象,突出她的高洁品格。煞拍处妙用歌姬书诗于裙带的典故,表现朝云的才华和对自己的忠爱。词咏佳人,却无闺房脂粉气味,竟出之以佛子家风,格调高雅纯洁。既咏朝云,又兼自咏,闪射出自我之心光心声。语言雅俗结合,笔调疏落有致,在自然随意的抒写中有真情流贯。而其融铸佛典、诗话、前人成句的灵动活泼,亦令人钦服。

西江月

　　玉骨那愁瘴雾,冰姿自有仙风①。海仙时遣探芳丛,倒挂绿毛么凤②。　　素面翻嫌粉涴③,洗妆不褪唇红④。高情已逐晓云空,不与梨花同梦⑤。

[注释]

①"玉骨"二句：写梅花是玉骨冰肌、姿态如仙的美人。
②绿毛幺凤：南方的一种珍禽名，绿毛红嘴，状似鹦鹉而小，栖集皆倒悬于枝上，俗称倒挂子。
③素面：面上不施脂粉，指梅花洁白的颜色。涴(wò卧)：玷污。《杨太真外传》载，杨玉环的三姐虢国夫人"不施妆粉，自炫美艳，常素面朝天"。杜甫《虢国夫人》诗有"却嫌脂粉涴颜色，淡扫蛾眉朝至尊"之句。
④洗妆：喻即使梅花谢了。褪：减色。唇红：指一种红梅花。《冷斋夜话》卷一〇《岭外梅花》："岭外梅花，与中国异，其花几类桃花之色，而唇红香著。"又，庄绰《鸡肋篇》卷一〇载苏轼此词，谓岭南"梅花叶四周皆红，故有洗妆之句"。意思是即使梅花谢了，而梅叶仍有红色。
⑤"不与"句：宋人傅榦《注坡词》注："公自跋云：诗人王昌龄，梦中作梅花诗。"《高斋诗话》载，"王昌龄《梅诗》云：'落落寞寞路不分，梦中唤作梨花云。'方知东坡用此诗也"。《墨庄漫录》引苏轼此词末二句并注云：唐王建有梅诗，"题云《梦看梨花云歌》：'薄薄落落雾不分，梦中唤作梨花云……'或误传为王昌龄，非也"。查《全唐诗》中王昌龄、王建诗，均无此诗。故此二句意谓高情梅花已随晓云(暗示"朝云")飞散空了，不再像梨花一样入我梦中来。

[点评]

　　这首词是绍圣三年(1096)十月苏轼在惠州贬所的作品。有的本子题作梅花。宋人惠洪《冷斋夜话》和王楙《野客丛书》都说是苏轼为悼念侍妾朝云而作。朝云侍奉苏轼23年，忠敬如一，随苏轼赴惠州贬所，历经磨难，于绍圣三年七月病卒。苏轼至为悲痛，作《朝云墓志铭》和《悼朝云》数首诗。细玩此词词意，确是为悼念朝云而作。词中描绘和赞美惠州梅花不假妆饰，而有白里透红的天然容貌，更有玉骨仙风，品质高洁，气度不凡，不畏瘴雾，最后对梅花的消逝表示了沉痛的哀悼之情。全篇绘形摄神，展现出惠州梅花独特的形色神韵。更妙在于明写梅花，暗写朝云，笔笔是亭亭玉立、风姿高洁的梅花形象，笔笔也是具有美的容貌和美的心灵的朝云形象。梅与朝云，两相契合，浑然无迹，而作者怀念朝云的深情、哀悼朝云之厚意，即从字里行间漫溢而出，含蓄空灵，寄慨遥深，这是高妙的象征境界。明代杨慎评："古今梅花词，以坡仙绿毛么凤为第一。"（《词品》）虽不无过誉，却颇有见地。

减字木兰花

以大琉璃杯劝王仲翁^①

海南奇宝，铸出团团如栲栳^②。曾到昆仑^③，乞得山头玉女盆^④。绛州王老^⑤，百岁痴顽推不倒^⑥。海口如门，一派黄流已电奔。

[注释]

①琉璃：西域出产的天然有光多色宝石。王仲翁：今人薛瑞生考出，应为王六翁，即王肱，字公辅，海南人，与苏轼有交谊，年103岁卒。又考出此词为哲宗元符三年（1100）苏轼在儋耳写以赠73岁之方士王六翁而作。参见其《东坡词编年笺注》。

②栲栳（kǎo lǎo 考老）：柳条编织的圆形器物，大约可容15公斤的米。这里借以夸张琉璃杯之大。

③昆仑：昆仑山，传说西王母所居地。

④玉女盆：玉女洗头盆，在陕西华山，苏轼误记为昆仑。这里用以比喻琉璃杯的珍异和夸张其大。

⑤绛州王老：绛州，今山西绛县。薛瑞生笺注引《左传·襄公三十年》载晋悼夫人赐食73岁之绛州人王老事，并引唐人李峤《神龙历序》"亥有二首，方闻绛老之年"与岑参《故仆射裴公挽歌三首》其一"罢市秦人送，还乡绛老迎"，指出苏轼用典故表明王六翁已73岁。

⑥"百岁"句:以幽默诙谐的语句祝颂王六翁健康长寿。痴顽:什么都不知道。语出《新五代史》卷五四《杂传·冯道传》,晋人冯道向契丹主耶律德光自称是"无才无德,痴顽老子"。

[点评]

　　作者用大琉璃杯请王六翁老人喝酒,上片描绘琉璃杯,用"栲栳"和"玉女盆"夸张地形容其大和珍奇。下片描绘王六翁老而愈健和饮酒的海量,兼用典故、夸张和比喻,语调风趣诙谐。"海口如门",摹状老人张开大口喝酒之状,"黄流电奔",夸张形容老人喝黄酒之多之快,形象新奇生动,又有气势,令人绝倒。全篇表现了作者与儋耳普通百姓的真率情谊,也显出这位"快乐天才"(林语堂《苏东坡传》中语)心地坦纯、谐趣天成的个性。两个人物形象都跃然纸上。

戏子由①

　　宛丘先生长如丘②,宛丘学舍小如舟。常时低头诵经史,忽然欠伸屋打头。斜风吹帷雨注面,先生不愧旁人羞。任从饱死笑方朔③,肯为雨立求秦优④?眼前勃谿何足道⑤?处置六凿须天游⑥。读书万卷不读律⑦,致君尧舜知无术⑧。劝农冠盖闹如云⑨,送老齑盐甘似蜜⑩。门前万事不挂眼,头虽长低气不屈。徐杭别驾无功劳⑪,画堂五丈容旗旄⑫。重楼跨空雨声远,屋多人少风骚骚。平生所惭今不耻,坐对疲氓更鞭棰⑬。道逢阳虎呼与言,心知其非口诺唯⑭。居高志下真何益,气节消缩今无几。文章小技安足程⑮,先生别驾旧齐名。如今衰老俱无用⑯,付与时人分重轻⑰。

[注释]

①子由:苏轼弟苏辙,字子由,本篇作于熙宁四年(1071)十二月,时苏轼任杭州通判,苏辙为陈州州学教授。

②宛丘:即陈州,今河南淮阳。因苏辙任陈州的学官,故戏称他是"宛丘先生"。丘:山丘。长如丘:意谓身材长大如山。

③方朔:东方朔,汉武帝侍从之臣。《汉书》本传载,他曾对武帝说自己身长九尺余,侏儒仅长三尺余,可是所得俸禄却相同,故而"侏儒饱欲死,臣朔饥欲死"。这里以"饱欲死"的侏儒比喻当时得宠的幸臣,以东方朔比苏辙。

④秦优:秦朝的优旃(zhān 沾),是个矮小的伶官。《史记·滑稽列传》载,有一次,秦始皇设宴,优旃怜悯殿前站班的卫士被雨淋,便大呼:"汝虽长,何益?幸雨立;我虽短也,幸休居。"秦始皇听了,便让卫士减半值班,轮番休息。

⑤勃谿:争斗,争吵。

⑥六凿:指喜、怒、哀、乐、爱、恶之情。天游:谓心灵与天相通,精神与自然共游。《庄子·外物》:"室无空虚,则妇姑勃谿。心无天游,则六凿相攘。"

⑦律:律令,律法。

⑧术:治国之术。当时王安石等变法派罢诗赋取士,选士任官都要试律令。这二句对此予以讽刺。

⑨劝农冠盖:熙宁二年(1069),朝廷派遣官员到各路督察农田、水利、赋税、劳役,这里指朝廷派下去"劝农"的官员。冠盖,官宦的冠服和车盖,代指官员。

⑩送老:养老。齑(jī 基)盐:咸菜。这里借指极清苦的生活。韩愈《送穷文》:"太学四年,朝齑暮盐。"

⑪馀杭:杭州。别驾:汉代官名,刺史的副手。馀杭别驾,苏轼自指,他当时任杭州通判,职务相当于别驾。

⑫旌旄(qí máo 旗毛):旗帜。

⑬疲氓:饥贫的百姓。鞭棰(chuí 垂):鞭打。周紫芝《乌台诗案》说:"是时多徒配犯盐之人,例皆饥贫,言鞭棰此等贫民,平生所惭,今不复耻矣。以讥讽朝廷盐法太急也。"

⑭阳虎:阳货,春秋后期鲁国季孙氏家臣,专擅鲁国国政。他要孔子出仕,孔子鄙

视他,就敷衍说:"诺,吾将仕矣。"事见《论语·阳货》。

⑮文章小技:语出杜甫《贻华阳柳少府》诗:"文章一小技,于道未为尊。"程:计量,计算。安足程:犹言算不了什么。

⑯衰老:时作者36岁,子由33岁,正当壮年。说衰老无用是愤激牢骚语。

⑰分重轻:评定高下。

[点评]

  这首诗以游戏之笔和诙谐语气,称赞弟弟子由在险恶环境和清贫生活中表现了儒者的高尚气节,却说自己居高志下、气节消缩、扰民唯诺。在自嘲中寄寓牢骚愤懑,对新法弊端作了多方面的讽刺和抨击。作者反对新法,不无偏颇之处,却是从同情人民的立场出发的。如诗中指责新法强化盐禁,法网繁苛,造成许多贫民因贩私盐而获罪,是符合历史事实的。作者在对照的描写中,突出了他们兄弟俩光明磊落的形象。全篇包含了丰富的政治、思想内容。后来,此诗被新党中的奸恶小人当作苏轼讪谤朝政的罪证之一。这也反映了此诗讽刺的尖刻。

  这首诗刻画子由形象生动、风趣、传神,揭示自己矛盾复杂的心理尖锐、深刻、细腻,在章法结构和用典、对照、讽刺笔法的运用方面亦有独到之处。清代汪师韩《苏诗选评笺释》卷一对此诗以对比反衬手法刻画人物的艺术表现特点作了较精细的评析,他说:"前后平列两段,末以四句作结。宛丘低头读书而有昂藏磊落之气,别驾画堂高处而有气节消缩之嫌。其所齐名并驱者,独文章耳。而文章固无用也。中间以'画堂五丈容旗旌'对'宛丘学舍小如舟';以'重楼跨空雨声远'对'斜风吹帷雨注面';以'平生所惭今不耻'对'先生不愧旁人羞';以'坐对疲氓更鞭棰'对'门前万事不挂眼';以'居高志下真何益'对'头虽长低气不屈',故作喧寂相反之势,不独气节消缩者虽云自适,即安坐诵读者岂云得时?文则跌宕昭彰,情则欷歔悒郁。"赵克宜《角山楼苏诗评注汇钞》附录卷中评"重楼跨空雨声远"二句"写境最真",高步瀛《唐宋诗举要》卷三评"心知其非口诺唯"句"形容刻苦",都有见地。

於潜女

青裙缟袂於潜女①，　两足如霜不穿屦。

髽沙鬟发丝穿杼②，蓬沓障前走风雨③。

老鼻宫妆传父祖④，至今遗民悲故主⑤。

苕溪杨柳初飞絮⑥，　照溪画眉渡溪去。

逢郎樵归相媚妩，　不信姬姜有齐鲁⑦。

[注释]

①缟：白色织品。袂：袖子，这里指衣服。於(wū 乌)潜：旧县名，在杭州西，今已并入浙江临安市。

②髽沙(zhā suō 楂梭)：两角翘张的样子。丝穿杼：头上横插大银栉——蓬沓，好像黑丝穿过织杼。杼：(zhù)，织机上的梭子，穿行于经线中。

③障前：遮住前额。走风雨：在风雨中迅速来去。

④老鼻(bì 鼻)：汉初的吴王刘濞，这里借指五代的吴越王。

⑤故主：指吴越王。

⑥苕溪：源出天目山，分东苕溪和西苕溪，流至吴兴(今浙江湖州市)后汇合名雪溪。东苕溪流经旧於潜县境。

⑦姬姜有齐鲁：周初封太公姜尚于齐，周公(姬旦)之子伯禽于鲁。姬、姜二姓是齐、鲁两国的贵族，妇女以豪华美貌著称，故用姬、姜代指贵族妇女。

[点评]

熙宁六年(1073)三月，苏轼巡视杭州属县於潜，作此诗。诗中描写於潜农女健美的形象,赞赏他们夫妇相谐之乐,以及她们在山水之间从事劳动自由自在的风尚。诗人从於潜女衣饰装束、外貌,写到她们的行为、神情与内心活动,捕捉住一个个生动的细节场景,把她们刻画得纯朴可爱、栩栩如生,体现出苏轼真淳的健康的审美趣味,为中国古代诗歌的人物画廊增添了一个具有独特光彩的艺术形象。汪师韩《苏诗选评笺释》卷二评:"村妆野景,写出翛然自得,练响选和,可入乐府。"指出此诗有乐府民歌古朴自然的情调和风格。

赠狄崇班季子①

狄生臂鹰来,见客不会揖。踞床咤得隽②,借箸数禽入。短后椈豹裘③,犹溅猩血湿。指呼索酒尝,快作长鲸吸④。半酣论刀槊⑤,怒发欲起立。北方老狯子⑥,狂突尚不絷⑦。要须此慓悍,气压边烽急。夜走追锋车⑧,生斩符离级⑨。持归献天王,封侯稳可拾。何为走猎师,日使群毛泣⑩。

[注释]

①崇班:北宋淳化二年(991)设置的内殿官职,在供奉、侍禁、殿直之上。狄崇班,名不详。

②隽:肥肉。

③短:通"裋"(shù 述),粗布衣服。椈(jú 局):木名,即柏树。椈豹:唐时有椈豹锦,以锦织椈叶豹形。《旧唐书·李德裕传》:"玄鹅天马,椈豹盘臂,文彩珍奇。"这里说狄生用这种椈豹锦做裘。

④"指呼"二句:杜甫《少年行》诗:"指点银瓶索酒尝。"又,杜甫《饮中八仙歌》:

"饮如长鲸吸百川。"

⑤槊:长矛。

⑥猘(zhì 志):疯狗。老猘子,喻指契丹人。

⑦絷(zhí 职):捆绑。

⑧追锋车:晋代一种轻便快速的驿车,无巾盖,加通幔,因车行迅速,故名。

⑨符离:汉代我国西部少数民族的首领名。《汉书·卫青传》有卫青"西定河南地……破符离"句。这里借指外族入侵者。级:首级,脑袋。

⑩群毛:群兽。

[点评]

元丰元年(1078)十一月在徐州作。这首诗刻画了一个勇猛剽悍的武官狄季子的形象。诗人期望他能够为国杀敌,立功疆场。由于诗人捕捉住富有特征的典型细节,在短小的篇幅中,鲜明突出地描绘他独特的容貌、衣着、行为、动作、语言,并展露其性格、心态、志向,又善于点化典故和前人诗文语句,从而使这一豪侠形象生气虎虎,跃然纸上。赵克宜《角山楼苏诗评注汇钞》卷八评此诗:"通体精悍,写豪侠如见。借时势立论,乃觉言之有物。"言简意赅。

雨中过舒教授①

疏疏帘外竹,浏浏竹间雨②。窗扉静无尘,几砚寒生雾。美人乐幽独③,有得缘无慕④。坐依蒲褐禅⑤,起听风瓯语⑥。客来淡无有,洒扫凉冠屦。浓茗洗积昏,妙香净浮虑⑦。归来北堂暗,一一微萤度。此生忧患中,一饷安闲处⑧。飞鸢悔前笑⑨,黄犬悲晚悟⑩。

自非陶靖节^⑪,谁识此间趣!

[注释]

①舒教授:舒焕,字尧文,时为徐州教授。宋神宗元丰元年(1078),诗人在徐州,和舒过从甚密,常相唱和。此诗即作于是年夏。

②浏浏:水流貌。

③美人:指舒教授。乐幽独:以幽居独处为乐事。

④"有得"句:谓不慕世俗,故能自得其乐。缘,因为。

⑤蒲褐:蒲团褐衣。僧人坐禅及跪拜时所用的圆垫和所穿服装。禅:参禅。

⑥风瓯语:风吹瓯所发之声。瓯,瓯形铃铎。

⑦"妙香"句:杜甫《大云寺赞公房》:"心清闻妙香。"诗意本此。

⑧一饷:一会儿。

⑨"飞鸢"句:鸢(yuān 冤),鸷鸟名,俗称老鹰。《后汉书·马援传》记马援击交趾时对官属说,当他在交趾战地上见到飞鸢被毒气熏得堕落水中时,就后悔不听表弟马少游的劝告,太过热衷追求功名利禄。这句用马援事,意谓想到马援的话,才对以往自以为得意的生活感到后悔。

⑩"黄犬"句:《史记·李斯列传》:"二世二年七月,具斯五刑,论腰斩咸阳市。斯出狱,与其中子俱执,顾谓其中子曰:'吾欲与若复牵黄犬俱出上蔡东门逐狡兔,岂可得乎!'"后因以指临刑或死别时悔恨之情。这里用此典,寄托诗人对卷入险恶官场悔悟嫌迟的心意。

⑪陶靖节:东晋诗人陶潜,字渊明,世称靖节先生。

[点评]

　　这首诗描写做客舒教授家的情景和感慨。作者赞美舒教授不慕世俗富贵,自甘淡泊,德行犹如陶渊明。对他幽居独处、自由自在的生活表示了由衷的向往之情,同时也透露了对官场的厌倦和对前途的忧患感。诗中描绘舒教授的恬淡闲适生活情景,细节丰富生动,用典贴切简练。汪师韩评此诗:"一种闲情逸趣,锻炼出以雅淡。任拈一语,无不静气迎人。"(《苏诗选评笺释》卷二)却忽略了作者感慨政治失意的一面。

赠潘谷①

潘郎晓踏河阳春②,明珠白璧惊市人。那知望拜马蹄下,胸中一斛泥与尘③。何似墨潘穿破褐,琅琅翠饼敲玄笏④。布衫漆黑手如龟⑤,未害冰壶贮秋月。世人重耳轻目前,区区张李争媸妍⑥。一朝入海寻李白,空看人间画墨仙。

[注释]

①潘谷:伊、洛间墨师。据《东坡志林》云:"卖墨者潘谷,余不识其人,然闻其所为,非市井人也。墨既精妙,而价不二。士或不持钱求墨,不计多少与之。一日,忽取欠墨钱券焚之,饮酒二日,发狂,浪走,遂赴井死。人下视之,盖趺坐井中,手尚持数珠也。"

②潘郎:指晋代诗人潘岳。《晋书·潘岳传》说他"美姿仪。少时,常挟弹出洛阳道,妇人遇之者,皆连手萦绕,投之以果,遂满车而归"。

③"那知"二句:潘岳性格轻薄浮躁,趋附权贵,与石崇等人谄事权臣贾谧。每候其出,与崇等辄望尘而拜。

④翠饼、玄笏:形容潘谷所制之墨的形色。笏(hù 户):古朝会时所执的手板。这里指形似笏的墨条。

⑤龟(jūn 君):皮肤因寒冷干燥而皴裂如龟纹。

⑥张李:当时善制墨而知名的张遇、李庭珪。

[点评]

多种苏诗注本均编此诗于元丰七年(1084)秋润州作。苏轼善于在诗中刻画人物形象。尤其是那些身怀绝技、人品高洁的江湖奇人异士,在苏诗中无不神情妙肖,栩栩如生。在这首诗中,他展现了卖墨者潘谷制墨的精妙技艺和豪爽不羁的性格,对他不幸发狂赴井而死表达了深切的同情与哀悼。诗中写潘谷,却用晋代诗人潘岳来反衬。写潘岳,欲抑先扬,似扬实抑;写潘谷,欲扬先抑,似抑实扬:外貌如明珠白璧光彩照人的潘岳,其胸中充塞泥尘,对权贵望尘而拜,人品低劣;而潘谷,尽管身穿破褐,两手皲裂,却能制造出如翠饼、玄笏的精墨,心地光明磊落,似"冰壶贮秋月"。两相对照,人物形象鲜明突出。诗的结尾,将潘谷因酒醉赴于井中跌坐而死,想象为"入海寻李白",称之为"墨仙",与"诗仙"李白相媲美,并以"空看"句抒发怀念、惋惜的情意。这浪漫神奇的一笔,更使潘谷的形象光彩夺目。

送杨杰^①

天门夜上宾出日^②,万里红波半天赤。归来平地看跳丸,一点黄金铸秋橘。太华峰头作重九^③,天风吹滟黄花酒。浩歌驰下腰带鞓^④,醉舞崩崖一挥手。神游八极万缘虚,下视蚊雷隐污渠。大千一息八十返^⑤,笑厉东海骑鲸鱼^⑥。三韩王子西求法^⑦,凿齿弥天两劲敌^⑧。过江风急浪如山,寄语舟人好看客^⑨。

[注释]

①杨杰:字次公,无为(今属安徽)人。自号无为子。元丰中历官太常。元丰八年(1085)秋,高丽王派遣其弟僧统来朝,求问佛法,并献经像。神宗皇帝命杨杰陪同他到各地游览。此诗前有自序云:"无为子尝奉使,登泰山绝顶,鸡一鸣见

日出;又尝以事过华山,重九日饮酒莲华峰上。今乃奉诏与高丽僧统游钱塘。皆以王事而从方外之乐。善哉!未曾有也。作是诗以送之。"

②天门:泰山有小天门、大天门。宾:引导。

③太华:西岳华山,在陕西华阴县南。

④腰带鞓:地名,在华山莲华峰。

⑤大千:大千世界。佛经说世界有小千、中千、大千之别。大千世界极大无边。一息:一次呼吸。

⑥厉:连衣涉深水而过。

⑦三韩:指高丽国,有马韩、辰韩、弁韩三个种族。

⑧凿齿:晋襄阳人习凿齿,以文学著称。弥天:释道安,晋代高僧。道安尝与习凿齿相见,当时有"弥天释道安,四海习凿齿"之语(见《晋书·习凿齿传》),这里借喻杨杰和僧统。勍(qíng 情)敌:实力强大的对手。

⑨"过江"二句:《唐摭言》卷一三《矛盾》条载,唐代张祜与令狐楚狎宴戏说酒令曰:"下水船,船底破;好看客,莫倚柂(柁)。"这里推想淮水两岸人们仰慕、出观杨杰,说风急浪大,行船须小心谨慎。

[点评]

元丰八年(1085)九月,苏轼由常州赴知登州途中,在楚州(今江苏淮安)遇杨杰,作此诗。诗中描述了杨杰登泰山、上太华、游钱塘的情景,赞扬杨杰旷达豪迈,胸襟高远,对其"以王事而从方外之乐"表示了欣羡向往之情。全篇直叙三事,四句叙一事,四句一转韵,笔墨横恣,音声奔荡,章法清晰。诗人的想象丰富瑰奇,尤其是写泰山日出,"归来平地看跳丸,一点黄金铸秋橘"两句,喻象新奇,壮丽夺目。写杨杰在华山峰巅饮酒浩歌、驰下绝壁、醉舞崩崖,气势飞动,笔歌墨舞,有李白歌行的豪放飘逸风格。结尾亦波峭惊人。汪师韩《苏诗选评笺释》卷一评:"此诗奇胜,亦真足与泰华争巍峨矣。"

书林逋诗后①

吴侬生长湖山曲,呼吸湖光饮山绿。不论世外隐君子,佣奴贩妇皆冰玉。先生可是绝俗人,神清骨冷无由俗。我不识君曾梦见,瞳子瞭然光可烛。遗篇妙字处处有,步绕西湖看不足。诗如东野不言寒②,书似西台差少肉③。平生高节已难继,将死微言犹可录。自言不作封禅书④,更肯悲吟白头曲⑤!我笑吴人不好事,好作祠堂傍修竹。不然配食水仙王⑥,一盏寒泉荐秋菊。

[注释]

①林逋:宋初诗人。字君复,杭州人。平生不做官,不娶妻,爱种梅养鹤,自称"梅妻鹤子"。他结庐隐居于西湖畔的孤山,二十年不入城市。宋仁宗赐谥"和靖先生"。其诗风清淡幽远。

②东野:唐代诗人孟郊,字东野。苏轼有"郊寒岛瘦"的评语,说孟郊诗寒,贾岛诗瘦。

③西台:指宋代书法家李建中,曾任西台御史。

④作者自注:"逋临终诗云:'茂陵他日求遗草,犹喜初无封禅书。'"《汉书·司马相如传》载,司马相如因重病免官,家居茂陵。汉武帝派人去取他的书稿,他的妻子对使者说:他将死时曾写了一卷书,并嘱咐死后如有使者来求书,就交上去呈奏皇帝。书札上写了建议汉武帝举行"封泰山,禅梁父"大典的事。

⑤"更肯"句:作者自注:"司马长卿欲娶富人女,文君作白头吟以诮之。"

⑥作者自注:"湖上有水仙王庙。"

　　元丰八年(1085)四月作于南都归常途中。这首诗热烈赞美林逋的人品、气节、诗歌、书法的清高脱俗。诗人妙用衬托、对比的艺术手法。开篇四句,先写吴人生长在湖边山曲,呼吸湖光,啜饮山绿,不只是隐居世外的君子,就是佣奴贩妇,也都是如冰似玉。然后推出林逋,毋须多费笔墨,其"神清骨冷"的形象已跃然纸上。纪昀称赞说:"起手如未睹佛相,先现圆光。"(《纪评苏诗》卷二五)写林逋诗书之妙,也以孟郊、李建中衬托,言林诗似孟之清新,却无其寒苦之状;书法似李,但较瘦硬。写林逋的品格气节,以司马相如作对比。林逋临终明志,表明自己决不屑于像司马相如那样怂恿皇帝封禅,以希宠求荣;林逋一生不曾娶妻,即使有妻,也决不像司马相如那样贪图富贵,欲另娶富家女,而让原配妻子悲吟白头曲。诗中正面写林逋,仅有梦见林逋"瞳子瞭然光可烛"一句。这"画眼睛"的一笔,令人如见林逋目光炯炯,神采奕奕。全篇词清气爽,亦如湖光山绿。

青衫半作霜叶枯①

　　青衫半作霜叶枯,遇民如儿吏如奴。吏民莫作长官看,我是识字耕田夫。妻啼儿号刺史怒,时有野人来挽须。拂衣自注下下考②,芋魁饭豆吾岂无③!归来瑞草桥边路,独游还佩平生壶。慈姥岩前自唤渡④,青衣江畔人争扶⑤。今年蚕市数州集,中有遗民怀袴襦⑥。邑中之黔相指似⑦,白髯红带老不癯⑧。我欲西归卜邻舍⑨,隔墙拊掌容歌呼。不学山王乘驷马,回头空指黄公垆⑩。

［注释］

①本诗原题为《庆源宣义王丈,以累举得官,为洪雅主簿、雅州户掾。遇吏民如家人,人安乐之。既谢事,居眉之青神瑞草桥,放怀自得。有书来求红带,既以遗之,且作诗为戏,请黄鲁直、秦少游各为赋一首,为老人光华》。庆源:王庆源,苏轼的叔丈人。宣义:宣义郎,官名。洪雅:今四川洪雅县。雅州:今四川雅安县。黄鲁直:黄庭坚的字。秦少游:秦观的字。

②拂衣:表示愤怒。下下考:政绩最差。考,指封建官府对官员政绩的考核。

③芋魁饭豆:《汉书·翟方进传》载,西汉民间歌谣有"饭我豆食羹芋魁"句。芋魁,芋头。

④慈姥岩:在四川青神县,当地名胜。

⑤青衣江:四川水名,流经洪雅,至东山汇合大渡河入岷江。

⑥怀袴襦:怀念王庆源的德政。后汉蜀郡人民曾唱"平生无袴今五袴"的歌谣,来颂扬太守廉范的政绩。

⑦邑中之黔:《左传·襄公十七年》载:宋皇国父要为平公筑台,子罕请待农闲时动工,百姓作歌谣说:"泽门之皙,实兴我役;邑中之黔,实慰我心。"皇国父皮肤白,故称为"皙";子罕皮肤黑,故称为"黔"。此处指王庆源深受百姓爱戴。指似:指与。

⑧癯(qú 渠):清瘦。

⑨西归:回四川故乡。卜邻:选择邻居。

⑩"不学"二句:山王,指山涛、王戎。魏晋时,嵇康、阮籍、刘伶、王戎、山涛、向秀、阮咸七人常集会于竹林之下,被称为"竹林七贤"。后来山涛、王戎做了大官,王戎还身穿官服乘车重经当年他们聚会酣饮的黄公酒垆,感叹自己"为时所羁绁"(见《世说新语》)。后来颜延年作《五君咏》赞竹林七贤,把山涛、王戎除外(见《南史·颜延年传》)。这里说决不学山涛、王戎去追求富贵显达。

［点评］

元祐三年(1088)夏在汴京任翰林学士时作。这首诗生动鲜明地刻画了清廉正直、宽政爱民的循吏王庆源的形象。诗中写王庆源官卑职微,家计困窘,衣着寒酸,却不谄上,不傲下,待百姓亲如家人。他坦诚地请百姓不要把他看作长官,说自己不过是识字耕田夫。他不愿坑害百姓,敢于顶撞太守,愤然自认政绩下等,掷下乌纱帽,拂衣而去,回乡吃庄稼饭。他辞官躬耕以后,老百姓念念不忘他的恩德,敬爱他,照顾他。苏轼以一支饱蘸浓情之笔,捕捉住几个富有戏剧性的场景和典型细节,把这一个性格倔强傲岸、志节高尚、爱民如子的老贤吏的形象塑造得实实在在,血肉丰满,风骨峻嶒,形神兼备。苏轼不仅对王庆源倾吐仰慕之情,甚至把自己的一部分思想感情和愿望移到了他的身上。"吏民莫作长官看,我是识字耕田夫。"这是王庆源的心声,也是苏轼夫子自道,犹如金石掷地,其声铿锵,撼人心弦!

苏子作诗如见画

书画寄情

惠崇春江晓景^①

（二首选一）

竹外桃花三两枝，　春江水暖鸭先知。

蒌蒿满地芦芽短^②，正是河豚欲上时^③。

[注释]

①惠崇：淮南（一作建阳）人，宋初"九僧"之一，能诗善画，尤工绘鹅雁鹭鸶和寒汀远渚小景。诗题"晓景"，一作"晚景"。

②蒌：草名，即白蒿。

③河豚：鱼名，此鱼出产于海，春江水发，始沿江上行，食蒌蒿则肥，其肉味极鲜美。

[点评]

　　元丰八年（1085）十二月作于汴京。这是一首题画诗。从诗中所写景物看，惠崇所绘是一幅鸭戏图。苏轼以诗笔再现画境，寥寥28字，勾勒出一幅生机勃勃的早春图，表现出自然景物在季节转换时的特征，抒发对早春的喜悦和礼赞之情。次句最妙。诗人发挥了诗歌的想象和联想，写出了凭触觉才能感知的水之"暖"意，并移情移知觉于鸭，让它感知水暖，正是诗人的灵心妙笔。结句写河豚欲上的动态，也是诗人从画面上的蒌蒿、芦芽等景物引起的联想，补充、丰富了画意，深化了画境诗情。宋人晁补之说过："诗传画外意，贵有画中态。"此诗在这两方面都获得了成功。汪师韩《苏诗选评笺释》卷四评："吹畦风馨，适然相值。"纪昀《纪评苏诗》卷二六赞曰："此是名篇，兴象实为深妙。"

书李世南所画秋景二首①

野水参差落涨痕，疏林欹倒出霜根。

扁舟一棹归何处？家在江南黄叶村。

人间斤斧日创夷②，谁见龙蛇百尺姿！

不是溪山成独往，何人解作挂猿枝③？

[注释]

①李世南：字唐臣，安肃人。明经及第，终于大理寺丞，工画山水。
②创：砍掉。夷：削平。
③挂猿枝：用李白《游秋浦白笴陂》诗"猿影挂寒枝"句意。

[点评]

　　元祐二年(1087)秋作于汴京。时李世南在汴京参加《元祐敕令式》的编写。据南宋邓椿《画继》卷四云："东坡亦尝题其秋景平远……此图本寒林障，分作两轴。前三幅尽寒林，坡所以有'龙蛇姿'之句；后三幅尽平远，所以有'黄叶村'之句。其实一景而坡作两意。"前一首由近及远地描绘野水退、涨痕落、疏林欹、霜根露这一系列典型的秋天意象，再现画中寒林平远景色。诗人再以设问句引领读者随着一叶扁舟进入江南黄叶飘飞的远村之中。画境中添加了诗意，写出诗人对乡村生活的羡慕。后一首先感叹人们任意砍伐摧残林木，故而世间难见"龙蛇百尺姿"。后二句说，正是画家李世南独入溪山深细观察，才能绘出"猿影挂寒枝"的奇景,从而写出画家对溪山的偏爱。二诗都流露出诗人厌烦市朝、向往自然的情趣。一写一议,写法不同,皆妙语天然,意境殊高,声调清越,韵味悠长。

醉翁操

　　琅琊幽谷①,山川奇丽,泉鸣空涧,若中音会②。醉翁喜之,把酒临听,辄欣然忘归。既去十余年,而好奇之士沈遵闻之,往游焉,以琴写其声,曰《醉翁操》。节奏疏宕③,而音指华畅,知琴者以为绝伦。然有其声而无其辞。翁虽为作歌,而与琴声不合。又依《楚词》作《醉翁引》④,好事者亦倚其辞以制曲,虽粗合韵度,而琴声为词所绳约,非天成也。后三十馀年,翁既捐馆舍,遵亦没久矣。有庐山玉涧道人崔闲,特妙于琴,恨此曲之无词,乃谱其声,而请于东坡居士以补之云。

　　琅然⑤,清圆。谁弹?响空山,无言,惟翁醉中知其天。月明风露娟娟。人未眠。荷蒉过山前⑥,曰有心也哉此贤。　　醉翁啸咏⑦,声和流泉。醉翁去后,空有朝吟夜怨。山有时而童巅⑧,水有时而回川⑨,思翁无岁年⑩。翁今为飞仙⑪,此意在人间。试听徽外三两弦⑫。

[注释]

①琅琊:即琅琊山,在安徽滁州市西南。因东晋琅琊王(元帝)避难于此而得名。林壑优美,为游览胜地。欧阳修著名的《醉翁亭记》即写此地景色。

②若中音会:好像适合乐曲的音声节拍。《庄子·养生主》说庖丁解牛,其动作与刀之铃声,"合于《桑林》之舞,乃中《经首》之会"。中(zhòng 众),适当,合于。会,相合。

③疏宕:宽缓起伏而有节奏。

④《醉翁引》:欧阳修为沈遵写的琴曲《醉翁吟》三叠而作的楚辞体文章。

⑤琅(làng 浪)然:声音清亮。

⑥荷蒉(hè kuì 贺愧):扛着草编的筐子。这里指一个懂音乐的隐士。《论语·宪问》:"子击磬于卫。有荷蒉而过孔氏之门者,曰:'有心哉,击磬乎!'既而曰:'鄙哉,硁硁乎,莫己知也。斯己而已矣! 深则厉,浅则揭。'子曰:'果哉,末之难矣。'"这两句借《论语》字面,比喻山川自然音响,如有心演奏一样美妙。

⑦啸咏:啸,吹口哨。咏,歌咏。

⑧童巅:光秃秃的山顶。

⑨回川:漩涡。

⑩无岁年:不知有多少年。

⑪飞仙:对死者的敬称,说他成仙升天。

⑫徽:琴徽,弦柱上的标志。

[点评]

　　这是元丰六年(1083)秋苏轼为琴曲《醉翁操》写的词。由于《醉翁操》是沈遵依据琅琊幽谷的鸣泉飞瀑之音响谱写的,所以苏轼此词上片即描写流泉的自然声响及其感人的效果;下片写醉翁欧阳修听泉的啸吟之声和醉翁去后"山禽与野麋"(欧阳修《醉翁吟》)对他的相思,再写时光流转,山川变换,鸣泉妙音无人聆赏,幸有《醉翁操》使鸣泉声与醉翁追求之绝妙意境永留人间。全篇表现了苏轼对恩师欧阳修的敬仰与怀念之情,也表现了苏轼对人与大自然融为一体的美好境界的神往。作者在这首词中并不是像《水调歌头》(昵昵儿女语)那样用一系列诉诸视觉的生动形象摹写泉声与琴声之美,而是主要表现泉声与琴声感染人心的魅力,并且努力用长短参差的句式和文字的声韵节奏,传达出泉声的"若中音会"和琴曲的华畅旋律、疏宕节奏。全篇押平声"言前"韵,韵脚较密,节奏确实是舒缓、疏宕的。特别是开篇"琅然,清圆。谁弹? 响空山,无言。惟翁醉中知其天"几句,只有一个仄声字"响",其余都是平声,连押五韵,音节和平、谐美,犹如流水潺湲,正是作者深刻品味此曲所属宫调而有意为之。清代郑文焯《手批东坡乐府》评曰:"读此词,觇苏之深于律可知。"是中肯的。天才诗人苏轼,也是一位深通音律的音乐家。

水调歌头

欧阳文忠公尝问余:"琴诗何者最善?"答以退之《听颖师弹琴》诗。公曰:"此诗固奇丽,然非听琴,乃听琵琶诗也。"余深然之。建安章质夫家善琵琶者乞为歌词。余久不作,特取退之词,稍加隐括,使就声律,以遗之云①。

昵昵儿女语②,灯火夜微明。恩怨尔汝来去③,弹指泪和声。忽变轩昂勇士,一鼓填然作气,千里不留行④。回首暮云远,飞絮搅青冥。　　众禽里,真彩凤,独不鸣。跻攀寸步千险,一落百寻轻⑤。烦子指间风雨,置我肠中冰炭,起坐不能平。推手从归去,无泪与君倾。

[注释]

①欧阳文忠公:欧阳修谥文忠。韩愈《听颖师弹琴》诗云:"昵昵儿女语,恩怨相尔汝。划然变轩昂,勇士赴敌场。浮云柳絮无根蒂,天地阔远随风扬。喧啾百鸟群,忽见孤凤凰。跻攀分寸不可上,失势一落千丈强。嗟予有两耳,未省听丝篁。自闻颖师弹,起坐在一旁。推手遽止之,湿衣泪滂滂。颖乎尔诚能,无以冰炭置我肠。"欧阳修以为韩愈这首诗像听琵琶诗。苏轼对老师的意见不便驳回,后来不同意欧阳公见解的人颇不少。例如《西清诗话》载,一位以弹琴著名的僧人义

海,认为韩诗"皆指下丝声妙处,惟琴为然"。隐括:采用旧作的内容和词语改写成另一体裁的作品。词的隐括体倡自苏轼。

②昵昵:亲近貌。

③尔汝:都是"你"的意思,谓双方以尔汝相称,表示口吻亲切。

④轩昂:器宇不凡的样子。阗然:鼓声。作气:鼓起勇气。千里不留行:《庄子·说剑》:"臣之剑,十步一人,千里不留行。"

⑤寻:古代一种长度单位,八尺曰寻。

[点评]

苏轼这首词作于元丰四年(1081)夏,是根据韩愈描写音乐的名篇《听颖师弹琴》改写的。诉诸听觉的音乐美,缺乏空间形象的鲜明性和确定性,是很难捕捉和形容的。但韩、苏二人巧妙地以儿女的窃窃私语状乐声的轻柔细碎,以勇士大呼猛进拟乐声的昂扬雄壮,以飘荡的晚云飞絮形容乐声的缥缈幽远,以百鸟争喧描摹乐声的婉转错杂,又以攀峰坠谷表现乐声的冷涩顿挫、起伏跌宕。这一系列生动新颖的比喻,将听觉转化为视觉,变抽象为具象,传达出乐曲丰富多变的感情色调和内容。然后再从效果方面刻画乐师弹技之高。苏词与韩诗一样笔墨精微神妙,具有动人心弦的艺术感染力。较之韩诗,苏词更发挥了词体句子长短参差的特长,写得婉转错落,曲折尽意,浑然天成,毫无羁束。仔细寻绎,苏词对原诗的增添和删减,笔笔精妙。如"灯火夜微明"一句为原诗所无,词人将一对青年男女的昵昵私语置于静夜微弱的灯光下,情境逼真生动。"弹指泪和声"句亦是原诗所无,词人夸张形容琴师妙指弹出的声音拌和着泪水,视象感强,又表现出乐声的哀怨。特别是表现乐音效果的几句,以"指间风雨"形容弹者技艺之高,"肠中冰炭"写听者感受之变化,并以"烦子""置我"把弹者听者更紧密地关联起来,使"指间风雨"与"肠中冰炭"形成意象的和弦。"起坐不能平"写听者坐立不宁,亦胜于原诗"起坐在一旁"。删去了原诗"颖乎尔诚能"的抽象赞美,诗意更含蓄。结尾"无泪与君倾",较之原诗"湿衣泪滂沱"更加翻进一层。这些地方,都显示苏轼这首隐括韩诗的词,青出于蓝而胜于蓝,成为宋词中不可多得的成功地描写音乐的佳作。南宋刘克庄《跋东坡颖师听琴水调及山谷帖》(《后村先生大全集》卷一〇二)评云:"隐括他人之作,当如汉王晨入信、耳军,夺其旗鼓,盖其作略气魄,固巳陵暴之矣,坡公此词是也。他人勉强为之,气尽力竭,在此则指麾呼唤不来,在彼则颉颃偃蹇不受令,勿作可矣。"指出苏轼隐括之词以原作为己所用而不受其束缚,故而自然流畅,能出新境新意,显示出高超的艺术腕力。

王维吴道子画^①

何处访吴画?普门与开元^②。开元有东塔,摩诘留手痕。吾观画品中,莫如二子尊。道子实雄放,浩如海波翻。当其下手风雨快,笔所未到气已吞。亭亭双林间^③,彩晕扶桑暾^④。中有至人谈寂灭^⑤,悟者悲涕迷者手自扪。蛮君鬼伯千万万^⑥,相排竞进头如鼋。摩诘本诗老,佩芷袭芳荪^⑦。今观此壁画,亦若其诗清且敦^⑧。祇园弟子尽鹤骨^⑨,心如死灰不复温。门前两丛竹,雪节贯霜根。交柯乱叶动无数,一一皆可寻其源。吴生虽妙绝,犹以画工论^⑩。摩诘得之于象外^⑪,有如仙翮谢笼樊^⑫。吾观二子皆神俊,又于维也敛衽无间言^⑬。

[注释]

①王维、吴道子:都是唐玄宗时人。王维字摩诘,著名诗人,当时称"诗佛",亦善画,他的水墨山水画被后人称为画家南宗之祖。吴道子又名道玄,著名画家,山水、人物画兼擅,尤善画佛像,当时称"画圣"。

②普门、开元:两佛寺名。吴道子在两寺画有佛像,王维在开元寺画有墨竹。

③双林：两株娑罗树。这句和以下五句都是描写吴道子画释迦牟尼佛在天竺（印度）拘尸那城双娑罗树下说法时的情景。

④彩晕：指画中释迦头上光轮。扶桑：古代神话中树木名，日出之处。暾（tūn 吞）：朝阳光芒。

⑤至人：指释迦牟尼佛。寂灭：佛家语，"涅槃"的意译，意谓超脱世间入于不生不灭之境。

⑥蛮君鬼伯：《释迦谱》卷四记释迦涅槃时，菩萨、鬼王、天王纷纷前来。

⑦"佩芷"句：化用屈原《离骚》中诗句，比喻王维气质和诗风的清雅绝俗。

⑧清且敦：指王维诗风清丽敦厚。

⑨祇（qí 其）园：祇树与孤独园或祇园精舍的简称，相传释迦在此宣扬佛法二十余年。鹤骨：比喻画中佛的众弟子形象清癯。

⑩画工：指画艺平庸、气格不高的画师、画匠。

⑪象外：形象之外，指内在的精神。

⑫翮（hé 何）：鸟翎的茎，代指鸟。这句以鸟飞离笼子比喻王维的画能突破形似而获得神似，达到神妙之自由境界。

⑬敛衽：提起衣襟夹于带间，表示尊敬。间言：异议。

[点评]

　　这是苏轼的组诗《凤翔八观》之一。嘉祐八年（1063）春末，苏轼到凤翔府签判任后，游普门寺、开元寺，观看吴道子、王维所绘壁画而作。诗中描写王维和吴道子壁画的不同气象、境界，品评二人画艺，提出了新颖、深刻的美学见解。苏轼既赞美吴道子的"雄放"之美，更称许王维"得之于象外"的妙趣，从而奠定了他所倡导的重个性、重笔墨趣味、重"画中有诗"的意境创造的文人画的理论基础。因此，这是一首借题画发表重要艺术美学见解的作品。诗中对吴与王的述评两条线时分时合，变化多姿，却又章法严整；全篇奇气纵横，而句句浑成深稳；议论有形象、有情韵，见解精警；五言、七言、杂言长短错落，于变化中显出和谐自然，流畅美妙，确是一首七古杰作。清代方东树评曰："神品妙品，笔势奇纵；神变气变，浑脱浏亮。一气奔赴中，又顿挫沉郁。所谓'海波翻''气已吞''一一可寻源''仙翮谢笼樊'等语，皆可状此诗。"（《昭昧詹言》卷一二）

次韵子由论书

吾虽不善书,晓书莫如我。苟能通其意,常谓不学可。貌妍容有颦①,璧美何妨椭。端庄杂流丽,刚健含婀娜。好之每自讥,不独子亦颇②。书成辄弃去,谬被旁人裹。体势本阔落,结束入细么③。子诗亦见推,语重未敢荷。尔来又学射,力薄愁官笴④。多好竟无成,不精安用夥。何当尽屏去,万事付懒惰。吾闻古书法,守骏莫如跛⑤。世俗笔苦骄,众中强嵬骒⑥。钟张忽已远⑦,此语与时左⑧。

[注释]

①颦:通"颦",锁眉蹙额。

②颇:癖好。

③细么:细小。

④官笴(gě葛):官箭。笴,箭杆。

⑤跛:偏斜不正。

⑥嵬骒(ě恶):不安帖的样子。骒,马摇头。

⑦钟张:三国时魏国书法家钟繇和东汉书法家张芝。

⑧左:违背,不适合。

[点评]

嘉祐八年(1063)作。苏辙有《子瞻寄示岐阳十五碑》诗,苏轼次其韵作此诗,发表了关于书法的一系列精辟美学见解:学书贵在"通其意",要抒情表意,掌握其艺术规律；书法艺术风格应多样化，兼容异量之美，对立的风格应当相互吸收补充、调节渗融，使"端庄杂流丽，刚健含婀娜"；书法体势要疏阔，笔墨收束时要精细。苏轼推崇张芝、钟繇书法古朴自然，反对骄矜平俗，提倡守拙毋巧等。诗中的一些议论，已超越了论书法的范围，具有更普遍的哲理意味，启人灵智。诗多用散文句法和辞语，诗意灵活自如，表达充分；又多用诙谐笔墨，如将书法比成美人，加以嘲讽或赞美，形象生动，活泼有趣。中间插入学射一段，如奇峰忽插，波澜顿起，使意境更生动。

次韵张安道读杜诗①

大雅初微缺②，流风困暴豪。张为词客赋③，变作楚臣骚④。展转更崩坏，纷纶阅俊髦。地偏蓄怪产，源失乱狂涛。粉黛迷真色⑤，鱼虾易豢牢⑥。谁知杜陵杰⑦，名与谪仙高⑧。扫地收千轨，争标看两艘。诗人例穷苦，天意遣奔逃。尘暗人亡鹿⑨，溟翻帝斩鳌⑩。艰危思李牧⑪，述作谢王褒⑫。失意各千里，哀鸣闻九皋⑬。骑鲸遁沧海，捋虎得绨袍⑭。巨笔屠龙手⑮，微官似马曹⑯。迂疏无事业，醉饱死游遨。简牍仪型在⑰，儿童篆刻劳⑱。今谁主文字？公合抱旌旄。开卷遥相忆，知音两不遭。般斤思郢质⑲，鲲化陋鲦濠⑳。恨我无佳句，时蒙致白醪㉑。殷勤理黄菊，未遣没蓬蒿。

[注释]

①张安道：名方平，神宗朝曾任参知政事，与苏氏父子有交谊，后苏轼为其作《张

文定公墓志铭》。

②雅：《诗经》的一部分，有大雅、小雅。这里以大雅代表《诗经》。

③张：铺张。词客：指战国荀况及汉司马相如、扬雄、班固之流的赋家。

④变：变体。古人说骚是变风、变雅。楚臣：指屈原和步武屈原的宋玉、景差、唐勒。屈原的代表作是《离骚》，后人往往以"骚"来代表这种诗体。

⑤粉黛：妇女的化妆品。

⑥牶牢：古代祭祀用的牛羊。这两句比喻诗作以假乱真，优劣混淆。

⑦杜陵：杜甫，他祖居长安东南的杜陵，自称"杜陵布衣"。

⑧谪仙：指李白。贺知章见李白风采卓异，称他为"谪仙人"。

⑨亡鹿：比喻李唐丢失了政权。用《汉书·蒯通传》"秦失其鹿，天下共逐之"的典故，指安史乱起。

⑩溟翻：大海翻腾，形容干戈四起。帝斩鳌：《列子·天问》篇记载女娲氏斩断鳌足，用四柱把塌下的天顶住。

⑪李牧：战国时赵国名将，曾扼守雁门，击退南侵的匈奴。

⑫王褒：汉代文士，宣帝时应诏入朝，作《圣主得贤臣颂》。

⑬九皋：众多的湖泽。这句暗用《诗经·小雅·鹤鸣》"鹤鸣于九皋，声闻于天"的典故。

⑭捋虎：抚摩虎须。唐人范摅《云溪友议》说，杜甫流亡到成都，得到西川节度使严武的照顾。有一次，杜甫登严武的床说，没想到严挺之有这样的儿子。严武却生气说："杜审言的孙子想捋虎须吗？"绨袍：粗布大褂。《史记·范雎传》载，战国时魏国须贾曾陷害过范雎，后范雎入秦做了宰相。须贾出使秦国，范雎故意装作贫寒的样子求见，须贾可怜他，便赠他一件绨袍。事后范召见须，念其赠袍之情，没有杀害他。这句指杜甫触犯严武而又受到严武的周济。

⑮"巨笔"句：《庄子·列御寇》说，朱泙漫学屠龙，用尽千金家当，三年学成，而无所用其巧。这里指杜甫才高而不为世用。

⑯马曹：管马的官。《世说新语·简傲》载，桓冲问王子猷任职何署，他回答说："不知何署，时见牵马来，似是马曹。"杜甫曾任京兆府兵曹参军等"微官"。

⑰简牍：指杜甫的著作。仪型：典范。

⑱儿童：暗用韩愈《调张籍》诗中说群儿愚昧，毁谤李杜文章句意。篆刻：汉代扬雄曾说辞赋是"雕虫篆刻"的小技。

⑲"郢斤"句:《庄子·徐无鬼》载,郢人鼻端沾了一点石灰,石匠挥斧砍去石灰,鼻子却毫无损伤。般,搬,运用。斤,斧子。郢,地名,战国时的楚都。郢质,代指投契的对手和知己,这里指张安道,又暗用《晋书·嵇康传》"高契难期,每思郢质"的话。

⑳鲲化:即鲲鹏,用《庄子·逍遥游》北溟鱼化为鲲鹏的典故。鲦濠:《庄子·秋水》载,庄子与惠子游于濠梁之上,称赞鲦鱼出游从容快乐。鲦(tiáo 条),白鲦。这里用鲲鹏比张安道原作,鲦鱼比自己和作之陋。因张原作有"达观念庄濠"句,苏轼即以"鲦濠"呼应。

㉑白醪(láo 辽):白酒。

[点评]

　　熙宁四年(1071),苏轼赴杭州通判任,七月于陈州(今河南淮阳)会见张方平,作此诗。苏轼在诗中阐扬风骚的创作传统,高度评价了杜甫在诗史上的成就和地位,认为杜甫和李白并驾齐驱,流露出对杜甫坎壈身世的深厚同情和对其崇高人品诗格的热烈赞扬。由于议论中渗透了激情,又借生动的形象和典故表达出来,所以令人读来饶有兴味。开始既步步为营,又句句直下,主宾(杜甫与李白)相衬,疏密相间,于豪放流转之中显出工稳与谨严。虽是和韵,却变化自如,全不着力;虽押窄韵,却能因难见巧,似不受束缚,这是苏轼学杜的杰出成果,所以王文诰《苏轼诗集》卷六评云:"面目是杜,气骨是苏。"

书韩干《牧马图》①

　　南山之下,汧渭之间②,想见开元天宝年。八坊分屯隘秦川③,四十万匹如云烟。骓駓駰骆骊骝骟④,白鱼赤兔骍皇鵷⑤。龙颅凤颈狞且妍,奇姿逸德隐驽顽。碧眼胡儿手足鲜,岁时剪刷供帝闲⑥。柘袍临池侍三千⑦,红妆照日光流渊。楼下玉螭吐清寒⑧,往来蹴踏生飞湍。众工舐笔和朱铅,先生曹霸弟子韩⑨。厩马多肉尻脽圆⑩,肉中画骨夸尤难⑪。金羁玉勒绣罗鞍,鞭箠刻烙伤天全,不如此图近自然。平沙细草荒芊绵,惊鸿脱兔争后先⑫。王良挟策飞上天⑬,何必俯首服短辕⑭?

[注释]

① 韩干:唐代著名画家,蓝田(今属陕西)人,善画人物,尤工画马。初师曹霸,后被玄宗召入宫廷,便以内厩名马为师,所作形象雄俊,独步当时。

② 南山:指秦岭山,在陇县东南。汧(qiān 千)渭:汧水(今作千水),源出甘肃东南,至宝鸡流入渭水。

③ 八坊:唐玄宗时,在京都长安附近,以八坊之地一千二百余顷,屯田养马。

④ 骓(zhuī 追):苍白杂毛的马。駓(pī 披):黄白杂毛的马,又名桃花马。駰:浅黑杂白的马。骆:白身黑鬣的马。骊:深黑色的马。駠(liú 留):赤身黑鬣的马。騟:赤毛白腹的马。

⑤ 白鱼:两目似鱼目的马。赤兔:红色马。骍(xīn 辛):红黄色的马。皇:毛色黄白相杂的马。駻(hàn 旱):长毛马。

⑥ 帝闲:内廷马厩。

⑦ 柘袍:黄袍,皇帝所服,代指皇帝。临池:指皇帝来视察马。

⑧ 楼:五凤楼。玉螭:白石龙头。

⑨ 曹霸:韩干的老师。杜甫最赞赏的画家,杜曾作《丹青引赠曹将军霸》。

⑩ 尻脽(kāo shuí 烤阴平谁):臀部。

⑪ "肉中"句:杜甫在《丹青引》中说韩干画马多肉,不见骨相。苏轼说厩马本来多肉,韩干却能"肉中见骨",弥见功力。

⑫ 惊鸿:用曹植《洛神赋》"翩若惊鸿"句意。脱兔:用《孙子·九地》"后如脱兔,敌不及拒"语意。

⑬ 王良:春秋时赵简子的马车夫,善御马,后来人们把天驷星旁边的一颗星

子叫"王梁"，据说就是王良（参见《淮南子·览冥训》《晋书·天文志》）。

⑭辕：车子前面套马的两条木杠。

[点评]

　　熙宁十年（1077）作于汴京。这是一首题画诗。诗人由韩干的《牧马图》联想到唐玄宗时屯田养马的盛况，生动地描画了各种马的毛色、名目、姿态，描画了养马人、骑士和著名绘马画家的神采，又从曹霸与韩干的绘马成就中揭示"肉中画骨"、得其"天全"与"自然"的绘画美学观点。最后，诗人借咏马抒发兀傲刚直、不受拘束的自由人格，对折节干求进用的小人予以讽刺。此诗内涵丰厚，气象宏大，骨力遒劲，状物生动传神。起笔跳跃而出，如生龙活虎。通篇旁衬，以"众工"衬，以"先生"衬，以"厩马"衬，只用"平沙""惊鸿"二句正面描写《牧马图》，章法奇绝；结尾一联，又引发出新意，更是变化莫测。诗中"骓駓"句学韩愈《陆浑山火》诗"鸦鸱雕鹰雉鹄鹨"句法，叠用同一种类意象名词，但在诗的立意、结构、气象方面，却是借鉴了杜甫《丹青引》等咏马诸作，并堪与杜诗媲美。

韩干马十四匹①

　　二马并驱攒八蹄②，二马宛颈鬃尾齐③。一马任前双举后④，一马却避长鸣嘶。老髯奚官骑且顾⑤，前身作马通马语⑥。后有八匹饮且行，微流赴吻若有声。前者既济出林鹤，后者欲涉鹤俯啄。最后一匹马中龙，不嘶不动尾摇风。韩生画马真是马，苏子作诗如见画。世无伯乐亦无韩⑦，此诗此画谁当看？

①韩干:唐玄宗时画马名家。参见前《书韩干〈牧马图〉》注。

②攒八蹄:形容二马疾驰、八蹄并举之状。

③宛:屈曲。

④任前:着力在前两蹄。举:跷起。

⑤奚官:马倌。

⑥"前身"句:孙光宪《北梦琐言》载,浙西刘三复自云前身曾为马。王充《论衡》谓广汉杨翁伟能解马语。

⑦伯乐:春秋时善于识别千里马的人。

［点评］

　　熙宁十年(1077)在徐州作。这首题画诗生动地再现了韩干笔下14匹骏马的意态,精辟地揭示诗歌与绘画创作的共同艺术规律,又意味深长地寄寓"世无伯乐"的人生感慨。全篇白描、用典、比喻、比拟交织穿插,叙述、描写、抒情、议论融合紧密,重在捕捉每匹马的动态特征,绘声绘态,描形传神。作者学习、借鉴了韩愈的散文《画记》和杜甫的诗《韦讽录事宅观曹将军画马歌》,以诗歌与散文结合的灵动笔调描述14匹马,有总写有分写,有明有暗,有连有断,有重点(如"最后一匹马中龙,不嘶不动尾摇风"即是重点),有一般,中间又插入"老髯"二句写马倌骑马的神情,使全篇章法如云出山岫,变幻莫测,毫不板滞;妙言奇趣,触绪横生;移步换韵,声情兼美。

送参寥师①

　　上人学苦空②,百念已灰冷,剑头惟一映③,焦谷无新颖④。胡为逐吾辈,文字争蔚炳⑤? 新诗如玉屑⑥,出语便清警。退之论草书,万事未尝屏,忧愁不平气,一寓笔所骋⑦。颇怪浮屠人,视身如邱井。颓然寄淡泊,谁与发豪猛⑧? 细思乃不然,真巧非幻影⑨。欲令诗语妙,无厌空且静:静故了群动,空故纳万境。阅世走人间,观身卧云岭。咸酸杂众好,中有至味永⑩。诗法不相妨⑪,此语当更请⑫。

[注释]

①参寥:即僧道潜,字参寥,於潜人,能诗文,时从馀杭来徐州探访苏轼。苏轼此诗作于元丰元年(1078)十二月。

②苦空:佛教基本教义,以人生为苦,又以一切皆虚无,并非实体。

③剑头:指剑环头,只有小孔。映(xuè 血):象声词,以口吹物发出的小声。这句引用《庄子·则阳》:"夫吹筦也,犹有嗃也;吹剑首者,映而已矣。"惠子说:吹管还有管声,吹剑头,就只有风过之声了。

④焦谷:用《维摩诘所说经》卷中《观众生品第七》"色如燋谷芽"语意。色,佛教把有形质、能使人感触到的东西称色,与心相对,包括语言、文字。

⑤"胡为"二句:意谓佛教禅宗主张不立文字,见性成佛。为什么参寥却跟着我们这些人写出文字瑰丽的诗呢?

⑥玉屑:比喻文词佳美。

⑦"退之"四句:引用韩愈(字退之)《送高闲上人序》中对张旭草书的评价。

⑧"颇怪"四句：继续引用韩文论高闲上人草书能淡泊而不能发为"豪猛"。浮屠：佛塔。浮屠人，即僧人。视身，引用《维摩诘所说经》卷上《方便品第二》："是身如邱井，为老所逼。"

⑨幻影：《金刚般若波罗蜜经·应化非真分第三十二》："一切有为法，如梦幻泡影。"

⑩"咸酸"二句：意谓咸酸甘苦之于食，各不胜于味，要者在于能分别"中边"，得其至味。中边，佛教名词，谓中道（指不离两边，不即两边之中正绝对之理）和边见（偏于一边之见，妄见）。

⑪"诗法"句：指诗歌与佛法并不相妨。

⑫请：请教，这里作商定讲。

[点评]

　　这首诗从赞美参寥诗起笔，用以禅说诗的方法论述了诗歌、书法创作的一系列重要美学见解。苏轼认为好诗应如玉屑，出语清警；诗人作诗，应有"空静"心态，才能明察群动，容纳万境；诗歌与禅法并不相妨；诗歌与书法的最高妙境是淡泊、至味等。这首诗开了以禅喻诗与论诗的风气。通篇虽直涉理路，但有生动的喻象与典象，有意蕴精辟、语言平易的警句，笔法挥洒自如，故仍属论诗诗，而非诗学理论的押韵讲义。纪昀评此诗："禅与诗人并而为一，演成妙谛。"（《纪评苏诗》卷一七）是中肯的。

李思训画《长江绝岛图》①

　　山苍苍，水茫茫，大孤小孤江中央②。崖崩路绝猿鸟去，惟有乔木搀天长③。客舟何处来？棹歌中流声抑扬。沙平风软望不到，孤山久与船低昂。峨峨两烟鬟,晓镜开新妆。舟中贾客莫漫狂④,小姑前年嫁彭郎⑤。

[注释]

①李思训:唐代著名的山水画家,是我国山水画"北宗"之祖。开元时,官至左武卫大将军,也称李将军。

②大孤小孤:均为山名,大孤山在今江西九江市东南鄱阳湖中,一峰独峙;小孤山在江西彭泽县北、安徽宿松县东南,屹立江中,与大孤山遥遥相对。

③挼:刺,直刺。

④贾客:商人。

⑤小姑:指小孤山。彭郎:指彭浪矶,在小孤山对面。当时民间以山拟人,有彭郎是小姑之夫的传说。

[点评]

　　元丰元年(1078)在徐州作。这首题画诗热烈赞美李思训的山水画艺和如画江山。诗中既生动地描绘出画中实景,又发挥诗的想象,使画中山水更瑰丽动人。"沙平""孤山"二句,写船与孤山在波浪上长久地高低起伏的动景,乃画笔所不能到。"峨峨"四句先以女子的发鬟比喻大小孤山的峰峦,又以晓镜比喻江面和湖面,再现出画中青绿澄澈的山水意境,接着利用民间传说,用谐音双关的手法,把比喻再加引申,写小姑嫁彭郎,使诗境增添了地方生活的色彩,又谐趣盎然。全篇句式长短错落,节奏悠扬,音韵优美。清人方东树赞此诗:"神完气足,遒转空妙。"(《昭昧詹言》卷一二)纪昀却贬抑末二句:"佻而无味,遂似市井恶少语,殊非大雅所宜。"(《纪评苏诗》卷一七)反而暴露出他狭隘的审美趣味和冬烘先生的面目。

续丽人行①

深宫无人春日长,沉香亭北百花香②。美人睡起薄梳妆,燕舞莺啼空断肠。画工欲画无穷意,背立东风初破睡;若教回首却嫣然,阳城下蔡俱风靡③。杜陵饥客眼长寒,蹇驴破帽随金鞍。隔花临水时一见,只许腰肢背后看。心醉归来茅屋底,方信人间有西子。君不见孟光举案与眉齐④,何曾背面伤春啼!

[注释]

①诗前有自序云:"李仲谋家有周昉画背面欠伸内人,极精。戏作此诗。"李仲谋,不详。周昉,字景元(一说字仲朗),长安人,唐代画家,善画贵族妇女。内人,宫人。《丽人行》,杜甫所作,写杨国忠兄妹及其他贵妇人曲江郊游情景。
②沉香亭:在唐兴庆宫内,玄宗用进贡的沉香木所建,玄宗曾与杨贵妃在此赏花,召李白赋诗。
③"阳城"句:宋玉《登徒子好色赋》谓其东邻女"嫣然一笑,惑阳城,迷下蔡"。阳城、下蔡,皆楚国城市名。
④孟光:《后汉书·梁鸿传》说,梁鸿每次归家,妻子孟光给他送茶端饭,"举案齐眉"。这两句以普通人家夫妻相敬如宾,反衬宫女生活的孤寂苦闷。

[点评]

元丰元年(1078)三月徐州作。苏轼故意把周昉画中的"背面欠伸内人"设想为杜诗中的人物,作"续"诗,并且语多调侃幽默,故称戏作。但这样写,就使这首题画诗立意构思独出心裁,别开生面。作者认为画家绘背面美人,诱人想象,有无穷意味,这是一个精辟的美学见解。然而"背面欠伸"的形象对于未见原画的诗读者来说,未免空虚一些。因此作者在描绘了美人"背立东风初破睡"的意态后,又展现她"回首嫣然"的镜头,让读者更生动具体地想见其情致。这富于创造性的一笔,发挥了诗歌的艺术特长,将相对静止的画面形象化作动态的形象,而且"化美为媚",又与随后想象杜甫在写《丽人行》时隔花临水偶见宫女背影的情景一起,照应题序所谓"背面欠伸内人"的画面。诗四句或二句一换韵,韵脚平仄交替,音韵有抑扬起伏之妙。诗风俊逸豪丽,趣味盎然。

读孟郊诗二首①

　　夜读孟郊诗,细字如牛毛。寒灯照昏花,佳处时一遭。孤芳擢荒秽②,苦语馀诗骚。水清石凿凿③,湍激不受篙。初如食小鱼,所得不偿劳。又似煮彭蜞④,竟日持空螯⑤。要当斗僧清⑥,未足当韩豪。人生如朝露,日夜火消膏。何苦将两耳,听此寒虫号。不如且置之,饮我玉色醪。

　　我憎孟郊诗,复作孟郊语。饥肠自鸣唤,空壁转饥鼠。诗从肺腑出,出则愁肺腑。有如黄河鱼,出膏以自煮。尚爱铜斗歌⑦,鄙俚颇近古。桃弓射鸭罢,独速短蓑舞,不忧踏船翻,踏浪不踏土⑧。吴姬霜雪白,赤脚浣白纻。嫁与踏浪儿,不识离别苦。歌君江湖曲⑨,

感我长羁旅!

[注释]

①孟郊:字东野,唐代诗人,其诗甚为韩愈所称赏,时有唱和。

②攉:独出,拔出。

③凿凿:明朗、洁白。

④彭螖:小螃蟹。

⑤螯:蟹的钳脚。

⑥僧:指贾岛,唐代诗人。岛曾为僧,诗与孟郊齐名。

⑦铜斗歌:指孟郊《送淡公十二首》,其一曰:"铜斗饮江酒,水拍铜斗歌。侬是拍浪儿,饮则拜浪婆。脚踏小舡头,独速舞短莎。"

⑧"桃弓"以下四句:仿孟郊《送淡公》风格,用其词语或词意,如"不如竹枝弓,射鸭无是非","独速舞短蓑","侬是清浪儿,每踏清浪游。笑伊乡贡郎,踏土称风流"。

⑨江湖曲:亦指孟郊《送淡公》诗,其六云:"数年伊洛同,一旦江湖乖。江湖有故庄,小女啼喈喈。"

[点评]

元丰元年(1078)在徐州作。这是一首论诗诗。作者批评孟郊诗清寒枯淡、语言艰涩,又赞赏孟郊的一些诗情真词朴,"鄙俚近古",即有"古乐府气象"。评价是持平、辩证、精切的。作者连用多种新奇的意象来比喻读孟郊诗的印象和感受,使议论生动活泼,充满情趣与象趣。作者还有意仿效孟郊古乐府的格调。读苏轼这类议论体诗,我们常常感受到他睿智的理性、活跃的悟性,以及深微精妙地把握诗境诗风的能力。正如清代赵克宜所评:"刻画东野诗境,千载如睹。于此见作者本领。"(《角山楼苏诗评注汇钞》卷七)

郭祥正家,醉画竹石壁上。
郭作诗为谢,且遗二古铜剑①

　　空肠得酒芒角出②,肝肺槎牙生竹石③,森然欲作不可回,吐向君家雪色壁。平生好诗仍好画,书墙涴壁长遭骂;不瞋不骂喜有馀,世间谁复如君者! 一双铜剑秋水光,两首新诗争剑铓④。剑在床头诗在手,不知谁作蛟龙吼⑤?

[注释]

①郭祥正:字功甫,安徽当涂人。北宋诗人。元丰七年(1084)三月,他以汀州通判、奉议郎勒停家居。六月,苏轼过当涂为他作画,郭作诗二首为谢,苏遂写此诗。

②芒角:原指植物初生的尖叶,引申为锋芒。

③槎牙:同"杈枒",竹木歧枝。

④两首新诗:今郭祥正《青山集》已佚此二诗。争剑铓:言诗与剑都放光芒,有如相争。

⑤蛟龙吼:比喻宝剑和诗。用杜甫《相从行》"酒酣击剑蛟龙吼"句意。

[点评]

　　这首题画诗表现出苏轼写诗作画都是为了宣泄胸中垒块,因而笔墨淋漓,锋芒毕露,豪气喷薄。黄庭坚《题子瞻画竹石》云:"东坡老人翰林公,醉时吐出胸中墨。"又《题子瞻枯木》云:"胸中元自有丘壑,故作老木蟠风霜。"宋代画论家邓椿《画继》卷三也说："（苏轼）所作枯木，枝干虬屈无端倪，石皴亦奇怪，如其胸中盘郁也。"而此诗前四句写他醉画竹石情状，正如其画风一致。正如查慎行《初白庵诗评》卷中所评："棱角四射。"亦如纪昀《纪评苏诗》卷二三所评："奇气纵横，不可控制。"在此诗中，苏轼的豪放性格与被称为"小李白"的浪漫诗人郭祥正的性格相互映照，都活现纸上。诗中意象奇崛，音节峭硬，节奏急促，转韵灵活，正是以醉诗题醉画。清人汪师韩《苏诗选评笺释》卷三评此诗："画从醉出，诗特为醉笔洗剔精神。读起四句，森然动魄也。句句巉绝，在集中另辟一格。"读此诗，确实令人"森然动魄"。

书晁补之所藏与可画竹①
（三首选二）

与可画竹时，见竹不见人。

岂独不见人，嗒然遗其身②。

其身与竹化，无穷出清新。

庄周世无有，谁知此疑神③？

若人今已无④，此竹宁复有！

那将春蚓笔⑤，画作风中柳？

君看断崖上，瘦节蛟蛇走。

何时此霜竿，复入江湖手？

①晁补之:字无咎,济州巨野(今属山东)人,少以文章受知于苏轼,为"苏门四学士"之一。与可:即文同,字与可,宋代画家兼诗人,善画竹。他是苏轼的表兄。

②嗒然:《庄子·齐物论》写南郭子綦的精神状态有"嗒然似丧其偶"之语。嗒然,形容心境虚静、物我两忘的样子。

③疑神:语出《庄子·达生》"用志不分,乃疑于神",犹言简直与神一样,达到神妙境界。

④若人:此人,指文同。文同已于元丰二年(1079)去世。

⑤那:谁。春蚓笔:像春天蚯蚓一样柔软无力的笔。

[点评]

　　元祐二年(1087)秋作于汴京。这两首题画诗,第一首赞扬文与可的画竹艺术,指出他画竹时物我两忘、身与竹化,从而使作品"无穷出清新",达到神妙境界。诗虽短,却表达出丰富、精辟的艺术创作见解。笔墨精练,言简意赅。诗的本身,亦有手与笔化之妙。第二首抒见画思人之情。开篇从人亡而画不可复得落笔,珍惜之情溢于言表。次联以劣手将竹画成风中之柳反衬文同笔力劲拔。三联忽然宕开一笔,由画境幻出真境,设想文同笔下如"蛟蛇走"之瘦节霜竿,何时再现于江湖之上,言外人间难觅文同之劲竹。结得新奇,诱人寻味。

书鄢陵王主簿所画折枝二首^①

　　论画以形似,见与儿童邻^②。赋诗必此诗,定知非诗人。诗画本一律,天工与清新。边鸾雀写生^③,赵昌花传神^④。何如此两幅,疏淡含精匀！谁言一点红，解寄无边春？

　　瘦竹如幽人，幽花如处女。低昂枝上雀，摇荡花间雨。双翎决将起⑤，众叶纷自举。可怜采花蜂，清蜜寄两股。若人富天巧，春色入毫楮。悬知君能诗，寄声求妙语。

[注释]

①鄢陵：今河南省鄢陵县。王主簿：邓椿《画继》卷四："鄢陵王主簿，未审其名，长于花鸟。"折枝：画花卉不带根。

②见：见识，见解。邻：接近。

③边鸾：中唐画家，工绘花鸟。

④赵昌：北宋花鸟画家。

⑤决：急速。《庄子·逍遥游》："决起而飞。"

[点评]

　　元祐二年（1087）作于汴京。苏轼在第一首题画诗中对王主簿所画的折枝花给予了高度评价，认为超过了著名画家边鸾和赵昌的花鸟画。诗中更提出了关于诗歌与绘画的精辟艺术见解。首先，他反对诗画片面追求"着题"和"形似"，而要求形神结合，重在传神，诗画都应该以"疏淡含精匀"、自然清新、巧夺天工为最佳。其次，他指出"诗画本一律"，即诗画虽各有其艺术特点，但在基本的艺术规律上却是共同的。这也就是他在《韩干马》所说"少陵翰墨无形画，韩干丹青不语诗"，在《欧阳少师令赋所蓄石屏》所说"古来画师非俗士，摹写物象略与诗人同"，在《次韵吴传正枯木歌》所说"古来画师非俗士，妙想实与诗同出"。全篇识入深微，不嫌说理。在第二首诗中，苏轼以诗笔生动地再现了王主簿画中景物，笔墨精练，写得生趣可掬，令人宛如见画。正如汪师韩《苏诗选评笺释》卷四所评："言竹、言花、言雀、言蜂，又言花之枝、花之叶、花间之雨、雀之翎、蜂之蜜，合之广大，析之精微，浓淡浅深，得意必兼得格。"

赵令晏崔白大图幅径三丈①

扶桑大茧如瓮盎②,天女织绡云汉上。往来不遣凤衔梭,谁能鼓臂投三丈?人间刀尺不敢裁,丹青付与濠梁崔。风蒲半折寒雁起,竹间的皪横江梅。画堂粉壁翻云幕,十里江天无处著。好卧元龙百尺楼③,笑看江水拍天流。

[注释]

①赵令晏:宋宗室。崔白:北宋画家,字子西,濠梁(今安徽凤阳东)人。擅画花竹、禽鸟,尤工秋荷凫雁。据胡仔《苕溪渔隐丛话·后集》卷二六,此诗题咏的是崔白的《冬景图》。

②扶桑大茧:用梁代任昉《述异记》载仙女养蚕得茧大如瓮的典故。

③元龙百尺楼:《三国志·魏志·陈登传》载:汉末人许汜对刘备说,陈登(元龙)对他不礼,"自上大床卧,使客卧下床"。刘备却说"君有国士之名",竟然"求田问舍,言无可采",如碰上我,"欲卧百尺楼上,卧君于地"。

[点评]

元祐二年(1087)春作于汴京。这首题画诗生动地再现了画家崔白《冬景图》的景象,反映出画家高度的艺术创造才能。开篇便用艺术夸张手法并驰骋诗意的幻想,极力形容崔白图幅之大,起势奇伟;继之以"人间刀尺不敢裁",显示崔白画艺神妙超凡;"风蒲"以下四句再现画中景物,有声有色有动态;结尾以画中未绘"十里江天",引出自己欲卧高楼,笑看江水拍天,从画境引出真境。全篇构思新奇,笔墨跳脱,辞句豪放,境界阔大。清代汪师韩《苏诗选评笺释》卷四评:"有蔚然之光,有苍然之色,有铿然之韵,不徒为是大言炎炎。"

书王定国所藏《烟江叠嶂图》①

江上愁心千叠山,浮空积翠如云烟。山耶云耶远莫知,烟空云散山依然②。但见两崖苍苍暗绝谷,中有百道飞来泉。萦林络石隐复见,下赴谷口为奔川。川平山开林麓断,小桥野店依山前。行人稍度乔木外,渔舟一叶江吞天。使君何处得此本?点缀毫末分清妍。不知人间何处有此境?径欲往买二顷田③。君不见武昌樊口幽绝处④,东坡先生留五年⑤。春风摇江天漠漠,暮云卷雨山娟娟。丹枫翻鸦伴水宿,长松落雪惊醉眠。桃花流水在人世,武陵岂必皆神仙?江山清空我尘土,虽有去路寻无缘⑥。还君此画三叹息,山中故人应有招我归来篇⑦。

[注释]

①王定国,即王巩,字定国,自号清虚先生。长于诗,与苏轼友善。作者题下自注:"王晋卿画。"王晋卿,名诜,工画山水,收藏书画甚多。

②"江上"四句:唐代张说《江上愁心赋》:"江上之峻山兮,郁崎峨而不极;云为峰兮烟为色,欻变态兮心不识。"此四句用其语意。

③二顷田:语出《史记·苏秦列传》。苏秦云:"使我有雒阳负郭田二顷,吾岂能佩六国相印乎?"

④樊口:在黄州南岸。

⑤留五年:指自己谪居黄州约五年。

⑥"桃花"四句:用晋代陶渊明《桃花源记》典故。

⑦山中故人:无实指,联系上文,似指黄州旧友。归来篇:《楚辞·招隐士》:"王孙兮归来! 山中兮不可以久留。"陶渊明亦有《归去来兮辞》。

[点评]

元祐三年(1088)十二月作于汴京。这首题咏山水画的长篇七古,前12句纯是描写画中之景,但有意不点明咏画之意,将画境当作真境来写。这12句,一一叙写江、山、云、泉、林、岸、小桥野店、行人渔舟,对景物的高低、远近、明暗、隐显、光色、动静,都作了非常生动真切的表现,尤其是充满了动感与气势。正如前人所评:"起段以写为叙,写得入妙,而笔势又高,气又遒,神又王。"(方东树《昭昧詹言》卷一二)"奇情幻景,笔足达之。"(纪昀《纪评苏诗》卷三〇)"竟是为画作记。然摹写之神妙,恐作记反不如韵语之曲尽而有情也。"(汪师韩《苏诗选评笺释》卷四)后面16句写观画之人即作者自己。先用两句点明题画之旨,随即以"不知人间"二句宕开,转入对黄州春夏秋冬四时景色的描写。四句诗,一句一景,概括准确,意象生动,意境幽美,又借景叙事,因景抒情,表现了诗人在那"幽绝处"五年的贬谪生活和孤寂而悠闲的心情。接下去四句写归隐心愿。最后两句重申题画之旨,但结句"山中故人"云云又以幻为真。汪师韩说:"'君不见'以下,烟云卷舒,与前相称,无非以自然为祖,以元气为根。"(同上)全篇以画为真,以真为画,真画打成一片,酣畅淋漓地抒发诗人对大自然、对艺术、对生活的挚爱之情。诗人用"两扇法"结构此诗,每一扇之中和前后扇之间层次清晰,转折自然,气脉贯通。全篇28句,有24句七言,中间插入两个九言、一个十言和一个十一言句,使诗句长短交错,有骈有散,一韵到底,唱叹有致。这是一首借画抒慨、寄兴深长的佳作,是苏诗中精心结撰的七古杰作。宋人许𫖮《彦周诗话》评:"画山水诗,少陵数首,后无人可继者,荆公《观燕公山水》诗前六句差近之,东坡《烟江叠嶂图》一诗亦差近之。"评价是恰如其分的。

书晁说之《考牧图》后^①

　　我昔在田间,但知羊与牛。川平牛背稳,如驾百斛舟。舟行无人岸自移,我卧读书牛不知。前有百尾羊,听我鞭声如鼓鼙;我鞭不妄发,视其后者而鞭之^②。泽中草木长,草长病牛羊^③;寻山跨坑谷,腾趠筋骨强^④。烟蓑雨笠长林下,老去而今空见画。世间马耳射东风^⑤,悔不长作多牛翁^⑥。

[注释]

①晁说之:字以道,号景迂,晁补之的四弟,能诗善画。《考牧图》是他根据《诗经·无羊》(写西周牧畜生活)画成的。
②"视其"句:语出《庄子·达生》"善养生者,若牧羊然,视其后者而鞭之"。
③"草长"句:苏轼在《寄子由三法·食芡法》一文中说,羊吃美草不肥;瘠地的草,羊细嚼其味,才能肥壮。
④腾趠(chào 秒):腾跃。趠,同"踔"。
⑤马耳射东风:用李白诗"世人闻此皆掉头,有如东风吹马耳"(《答王十二寒夜独酌有怀》)语意。
⑥多牛翁:《新唐书·卢从愿传》载,人嘲其为"多田翁"。苏轼仿此。

[点评]

　　元祐八年(1093)在汴京作。苏轼见到晁说之的《考牧图》,触发了对少年时代有趣的放牧生活的回忆,又借以抒发悔不早隐退田间的感慨。全诗总分三段:

一真、一画、一议。写"真"这一段,把骑在牛背上比喻为驾百斛舟,又写出"舟行无人岸自移"的心理错觉。只有对骑牛的生活有真切体验的人,才有可能产生这种错觉,把静止的景物写成有趣的动景。而"我卧读书牛不知"句,正如钱钟书先生在阐析王禹偁《村行》中"数峰无语立斜阳"时所说,诗人巧妙地运用了"否定命题总预先假设肯定命题"的道理。苏轼说"牛不知",同时也仿佛表示牛原先有知、善知而此时忽然"不知",从而表现了他与牛的亲热感情,因此清人方东树赞叹:"'我卧'句,仙语。"(《昭昧詹言》卷一三)"泽中"四句叙事,也反映了苏轼对放牧确有真知卓识。方东树说这四句"见道",即蕴含着生活哲理:"凡民逸则生患,勤则生善"(同上)。此诗除了以真景妙衬画景外,还有章法之妙。全篇从起句写到"腾趠筋骨强",一路如长江大河,浩荡奔流,不料"烟蓑"两句陡然入题,"老去而今"句一点,通篇只这一句着本位,"世间"二句仍宕开,收缴前文。章法变幻莫测,曲折无不如意,长短无不中节,笔力横绝。

苏轼简明年谱

[仁宗景祐三年(1037)] 1岁

○十二月十九日卯时生于四川眉山县纱縠行私第。

[庆历二年(1042)] 6岁

○开始读书,闻欧阳修、梅尧臣之文名。听眉山朱姓老尼讲孟昶宫中故事。

[庆历三年(1043)] 7岁

○入小学。以道士张易简为师。有人从京师来,以石介《庆历圣德诗》示乡校先生,苏轼从旁窃观,则能诵习其词,并出言不凡。

[庆历五年(1045)] 9岁

○母程氏亲授史书。母读《范滂传》,苏轼"奋励有当世志"。奉父命,作《夏侯太初论》,拟作《谢宣诏赴学士院仍谢对衣、金带及马表》。

[庆历六年(1046)] 10岁

○仍僦居纱縠行宅,读书于南轩。

[庆历七年(1047)] 11岁

○与其小友凿地为戏,得异石,作砚。苏洵自江南归,为道虔州有白居易墨迹。

[庆历八年(1048)] 12岁

○就学于西社刘巨。

[皇祐四年(1052)] 16岁

○与刘仲达往来于眉山。

[至和元年(1054)] 18岁

○娶四川青神进士王方之女王弗为妻。

[至和二年(1055)] 19岁

○游成都,谒张方平。张以国士之礼相待。

[嘉祐元年(1056)] 20岁

○三月苏洵带苏轼兄弟进京应试,过成都,再谒张方平。五月进京。八月举进士。

[嘉祐二年（1057）]　21 岁

○正月欧阳修主持礼部考试。苏轼以《刑赏忠厚论》深获欧阳修赏识。苏轼兄弟同科进士及第，父子三人名震京师。四月八日，母程氏卒，赴丧返川。

[嘉祐三年（1058）]　22 岁

○在川居丧。有《上知府王龙图书》，提出蓄兵、赋民问题，强调关心民间疾苦。

[嘉祐四年（1059）]　23 岁

○服丧期满。十二月苏轼兄弟随苏洵舟行适楚。途中所作诗文集为《南行集》。留荆州度岁。

[嘉祐五年（1060）]　24 岁

○正月五日自荆州陆行赴京，三月抵京。授轼河南福昌县主簿，辙渑池县主簿，俱未赴任。本年作《新渠诗》等。

[嘉祐六年（1061）]　25 岁

○经欧阳修推荐，参加制科考试，献《进策》《进论》各 25 篇，系统提出了自己的革新主张。入三等，授大理评事，凤翔府签判。十一月赴任，与弟别于郑州，作《和子由渑池怀旧》等诗。十二月到凤翔，作《凤翔八观》诗。

[嘉祐七年（1062）]　26 岁

○任凤翔府签判。奉命去所属各县减决囚犯。作《观楼》《石鼻城》《郿坞》等诗。

[嘉祐八年（1063）]　27 岁

○任凤翔府签判。秋，祷雨磻溪，考试永兴军。冬，出游楼观、五郡、司竹监。是年，作《思治论》，概括并发挥了《进策》的革新主张。作《和子由寒食》《往南溪》《司竹监会猎》等诗。

[英宗治平元年（1064）]　28 岁

○任凤翔府签判。与文同遇于岐下，遂订交。十二月罢凤翔任，赴长安，游骊山，在华阴度岁。是年，有寄子由及《和董传留别》等诗。

[治平二年（1065）]　29 岁

○正月还朝，判登闻鼓院。二月召试秋阁，入三等，得直史馆。五月其妻王弗卒于京师。夫人有子迈。

[治平三年（1066）]　30 岁

○在京直史馆。四月，父苏洵卒，扶柩返川。春有《次韵柳子玉见寄》。

[治平四年（1067）]　31 岁

○在川居丧。

[神宗熙宁元年（1068）]　32 岁

○七月免丧。续娶王弗堂妹、王介幼女王润之为妻。与苏辙携家入京，经成都、阆中、凤翔,在长安度岁。是年,作《四菩萨记》及《和子由记园中草木》《绿筠堂》等诗。

[熙宁二年(1069)]　　33 岁

　　○二月还朝,在京任殿中丞直史馆判官告院。上《议学校贡举状》,反对王安石变科举、兴学校。十二月,上《谏买浙灯状》,反对神宗以耳目不急之玩、夺民口体必用之资。上书神宗,全面反对新法。是年,作《送刘攽倅海陵》《曾巩倅越》等诗。

[熙宁四年(1071)]　　35 岁

　　○春,自判官告院改权开封府推官。再次上神宗书,论朝政得失,忤王安石,遂力求补外。出为杭州通判。秋冬间,过陈州晤子由,同往谒欧阳修于颍州。于十一月到杭州任。本年作《欧阳少师石屏》《出颍口初见淮山》《游金山寺》等诗。

[熙宁五年(1072)]　　36 岁

　　○通判杭州。赴湖州相度堤岸利害,作《吴中田妇叹》《山村五绝》等诗反映民间疾苦,托讽新法,还作了一大批描绘杭州西湖孤山等风光的诗,以及《墨宝堂记》等。

[熙宁六年(1073)]　　37 岁

　　○通判杭州,行部富阳新城,协助杭州太守陈襄修复钱塘六井。冬,赴常州、润州赈饥。本年作《新城道中》等诗。

[熙宁七年(1074)]　　38 岁

　　○行部於潜,初识诗僧参寥,纳妾朝云。十一月到密州任。本年作《於潜女》《大风留金山寺》等诗。

[熙宁八年(1075)]　　39 岁

　　○知密州。有《上韩丞相论灾伤手实书》等。作《江城子·记梦》词,悼念已死十年的妻子王弗;又作《江城子·密州出猎》,渴望驰骋疆场,为国立功。作《超然台记》《大悲阁记》。

[熙宁九年(1076)]　　40 岁

　　○知密州。作《水调歌头·丙辰中秋》,抒发盼望回朝又怕回朝廷的矛盾心情。十一月,作《李氏山房读书记》。十二月,被命移知河中府。

[熙宁十年(1077)]　　41 岁

　　○四月,改知徐州。五月,到徐。七月黄河决口,八月率军民防洪保卫徐州。本年,作《宝绘堂记》《放鹤亭记》《寄题司马君实独乐园》诗。

[元丰元年(1078)]　　42 岁

　　○在徐州,为防水之再至,组织军民改筑外城,并建黄楼。十二月派人在徐州西南找到了石炭(煤),解决了燃料奇缺问题。作《百步洪》《九日黄楼作》《石炭》等诗。

[元丰二年(1079)]　　43 岁

　　○三月改知湖州,四月到任。七月被御史李定等人弹劾,于八月下御史台狱。备经严勘,几至死地。后经多方营救,十二月二十九日结案,责授黄州团练副使,本州安置,不得签书公事。本年,作《文与可画筼筜谷偃竹记》等文和《舟中夜起》等诗。

[元丰三年(1080)] 44 岁

○贬官在黄州。二月一日到达贬所。初居定惠院,不久迁城南临皋亭,筑南堂,时游武昌寒溪西山,开始著《易传》《论语说》,并作《定惠院月夜偶出》《定惠海棠》《游武昌寒溪西山》等诗。

[元丰四年(1081)] 45 岁

○贬官在黄州。始营东坡,自号东坡居士。作《正月往岐亭郡人潘古郭送于女王城》《东坡》等诗。

[元丰五年(1082)] 46 岁

○贬官在黄州。三月游沙湖,作《定风波》(莫听穿林打叶声)词;到蕲水,作《浣溪沙》(山下兰芽短浸溪)词。七月和十月两次游赤壁,写下了千古名篇前后《赤壁赋》和《念奴娇·赤壁怀古》词。

[元丰六年(1083)] 47 岁

○贬官在黄州。十月作《记承天寺夜游》。

[元丰七年(1084)] 48 岁

○四月,神宗下手诏移苏轼为汝州团练副使。赴汝州途中,游庐山,作《题西林壁》;游石钟山,作《石钟山记》。七月过金陵,访王安石,相与唱和。年底,抵泗州,上表请求常州居住。

[元丰八年(1085)] 49 岁

○舟行至南都,得神宗诏旨,允许居住常州。五月起知登州。到官五日,被召还朝任礼部郎中。本年作《登州海市》《送杨杰》等诗。

[哲宗元祐元年(1086)] 50 岁

○在京师。自起居舍人迁翰林学士,知制诰。黄庭坚初来谒。反对司马光尽废新法。本年,作《武昌西山》诗。

[元祐四年(1089)] 53 岁

○在京师为翰林学士,知制诰,兼侍读。因遭到新旧两党攻击,连章请郡。三月以龙图阁学士出知杭州。七月到达杭州任所。时方旱饥,疏浚茅山、盐桥二河,以工代赈。是年,作《次韵鲁直画马》,书《诗人写物之功》。

[元祐五年(1090)] 54 岁

○知杭州。减价粜常平米,赈饥民,建病坊,为民治病。疏浚西湖,筑长堤,整治钱塘六井。是年,作《游虎丘》等诗,《六一泉铭》《书朱象先画后》等。

[元祐六年(1091)]　55 岁

　　〇知杭州。三月被召入京,任翰林学士,知制诰,兼侍读。八月因再次遭到洛党攻击,出知颍州。整治颍州境内沟渠,疏浚颍州西湖。冬,大雪,散义仓谷,及酒务柴炭,进行赈济。本年作《聚星堂雪》《喜刘景文至》等诗,《祭欧阳文忠公文》。

[元祐七年(1092)]　56 岁

　　〇知颍州。二月改知扬州。八月以兵部尚书诏还,十一月又兼侍读。作《淮上早发》《送芝上人游庐山》等诗,《韩文公庙碑》《跋醉翁亭记》等文。

[元祐八年(1093)]　57 岁

　　〇在京师任端明殿学士。九月高太后去世,哲宗亲政,恢复新党章惇、吕惠卿官职。苏轼九月出知定州,哲宗拒绝陛辞。苏轼到定州后,整饬军纪,加强弓箭社,救济饥民,为巩固北部边防采取了一系列措施。作《送蒋颖叔帅熙河》《东府雨中寄子由》《晁说之考牧图》等。

[绍圣元年(1094)]　58 岁

　　〇知定州。四月以讥斥先朝的罪名贬知英州。未至贬所,八月再贬惠州。十月二日到达惠州贬所。本年作《雪浪石》《慈湖峡阻风》《南康望湖亭》《秧马歌》《湖口记壶中九华石》等。

[绍圣二年(1095)]　59 岁

　　〇贬官在惠州。表兄程之才来访,同游白水山,赋诗。又作《荔枝叹》,揭露汉唐及本朝官僚争新买宠,竞献茶叶、牡丹的丑态。

[绍圣三年(1096)]　60 岁

　　〇贬官在惠州,在白鹤观买地筑屋,做长住打算。助当地人民修东西二桥。七月,爱妾朝云病故。作《悼朝云》《游博罗香积寺》等。

[绍圣四年(1097)]　61 岁

　　〇贬官在惠州。春间,白鹤观新居建成。长子苏迈挈家来惠州。四月,再贬琼州别驾昌化军(今属海南省)安置。遂携幼子过同行。时子由亦贬雷州,兄弟俩相遇于藤州,同行至雷州。六月渡海,七月二日到达儋所。作《行琼儋间,肩舆坐睡,梦中得句……》《儋耳》等诗。冬,检所和陶渊明诗109篇,书告子由为序。

[元符元年(1098)]　62 岁

　　〇贬官在儋耳。初寄居官屋,朝廷闻之,遣使逐出。因筑室儋州城南桄榔林下,名曰桄榔庵。吴复古渡海来访。作《上元夜过赴儋守召独坐》《夜烧松明火》《倦夜》《纵笔》等诗。

[元符二年(1099)]　63 岁

　　〇贬官在儋耳。琼州进士姜唐佐从苏轼学。苏轼继续修改《易传》《论语说》,又作

《书传》13 卷。著《志林》,未完稿。

[元符三年(1100)] 64 岁

〇贬官在儋耳。葛延之渡海来从学。五月大赦,量移廉州。六月渡海,七月至廉州贬所。九月改舒州团练副使,永州安置。行至英州,复朝奉郎,提举成都玉局观。作《澄迈驿通潮阁》《六月二十日夜渡海》《藤州江上夜起对月赠邵道士》等诗。又作《答谢民师书》,系统总结了一生的文学革新主张和创作经验。

[徽宗建中靖国元年(1101)] 65 岁

〇度大庾岭北归,正月抵虔州,五月至真州,暴病、瘴毒大作,止于常州。六月上表请老,以本官致仕。七月二十八日卒于常州。本年作《过岭》《赠吕倚承事》《答径山琳长老》《自题金山画像》等诗。

河南文艺出版社部分诗词类图书

臧克家　主编

毛泽东诗词鉴赏·增订二版　大 32 开(精)　30.00 元(已出)

季世昌　徐四海　主编

毛泽东诗词唱和　16 开(精)　30.00 元(已出)

陈祖美　主编

唐宋诗词名家精品类编(全套十种)

黄河之水天上来·李　白集　大 16 开(平)　46.00 元(已出)

每依北斗望京华·杜　甫集　大 16 开(平)　42.00 元(已出)

相见时难别亦难·李商隐集　大 16 开(平)　46.00 元(已出)

烟笼寒水月笼沙·杜　牧集　大 16 开(平)　32.00 元(已出)

万里归心对月明·唐代合集　大 16 开(平)　49.00 元(已出)

一蓑烟雨任平生·苏　轼集　大 16 开(平)　46.00 元(已出)

杨柳岸晓风残月·柳　永集　大 16 开(平)　39.00 元(已出)

但悲不见九州同·陆　游集　大 16 开(平)　45.00 元(已出)

壮岁旌旗拥万夫·辛弃疾集　大 16 开(平)　40.00 元(已出)

云中谁寄锦书来·宋代合集　大 16 开(平)　46.00 元(已出)

贺新辉　主编

元曲名家精品鉴赏(全套五种)

错勘贤愚枉作天·关汉卿集　(已出)

天边残照水边霞·白　朴集　(已出)

困煞中原一布衣·马致远集　(已出)

愿有情人都成眷属·王实甫集　(已出)

重冈已隔红尘断·元代合集　(已出)

广东中华诗词学会　编

中华新韵府·韵字袖珍版　128 开(精)　6.00 元(已出)

李中原　编

历代倡廉养操诗选　大 32 开(平)　18.00 元(已出)

邓国光　曲奉先　编

中国历代咏月诗词全集　大 32 开(精)　50.00 元(已出)

史焕先　主编

江水北上——"南水北调邓州情"诗歌作品选　16 开(精)　38.00 元(已出)

本社图书邮购地址:(450011)郑州市鑫苑路 18 号 11 号楼

河南文艺出版社　图书发行